Evelyn Sanders

Muß ich denn schon wieder verreisen?

EVELYN SANDERS

Muß ich denn schon wieder verreisen?

Heiterer Roman

HESTIA

Umschlagentwurf und Gestaltung: Graupner & Partner, München
Umschlagillustration: Hoch Drei/Blaumeiser, Berlin
Textbearbeitung: Gisela Menza
Satz: MPM, Wasserburg
Druck und Bindung: Graphischer Großbetrieb, Pössnek
Printed in Germany 1994
ISBN 3-89457-048-2

1

Angefangen hatte alles mit den Blumenzwiebeln oder, um es korrekt botanisch auszudrücken, mit den Rhizomen. Aus denen waren nämlich immer schwarzgraue Blüten gekommen, obwohl Irene doch ausdrücklich rosafarbene geordert hatte. »Entweder kann er meine Schrift nicht entziffern, oder sein Deutsch ist ähnlich umfassend wie mein Hebräisch«, hatte sie vermutet und ihre nächste Bestellung der Oncocyclus Susiana mit pinkfarbenen Filzstiftstrichen umrahmt. »Ich kann bloß Shalom und Masel tow.«

»Für eine Geschäftskorrespondenz nicht gerade viel«, bestätigte ich. »Was heißt das überhaupt?«

»Guten Tag.«

»Das weiß ich auch. Ich meine doch das andere.«

»Masel tow? Ich glaube, das läßt sich überall verwenden. Damit kannst du jemandem zum Geburtstag gratulieren, gute Reise wünschen oder ihn trösten, wenn er von der Leiter gefallen ist und sich das Bein gebrochen hat. Es hätte ja auch sein Hals sein können.«

»Also ein Wort mit vielfältiger Bedeutung. Na dann: Masel tow!« Ich zeigte auf den inzwischen zugeklebten und frankierten Luftpostbrief. »Mögen die künftigen Susianas endlich in rosa Schönheit erblühen!«

»Das tun sie vermutlich erst dann, wenn ich dem Kerl persönlich auf die Bude rücke und mir die Knollen selber abhole. Dabei weiß ich bloß, daß er seine Gärtnerei in einem Kibbuz irgendwo beim See Genezareth hat.«

Wenigstens davon hatte ich schon mal etwas gehört. »Bißchen weit für einen Wochenendausflug.«

»Eben! Und deshalb werde ich meinen Kunden klarzumachen versuchen, daß die Farbangabe im Prospekt ein Irrtum meinerseits war und dieses exotische Gewächs nur dunkelgrau blüht. Frau Meyer-Sinderfeld wird das allerdings nicht gefallen. Sie hat nämlich roséfarbene Polster.«

»Sie hat *was?*«

Irene ließ sich in ihren Schreibtischsessel sinken und griff nach einer Zigarette. »Meine zum Teil sehr elitäre und häufig auch leicht überkandidelte Kundschaft legt manchmal Wert auf Pflanzen, die mit dem Ambiente von Wintergarten und Terrasse harmonieren. Frau Meyer-Sinderfeld lebt in einer Pralinenpackung – weißlackierte Rattanmöbel mit roséfarbenen Auflagen; Betonung auf der zweiten Silbe!«

Langsam begriff ich. »Und dazu braucht sie das passende Gemüse? Warum nimmt sie keine Petunien?«

»Die sind ihr zu ordinär.«

Ich dachte an den Wildwuchs in unserem Garten, in dem sich ein paar mutige Dahlien gegen Klee und Löwenzahn zu behaupten versuchen, und an die von Weinlaub umrankte Terrasse, auf der ein paar Kübel mit den Produkten irgendwelcher Samentüten stehen. Nicht mal Sohn Sven mit seinem Gärtnerdiplom kann alle Gewächse identifizieren. Sollte es tatsächlich Leute geben, die ihre Blumen auf die Farbe ihrer Sonnenliege abstimmen? »Was machst du, wenn jemand braune Möbel hat?«

»Den Fall hatte ich schon«, sagte Irene lachend. »Herr Dr. Dr. Gutermund bevorzugt tabakfarbenes Mobiliar, angefangen von den Bodenfliesen bis zur Markise. Jetzt hat er neben seiner Terrasse ein großes Spalier mit Kiwipflanzen. Und ab mittags keine Sonne mehr!« Sie griff nach dem Stapel Geschäftspost und stand auf. »Ich muß den Kram noch zum Briefkasten bringen. Kommst du mit?«

»In drei Stunden geht mein Flieger«, antwortete ich, »und ich habe noch nicht mal gepackt.«

Während Irene den in Ehren – nein, nicht ergrauten, das war er von Natur aus – angerosteten Kombi aus der Parklücke zwischen den beiden Eichen bugsierte, stieg ich die

Treppe ins obere Stockwerk hinauf, vergaß auch nicht, die auf der untersten Stufe abgelegten und auf den Weitertransport wartenden Sachen aufzusammeln (diesmal waren es nur zwei Bücher, eine Glühbirne und eine leere Blumenvase), lud oben alles auf dem Korbtisch ab und betrat das Gästezimmer.

Wer häufig mehr oder weniger freiwillig bei Verwandten oder Bekannten übernachten muß, weiß, wie die sogenannten Gästezimmer meistens aussehen. In der Regel wird das ehemalige Kinderzimmer, also der kleinste Raum, dazu ernannt, aus dem Sohn oder Tochter schon seit Jahren ausgezogen sind und das vollgestopfte Regal mit Plüschtieren, Comic-Heften, Federballschlägern und den Erzeugnissen des Werk- beziehungsweise Handarbeitsunterrichts bei Gelegenheit mal abholen wollen. Sie sind bloß noch nicht dazu gekommen. Sein Bett allerdings hat der Nestflüchter beim Auszug mitgenommen, weshalb an seine Stelle das eichene Monstrum von Oma getreten ist, das man damals bei der Wohnungsauflösung nicht loswerden konnte. Und für den Sperrmüll war das gute Stück natürlich viel zu schade gewesen, immerhin sechzig Jahre alt und noch echte deutsche Wertarbeit. Auf dem Bett steht der Korb mit Bügelwäsche, daneben liegen zwei Handtücher für den Gast.

Im Kleiderschrank, häufig auch ein Erbstück längst verblichener Verwandter und deshalb mit einer phantasievollen Konstruktion aus mehreren Einweckgummis zusammengehalten, weil der Schlüssel fehlt und sonst die Türen immer aufgehen würden, hängt wahlweise die Sommer- oder Wintergarderobe der gesamten Familie. Zwei oder drei leere Kleiderbügel ermöglichen es dem Gast, wenigstens die beiden Blusen und eine der Hosen aus dem Koffer zu holen. Der Rest bleibt drin. Vor dem Fenster steht die Nähmaschine, zugedeckt mit einem alten Tischtuch, hinter der Tür lehnt das Bügelbrett und, wenn man Pech hat, auch noch der Staubsauger, den die Gastgeberin morgens um sieben braucht, weil sie schnell noch die Salzstangenkrümel vom Vorabend beseitigen will, bevor der Gast aufsteht.

Der ist aber längst wach, denn die ebenfalls sechzig Jahre alte Matratze hat ihm eine sehr unruhige Nacht beschert. Außerdem liegt sein Zimmer zur Straße hinaus, und die führt direkt zur Autobahn.

Dann gibt es noch das provisorische Gästezimmer, aus dem das vierjährige Kind des Hauses ins elterliche Schlafgemach umquartiert worden ist, dafür aber im Morgengrauen vor der Campingliege des Gastes steht, ihm ein dickes Buch auf den Magen knallt und ihm unmißverständlich klarmacht, daß er jetzt die Geschichte von den drei kleinen Schweinchen vorlesen soll.

Ich habe schon im Hobbykeller geschlafen und im neben dem Haus abgestellten Wohnwagen, habe auf einem zu kurzen Sofa genächtigt oder auch mal auf einer Luftmatratze, und deshalb bin ich jedesmal aufs neue begeistert, wenn ich zu Irene komme.

Sie wohnt in Berlin, genauer gesagt in Zehlendorf, in einem schon etwas altersschwachen Haus, das der Stadt gehört und bei Renovierungsarbeiten immer zu kurz gekommen ist. Den letzten Anstrich hat es vermutlich gleich nach der Währungsreform gekriegt, doch die schwärzliche Fassade wird größtenteils von wildem Wein verdeckt. Außerdem liegt es etwas abseits der Straße, wo der alte Baumbestand gnädig den direkten Blick auf das marode Gemäuer versperrt. Drum herum befindet sich ein großer Garten, der vorne verwildert ist, sich hinter dem Haus jedoch zu einer gepflegten Rasenfläche erweitert mit Blumenrabatten und herrlichen alten Bäumen. Überall am Zaun stehen dichte Büsche, die jedem Unbefugten den Einblick in den hinteren Teil des Gartens verwehren. Dachten wir! Als wir aber an einem heißen Sommertag in der Sonne brutzelten und uns zwecks nahtloser Bräunung auch noch der Bikinihöschen entledigt hatten, erklang plötzlich hinter uns eine männliche Stimme: »Tschuldigung, die Damen, aba det Klingeln hat wohl keener jehört, und ick hab' hier 'nen Einschreibebrief!«

Betritt man das Innere dieses Hexenhäuschens, dann ist man überrascht. Große hohe Räume bringen die recht eigenwillige Mischung von Ikea und früheren Jahrhunderten voll zur Geltung. Neben der handbemalten Bauerntruhe steht etwas Hochbeiniges mit viel Glas außen und handgeschliffenen Gläsern drinnen; der runde Eßtisch mit den Lehnstühlen stammt aus der Mitte des vorigen Jahrhunderts. Der Bauernschrank fürs Geschirr trägt die Jahreszahl 1711, die schwarze Ledergarnitur in der Sitzecke ist knapp zwei Jahre alt. Der wunderschöne Tisch davor hat bereits drei Kriege überdauert, und den kleinen Sekretär im Nebenzimmer mit den Goldbeschlägen hat Irenes Vater schon von seinem Opa geerbt.

Doch das Mobiliar allein macht nicht das Flair dieses Hauses aus. Die Kleinigkeiten sind es, die jeden Besucher faszinieren. Ein alter Backtrog zum Beispiel, angefüllt mit bunten Steinen, die auf vielen Reisen in vielen Ländern gesammelt worden waren. Oder der wacklige Klavierschemel aus Kaiser Wilhelms Zeiten mit der Suppenterrine aus Meißener Porzellan obendrauf; die Kupferschale mit farbigen Samenkapseln, in einem Fenster leuchtend blaue Glaskugeln, an den Wänden alte Stiche, moderne Drucke und dazwischen auch mal eine spanische Marionettenpuppe.

Überall stehen Kerzenhalter mit farbigen Kerzen. Im großen aus Sterlingsilber stecken rosa Kerzen, in den gläsernen dunkelblaue, auf einem dreieckigen Beistelltischchen flakkert eine dicke honigfarbene Wachskerze, und auf dem Couchtisch haben die Kristalleuchter ihren Stammplatz. Und was das erstaunlichste ist, sie erfüllen nicht nur einen dekorativen Zweck, nein, die Kerzen werden alle angezündet, sobald es draußen zu dämmern beginnt.

»Früher haben wir die Dinger immer angesteckt, um die kalte Bude wenigstens optisch zu erwärmen«, hatte Irene erläutert, als ich mich einmal über diese Illumination wunderte, »doch irgendwann war ich die ewigen Reklamationen leid, habe der Stadt per Einschreiben meinen demnächst zu erwartenden Tod durch Erfrieren angekündigt, und dann endlich haben sie die antiquierte Zentralheizung erneuert. Da waren die Kerzen aber schon fester Bestandteil meines Haushaltsbudgets.«

Ähnlich liebevoll wie die anderen Räume ist auch das Gästezimmer ausgestattet. Neben dem äußerst bequemen, weil neuzeitlichen Bett gibt es eine Sitzecke, unter dem Fenster steht eine uralte Puppenstube, mit der man richtig spielen kann, der Kleiderschrank ist leer, und auf der ebenfalls leeren Kommode liegt eine verzweigte, auf Hochglanz polierte Wurzel, an der lauter Modeschmuck hängt (bei Bedarf zu benutzen!). Leseratten können sich am Bücherregal bedienen, Phantasielose den kleinen Fernseher einschalten. Programmheft vorhanden.

Während ich meine Sachen zusammensuchte und in den Koffer stopfte, rechnete ich nach, wie lange Irene und ich uns schon kannten. Fünf Jahrzehnte und noch ein bißchen darüber. Wir sind nämlich zusammen eingeschult worden.

An diesen Tag kann ich mich noch recht gut erinnern. Zum erstenmal durfte ich den neuen dunkelblauen Rock mit passendem Bolerojäckchen und die ebenfalls neue weiße Bluse anziehen, und dann schlappte ich an der Seite meiner Großmutter mit reichlich gemischten Gefühlen in meinen künftigen Weisheitstempel. In einem Arm hielt ich die viel zu große Schultüte, die andere Hand hatte Omi umklammert, weil meine Schritte immer langsamer wurden, je mehr wir uns der Schule näherten.

Normalerweise pflegen die Mütter ihre Sprößlinge auf ihrem ersten schweren Gang zu begleiten, doch wir hatten Krieg. Mein Vater marschierte siegend durch Frankreich, während meine Mutter im Besetzungsbüro der TOBIS in Babelsberg versuchte, bereits kriegsdienstverpflichtete Schauspieler für den nächsten Film freizustellen – was ihr auch meistens gelang, denn Kintopp war wichtig. Brot und Spiele hatten schon die alten Römer dem Volk versprochen, damit es von den Eroberungskriegen ein bißchen abgelenkt wurde. Na ja, und Brot kriegten wir damals auch noch genug, allerdings auf Marken.

Schon auf dem Schulhof, wo wir uns allmählich sammelten, hielt Omi Ausschau nach potentiellen Freundinnen für mich. Ich war ja ein Einzelkind und als solches ziemlich schüchtern.

»Guck mal, die Kleine da drüben mit den blonden Zöpfen sieht doch recht ansprechend aus«, sagte sie und pirschte sich näher an die Auserwählte heran. »Ihre Mutter macht auch einen sehr soliden Eindruck.«

Den soliden Eindruck vermittelten zweifellos der Hut und die weißen Glacéhandschuhe, und bei der ansprechenden Kleinen dominierte die steif gestärkte Haarschleife, für Omi ein untrügliches Zeichen für häusliche Ordnung. Immerhin trug ich auch so einen Propeller auf dem Kopf und wußte, daß Omi die breiten Bänder nach dem Waschen immer erst durch Zuckerwasser zog und dann unter Seidenpapier bügelte, weil sie sonst am Eisen festgeklebt wären.

Eine erste Kontaktaufnahme mit der soliden Mutter ergab allerdings, daß sie am entgegengesetzten Ende der Riemeisterstraße wohnte, also viel zu weit entfernt, um eine intensivere Beziehung aufzubauen. Ich wurde sowieso nicht gefragt.

Das nächste von ihr angepeilte Objekt war ein schon recht großes Mädchen mit Kurzhaarfrisur, einer ebenfalls sorgfältig gebundenen Haarschleife und einer schmalbrüstigen Begleitperson, die einen gouvernantenhaften Eindruck machte. Es war auch eine! Nein, sie sei nicht die Mutter, teilte sie Omi kurz angebunden mit, die Eltern des Kindes, Herr und Frau von Rothenfelde (oder so ähnlich) seien in diplomatischer Mission unterwegs, und überhaupt werde Irmgard demnächst im Ausland leben.

Omi schluckte die Abfuhr mit einem liebenswürdigen Lächeln, flüsterte mir so was wie »paßt sowieso nicht zu uns« ins Ohr und gab weitere Annäherungsversuche auf, weil wir alle in die Aula gebeten wurden.

Anschließend im Klassenzimmer wurden wir in alphabetischer Reihenfolge aufgerufen und mußten uns nacheinander in die Bänke setzen. »Nur für heute, später könnt ihr natürlich die Plätze tauschen«, versprach die Lehrerin, denn die ersten Tränen waren schon geflossen, weil Freundinnen getrennt worden waren.

Neben mir schob sich ein dunkelhaariges Mädchen in die Bank. Es war mir schon in der Aula aufgefallen, weil es irgendwie aus dem Rahmen fiel. Es hatte nämlich leicht schräg stehende Augen, hohe Wangenknochen und sah überhaupt etwas fremdländisch aus. »Hier bleibe ich nicht sitzen«, wisperte es mir sofort zu, »morgen setze ich mich zu Anita, aber die fängt mit einem anderen Buchstaben an, deshalb muß sie erst mal nach hinten.«

»Bist du von hier? Du siehst so anders aus.« Kinder pflegen selten besonders taktvoll zu sein.

»Natürlich bin ich von hier!« kam es empört zurück. »Und wieso sehe ich anders aus?«

»Weiß ich auch nicht. Eben anders.«

»Du hast ja 'nen herrlichen Knall!«

So begann meine Bekanntschaft mit Irene. Jahre später, als wir schon die Schulzeit hinter uns hatten, erwähnte sie einmal beiläufig, daß sie bereits im Säuglingsalter von ihren Eltern adoptiert worden sei und niemand etwas über ihre eigentliche Herkunft wisse. »Ich vermute einen mongolischen Ururgroßvater, der sich in seinem Zelt eine indische Sklavin gehalten hat. Oder umgekehrt, der Maharani hat ihr mongolischer Leibwächter gefallen. Bliebe nur die Frage zu klären, weshalb der illegitime Nachkomme nicht ersäuft worden, sondern auf rätselhafte Weise in Europa gelandet ist.«

Jedenfalls hat Irene den unbekannten Vorfahren ihr apartes Aussehen zu verdanken.

Zu meinem heimlichen Bedauern wurde sie damals noch nicht meine Freundin. Dabei bewunderte ich sie rückhaltlos. Im Gegensatz zu mir war sie überhaupt nicht schüchtern, gehörte schon bald zu den Beliebtesten in der Klasse – auch bei der Lehrerin –, war eine gute Schülerin und unschlagbar im Sportunterricht. Leider hing sie ständig mit Anita zusammen, die im Haus gegenüber wohnte und mit der sie schon im Sandkasten gespielt hatte.

Das änderte sich erst, als wir »kinderlandverschickt« wurden. Anita kam nach Bayern, weil sie dort Verwandte hatte, die nicht so Glücklichen wurden nach Ostpreußen verfrachtet und Pflegeeltern anvertraut. Ich landete auf einem kleinen Bauernhof, Irene bei einer alleinstehenden älteren Dame, die zwar lieb und nett, aber auch ziemlich langweilig war. Weit weg von zu Hause und zumindest anfangs noch mit einer gehörigen Portion Heimweh behaftet, schlossen wir Berliner uns natürlich enger zusammen, zumal uns die Dorfkinder zunächst mit scheelen Blicken ansahen und uns auslachten, wenn wir schreiend vor den frei herumlaufenden Gänsen mit ihren drohend gereckten Hälsen türmten. Den ostpreußischen Dialekt verstanden wir auch nicht. Lediglich in der Schule sammelten wir ein paar Pluspunkte, denn wir waren mit dem Unterrichtsstoff viel weiter und freuten uns immer auf die regelmäßigen Diktate, bei denen wir mit zwei oder drei Fehlern abschnitten, während die »Dorfdeppen« bei einem Dutzend erst anfingen.

Bevor die große Evakuierung in Ostpreußen begann, holte mich meine Mutter auf abenteuerliche Weise aus dem Hexenkessel heraus. Das Kriegsende erlebten wir einigermaßen unbeschadet in Berlin, und als sich die Verhältnisse wieder zu normalisieren begannen und die Amerikaner unseren Sektor übernommen hatten, traf ich eines Tages Irene in der Ladenstraße.

Von da an sahen wir uns beinahe täglich; morgens in der Schule, denn die hatte wieder ihre Pforten geöffnet, nachmittags, wenn wir Schlange standen, sei es vor dem Bäcker, dem Metzger oder auch mal mit zwei Briketts unterm Arm beim Friseur zur ersten Dauerwelle. Anita kam aus ihrem bayrischen Asyl, Gerda, die vom Kriegsende in Thüringen überrascht worden war, stieß zu uns, und kurze Zeit später war auch Regina wieder da. Unsere ehemalige Clique war komplett. Von den anderen Mitschülerinnen wußten wir kaum etwas, zum Teil waren sie gar nicht nach Berlin zurückgekommen, zum Teil besuchten sie andere Schulen, und einige werden wohl den Krieg nicht überlebt haben.

Da die meisten Schulgebäude in Berlin durch Bomben zerstört waren, mußten die erhaltenen von mehreren Schulen benutzt werden, was nicht nur weniger Stunden, sondern auch Schichtunterricht bedeutete – eine Woche vormittags, die nächste nachmittags. Bei uns hatte sich das Arndt-Gymnasium einquartiert, erstaunlicherweise eine Jungenschule, während wir eine Mädchenschule waren. Von Koedukation hielt man damals noch nicht so viel. Anhand der öfter mal an der Tafel hinterlassenen Matheaufgaben gelangten wir zu dem Schluß, daß wir unseren Klassenraum mit einem etwas älteren Jahrgang teilten; Wurzelziehen hatten wir noch nicht gehabt.

Wer auf die Idee gekommen ist, weiß ich nicht mehr, aber geboren wurde sie während einer der tödlich langweiligen Biologiestunden, wenn wir unter der Bank Karl May lasen, Schiffe versenken spielten oder uns auf ähnliche Weise beschäftigten.

»Ich möchte zu gern mal wissen, wer noch auf meinem Platz hockt«, flüsterte die hinter mir sitzende Anita. »Das muß ein ausgemachtes Ferkel sein. Zwei Tintenflecke sind ja von mir, aber die anderen siebzehn gehen nicht auf mein Konto.« Sorgfältig umrahmte sie die corpora delicti auf ihrem Tisch mit Rotstift. »Dem Kerl sollte man mal die Leviten lesen.«

»Tu's doch!« flüsterte ich zurück. »Hinterlaß einfach einen Zettel unter der Bank.«

In der großen Pause brüteten wir gemeinsam über einem Schreiben, das zwar einerseits tadelnd, andererseits aber auch versöhnlich klingend Anitas Empörung zum Ausdruck bringen sollte. Da wir uns über die Anrede nicht einigen konnten – sie variierte zwischen »Lieber Mitbenutzer« bis zu »Altes Dreckschwein« –, verzichteten wir ganz darauf, und was schließlich auf der herausgerissenen Heftseite zu lesen war, klang ungefähr so: »Wenn Du Deinen Füller unbedingt in der Schule saubermachen mußt, dann bring das nächstemal wenigstens ein paar Löschblätter mit! Mein Tisch sieht inzwischen aus wie ein Blatt vom Polypodium (auch Gemeiner Tüpfelfarn genannt)!«

Am darauffolgenden Tag fanden wir prompt eine Antwort. »Welchen Tüpfelfarn meinst Du genau? Es gibt über 7000 Arten davon. Gruß, Bertram.« Und als PS stand drunter: »Die Flecken stammen übrigens nicht von mir, ich benutze nämlich grüne Tinte.«

Zu meiner Überraschung entdeckte ich unter meiner Bank ebenfalls einen Zettel. »Kannst Du Dein Butterbrotpapier nicht in den Papierkorb werfen, wo es hingehört?«

Eine hektische Suche unter allen Bänken setzte ein, und zum Teil war sie auch erfolgreich. Es hatten noch ein paar andere Knaben Kommunikationsversuche gestartet.

Von nun an herrschte ein reger Briefverkehr zwischen unserer Klasse und der Einquartierung. Persönliches wurde erzählt – mein Partner hieß Wilfried, war fünfzehn Jahre alt und wollte Förster im Grunewald werden –, die Lehrer wurden durchgehechelt, und gelegentlich gab es auch die nicht zu unterschätzende Hilfestellung speziell bei unlösbaren Matheaufgaben. »Ich kriege die Gleichung nicht raus, Du vielleicht?« Am nächsten Tag lag sie da und mußte nur noch ins Heft geschrieben werden.

Natürlich hätten wir ganz gern gewußt, wie unsere Briefpartner aussahen, aber so viel Courage, die vorgeschlagenen Treffen auch einzuhalten, hatten wir denn doch nicht. »Da geht bestimmt die ganze Illusion flöten«, meinte Gerda. »Ich stelle mir den Harald als gutaussehenden schwarzhaarigen Jüngling vor, so ähnlich wie Cary Grant, und in Wirklichkeit hat er vielleicht blonde Strähnen, Pickel und 'ne Nickelbrille. Nee, das lassen wir lieber.«

Irene korrespondierte mit einem Hans. Hatte sie uns anfangs noch die witzigen Briefchen gezeigt, so wurde sie im Laufe der Zeit immer zurückhaltender, behauptete, den Zettel schon weggeworfen oder verlegt zu haben, und wenn wir mal wieder gemeinsam etwas unternehmen wollten, hatte sie immer häufiger keine Zeit. Niemand ahnte, daß sie sich heimlich mit Hans getroffen und über beide Ohren verliebt hatte. Umgekehrt mußte es wohl so ähnlich gewesen sein. Einzelheiten erfuhr ich erst viel später, denn ich übersiedelte mit meiner Mutter nach Düsseldorf, und der Kontakt zu meiner Clique beschränkte sich bald nur noch auf gelegentliche Briefe, die mit den Jahren immer seltener und immer kürzer wurden.

Ich hatte gerade bei einer Kinderzeitung mit dem Erwerb meiner ersten eigenen Brötchen begonnen, als ich abends eine Vermählungsanzeige aus dem Briefkasten fischte. Irene hatte ihren Hans geheiratet. Auf der Rückseite stand: »Pickel hat er nicht mehr, aber er trägt eine Brille und sieht trotzdem gut aus.«

Als ich nach etlichen Jahren zum erstenmal wieder nach Berlin kam, hatte Irene bereits zwei Kinder und wohnte schon in dem Haus, das noch heute mein heimliches Entzücken ist. Hans hatte die väterliche Gärtnerei übernommen und nebenher den Versand von Blumenzwiebeln aufgebaut, indem er aus aller Herren Länder Knollen importierte und an einen immer größer werdenden Kundenkreis verschickte. Ein paar Jahre später verkaufte er die Gärtnerei und widmete sich nur noch seiner Zwiebelkollektion, was weniger arbeitsintensiv, dafür um so lukrativer war. Eigene Kreuzungsversuche mit irgendwelchen exotischen Pflanzen sind zwar danebengegangen, doch für seine neue Tulpenzüchtung hat er sogar einen Preis bekommen; die Urkunde hängt im Gästezimmer.

Inzwischen hatte ich ebenfalls geheiratet, war mit recht aufwendiger Brutpflege beschäftigt, aber wenn ich mal wieder von allem restlos die Nase voll hatte, hängte ich mich ans Telefon und ließ mich moralisch aufrüsten. Nach einer halben Stunde Plauderei über die gesündeste Beschaffenheit von Schulbroten und die zweckmäßigste Behandlung aufmüpfiger Teenager war ich zwar aus meinem Tief nicht herausgekommen, doch ich hatte wenigstens bestätigt gekriegt: Irene ging es auch nicht besser!

Und dann klingelte eines Morgens das Telefon. »Hans ist tot.«

»*Was?*«

»Vor zwei Stunden. Herzinfarkt.«

Was sagt man in solch einem Fall? Tröstende Worte? Mir fielen keine ein, die nicht banal geklungen hätten. »Soll ich kommen?«

»Ja, aber nicht jetzt. Ich habe gleich die ganze Verwandtschaft auf dem Hals, dabei möchte ich überhaupt keinen sehen. Komm in ein paar Wochen, wenn ich wieder klar denken kann.«

Aus den Wochen wurden dann doch einige Monate, weil ich mir das Bein gebrochen hatte und mich selbst sehr trostbedürftig fühlte. Erst im Sommer wurde ich vom Familienverband für reisefähig erklärt.

Statt einer gramgebeugten Witwe traf ich eine zwar blasse und um etliche Kilo leichtere, aber erstaunlich resolute Irene an. »Natürliche trauere ich immer noch um Hans«, sagte sie, die bei unseren Wiedersehen übliche Sektflasche entkorkend. »Wochenlang habe ich niemanden an mich herangelassen, doch schließlich war es vorbei. Die Trauer ist stiller geworden, und das Leben geht weiter.« Sie füllte die Gläser. »Prosit! Trinken wir auf uns!«

Dann sprudelte es aus ihr heraus: »Als der ganze Auftrieb vorüber und die lieben Verwandten mit dem üblichen Quatsch ›Wenn du Hilfe brauchst, wir sind immer für dich da‹ endlich abgezogen waren, habe ich notgedrungen den Schreibtisch durchforstet. Da fielen mir Bankauszüge in die Hände, Rechnungen, bezahlte und unbezahlte, Einkommensteuerbescheide und und und. Zu allem Überfluß hielt auch noch jeden Tag das Postauto vor der Tür und lieferte stapelweise Pakete mit Blumenzwiebeln ab, alles Bestellungen, die Hans noch in Auftrag gegeben hatte. Ich bin beinahe ausgerastet.«

»Kann ich mir denken«, murmelte ich, um überhaupt etwas zu sagen, denn vorstellen konnte ich mir diese Situation nicht.

»Dabei hatte ich doch von nichts eine Ahnung«, fuhr sie fort. »Hans war total patriarchalisch. Er hat noch nach der antiquierten Vorstellung gelebt, daß eine Frau ins Kinderzimmer und an den Kochtopf gehört, für geschäftliche Dinge aber zu dämlich ist. Wenn Not am Mann war, durfte ich zwar das Bügeleisen stehenlassen und Blumenzwiebeln verpacken, aber ich habe nie eine Rechnung geschrieben oder einen Scheck eingelöst.«

»Warum hast du dich denn gegen diese Bevormundung nie gewehrt?«

Sie zuckte nur mit den Schultern. »Wahrscheinlich hat es mir gefallen, daß ich mit dem ganzen Kram nichts zu tun hatte. Geld war immer da, keine Reichtümer, aber genug zum Leben, und für zwei oder auch mal drei Reisen pro Jahr hat es ebenfalls gereicht. Vor geistiger Verblödung schützt einen ja die Berliner Kulturszene. Wir sind oft ins Theater gegangen, hatten einen netten Freundeskreis ... Ich hab' doch nie daran gedacht, daß das von heute auf morgen vorbei sein könnte. Gib mal dein Glas rüber, die Flasche ist ja noch halb voll!«

Während sie die Gläser füllte, erzählte sie weiter: »Nachdem ich die Eckpfeiler unserer Existenz gesichtet hatte, rief ich den Steuerberater an. Der kam auch gleich, und dann haben wir stundenlang über den Papieren gesessen. Es gab nur zwei Möglichkeiten: Die Firma verkaufen oder weitermachen. Ich habe mich für letzteres entschieden. Der Schnellkurs in Buchhaltung auf der Volkshochschule war auch ganz hilfreich. Jedenfalls wurstele ich mich schon recht gut durch. Zusammen mit den beiden Roten Socken klappt der Laden sogar fast reibungslos.«

»Rote Socken?«

Sie grinste. »Das sind meine beiden Mitarbeiter, junge Kerle noch, aber schwer in Ordnung. Ihrem Alter entsprechend, sind sie total links. Keine Demo, bei der sie nicht mitmischen, gelegentliche Übernachtung im Knast inbegriffen, aber sonst absolut kompetent und zuverlässig.«

Ich ließ meinen Blick durch das Wohnzimmer schweifen. »Bleibt denn unterm Strich genug Geld übrig, um das Haus zu halten und dir die Margarine auf der Stulle zu garantieren?«

»Es reicht sogar noch für eine Einladung zum Abendessen«, sagte sie lachend. »Ich habe nämlich nur am Wochenende Zeit zum Kochen.«

Seit jenem Tag ist eine Menge Wasser die Spree runtergeflossen, und unsere Freundschaft hat sich gefestigt. Wir sehen uns nicht oft, höchstens einmal im Jahr, und meist bin ich es, die sich in Marsch setzt. Irene hat nur im Winter Zeit zum Verreisen, weil da kein Mensch Blumenzwiebeln in den Boden steckt. Zu dieser Jahreszeit aber bietet mein schwäbisches Domizil wenig Anreize für Besucher. In den geschichtsträchtigen Burgruinen ringsherum, zur Sommerzeit von Touristen überrannt, zieht's im Winter ganz erbärmlich, und Heidelberg bei Schneetreiben ist auch nicht das Wahre. Umgekehrt ist Berlin im Winter äußerst attraktiv. Sämtliche Theater spielen, eine Ausstellung löst die andere ab, und ein Bummel über den abendlichen Kurfürstendamm ist unterhaltsamer als ein Spaziergang durch die Bad Randersauer Fußgängerzone.

»Bist du fertig?« tönte es von unten.

Himmel, nein! Ich hatte total vergessen, daß Irene mich zum Flugplatz bringen wollte. Ich hatte überhaupt vergessen, daß wieder einmal ein Abschied bevorstand. Mußte wohl ein bißchen zu tief in der Erinnerungskiste gegraben haben.

»Komme gleich!« Ich klappte den Koffer zu, machte ihn wieder auf, weil ich den Kulturbeutel im Bad vergessen hatte, suchte meine Schuhe, mein Ticket, das ich bei meiner Ankunft vorsichtshalber aus der Handtasche genommen hatte, fand es – wie war es da bloß hingekommen? – in der

Puppenstube, stopfte es in die Hosentasche, griff nach dem Koffer und polterte die Treppe hinunter. Unten drückte mir Irene ein verschnürtes Paket von Schuhkartongröße in die Hand. »Hier, kannst du mitnehmen.«

»Danke schön, aber ich kriege im Flieger was zu essen. Oder ist etwas anderes drin?«

»Na, Blumenzwiebeln, was denn sonst?«

2

Das war Ende August gewesen. Anfang Oktober rief mich Frau Marquardt an. Hauptberuflich hat sie auch mit Büchern zu tun. Nebenberuflich »reiseleitet« sie – nicht ganz uneigennützig, denn sie liebt ferne Länder, nur stehen die Kosten für einen Trip in exotische Gegenden in einem nicht immer vertretbaren Verhältnis zu ihrem Einkommen. Reiseleiter dagegen müssen nichts bezahlen, sie kriegen noch was dafür. Sie brauchen lediglich Organisationstalent, müssen reden können, diplomatisch sein, und die jeweilige Landessprache zu beherrschen ist vorteilhaft, aber nicht Bedingung.

Mit Frau Marquardt und einer sehr gemischten Gruppe bildungsbeflissener Touristen war ich schon mal fünf Tage lang durch Rom gezogen, hatte unzählige Kirchen und noch mehr Altertümer besichtigt, mir zwei Blasen gelaufen und nach einem abenteuerlichen Rückflug geschworen, nie wieder an einer Gruppenreise teilzunehmen.

Zu einer solchen wollte sie mich jedoch erneut überreden. Diesmal nach Israel. Elf Tage quer durchs Land.

»Ich bin doch nicht lebensmüde«, war das erste, was mir einfiel. »Die schießen sich da unten ja dauernd gegenseitig tot!«

»Zur Zeit ist es absolut ruhig«, blockte sie ab. »Ich bin gerade erst zurückgekommen, nachdem ich die Reiseroute abgefahren war.«

»Etwa allein?«

»Natürlich allein, was dachten Sie denn?«

Das behielt ich lieber für mich. Man kann einer Verrückten schließlich nicht sagen, daß sie verrückt ist. »Ihnen sind wirklich keine zerschossenen Autos, keine Militärkolonnen und keine randalierenden Araber aufgefallen?«

Sie lachte lauthals los. »Mit Arabern habe ich in einem arabischen Dorf Tee getrunken, Soldaten sind mir nur als Anhalter begegnet, die übers Wochenende nach Hause wollten, und die liegengebliebenen Autos am Straßenrand rosten da schon seit dem Jom-Kippur-Krieg. Sonst noch Fragen?«

Aber natürlich, eine ganze Menge sogar. Nach ungefähr siebenunddreißig Telefoneinheiten hatte sie mir klargemacht, daß Israel ein interessantes, äußerst friedliches Land ist, das zu bereisen in jedem Fall lohnenswert sei, besonders im November, wenn dort die Sonne scheint, während hier bei uns die Nebelschwaden wallen.

Zumindest das war ein einleuchtendes Argument. Und auch der frischgepreßte Orangensaft, der angeblich nirgendwo so gut schmeckt wie im Land der Apfelsinenplantagen. Ich habe wirklich schon sämtliche Säfte durchprobiert, die in der Fernsehwerbung immer so beredt als »von Frischgepreßten kaum zu unterscheiden« angepriesen werden, aber leider bin ich noch nie dem netten Mann begegnet, der einem immer die Augen verbindet, bevor man trinken darf. Dem hätte ich nämlich einiges zu sagen gehabt!

Nach der fünfundvierzigsten Gesprächseinheit hatte mich Frau Marquardt so mürbe gemacht, daß sie mir die Reiseunterlagen schicken durfte. Ja, ich würde sie mir genau ansehen und mich wieder melden. Bis dahin erst mal tschüs und schönen Abend noch.

Israel! Wer fährt da schon hin, wenn er nicht muß? Irene vielleicht wegen ihrer Blumenzwiebeln, aber doch nicht ein normaler Mensch mit normalen ... Moment mal, wenn ich *sie* zum Mitkommen überreden könnte, sähe die Sache möglicherweise anders aus. Zu zweit macht eine Reise viel mehr Spaß, man hat jemanden, mit dem man reden (und lästern!) kann, braucht nicht ständig mit der ganzen Gruppe herumzupilgern, kann mal auf eigene Faust losziehen und ist trotzdem nicht ganz allein. Und überhaupt ist Irene ein sehr brauchbarer Partner, weil sie nie den Kopf verliert. Das hatte sie schon als Teenager auf einem Schulausflug bewiesen, als ein Mädchen von einer Kreuzotter gebissen worden war und niemand gewußt hatte, was wir tun sollten. Sogar unsere Lehrerin war wie ein aufgescheuchtes Huhn herumgeflattert und hatte nach einem Arzt geschrien, der auf der unbewohnten Havelinsel natürlich nicht aufzutreiben gewesen war. Irene hatte mit einem Taschenmesser die winzige Wunde vergrößert, das Blut ausgesaugt und danach mit einem Gürtel den Arm abgebunden. Die Rettungsmedaille hatte sie zwar nicht bekommen, jedoch ein dickes Lob vom Arzt und später eine Privataudienz bei unserem Direx, der ihr zur Belohnung zwei nagelneue Schreibhefte in die Hand gedrückt hatte. Die waren vor der Währungsreform mehr wert gewesen als jeder Orden.

Frau Marquardt hielt Wort. Zwei Tage nach ihrem Anruf blätterte ich die Unterlagen durch, verfolgte auf der dazugelegten Karte die Reiseroute und mußte zu meinem Bedauern feststellen, daß ein Abstecher zum Roten Meer nicht vorgesehen war. Das wäre doch wenigstens was gewesen! Strand, Sonne und Schwimmen im warmen Wasser. Allerdings soll es im Roten Meer Haie geben, und die Wahl zwischen erschossen zu werden oder als Fischfutter herhalten zu müssen hätte den gleichen Endeffekt gehabt. Das Tote Meer dagegen war ungefährlich; dort kann man ja nicht mal ertrinken. Das zumindest würden wir ausprobieren können. Mal hören, was Irene dazu sagt.

Ich hatte sie ohnehin anrufen und mich über die miserable Qualität ihrer Zwiebeln beschweren wollen. Gleich nach meiner Rückkehr aus Berlin hatte ich die Knollen vorschriftsmäßig im Boden versenkt, sogar frische Blumenerde daraufgehäufelt und jeden Tag gewartet, daß irgendwas Grünes zum Vorschein kommt. Jetzt, nach sechs Wochen, war noch immer nichts zu sehen.

Irene nahm meine Reklamation mit bewundernswertem Gleichmut entgegen. »Eigentlich hatte ich vorausgesetzt, daß du des Lesens kundig bist und darüber hinaus sogar weißt, daß Krokusse zu den Frühjahrsblühern gehören. Im März wirst du einen buntgesprenkelten Rasen haben.«

Na bravo! Und ich hatte die Zwiebeln in einer Reihe neben der Terrasse in den Boden gesteckt, wo sie im März bestimmt nicht zur Geltung kommen würden, weil um diese Zeit kein Mensch draußen sitzt.

»Und woher, bitteschön, hätte ich wissen sollen, daß aus diesem Trockengemüse Krokusse werden? Ich bin kein Botaniker, der die lateinischen Abkürzungen in verständliche Begriffe übersetzen kann. Bifl. ssp. Alex. klingt so ähnlich wie das, was Ärzte auf ihre Rezepte schreiben.«

Ein paar Minuten blödelten wir herum, dann kam ich zum eigentlichen Grund meines Anrufs. »Hast du Lust, mit nach Israel zu kommen?«

Sie hatte keine. Eine andere Antwort hatte ich auch gar nicht erwartet. Immerhin brauchte ich erheblich weniger Gesprächseinheiten als Frau Marquardt, um Irene zur Lektüre der Prospekte zu überreden. »Ich schicke sie heute noch ab«, versprach ich. »Und denk daran: Wenn du deine Zwiebeln beim Erzeuger selbst abholst, kannst du die Fahrt als Geschäftsreise steuerlich absetzen.«

»Du doch auch.«

»Wie denn? Ich handle nicht mit Grünkram.«

»Dann schreibst du eben ein Buch über die Fahrt!«

Sollte einigen von Ihnen schon ein früheres Werk von mir in die Hände gefallen sein und sollten Sie es sogar gelesen haben, dann wissen Sie, daß ich nicht nur einen Ehemann habe, sondern darüber hinaus fünf Kinder beiderlei Geschlechts, von denen die letzten zwei gleich zusammen gekommen waren. Bis auf die Zwillinge hatte der Nachwuchs schon das Elternhaus verlassen, war aber in erreichbarer Nähe geblieben, so daß sich im Bedarfsfall – und vor allem bei hohen Feiertagen – die ganze Sippe relativ schnell zusammenfinden kann. Der Bedarfsfall tritt immer dann ein, wenn ein Familienmitglied etwas nicht Alltägliches beabsichtigt, also umziehen, auswandern, heiraten oder das Studium schmeißen will. Verreisen gehört auch dazu. Je nach Lage der Dinge wird dem Betreffenden zu- oder abgeraten. Die Diskussionen können nach einer Stunde beendet sein oder auch erst nach mehreren, doch meistens ist es uns gelungen, das aufmüpfige Sippenmitglied wieder zur Vernunft zu bringen. Sohn Sven pflegt weiterhin als Landschaftsgärtner deutsche Parkanlagen, statt in kanadischen Wäldern nach Waschbären zu jagen; Tochter Stefanie hat eingesehen, daß eine Zweizimmerwohnung leichter sauberzuhalten ist als eine Vierzimmermaisonettewohnung, die sie sowieso nicht hätte bezahlen können, und die Zwillinge haben inzwischen ihr Staatsexamen und finden es im nachhinein doch befriedigender, Sechsjährigen in der Schule Lesen und Schreiben beizubringen statt Dreijährigen im Kindergarten die Nasen zu putzen.

Nur bei Sascha haben wir uns vergeblich den Mund fußlig geredet. Er hat trotzdem seine englische Vicky geheiratet und ist entgegen aller Prognosen noch immer nicht geschieden.

Der Familienrat wurde einberufen, und man befand, daß ich mir einige Ferientage verdient habe. Die hinter mir liegende Lesereise quer durch Nordrhein-Westfalen war ziemlich anstrengend gewesen – jeden Tag eine andere Buchhandlung, jede Nacht ein anderes Bett –, und überhaupt hatte ich in diesem Jahr noch gar keinen richtigen Urlaub gehabt. Ich unterscheide nämlich zwischen Muß- und Will-Reisen.

Muß-Reisen sind zum Beispiel Fahrten nach Unterbopfelheim zu Onkel Henry, wenn er mal wieder auf dem Sterbebett liegt, bei meiner Ankunft jedoch aus der Dorfkneipe geholt wird. Zwei Nächte auf dem Ledersofa und vier üppige Mahlzeiten später darf ich wieder nach Hause fahren.

Eine Muß-Reise ist auch der achtzigste Geburtstag von Tante Lotti, sehr feierlich im Roten Salon eines Viersterne-

Hotels mit morgendlichem Sektempfang und abendlichem Diner, zu dem die Geladenen in Abendgarderobe zu erscheinen haben. Tante Lotti in Silberlamé präsidiert den Mumienkonvent, denn selbstverständlich sind die Gäste überwiegend recht betagt, nur nicht ähnlich begütert wie die Gastgeberin, weshalb die vorgeschriebenen Abendkleider zwischen Taftmoiré (fünfziger Jahre) und Seide mit Filetstickerei am Ausschnitt (noch früher!) variieren. Die Smokingjacken der Herren sind auch längst aus der Mode und gehen vorne nicht mehr zu. Der stellvertretende Bürgermeister erscheint mit einem Präsentkorb, hat nur einen dunklen Anzug an, darf aber trotzdem ganz unten an der Tafel mitessen.

Mein Tischherr ist einundneunzig und schon etwas senil, die Unterhaltung wenig ergiebig. Immerhin erfahre ich, daß der Herr Professor Chefarzt eines Krankenhauses und Spezialist im Veröden von Krampfadern gewesen ist. Ob ich auch welche habe? Da ich passen muß, verliert der Herr Professor das Interesse an mir und wendet sich an die Dame zu seiner Linken, die genau wie er ein künstliches Gebiß und ebenfalls Schwierigkeiten mit ihrem Entrecôte hat. Es war in der Tat etwas zäh geraten.

Nachdem das Streichquartett seine bezahlten zwei Stunden abgegeigt hatte, durfte ich mich auch verabschieden. Mit dem stellvertretenden Bürgermeister kippte ich noch etwas Handfestes an der Bar – der Champagner kam uns allmählich aus den Ohren heraus –, dann stieg er in sein Auto und ich die Treppe zu meinem Zimmer hinauf. Am nächsten Morgen noch Frühstück mit Tante Lotti nebst detailliertem Bericht über den restlichen Verlauf des Abends (»Stell dir vor, mein Liebes, wir haben in der Hotelbar sogar noch getanzt!«), dann war ich in Gnaden entlassen.

Der fünfundachtzigste Geburtstag ist mir erspart geblieben; Tante Lotti ist drei Monate vorher friedlich entschlafen.

Zu den Muß-Reisen gehören auch die gelegentlichen Fahrten zum Verlag, wo man bei den meiner Ansicht nach völlig überflüssigen Besprechungen (wozu gibt es Telefon?)

erst literweise mit Kaffee abgefüllt und dann ins Restaurant geschleppt wird, weil alle Verleger offenbar der Ansicht sind, sie müßten ihren Autoren mal ein kostenloses Mittagessen spendieren. Wenn man sich seine Honorarabrechnungen ansieht, ist diese Überlegung gar nicht so abwegig!

Eine Muß-Reise ist auch die alljährlich stattfindende Buchmesse. Bisher gab's nur die in Frankfurt, jetzt veranstaltet Leipzig ebenfalls eine, und wenn man nicht gerade einen Blinddarmdurchbruch oder zwei Gipsbeine vorzuweisen hat – eins ist zuwenig, damit kann man ja noch laufen –, muß man hin. Und das nur, um mehr oder weniger dekorativ am Stand herumzusitzen und gelegentlich mit freundlichem Lächeln seinen Namen in ein Buch zu schreiben. Hin und wieder fegt ein Außendienst-Mitarbeiter vorbei, stutzt, dreht sich um, kommt zurück, um einem die Hand zu schütteln und gleichzeitig zu bedauern, daß er einen Termin habe. »Schade, ich hätte mich gern mal mit Ihnen unterhalten. Sind Sie nachher noch da?«

Natürlich ist man noch da, nur hat der Außendienst-Mitarbeiter inzwischen zwei neue Termine.

Meine letzte Muß-Reise führte mich zu einem Verlag, der in einer seiner Illustrierten einen Roman von mir als Fortsetzung bringen und die Autorin entsprechend vorstellen wollte. Ob man eine Reporterin sowie einen Fotografen schicken dürfe?

Bloß das nicht! Zu gut erinnerte ich mich noch an die »Heimreportage« einer Rundfunkzeitung, zu der man vor Jahren aus dem gleichen Grund zwei Interviewer zu uns in Marsch gesetzt hatte. Damals ist mein Nachwuchs von der Aussicht, sich in Wort und Bild abgedruckt zu sehen, noch begeistert gewesen, doch jetzt hätte man ihn weder mit Geld noch mit tausend Bitten vor eine Kamera gekriegt. Also erklärte ich mich bereit, hinzufahren und mich für die Rubrik »Zu Gast in unserer Redaktion« befragen und ablichten zu lassen. Auf diese Weise blieb mir wenigstens das sonst übliche mehrmalige Umziehen erspart, denn vor dem blühenden Fliederbusch kann man keine blaue Bluse tragen, die hebt sich farblich nicht so richtig ab, und wenn man vor der Bücherwand posieren muß, darf man nur etwas Einfarbiges anziehen, weil der Hintergrund schon bunt genug ist. Der weiße Hosenanzug wiederum paßt nicht in die Küche, die ist nämlich auch weiß.

Diese Art Modenschau bleibt einem erspart, wenn man, neutral gekleidet, dem betreffenden Verlag selbst auf die Bude rückt und es dem Fotografen überläßt, den ihm genehmen Hintergrund zu suchen. Allerdings kann es dann passieren, daß er einen bei zwei Grad minus in den nahe gelegenen Park zu dem so zauberhaft verschneiten Tulpenbaum schleppt. Ohne Mantel!

Den nachhaltigsten Eindruck hat zweifellos jene Muß-Reise nach Luxemburg bei mir hinterlassen, als die privaten Fernsehsender noch in den Kinderschuhen steckten und die bekanntesten Gesichter auf dem Bildschirm die der Nachrichtensprecher waren. Die Prominenz hielt sich mit Auftritten bei den neuen Sendern noch zurück, und man war bereits dankbar, wenn überhaupt jemand kam, dessen Namen eventuell schon mal jemand gehört hatte.

Ich habe (vermutlich aus gutem Grund) nie herausbekommen, wer vom Verlag mich für befähigt gehalten hat, mein neues Buch via Bildschirm vorzustellen, und es ist mir heute noch rätselhaft, weshalb ich mich überhaupt darauf eingelassen habe. Vermutlich war es Saschas Schuld gewesen, der aus nicht mehr rekonstruierbaren Gründen zu Hause herumsaß und sich langweilte. »Na klar machste das«, bestimmte er sofort. »Ich fahr dich auch hin. Ein Fernsehstudio wollte ich schon immer mal von innen sehen.«

Diesen Wunsch hatte ich zwar noch nie verspürt, doch legte der Verlag großen Wert auf meinen Auftritt. Immerhin sei ich rhetorisch nicht ganz ungewandt, und überhaupt laufe der Verkauf des neuen Buches noch gar nicht so besonders gut. Das ändere sich bestimmt, sobald ich vor einem Millionenpublikum etwas darüber erzählt habe.

»Von wegen Millionenpublikum«, räsonierte ich. »Wer

setzt sich denn an einem Feiertag vormittags vor die Glotze?« Daß ich an einem Montag im »Frühstücksfernsehen« auftreten sollte, war mir bekannt, nicht jedoch, daß es sich um den Pfingstmontag handelte. Das wurde mir erst nach einem Blick in den Kalender klar.

»Ein Feiertag ist doch gerade gut«, widersprach mein Sohn. »Da hängen die meisten zu Hause rum und wissen nichts mit sich anzufangen. Was tun sie also? Fernsehen!«

»Aber nicht morgens um halb neun. Um die Zeit löffelt die gesamte Familie ihr Sonntagsei, sofern sie überhaupt schon aufgestanden ist, und Papa verbietet das Fernsehen, denn er will ja in aller Ruhe mit seiner Sippe frühstücken.«

Sascha gab nicht auf. »Du mußt mal an die Kinder denken! Die drücken doch noch im Halbschlaf auf den Einschaltknopf.«

»Nur dürften die sich mehr für Tom und Jerry interessieren als für Buchbesprechungen. Leider heiße ich nicht Mark Twain.«

»Der ist sowieso out!«

Es half alles nichts, ich hatte zugesagt und konnte nicht mehr zurück. So quälten wir uns am Pfingstsonntag von einem Autobahnstau zum nächsten und schafften es tatsächlich, abends um sechs beim Sender zu sein. Dreimal waren wir daran vorbeigefahren, weil wir in diesem unauffälligen Haus mit dem mickrigen Seiteneingang niemals ein Fernsehstudio vermutet hätten. Es war aber doch eins, auch wenn es mehr auf Improvisation als auf Können angewiesen war. Inzwischen dürfte sich wohl einiges geändert haben.

Ein Besprechungsraum im ersten Stock wurde uns als Wartezimmer zugewiesen, und als ich die verschiedenen Muster der überall herumstehenden benutzten Kaffeetassen hätte auswendig nachzeichnen können, erschien endlich ein langhaariger Twen. Entschuldigung, aber Herr XY, der morgen das Interview mit mir mache, sei im Moment nicht da, ich müsse also mit ihm vorliebnehmen. Mueller sei sein Name, mit ue. Leider habe er überhaupt keine Ahnung von Ikebana, und ob ich die zur Demonstration erforderlichen Blumen selber mitbringen würde. »Brauchen Sie eine Vase, oder haben Sie die dabei?«

Offensichtlich lag hier ein Irrtum vor. »Ich schreibe Bücher«, bemerkte ich schüchtern.

»Ach so.« Der Jüngling blätterte in den mitgebrachten Zetteln. Endlich hatte er den richtigen gefunden. »Dann sind Sie Frau Sauter?«

»Sanders!« verbesserte Sascha zähneknirschend.

»So? Tut mir leid, aber die Klaue hier kann kein Mensch lesen.« Mit einem Rotstift korrigierte er meinen Namen. »Sie sind um acht Uhr siebenunddreißig dran, gleich nach dem Wetterbericht. Vorgesehen sind maximal sechs Minuten. Bitte nichts Kleinkariertes anziehen, das flimmert auf dem Bildschirm, am besten etwas Einfarbiges, aber möglichst nichts in Weiß.« Er raffte seine Papiere zusammen und stand auf. »Haben Sie noch Fragen?«

»Ja, zwei!« sagte Sascha. »Frage eins: In welchem Hotel übernachten wir? Und Frage zwei: Wann muß meine Mutter morgen auf der Matte stehen?«

»Im Parkhotel, zweimal um die Ecke rum und dann auf der linken Seite, und was die zweite Frage betrifft: Um sechs Uhr.«

»Wie bitte?« Da mußte ich mich wohl verhört haben. »Ich denke, das ist eine Vormittagssendung.«

Herr Mueller mit ue sah mich mitleidig an. »Zuerst findet ein Vorgespräch mit Herrn XY statt (an seinen Namen kann ich mich beim besten Willen nicht mehr erinnern), dann müssen Sie in die Maske, und etwas essen sollten Sie vorher auch noch.«

»Gibt's denn im Hotel nichts?«

»Doch, aber erst ab sieben. Wir improvisieren hier immer ein Frühstück.« Er reichte uns beiden die Hand. »Dann also bis morgen früh. Und fallen Sie nicht die Treppe runter, die ist frisch gebohnert.«

»Hm«, meinte Sascha, als wir wieder draußen standen, »irgendwie hatte ich mir das anders vorgestellt. Und bilde dir bloß nicht ein, daß ich morgen um halb sechs aufstehe. Die paar Schritte kannst du ja wohl allein gehen.«

Sicher hätte ich das gekonnt, doch letztendlich hatte er mich zu diesem Abenteuer überredet, und nun sollte er auch die Konsequenzen mittragen. »Entweder kommst du mit, oder du kannst dein Abendessen nachher selbst bezahlen.«

Woraufhin er sich zum Mitkommen entschloß!

Um halb elf, als ich gerade mein Buch zur Seite gelegt und das Licht ausgeknipst hatte, trabte Sascha in mein Zimmer. Das Abschließen hatte ich mal wieder vergessen. »Bei mir ist der Fernseher kaputt. Geht deiner?«

»Keine Ahnung, ich habe ihn nicht ausprobiert.«

Er fummelte an der Fernbedienung herum. »Mußt du denn jetzt unbedingt noch in die Röhre gucken? Geh lieber ins Bett.«

»Will ich ja, aber ohne Fernseher ist das so langweilig.«

»Du schläfst ja doch davor ein.«

»Eben!« Und dann, etwas zögernd: »Würde es dir viel ausmachen, das Zimmer mit mir zu tauschen? Der Kasten hier ist nämlich in Ordnung.«

Das allerdings war nicht zu überhören. Schüsse peitschten, Autoreifen quietschten auf einer Sanddüne, ohnehin ein akustisches Phänomen, ein Hubschrauber ratterte, und weil der Krach noch nicht laut genug war, wurde das ganze Spektakel musikalisch untermalt. »Stell den Ton leiser!«

»Mach ich ja schon.« Er mußte jedoch den falschen Knopf erwischt haben, denn der Radau steigerte sich zu einer das Gehör schädigenden Phonzahl. »Du sollst die Kiste abstellen!« brüllte ich.

»Will ich ja!« brüllte er zurück, drückte den nächsten Knopf, und dann war da wenigstens nur noch lautes Stöhnen. Im anderen Kanal wälzte sich ein Pärchen auf schwarzen Seidenlaken. »Das ist übrigens der Sender, bei dem du morgen auftrittst«, informierte er mich grinsend.

»Ja, aber nicht in Unterwäsche.«

Bevor ich mein Bett räumte, weil Sascha sonst doch keine

Ruhe geben würde, konnte ich mir die Bemerkung nicht verkneifen, daß Fernsehen keine Garantie für Weitblick sei.

»Das vielleicht nicht«, konterte mein Sohn, »aber du mußt doch zugeben, daß ein Fernsehapparat das intelligenteste aller Haushaltsgeräte ist. Statt Hemden wäscht es Gehirne.«

»Dann müßte deins inzwischen porentief rein sein!«

Um fünf klingelte der Wecker. Draußen dämmerte es erst, doch was ich durchs Fenster sah, hob nicht gerade die Stimmung. Nieselregen sprühte an die Scheiben, und die Birkenwipfel im Park gegenüber kamen sich gegenseitig ins Gehege. Windig war es also obendrein. Na ja, Pfingsten! Was kann man da schon anderes erwarten? Ostern war ja auch verregnet gewesen.

Mit einem Prominenten-Coiffeur, der meine Haare in eine telegene Form bringen würde, konnte ich kaum rechnen, also do it yourself. Das Shampoo hatte ich zu Hause vergessen, also mußte es wohl am Duschgel gelegen haben, daß meine Frisur ein bißchen anders ausfiel als normalerweise. Besser jedenfalls nicht.

Das fand auch Sascha, den ich nach vier vergeblichen Versuchen endlich aus dem Bett gescheucht hatte. »Meine Güte, Määm, Afrolook trägt doch heute kein Mensch mehr!«

Es war ja gar keiner. Eigentlich sollte die ganze Sache nur ein bißchen leger aussehen, jetzt war ein Mop daraus geworden. Auch egal. Rollkragenpullover an, Hundehalsband drüber (verkauft worden war mir die dicke Kette als Modeschmuck) – fertig!

»Du siehst aus, als würdest du zum Kegeln gehen«, meckerte Sascha. »Hast du nicht was Eleganteres mit?«

»Wozu denn? Ich kriege ja nicht den Büchner-Preis überreicht. Und meine Zuschauer, so es denn überhaupt welche geben sollte, werden größtenteils im Bademantel vor dem Fernseher sitzen.«

Im Gegensatz zu mir hatte sich Sascha regelrecht gestylt. Messerscharfe Bügelfalten, Hemd, Krawatte, Blazer …

»Vielleicht sollte man lieber *dich* vor die Kamera setzen. Optisch gibst du wesentlich mehr her als ich, und über das Buch wirst du wohl auch ein paar Sätze sagen können.«

»Dazu müßte ich es ja gelesen haben«, erwiderte mein Sohn.

Der Prophet gilt eben nichts im eigenen Land! Hatte mein Nachwuchs sich auf meine ersten beiden Bücher noch regelrecht gestürzt, so ließ das Interesse nun allmählich nach. Jetzt kann es durchaus vorkommen, daß ein Nachbar sich bei Nicole erkundigt, ob sie tatsächlich mal in einer Milchfabrik Joghurtbecher zugedeckelt habe. Er habe das in meinem letzten Opus gelesen.

»Tatsächlich? Dann muß sie das ja auch schon wieder verwurstet haben.«

Im Funkhaus herrschte bereits reger Betrieb. Offenbar war ein Job bei der Institution Fernsehen doch nicht so erstrebenswert, denn *vor* dem Aufstehen schon aufstehen zu müssen, ist nicht jedermanns Sache. Meine jedenfalls nicht!

Diesmal wurden wir sofort empfangen. Man schob uns in ein total überfülltes Zimmer, in dem auf einem Kühlschrank drei Kaffeemaschinen blubberten. Frische Brötchen wurden aufgeschnitten (der Fleiß französischer Bäcker muß wohl auf ihre luxemburgischen Kollegen abgefärbt haben), jemand schrie nach Leberwurst, ein anderer nach Marmelade. Dazwischen klingelte das Telefon, und fortwährend kam oder verschwand jemand durch die Tür.

Ich fühlte mich gleich zu Hause. Genauso war es früher bei uns so zwischen halb sieben und sieben zugegangen, bevor alle fünf Gören in die Schule mußten.

»Im Kühlschrank liegt noch ein Rest Lachs von gestern. Wenn den heute keiner ißt, können wir ihn wegschmeißen.«

Ich bekam einen Teller und ein Messer in die Hand gedrückt, ein Mann mit Bart räumte bereitwillig seinen Stuhl – »ich bin sowieso fertig« –, ein anderer stellte eine Tasse Kaffee vor mich hin, ein junges Mädchen reichte die

Butter herüber. »Ist ja alles ein bißchen chaotisch hier, aber wir ziehen in Kürze um. Dann bekommen wir sogar eine richtige Küche. Wollen Sie Käse?«

Langsam fing die Sache an, mir Spaß zu machen. Die Stimmung war ausgesprochen locker. Außer Sascha schien es keinen einzigen Morgenmuffel zu geben. Kein Mensch nahm Notiz von mir, Besucher waren die Regel, nicht die Ausnahme, und so fühlte sich auch niemand bemüßigt, dauernd um uns herumzutänzeln. Für die nächsten zwei Stunden gehörte ich ganz einfach zum Team.

Irgendwann ließ der Zustrom hungriger Mitarbeiter nach, und das Zimmer leerte sich. Übrig blieben außer Sascha und mir zwei Dutzend Kaffeetassen, ein Stapel benutzte Teller, eine Untertasse mit Käserinden, diverse halbvolle Aschenbecher sowie ein jüngerer Herr in grauem Anzug mit Krawatte und passendem Einstecktuch. Dank dieses Outfits zwischen all den Jeans und Schlabberpullis war er mir schon vorher aufgefallen. Mit Recht, wie sich jetzt herausstellte, denn er war mein künftiger Gesprächspartner.

Jetzt wurde es ernst! »Ja, Frau Sanders«, begann er, »ein Interview sollte man zwar vorher nicht absprechen, doch ein paar Stichworte müßten wir schon festlegen. Gibt es irgend etwas Bestimmtes, worüber Sie nicht gern reden würden?«

»Nein, Tabuthemen kann ich mir gar nicht mehr leisten. Nach vier Büchern über meine Familie sitzen wir sowieso schon alle im Glashaus. Ich wäre nur dankbar, wenn Sie mir nicht auch wieder die gleichen Fragen stellen würden, die ich mindestens schon hundertsiebenundzwanzigmal beantwortet habe.«

»Und das wären welche?«

Ich zählte sie der Reihe nach auf. »Die meisten davon habe ich im vorliegenden Buch sowieso behandelt, schon deshalb würden sie sich erübrigen.«

Herr XY schrieb etwas auf einen Zettel. »Dann werde ich Sie nachher ganz einfach vorstellen und Sie fragen, ob Sie schon immer Schriftstellerin werden wollten, und falls nicht, wie Sie zum Schreiben gekommen sind.«

Ich hatte es doch geahnt! »Also gut, dann werde ich diese Frage eben zum hundertachtundzwanzigstenmal beantworten.«

Er guckte etwas unsicher. »Irgendeinen Einstieg müssen wir haben.«

»Das ist mir klar, und ich werde auch ganz brav darauf eingehen, aber die übrigen Standardfragen ersparen Sie mir, ja?«

Das sicherte er zu, und damit war die Vorbesprechung auch schon zu Ende. Nun kam Sascha an die Reihe. »Sind Sie der ältere oder der jüngere Sohn?«

»Der Zweitgeborene.«

»Werden Sie auch mal in die Fußstapfen Ihrer Mutter treten?«

»Ganz bestimmt nicht«, fuhr ich dazwischen, »der schreibt ja nicht mal Briefe.«

»Wozu auch«, meinte Herr XY, »es gibt doch Telefon.«

»Das schon«, Sascha grinste über das ganze Gesicht, »nur sind Satellitengespräche ziemlich teuer.«

Jetzt wurde Herr XY hellhörig. »Wieso Satellit? Wo leben Sie denn?«

»Jeden Tag woanders.«

»Nanu? Sind Sie Pilot?«

»Nee, Steward auf 'nem Kreuzfahrtschiff.«

»Das ist ja interessant.« Herr XY wechselte seinen Platz und setzte sich zu Sascha. »Welche Route fahren Sie denn? Mittelmeer? Malta, Madeira, Abstecher auf die Kanaren und so weiter?«

Saschas Grinsen wurde immer unverschämter. »Eigentlich mehr Pazifik, Indischer Ozean und so weiter, also Neuseeland, Bali, Hongkong mit Abstecher auf die Malediven.«

Herr XY staunte. »Das muß dann aber ein ziemlich großer Pott sein. Kenne ich ihn?«

»Möglich«, sagte Sascha gleichmütig. »Er heißt Queen Elizabeth II.«

Herr XY holte frischen Kaffee. »Wollen Sie auch noch welchen? Nein? Ist auch besser. Diese Höllenbrühe garantiert baldigen Herzinfarkt.« Er jonglierte die Tasse zum Tisch zurück und setzte sich wieder. »Geht es auf so einem Dampfer wirklich zu wie in der Traumschiff-Serie? Die hätten wir übrigens auch gern gehabt, hat tolle Einschaltquoten. Erzählen Sie doch mal ein bißchen.«

Sofort winkte Sascha ab. »Lieber nicht, sonst kriege ich Krach mit der Reederei. Fernsehfilme haben nur selten etwas mit der Realität zu tun.« Dann plauderte er aber doch aus dem Nähkästchen, und je mehr er erzählte, desto interessierter wurde Herr XY. Schließlich meinte er: »Würden Sie sich zutrauen, ähnlich locker vor der Kamera zu reden?«

»Na klar, warum nicht?« Erst dann schien Sascha aufzugehen, was diese Frage bedeutete. »Sie denken doch nicht etwa an einen Auftritt im Fernsehen?«

Genau das schwebte Herrn XY vor. »Wir sollten das möglichst bald durchziehen, solange die MS Astor beim ZDF noch über den Bildschirm schwimmt. Traumschiff und Wirklichkeit, das wäre ein tolles Thema.«

»Für Sie vielleicht, aber ich wäre meinen Job los. Welcher Betrieb mag es schon, wenn man ihm hinter die Kulissen schaut? Nee, das lassen wir schön bleiben. Und außerdem ginge es auch gar nicht. Am Freitag muß ich wieder in Southampton sein. Dann ist mein Urlaub zu Ende.«

Das stimmte zwar nicht, sein Kahn würde erst in zwei Wochen wieder seinen Heimathafen anlaufen, doch das brauchte Herr XY ja nicht zu wissen.

»Frau Sanders bitte in die Maske!« tönte es aus einem unsichtbaren Lautsprecher. Ein dienstbarer Geist brachte mich in ein kleines Kabuff, in dem außer einem Stuhl mit einem Spiegel davor und einem Wägelchen voller Schminkutensilien gerade noch Platz für die Maskenbildnerin blieb.

Zehn Minuten später sah ich wie ein rosa Schweinchen aus. Das müsse so sein wegen der Scheinwerfer, wurde ich belehrt, bekam noch einen Rougetupfer auf die Wangen und durfte gehen.

Niemandem außer Sascha fiel mein Babygesicht auf. »In welchen Farbkübel haben sie dich denn gesteckt?«

»Ich bezweifle ja auch, daß mir der pinkfarbene Lippenstift steht, aber vielleicht sehe ich nachher auf dem Bildschirm fünfzehn Jahre jünger aus.«

»Lieber nicht, dann müßtest du nämlich mit dreizehn zum erstenmal gemuttert haben!«

Herr XY kreuzte meinen Weg. »Sind Sie fertig? Wir sind gleich dran.«

Jetzt wurde mir doch ein bißchen mulmig. Im Bauch fing es an zu kribbeln, ein Kloß setzte sich in der Kehle fest, meine Stimme hatte sich in ein Krächzen verwandelt. Wenn doch bloß schon die nächste Viertelstunde vorbei wäre.

»Und sag nicht dauernd ›äh‹«, flüsterte mir Sascha noch zu, bevor ich Herrn XY ins Aufnahmestudio folgte. Was ich erwartet hatte, kann ich heute nicht mehr sagen, auf keinen Fall jedoch ein simples Wohnzimmer mit Bücherschrank und Sitzecke, dessen Ausmaße ungefähr dem sozialen Wohnungsbau entsprachen. Lediglich die an der Decke befestigten Scheinwerfer paßten nicht so ganz zum Ambiente. Dem Sofa gegenüber war die Kamera postiert, und damit hatte sich's auch schon. Keine Kabelträger, keine Dame mit Puderquaste, kein Aufnahmeleiter, nur ein Monitor in der Ecke mit einem Männergesicht, das den Wetterbericht verlas: Überwiegend bewölkt und für die Jahreszeit zu kühl.

Ich mußte auf dem Sofa Platz nehmen, Herr XY ließ sich im daneben stehenden Sessel nieder, rückte die Vase mit den Pfingstrosen etwas zur Seite, wandte sein Gesicht zur Kamera und setzte, sobald das rote Licht aufflammte, ein sehr gekonntes professionelles Lächeln auf. »Einen schönen guten Morgen und herzlich willkommen zum Frühstücksfernsehen. Wir haben heute ...«

Während er den Einleitungstext herunterspulte, ging ich in Gedanken noch einmal meine hoffentlich originelle Antwort auf die gleich zu erwartende erste Frage durch. Und was kam statt dessen?

»Frau Sanders, eines Ihrer Bücher heißt *Das hätt' ich vorher wissen müssen* und beschreibt, was Sie seit Ihrem Dasein als Hausfrau und Autorin alles erlebt haben. Was hätten Sie denn nun anders gemacht, wenn Sie es vorher gewußt hätten? Keine Bücher geschrieben?«

Jetzt saß ich fest! Auf diese Frage war ich in keiner Weise vorbereitet, die hätte meinetwegen später kommen dürfen, wenn ich ein bißchen lockerer geworden wäre, aber doch nicht gleich am Anfang, zumal die Einleitung extra abgesprochen worden war. Am liebsten hätte ich diesem mich erwartungsvoll anstrahlenden XY die Vase samt Pfingstrosen über den Kopf gestülpt.

Decken wir den Mantel des Schweigens über sechs Minuten Blamage. Zumindest ich habe mein Fernsehdebüt als eine solche empfunden, obwohl meine Familie hinterher behauptet hat, ich habe mich ganz gut geschlagen, nur siebenmal »äh« gesagt, absolut druckreif gesprochen, aber entsetzlich geleiert. »Und nicht *einmal* hast du in die Kamera gesehen«, monierte Katja.

»Man schaut ja auch seinen Gesprächspartner an«, erinnerte ich sie an diese simple Höflichkeitsregel.

»Den haste ja gar nicht angeguckt, meistens haste bloß auf die Tischplatte gestiert.« Irgendwo muß noch die Aufzeichnung dieses denkwürdigen Interviews herumliegen, ich weiß nur nicht mehr, wo. Angesehen habe ich die Kassette ein einziges Mal, und das auch ganz allein.

So viel zu den Muß-Reisen. Korrekterweise sollte ich noch die Leseabende aufführen, obwohl ich mir nicht ganz sicher bin, ob sie nicht doch in die andere Rubrik gehören. Wenn ich nicht will, muß ich ja nicht! Und meistens will ich auch, nur nicht unbedingt zehn Tage hintereinander mit einem freien Wochenende dazwischen, vierhundert Kilometer von zu Hause entfernt. Wenn ich Glück habe, wohnt in erreichbarer Nähe jemand Bekanntes, dem ich auf die Bude rücken kann; falls nicht, bleibt bloß noch Kino. Und wenn ich Pech habe, kenne ich den Film schon!

3

Will-Reisen dagegen bedeuten in erster Linie Urlaub, manchmal aber auch nur Kurztrips in reizvolle Gegenden.

Eine reizvolle Gegend ist zum Beispiel München. Fanden die Zwillinge und schenkten mir zum Geburtstag eine Dreitagefahrt in Bayerns Metropole. Sie waren nämlich noch nie dort gewesen. Reserviert (und vorher bezahlt!) hatten sie ein Dreibettzimmer in einer kleinen Pension direkt am Stachus – Dusche schräg über den Flur, Schlüssel dazu in der Küche abzuholen –, und ein festumrissenes Vergnügungsprogramm hatte auch schon vorgelegen. Es beinhaltete am ersten Tag Anreise sowie einen Bummel durch die Fußgängerzone, danach Abendessen und Kino; am zweiten die unerläßliche Besichtigung einiger Sehenswürdigkeiten wie Schwabing, Maximilianstraße und Viktualienmarkt, eventuell noch Besuch eines Museums, dessen Auswahl mir überlassen bleiben sollte, weil die Mädchen sich für keins interessierten. Nur über die Gestaltung des Abends waren sie sich noch nicht im klaren gewesen. Am dritten Tag Ausflug zu den Bavaria-Filmstudios und Heimreise. Soweit die Theorie.

Die Praxis hatte später ganz anders ausgesehen. Wir kamen bei strömendem Regen an, erstanden im ersten Kaufhaus in der Fußgängerzone drei Schirme und arbeiteten uns dann von Geschäft zu Geschäft vorwärts. Rechts die Straße rauf, links wieder runter. Außer der Firma für Umstandsmoden und dem Pelzgeschäft hatte jede Schaufensterauslage etwas zu bieten, das nach Ansicht meiner Töchter ein Betreten des Ladens erforderlich machte. Auf diese Weise konnten wir uns immer mal wieder aufwärmen. Um halb sieben zurück zur Pension, umziehen (wir sahen aus, als hätten wir einen Spaziergang durch die Abwasserkanäle hinter uns), in einem Touristenlokal bayrisches Abendessen mit Knödeln und Kraut, im Kino *Das Schweigen der Lämmer*, angeblich künstlerisch wertvoll und wohl deshalb entsetzlich deprimierend.

Am nächsten Tag regnete es immer noch. Deshalb enterten wir einen Sightseeing-Bus und ließen uns zum Besichtigen fahren. Ein bißchen Englischer Garten, ein Blick auf die Bavaria, ein paar Museen von außen, eins von innen, aber bitte nur die drei Säle mit den holländischen Malern, zu mehr reicht die Zeit nicht, sonst verpassen wir das Glockenspiel am Rathaus. Da standen wir dann unter unseren tropfenden Schirmen und guckten zu den tanzenden Figuren rauf. Als sie endlich wieder stillstanden, mußten wir noch auf den Vogel warten, der ist nämlich auch sehenswert. Warum, weiß ich nicht, man erkennt ihn ja kaum.

Am Nachmittag kam die Sonne durch. Die Mädchen planten einen nochmaligen Marsch durch die Fußgängerzone. Bei schönem Wetter mache das doch viel mehr Spaß, außerdem wollten sie noch in das große Sportartikelgeschäft, das sie gestern unbegreiflicherweise übersehen hatten, und überhaupt sei die Zeit für längere Unternehmungen schon zu fortgeschritten.

»Ohne mich«, rief ich sofort, »mein Wandertrieb hat Grenzen. Ich möchte mir mal in Ruhe die Buchhandlung da drüben ansehen, und danach gehe ich Kaffee trinken. Dort könnt ihr mich abholen.«

»Wann denn?«

»Na, wann wohl? Wenn die Geschäfte schließen. Vorher kann ich ja doch nicht mit euch rechnen.«

In Wirklichkeit hatte ich etwas ganz anderes im Sinn. In einer Seitenstraße hatte ich ein Theater entdeckt, in dem das Musical *Fourtysecond-Street* gegeben wurde, sogar mit der original Broadway-Besetzung. Vielleicht konnte ich noch

Karten bekommen. Große Hoffnung hatte ich nicht, doch versuchen wollte ich es.

Und ich hatte Glück! Es waren zwar nur noch die teuersten Plätze zu haben, aber was soll's? Einmal ist keinmal. Außerdem hatte ich ja auf den Leinenblazer verzichtet, den ich mir gestern beinahe gekauft hätte.

Erst jubelten die Zwillinge, als ich ihnen die Karten zeigte, dann machten sie bedripste Gesichter. »Ich habe doch gar nichts zum Anziehen mit«, jammerte Nicki.

»Auf keinen Fall können wir mit Jeans ins Theater gehen«, protestierte auch Katja, sah aber sofort einen Ausweg. »Eine Viertelstunde haben die Läden noch auf. Wenn wir gleich . . .«

»Das könnte euch so passen! Wir gehen ja nicht in die Oper! Irgend etwas werdet ihr in eurem Marschgepäck bestimmt finden.« Mit dem Berg Klamotten, den die Mädchen mitgenommen hatten, wäre ich eine Woche lang ausgekommen.

Auch dieser Abend war gerettet, nur endete er weniger festlich bei McDonald's mit Cheeseburger und Chefsalat. Die Zwillinge hatten schon wieder Hunger gehabt, die in erreichbarer Nähe gelegenen Imbißstätten waren aber bereits geschlossen.

Die Filmstudios fanden wir erst nach einer längeren Irrfahrt, weil sie nirgends ausgeschildert sind. Offenbar hatte jede Münchner Schule mindestens eine Klasse zwecks Besichtigung von Windmaschinen und Pappkulissen nach Grünwald entsandt (derartige Unternehmen sind unter der Bezeichnung »Wandertag« fester Bestandteil jedes Lehrplans), denn es wimmelte nur so von Jugendlichen aller Altersstufen. Sie hatten erheblich weniger Schwierigkeiten als ich, durch Blechröhren zu kriechen (»das Boot«) oder eine Hühnerleiter zu besteigen, um einen Blick in die »Raumstation« zu werfen.

Nach drei Stunden Wanderung durch die Filmstadt war ich fußlahm und sämtlicher Illusionen beraubt. Die letzte ging flöten, als uns die Sache mit dem fahrenden Auto demonstriert wurde. Das steht auf einem Stück Straße, parallel dazu eine dicke drehbare Säule, auf die die gewünschte Kulisse geklebt wird. Hinten rütteln zwei Mann, damit das Auto ein bißchen vibriert, die Säule dreht sich, und prompt erweckt das Ganze später den Anschein, als führe der Wagen einen Waldweg entlang. Sieht man allerdings genau hin, wird man feststellen, daß der Baum mit dem angeknickten Ast immer wieder auftaucht. Doch wer achtet schon darauf, wenn der Held hinterm Steuer gerade einen Revolver im Nacken hat. Im übrigen vermute ich, daß diese Säule ein Relikt aus der Stummfilmära ist.

Endlich war auch der letzte Programmpunkt abgehakt, und wir konnten die Heimreise antreten. Die Zwillinge waren von diesem Geburtstagsgeschenk so begeistert gewesen, daß sie mir im darauffolgenden Jahr einen Gutschein über drei Tage Nürnberg präsentierten. Der Termin fiel genau auf die Hundstage. Es war so blödsinnig heiß, daß wir uns von einer Eisbude zur nächsten schleppten und die Nachmittage in kleinen Tretbooten auf einem Badesee verbrachten, weil es da ein bißchen windig war.

Mal schauen, welches Ziel sie sich als nächstes ausgeguckt haben. Vielleicht Hamburg, da sind sie auch noch nicht gewesen.

Meine richtigen Will-Reisen sehen natürlich ganz anders aus. Sie finden meistens im Winter statt und heißen Urlaub. Für die Sommerferien habe ich schon längst einen Ort entdeckt, der ruhig und vom Massentourismus völlig unberührt ist: den eigenen Garten. Die Nachbarn samt ihren schulpflichtigen Kindern sind alle verreist, die Rasenmäher schweigen, sogar der Kaffee schmeckt nach Kaffee, weil er nicht mit dem Duft von Grillwürsten aromatisiert wird.

Dagegen gibt es drei gute Gründe für einen Winterurlaub in warmen Ländern: Januar, Februar, März!

Zwanzig Jahre hat es gedauert, bis Rolf und ich zu der Erkenntnis gekommen waren, daß bei gemeinsamen Ferien immer einer von uns beiden den kürzeren gezogen hat. *Er* kann die Hitze nicht vertragen, findet Strandspaziergänge langweilig, schwimmen im Meer noch langweiliger und begreift nicht, wie man sich stundenlang mit einem dicken Buch in der Hand auf einer Liege aalen kann.

Ich dagegen habe nichts für die Berge übrig und noch weniger für kleine Moseldörfchen mit ihren romantischen Winkeln, die angeblich jedes Malerherz entzücken. Während der Künstler abwechselnd über seinem Aquarell und der Moselweinflasche sitzt, pilgere ich die vier Dorfstraßen rauf und runter und werde höchstens mal gebraucht, um in der mitgebrachten Konservendose frisches Wasser vom Brunnen zu holen. Nach anderthalb Stunden ist die Flasche leer und das Bild fertig. Steht die Sonne günstig, zieht der Künstler zweihundert Meter weiter und fängt ein neues an.

In den Bergen ist es so ähnlich. Da wird erst mal gewandert, um das richtige Motiv zu finden, und dann darf ich mich auf eine Wiese setzen und den Kühen beim Wiederkäuen zugucken.

Trotzdem hat es noch weitere fünf Jahre gedauert, bis wir auf den naheliegenden Gedanken gekommen waren, künftig unseren Urlaub getrennt zu verbringen. Er im Sommer, ich im Winter.

Der stand nun vor der Tür, so daß ich meine berechtigten Ansprüche anmelden konnte. Allerdings hatte sich der Familienrat zusammengefunden, um mir meine »hirnrissigen« Pläne auszureden.

»Warum mußt du ausgerechnet nach Israel?« wollte Sven wissen. »Weshalb fliegst du nicht auf die Kanaren, da ist es um diese Zeit auch noch warm?«

»Ins Winterdomizil für betuchte Rentner? Nee, danke! Ich habe keine Lust, mich schon am Frühstückstisch über die zweckmäßige Therapie bei Bandscheibenbeschwerden zu unterhalten.«

»Was gibt es in Israel überhaupt zu sehen? Außer Juden natürlich und Obstplantagen.« Gelangweilt blätterte Katja den Prospekt durch. »Da fährt man doch nicht hin, um Urlaub zu machen.«

Himmel noch eins, konnte mich die Sippe nicht mal einen eigenen Entschluß fassen lassen? »Vielleicht will ich diesmal etwas ganz anderes sehen als Strand und Palmen.«

Verblüfftes Schweigen. Dann die Stimme meines Herrn: »Möchtest du damit etwa andeuten, daß du auf deine alten Tage noch deinen Grundsätzen untreu wirst, die da lauten: Man biete mir Sonne, Meer, einen Liegestuhl, ein halbes Dutzend Bücher und drei Mahlzeiten am Tag?«

»Du redest von Urlaub, und dazu sind elf Tage zuwenig. Diesmal will ich ja bloß ein bißchen verreisen. Und zwar nach Israel, Altertümer begucken. Mit Irene. Basta!«

»Dann fahrt lieber nach Ägypten«, sagte Steffi. »Da ist alles noch viel älter.«

»Älter als was? Als wir?«

»Das auch, aber ich meinte eigentlich die Pyramiden. Damit können die paar Ruinen in Israel doch nicht konkurrieren.« Sie sah Sven fragend an. »Gibt es da überhaupt welche? Ich dachte, das ganze Land ist mal Wüste gewesen.«

»Vielleicht hättest du in der Schule lieber nicht aus dem Religionsunterricht austreten sollen«, bemerkte er weise, »dann wüßtest du nämlich, daß dieses Land mal Palästina hieß und besiedelt war von ...«

Abrupt löste sich die Diskussionsrunde auf. Sobald Sven mit seinen Vorträgen über fremde Länder anfängt, vorzugsweise über solche, die er selbst nie bereist hat, treibt er auch den geduldigsten Zuhörer nach längstens fünf Minuten in die Flucht. Seine Kenntnisse bezieht er überwiegend aus teuren Zeitschriften, von denen er ein halbes Dutzend abonniert hat, und weil das immer noch nicht genügt, konserviert er jeden Reisebericht im Fernsehen auf Video. *Casablanca* findet man bei ihm nicht, doch garantiert *Die letzten Paradiese der Erde* (oder so ähnlich) vom Nordpol bis nach Feuerland. Von Israel hatte er natürlich auch was, und nachdem ich mir den Film angesehen hatte, fand ich meine

Idee gar nicht mehr so gut. Ziemlich karge Landschaften, wenig Wasser, viele Steine, viele Ziegen, staubig war's auch – was, um alles in der Welt, sollte ich da überhaupt?

Zurück konnte ich nicht mehr, die Reise war fest gebucht, und – was letztendlich ausschlaggebend gewesen war – Irene würde mitkommen. »Eigentlich wollte ich ja mal nach Thailand«, hatte sie gesagt, »aber bis Bangkok fliegt man vierzehn Stunden, nach Tel Aviv bloß vier.«

Als einzige unserer fünf Nachkommen wohnten nur noch die Zwillinge zu Hause, doch deren Kochkenntnisse waren inzwischen so weit über das Miracoli-Stadium hinausgekommen, daß sie auch schon Schnitzel braten und Nudelsalat machen konnten. Den Umgang mit der Mikrowelle beherrschen sie sogar besser als ich. Meistens verkalkuliere ich mich nämlich mit den Aufwärmzeiten und darf hinterher die übergekochte Milch von den Wänden kratzen. Ich brauchte also nur dafür zu sorgen, daß genügend Fertiggerichte und genügend Schnitzel in der Kühltruhe lagen.

Zwei Tage vor Reisebeginn ein letztes Telefonat mit Irene. »Ich fliege schon morgen früh und übernachte bei Freunden in Garching«, teilte sie mir mit. »Denen bin ich seit drei Jahren einen Besuch schuldig.«

»Garching? Liegt das nicht in der Nähe von München?«

»Eben drum!«

»Und wie kommst du dann nach Frankfurt?«

Ein paar Sekunden herrschte Stille in der Leitung. »Wieso Frankfurt? Wir starten doch in München.«

Irgendwie mußte mir das entgangen sein. Den Frankfurter Flughafen kenne ich genau, da fliege ich immer ab, vom Münchner wußte ich nicht mal, wo er ist. »Bist du sicher?«

»Natürlich bin ich sicher«, kam es aus dem Hörer. »Im übrigen hast *du* die Tickets, also sieh gefälligst nach!« Sie hatte recht. Abflug München 15.50 Uhr.

»Sag bloß, du wärst nach Frankfurt gefahren.«

»Natürlich nicht«, behauptete ich sofort und hoffte, daß es überzeugend genug klang. »Also es bleibt dabei: Um vierzehn Uhr vor dem El-Al-Schalter.«

Schön und gut, doch wie sollte ich hinkommen? »Wer fährt mich übermorgen nach München?« fragte ich beim Abendessen und erwartete begeisterte Zustimmung, denn an den Führerscheinen der Zwillinge klebte noch die Druckerschwärze, und folglich begrüßten sie jede Gelegenheit, um Auto zu fahren.

»Nach München?« kam es gedehnt zurück. »Wann denn?«

»Am späten Vormittag.«

»Da haben wir Schule«, sagte Katja mit ungewohntem Pflichtbewußtsein.

»Aber schon um zehn Uhr aus und nachmittags keinen Unterricht.« Den Stundenplan hatte ich offenbar besser im Kopf als sie. »Ich hole euch ab, dann fahren wir von dort aus gleich weiter.«

»Geht nicht, wir haben das Volleyball-Turnier«, erklärte Nicki. »Ich bin aufgestellt.«

»Wenn du nicht mitspielst, gewinnen wir vielleicht mal«, murmelte ihre Schwester.

»Weshalb fährst du nicht mit dem Zug?«

Dieser Vorschlag konnte nur von meinem Ehemann stammen, der eine Eisenbahn bloß noch aus der Sicht des Autofahrers kennt, wenn er vor der geschlossenen Schranke steht. »Du hast keinen Streß, keinen Stau, kannst unterwegs gemütlich zu Mittag essen und kommst ausgeruht an.«

Mein körperliches Wohlbefinden lag ihm allerdings weniger am Herzen. Er sorgte sich lediglich um die Mädchen, denen er eine längere Autofahrt nicht zutraute. »Sie haben doch noch gar keine Routine.«

»Die kriegen sie auch nicht, wenn sie nur zur Schule und zur Disko fahren«, bellte ich zurück.

Die erwartete Zustimmung meiner Töchter blieb aus. Anscheinend hatten sie für übermorgen Pläne, von denen ich nichts wußte, und keine Lust, sie meinetwegen aufzugeben. »Also schön, dann fahre ich eben Bundesbahn.«

Damit war das Thema vom Tisch, bis mir einfiel, daß ich mich erst einmal mit den Fahrplänen vertraut machen mußte. »Sofern ihr eure Abneigung gegen das Autofahren überwinden könnt, wäre ich dankbar, wenn einer von euch am Bahnhof schnell mal meine Reiseroute erkunden würde.«

»Da ist jetzt zu«, sagte Katja lakonisch. »Um zehn vor sieben machen die doch den Laden dicht.«

Das allerdings stimmte. Der letzte Zug geht um Viertel nach sechs. Jetzt war es halb acht. »Na gut, dann muß ich mich morgen selbst darum kümmern.«

Mit dem Zug zu fahren ist umständlich, wenn man abseits der Hauptverkehrsstrecke liegt. Vor fünfundzwanzig Jahren hat Bad Randersau zwar die Stadtrechte erhalten, woraufhin die Hundesteuer erhöht und eine neue Realschule erbaut wurde, doch die Bundesbahndirektion hat von diesem Status bis heute keine Notiz genommen. Wir haben siebzehntausend Einwohner, verteilt über etwa dreißig Quadratkilometer. Flächenmäßig sind wir also eine Großstadt. Es existiert nämlich ein Kernort und acht Stadtteile, nur liegen die ein bißchen sehr außerhalb mit Wald oder Rübenfeldern dazwischen. Will jemand mit dem Zug verreisen, muß er erst einmal zum Bahnhof, und den gibt es nur im Kernort. Also wartet er zunächst auf den Linienbus. Der fährt alle paar Stunden und nie dann, wenn man ihn braucht; entsprechende Wartezeiten am Bahnhof sind demnach einzukalkulieren unter Berücksichtigung der Tatsache, daß es dort keine öffentliche Toilette gibt.

Der Zug bringt einen nach Heilbronn. Dort steigt man um. Hat man etwas Größeres vor, zum Beispiel eine Reise ins Ausland, muß man nach Stuttgart. Da ist der IC zwar gerade weg, doch der nächste kommt in einer Stunde. Oder etwas später. Dann allerdings verpaßt man in Basel seinen Anschluß nach Zürich.

Fahrten in nördlicher Richtung verlaufen so ähnlich. Hat man Glück, fährt der Triebwagen bis Heidelberg durch, wenn nicht, muß man vorher noch mal umsteigen. Die Zivilisation erreicht man ohnehin erst in Mannheim, und sollte das Reiseziel Hamburg oder Bremen heißen, fährt man erst mal über Hannover.

Da ich glücklicherweise im Kernort unserer großen Kleinstadt wohne, blieb mir wenigstens die Busfahrt erspart, doch die Reiseroute war auch so kompliziert genug. Mit dem Entenmörder nach Heilbronn (er hält an jeder Milchkanne und braucht entsprechend lange), dortselbst Zug- und Bahnsteigwechsel (vorgegebene Zeit fünf Minuten!), Weiterfahrt nach Stuttgart (sollte ich den Eilzug nicht mehr erreichen, kann ich etwas später den Bummelzug nehmen, der allerdings auf halber Strecke vom nächsten Eilzug überholt wird) und in der Landeshauptstadt endlich Anschluß nach München. Geschätzte Fahrzeit: Dreieinhalb bis fünf Stunden. Je nachdem. Mit dem Auto dauert's halb so lang. Ich stellte den Wecker auf sechs Uhr.

Koffer packen, aber womit? Dreiundzwanzig Grad Durchschnittstemperatur, hatte Frau Marquardt gesagt. Es könnte jedoch auch entschieden wärmer werden, zum Beispiel in der Wüste, oder kälter, jedenfalls oben in den Bergen. Regen sei unwahrscheinlich, aber nicht unmöglich, man sollte darauf vorbereitet sein.

Was schließlich im Koffer lag, hätte sowohl für einen Aufenthalt in den Tropen als auch für eine Expedition nach Finnland gereicht. Nur auf den Schirm verzichtete ich. In Israel hatte gefälligst die Sonne zu scheinen, regnen tat's hier schon genug.

Entgegenkommenderweise fuhr mich Rolf zum Bahnhof (1600 m!), zu den übrigen dreihundert Kilometern konnte ich ihn nicht überreden. »Früher hast du doch auch immer den Zug benutzt!«

Früher! Da hatte ich noch kein eigenes Auto gehabt. Was war mir also anderes übriggeblieben? Nun besaß ich endlich eins, doch das war noch so neu, daß ich es nicht übers Herz brachte, es zehn Tage lang auf einem Münchner Parkplatz dem Novembernebel auszusetzen. In der Garage war es besser aufgehoben, und den Zündschlüssel hatte ich vorsichtshalber versteckt. Erst in der Altstadt von Jerusalem fiel mir ein, daß der Zweitschlüssel nach wie vor neben der Haustür hing, was den Zwillingen auch nicht entgangen war. Bei meiner Rückkehr hatte der Wagen hundertfünfzig Kilometer mehr auf dem Tacho und eine kleine Delle in der hinteren Stoßstange. »Du mußt endlich einen anderen Platz für die Mülltonne finden!« hatte Katjas Entschuldigung gelautet.

München, die Stadt mit Herz, aber ohne Gepäckträger. Kofferkulis waren Mangelware, also siebzehneinhalb Kilo Gepäck den Bahnsteig entlangschleppen. Die Uhr zeigte zehn Minuten nach zwölf, Zeit genug, um pünktlich am Flughafen zu sein.

Damals gab es noch nicht die futuristische Weltraumstation im Erdinger Moos; dagegen wurde immer noch lebhaft protestiert und demonstriert. Allerdings liegt Riem auch nicht in direkter Bahnhofsnähe, doch dorthin fährt jede halbe Stunde ein Bus. Der stand auch schon da, war verschlossen und der Fahrer nirgends zu sehen.

Nun kann man in, vor oder neben einem Bahnhof stehen, wo man will, es zieht immer. In dieser Ecke zog es ganz besonders heftig. Als der Busfahrer endlich kam, *Bild* und Bockwurst in der Hand, klapperte ich bereits mit den Zähnen. »Warten S' scho lang?«

»Weiß ich nicht, aber als ich hier angekommen bin, waren meine Haare noch blond!«

Er lachte, griff nach meinem Koffer und hievte ihn in den Bus. Der füllte sich allmählich. Die ohne Gepäck mit Blümchen in der Hand waren Abholer, ganz klar, doch wer von den anderen Fahrgästen würde wohl zu unserer Reisegruppe gehören? Etwa der Dicke mit den ledernen Kniebundhosen? Kaum, der sah viel zu bodenständig aus. Dann schon eher die hagere Dame im Tweedkostüm, pensionierte Studienrätin oder vielleicht auch Bibliothekarin mit fundierten Geschichtskenntnissen. Sie zog ein Buch aus der Tasche und schlug es auf. Es war ein Katalog der italienischen Renaissance-Malerei, und die würde sie in Israel mit Sicherheit nicht finden. Reiseziel Rom oder Mailand, vermutete ich.

Zwei Jünglinge stiegen in den Bus, sonnengebräunt (Höhensonne) und in modischem Outfit. Wahrscheinlich Karibik-Touristen, zu jung für eine Kreuzfahrt, zu blasiert für Mallorca.

Der Fahrer hatte schon die Türen geschlossen, als eine heftig winkende Frau aus dem Bahnhof stürmte. Hinterher keuchte ein kleiner beleibter Mann, in jeder Hand einen riesigen Koffer, über eine Schulter eine Reisetasche, über die andere eine Videokamera gehängt, um den Hals die Riemen von zwei Fotoapparaten gewickelt, unterm Arm einen Regenschirm. Die Frau trug nur eine Handtasche, mit der sie jetzt energisch gegen die Scheibe klopfte. »Wir müsse no mit!«

Während sich die Tür öffnete, drehte sich die Frau um. »Wo bleibsch denn, Hoini? Siehsch du net, daß dä Bus abfahre will?«

Heini japste nur und legte noch einen Schritt zu. Er wäre samt seinem Gepäck die Stufen hinaufgefallen, hätte nicht der Fahrgast neben der Tür rechtzeitig zugegriffen und den Lastesel festgehalten. »Ich weiß ja nicht, wohin Sie fliegen«, sagte er lachend, die Koffer in den Bus ziehend, »aber warum packen Sie nicht bloß die Garderobe ein und lassen den Kleiderschrank zu Hause?«

Heini schüttelte nur den Kopf, kroch auf allen vieren die Stufen hinauf und ließ sich auf den nächsten freien Sitz fallen. »Ich … nur Tasche … Rest … meine Frau«, keuchte er, immer wieder nach Luft schnappend.

»Man muß ebe uf alles vorbereitet sei. Ich hab' mi genau informiert. In Israel herrsche Temparaturunterschiede bis zu fünfundzwanzig Grad.«

Meine ersten Mitreisenden hatte ich also kennengelernt, einen Teil der übrigen bekam ich vor dem Flughafengebäude zu sehen. Zehn Minuten lang war ich auf der Suche nach dem richtigen Schalter durch das Terminal geirrt, hatte mehrmals Heinis Weg gekreuzt, der sein Gepäck jetzt auf einem Wägelchen vor sich herschob und auch ziemlich ratlos aussah, dann hatte ich mich an jemand Uniformiertes gewandt. »Die El Al hat ein extra Abfertigungsgebäude«, wurde mir erklärt. »Sie müssen wieder raus und dann nach links.«

Links sah ich zunächst einen hohen Zaun mit Stacheldraht obendrauf. Davor stand ein Schützenpanzerwagen der Bundeswehr. Ein paar Soldaten lehnten gelangweilt am Zaun, zwei Polizisten erörterten die Siegeschancen des Füssener Eishockeyclubs. Zweifellos hatte ich wieder einmal rechts mit links verwechselt und war vor einer Kaserne gelandet. Ich wollte gerade umkehren, als ich Heini nebst Gattin sichtete. Zielstrebig steuerten sie das kleine Türchen im Zaun an, wurden aber vorher von den Polizisten gestoppt. Was sie sagten, konnte ich nicht verstehen, doch als Frau Heini in ihrer Handtasche kramte, wurde ich stutzig. Sollte diese bewachte Festung tatsächlich das gesuchte Gebäude sein?

Heinis durften passieren, nachdem sie ihre Tickets vorgewiesen hatten. Ich mußte draußen bleiben, weil ich zwei Tickets in der Tasche hatte und Irene ohne das ihre von dem Zerberus am Tor nicht durchgelassen worden wäre. Wo blieb sie überhaupt?

Ein weiterer Bus hatte seine Fracht ausgeladen, zwei Lodenkostüme und ein Regenmantel verschwanden hinter dem Zaun, aus einem Taxi kletterte ein jugendliches Pärchen mit zwei Rucksäcken, zeigte seine Papiere, wurde durchgewinkt – nur ich stand draußen vor der Tür und genoß die ungeteilte Aufmerksamkeit der herumlungernden Soldaten. Schließlich kam einer auf mich zu. »Warten Sie auf jemanden?«

»Wieso? Sehe ich so aus?«

Er grinste nur. »Wenn Sie die Maschine nach Tel Aviv erreichen wollen, sollten Sie sich beeilen.«

»Warum denn? Die startet doch erst in anderthalb Stunden.«

»Eben drum!« sagte er, fügte jedoch erklärend hinzu: »Da drinnen dauert's noch eine Weile, ehe Sie durch sind.«

Aus dem weiter hinten liegenden Gebäude kam jemand angerannt. »Du lieber Himmel, wo bleiben Sie denn?« rief

Frau Marquardt schon von weitem. »Worauf warten Sie noch?«

»Auf meine Freundin.«

»Wo ist sie denn?«

»Eine gute Frage. Die nächste bitte.« Dann fiel mir etwas ein. »Können Sie nicht schon meinen Koffer mitnehmen?«

»Geht nicht, den müssen Sie gleich selber öffnen. Aber wenn Ihre Freundin nicht in den nächsten zehn Minuten ...«

Direkt vor uns hielt mit quietschenden Bremsen ein Mercedes der oberen Preisklasse, die Tür ging auf, aber mit meiner Gardinenpredigt, die ich mir schon vorher zurechtgelegt hatte, kam ich gar nicht zum Zuge.

»Reisen bildet«, sagte Irene zur Begrüßung, »vor allem Staus. Wir haben eine Dreiviertelstunde lang dringehangen.« Koffer raus, ein Abschiedsküßchen für den Prominentenzahnarztfreund, kurzer Rundumblick, der am Zaun hängenblieb.

»Müssen wir da rein?«

»Ja.«

»Warum gehen wir dann nicht?«

Es gibt Momente, in denen auch bei mir niedere Instinkte durchbrechen. Am liebsten hätte ich Irene den Hals umgedreht.

»Kommen Sie immer in der letzten Minute?« wollte Frau Marquardt wissen, nachdem ich die beiden miteinander bekannt gemacht hatte.

»Beinahe wäre ich überhaupt nicht gekommen«, sagte Irene unbekümmert. »Wer läßt sich schon freiwillig aus dem Paradies vertreiben? Kannst du dich noch an Uschi erinnern?«

»Uschi?« überlegte ich halblaut. »Welche denn? Wir hatten doch drei in der Klasse.«

»Uschi Meineke, die mit dem künstlerischen Touch. Bühnenbildnerin wollte sie werden, hat auch ein paar Semester in München studiert und dann den vermickerten Studenten der Zahnmedizin geheiratet.«

»Ach, *die* Uschi meinst du. Der Student war wohl dein Chauffeur von eben?«

»Kaum zu glauben, nicht wahr? Bisher kannte ich ja bloß ihr niedliches Sechs-Zimmer-Ferienhaus in Antibes, aber gegen den Schuppen in Garching ist das wirklich nur eine bessere Gartenlaube. Hallenbad und Sauna im Keller, Treibhaus im Garten, Köchin, Haushaltshilfe, Putzfrau, Gärtner – ich bin mir vorgekommen wie in einem Hollywoodfilm. Evelyn, ich habe den falschen Mann geheiratet. Nicht aus Zwiebeln erwächst Reichtum, sondern aus Wurzeln. Zahnwurzeln!!!«

Nur dunkel konnte ich mich an Uschi erinnern, ein etwas farbloses Geschöpf, das nie in irgendeiner Weise aufgefallen war. »Ich wußte gar nicht, daß du noch Kontakt zu ihr hast. Was macht denn so eine Prominentengattin den ganzen Tag. Rosen für den Frühstückstisch schneiden?«

»Ach wo, das erledigt der Gärtner. Außerdem waren es keine Rosen, sondern exotische Gewächse aus dem Treibhaus. Uschi repräsentiert bloß. Frag mich nicht, was und wo, aber sie ist Mitglied des Golfclubs, des Tennisclubs, des Reitclubs, des Lion-Clubs, des Bridgeclubs ... damit ist man ausgelastet!«

Das konnte ich mir denken. »Wie schön für sie. Wir zählen unser Geld, sie wird es wahrscheinlich wiegen. So, wie geht's denn jetzt weiter?«

Wir hatten das Flughafengebäude erreicht und wurden gleich nach links gewinkt, wo hinter vereinzelt stehenden Tischen mehrere Damen und Herren saßen, vor sich irgendwelche Papiere, in denen sie herumblätterten. Uns wurde je ein Tisch zugewiesen, und dann begann eine hochnotpeinliche Befragung. Woher ich komme, wohin ich wolle, ob ich Freunde oder Bekannte in Israel habe, wenn ja, wen und wo, ob zu meinem Bekanntenkreis Araber zählen, falls ja, aus welchem Land sie stammen ...

Eine Zeitlang hörte ich mir das an, gab auch die gewünschten Auskünfte, doch dann wurde es mir zu bunt. »Was soll das eigentlich? Ich will ja nicht einwandern. Ich gehöre zu einer Gruppe, die lediglich zehn Tage Israel bereisen möchte.«

Die Dame schien an solche Ausbrüche gewöhnt zu sein. Ungerührt fragte sie weiter: »Haben Sie Ihren Koffer selber gepackt?«

»Natürlich. Wer denn sonst? Mein Butler hatte gestern Ausgang.« Normalerweise werde ich nicht so schnell pampig, aber diese Fragerei nervte.

»Hat Ihnen jemand ein Päckchen oder ein Geschenk mitgegeben, das Sie in Israel jemandem aushändigen sollen?«

»Nein.«

»Dann wünsche ich Ihnen einen guten Flug und angenehmen Aufenthalt.«

»Danke. Kann ich jetzt gehen?«

»Ja, dort rüber zur Gepäckkontrolle.« Sie zeigte in die entsprechende Richtung.

Irene stand schon dort und verfolgte mißtrauisch die gründliche Durchsuchung ihres Koffers. »Ich weiß gar nicht, was die eigentlich finden wollen. So gefilzt worden bin ich noch nicht mal an unserer innerdeutschen Grenze. Glauben Sie wirklich«, wandte sie sich an den Zollbeamten, »daß ich im Reisewecker eine Bombe versteckt habe und den Flieger überm Mittelmeer in die Luft jage? Dann hätte ich aber bestimmt kein Rückflugticket gekauft.«

»Diese Kontrollen geschehen ja nur zu Ihrer eigenen Sicherheit«, erwiderte der Uniformierte. »Eine El-Al-Maschine ist jedenfalls noch nie gekapert worden.«

Damit hatte er allerdings recht. Deshalb händigte ich ihm auch bereitwillig den Schlüssel aus, auf daß er sich an meinem sehr professionell gepackten Koffer erfreuen möge. Der von Irene hatte nämlich ausgesehen, als habe sie wahllos alles hineingestopft, was in greifbarer Nähe herumgelegen hatte. Da kullerten Hustenbonbons zwischen den Bügeln der Sonnenbrille, eine Schere hatte sich in die Schnur vom Reisebügeleisen gebohrt, ein Schuhabsatz war dem Sonnenöl ins Gehege gekommen und hatte den Deckel beschädigt – »Macht nichts; die Flasche war sowieso schon halb leer, und außerdem ist ja alles in die Regenjacke getropft, und die ist wasserdicht!« –, und weshalb sie die Strohtasche und drei Plastiktüten mitgenommen hatte, leuchtete mir auch nicht ein. »So was braucht man immer, das wirst du schon merken«, meinte sie nur, die ramponierte Ölflasche in eine der Tüten wickelnd. »Siehste, die erste ist schon weg.«

Inzwischen hatte der Zollbeamte meinen Koffer auf den Tisch gehievt und fummelte am Schloß herum. »Sind Sie sicher, daß das hier der richtige Schlüssel ist?«

»Natürlich, einen anderen habe ich nicht, und außerdem habe ich mit diesem heute früh den Koffer abgeschlossen.«

»Dann schließen Sie ihn bitte wieder auf.«

Ich griff nach dem Schlüssel, steckte ihn ins Schloß – er paßte auf Anhieb –, drehte ihn nach links, drückte auf die Taste, die jetzt aufspringen müßte, und stellte etwas verwundert fest, daß sie es nicht tat. Vielleicht andersherum? Klappte auch nicht. Ich zog den Schlüssel heraus und probierte ihn am anderen Schloß. Das ging sofort auf. »Na also«, sagte ich aufatmend, »es ist doch der richtige.« Rätselhaft blieb lediglich, weshalb er nicht auch auf der anderen Seite das tat, was er tun sollte, nämlich das verdammte Schloß entriegeln. Hilflos sah ich Irene an. »Hast du zufällig einen Schraubenzieher dabei?«

Überflüssige Frage; wer reist schon mit einem Handwerkskasten?

»Versuch's mal mit meinem Schlüssel, manchmal passen die Dinger auch woanders.«

»Zwecklos!« Ich deutete auf den im Koffer eingeprägten Namenszug. »Bei diesen Nobelmarken mußt du das Original haben, sonst siehst du alt aus.«

Sie grinste schadenfroh. »Das hast du nun von deiner snobistischen Ader! Mein Koffer war ein Sonderangebot von Aldi und hat keine hundert Mark gekostet.«

»Der hier gehört mir ja gar nicht«, wehrte ich mich gegen die Unterstellung, nicht vorhandenen Reichtum wenigstens durch elitäres Gepäck zu kompensieren. »Ich habe ihn mir von Sascha gepumpt, und der hat ihn angeblich sehr preiswert in Hongkong gekauft.«

Irene nickte verstehend. »Dann ist es sowieso eine Fälschung.«

Mit Koffern ist es wie mit Blumenvasen. Man hat eine ganze Menge herumstehen, aber wenn man eine(n) braucht, findet man nie die richtige Größe.

Allmählich wurde der Beamte ungeduldig. »Tja, meine Damen, wenn Sie den Koffer nicht öffnen können, dann müssen wir ihn aufbrechen. Oder Sie lassen ihn hier und holen ihn auf dem Rückweg wieder ab.«

Das fehlte gerade noch! Ich setzte eine selbstsichere Miene auf und erklärte diesem pflichtbewußten Menschen, daß ich weder Rauschgift noch eine Bombe dabei und auch nicht die Absicht hätte, das Flugzeug mit gezogenem Revolver nach Bagdad umzudirigieren.

Es nützte nichts, der Beamte wollte sich selbst überzeugen. Daraufhin versuchte ich es mit Charme, doch den hat man bekanntlich nur so lange, bis man sich darauf verläßt.

Während dieser ganzen Debatte probierte ich immer wieder, dieses vermaledeite Schloß zu knacken. Woran es lag, weiß ich nicht, jedenfalls sprang es plötzlich auf. »Na also«, sagte der Zollmensch, hob hier ein paar Kleidungsstücke an, drückte dort auf die zusammengefalteten Hosen, inspizierte flüchtig den Fotoapparat und machte den Koffer zu. »Alles in Ordnung«, befand er und klebte mit Spucke eine Kontrollmarke obendrauf. »Guten Flug!«

»Schließ das Ding bloß nicht wieder ab!« warnte Irene, »oder laß wenigstens die eine Seite auf. Es reicht ja, wenn das andere Schloß gesichert ist.«

Frau Marquardt blies zum Sammeln. Wir waren die letzten ihrer Herde gewesen und hatten uns bereits ihren Unmut zugezogen. Das Gepäck waren wir endlich am Schalter losgeworden, jetzt wollten wir uns in dieser bewachten Festung mal ein bißchen umsehen. Unsere Reiseleiterin war dagegen. »Nachher sind Sie wieder weg.«

»Wo sollen wir hier schon verschwinden?« Irene wies auf die überall herumstehenden Soldaten, deren Aufmerksamkeit nichts zu entgehen schien. Sogar die Klotür wurde bewacht.

»Mir geht diese Alarmbereitschaft gewaltig auf den Senkel«, sagte Irene. »Ich glaube, wir hätten doch lieber nach Thailand fliegen sollen.« Sie steuerte die kleine Cafeteria an. »Ich brauche jetzt einen Kognak!«

Den brauchte ich auch. Daß wir nicht noch einen zweiten kippten, lag lediglich an den Preisen. Die waren astronomisch und ließen sich nur dadurch erklären, daß man vermutlich jede Flasche irgendwelchen Labortests unterzog, um die Möglichkeit eines Giftanschlags auszuschließen.

Im Warteraum, abgesondert von den übrigen Reisenden, hockte unsere Gruppe, ein bunt zusammengewürfelter Haufen, zu dem zu meinem Erstaunen auch die beiden Yuppies gehörten, die ich fälschlicherweise in die Karibik hatte schicken wollen. Die zwei Lodenkostüme saßen da und der Regenmantel, das junge Pärchen mit den Rucksäcken, eine weißhaarige, recht unternehmungslustig aussehende Dame, ein äußerst elegant gekleidetes Paar irgendwo in den Vierzigern, zwei offenbar alleinreisende Frauen, die zwar nebeneinander saßen, sich jedoch keinen Blick gönnten, und zwei weitere Paare, von denen eins mit Sicherheit aus Bayern stammte. »Jo mei«, sagte der dazugehörige Mann, als ihn jemand bat, seine Reisetasche etwas aus dem Weg zu räumen, »dann steigen S' halt drüber.« Nicht zu vergessen natürlich Heini und seine Angetraute, die eine Flasche Kölnisch Wasser in der Hand hielt und abwechselnd sich und Heinis Glatze beträufelte.

»Wenn das mal gutgeht«, murmelte Irene, etwas zweifelnd die Gruppe musternd. »Ich habe das Gefühl, wir passen da nicht so ganz rein.«

Bevor ich sie nach dem Grund fragen konnte, wurden wir zum Ausgang gebeten. Kurzer Marsch übers Flugfeld, und dann sahen wir auch schon die Maschine, eine Miniaturausgabe normaler Flugzeuge, von Soldaten bewacht wie Fort Knox.

»Wo haben sie denn diese Antiquität aufgetrieben?« sagte Irene entgeistert. »Wenn man genau nachguckt, findet man bestimmt noch irgendwo das Balkenkreuz. Fliegt so was überhaupt?«

Wer schon einmal in einem kenianischen Safariflugzeug gesessen hat, den kann nichts mehr erschüttern. »Eventuell wirst du in diesem Ding ein bißchen seekrank«, tröstete ich sie, »aber du wirst es überleben.«

Rechts und links neben der Gangway war unser Gepäck aufgereiht. »Ich glaub's einfach nicht!« Kopfschüttelnd schritt sie durch das Spalier von Koffern, Taschen und Rucksäcken. »Bisher hat noch niemand von mir verlangt, meine Habseligkeiten selbst in den Flieger zu schleppen.«

Das brauchten wir auch hier nicht, wir hatten lediglich unser Gepäck zu identifizieren, damit nicht vielleicht doch noch die gefürchtete Bombe in einem herrenlosen Koffer eingeschmuggelt werden könnte. Meinen fand ich auf Anhieb. Es war der mit dem klaffenden Spalt an der Seite. Ob ich nicht doch noch das andere Schloß ...? Zu spät, der Koffer wurde schon in den Laderaum geschoben.

Heini vermißte die dunkelrote Tasche. Nach erfolgloser Suchaktion Rückfrage per Walkie-talkie im Terminal. Antwort negativ. Durchsage im Flieger: Hat jemand versehentlich eine rote Tasche ...? Darauf die etwas verschüchterte Stimme von Frau Heini: »Die hab' i do, des isch doch moi Hondgepäck.«

Mit nur zehn Minuten Verspätung hob der Vogel endlich ab. Irene überzeugte sich vom Vorhandensein der bewußten Tüte – wegen der Seekrankheit –, sodann vertiefte sie sich in den bebilderten Prospekt, der auf jedem Sitz gelegen hatte. »Wußtest du, daß es in Israel Elefanten gibt?«

»Blödsinn.«

»Kein Blödsinn, guck doch selber!« Sie zeigte mir ein Foto, auf dem ein melancholisch dreinblickender Jumbo durch den Wüstensand trabte. »Mit Kamelen muß man ja rechnen, zumal schon wieder ein halbes Flugzeug voll unterwegs ist, aber Elefanten ...?«

Ich sah mir das Bild genauer an. »Entweder handelt es sich um eine Fotomontage oder um ein Tier jüdischen Glaubens, das eingewandert ist, um sein Leben im gelobten Land zu beschließen.«

»Amen.«

4

Es dämmerte schon, als wir landeten, und es war stockdunkel, als wir endlich das Flughafengebäude verlassen konnten. Vorausgegangen war eine etwas delikate Sache.

Komisch ist alles, solange es anderen passiert. Deshalb grinste ich auch schadenfroh, als auf dem Kofferband zwischen all den Gepäckstücken ein einzelnes Badehandtuch an mir vorbeizog. Als nächstes folgte eine Hose. Irgendwie kam sie mir bekannt vor, doch weiße Hosen ähneln sich ja alle. Zwei Koffer, ein Seesack, ein Schuh ... jetzt gab es keinen Zweifel mehr. Dieser ausgelatschte Treter, nur für lange Fußmärsche vorgesehen, weil äußerst bequem, gehörte mir. Das Nachthemd zwei Koffer weiter ebenfalls. Ich stürzte ans Band, sammelte meine Siebensachen zusammen und arbeitete mich, die Umstehenden rigoros zur Seite drängelnd, bis nach vorn durch, wo das Gepäck aus den unteren Gewölben an die Oberfläche schaukelte. Dabei bemühte ich mich vergeblich, die Kommentare der Mitreisenden zu überhören.

»Wann kommen denn die Höschen?«

»Soll ich tragen helfen?«

Die allgemeine Heiterkeit erreichte ihren Höhepunkt, als tatsächlich vier oder fünf übereinandergestapelte Slips aus der Tiefe auftauchten, umkippten und sich gleichmäßig über das Band verteilten. Himmel noch eins, hörte denn diese Wäscheschau überhaupt nicht auf? So viel konnte aus dem kleinen Kofferspalt doch gar nicht herausgefallen sein. Ob die Heinzelmännchen in der Unterwelt sich ein Vergnügen daraus machten, alles durch die Ritze zu ziehen, was durchpaßte?

Als mein Koffer endlich ans Tageslicht kam, sofort erkennbar an dem darüber drapierten Badeanzug, hatte sich der anfangs kleine Spalt auf doppelte Handbreite vergrößert. Als nächstes hätte sich ein BH durch die Lücke gequetscht, die Träger hingen schon draußen. Peinlich, peinlich!

Mit hochrotem Gesicht stopfte ich die Kleidungsstücke in den Koffer zurück, drückte den Schnapper zu, drehte den Schlüssel herum und rekapitulierte sämtliche Kraftausdrücke, die ich Sascha an den Kopf werfen würde.

Irene lächelte nur vielsagend, als ich den endlich gesicherten Koffer auf den Karren wuchtete. »Ja, ich weiß«, sagte ich wütend, »aus Schaden wird man klug, und Klugheit schadet nichts. Im ersten Basar, den wir zu Gesicht kriegen, werde ich mir einen anderen Koffer besorgen. Aldi wird's hier ja wohl nicht geben.«

Vor dem Terminal parkte ein komfortabler Reisebus, konzipiert für sechzig Personen, obwohl wir mal gerade ein Drittel davon zusammenbrachten. »Wenigstens wird es keine Kämpfe um die Plätze geben«, stellte Irene mit zufriedener Miene fest. »Wir Deutsche sind doch bekannt für unsere Besitzansprüche nach der Devise: Hier habe ich schon gestern gesessen, folglich sitze ich morgen auch wieder hier! Komm, wir gehen nach hinten, da ist alles frei. Die Herde schart sich um den Leithammel.«

Das war nicht zu übersehen. Die vorderen Reihen waren ausnahmslos besetzt, die andere Hälfte des Busses war leer. Wir entschieden uns für die beiden Plätze hinter der rückwärtigen Tür, wo wir nicht nur genügend Beinfreiheit hatten, sondern auch haufenweise Platz für den ganzen Krimskrams, der sich während einer längeren Busfahrt immer ansammelt.

Und dann warteten wir – auf die Hutschachtel von Frau Terjung. Das war jene elegante Dame, die niemals ohne Hut reist und für jedes Kleid einen anderen braucht. Hüte transportiert man in einem runden Behältnis, und eben das war nicht da. Herr Terjung erwog bereits rechtliche Schritte, die aber dann doch nicht nötig waren, weil Frau Marquardt sich der Sache annahm und wenig später mit der cremefarbenen Lackschachtel zurückkam. »Man hatte sie bereits zur Gepäckaufbewahrung gebracht. Es fehlt nämlich der Anhänger.«

»Wir haben doch nur jeweils zwei Aufkleber zugeschickt bekommen«, beschwerte sich Frau Terjung.

»Normalerweise reichen die auch!«

Endlich konnte der Bus abfahren. »Es geht jetzt direkt zum Hotel, wo wir übernachten und vorher das Abendessen einnehmen werden«, teilte uns Frau Marquardt via Mikrofon mit. »Nach dem Essen sollten wir uns für eine halbe Stunde in der Bar zusammenfinden, damit wir uns ein bißchen kennenlernen können. Immerhin müssen wir zehn Tage lang miteinander auskommen.«

»Fragt sich nur, wie«, flüsterte Irene.

Tel Aviv um neun Uhr abends sieht auch nicht viel anders aus als die meisten Großstädte: Mietskasernen, Hochhäuser, Geschäfte, Verkehrsampeln. Einen Unterschied allerdings gibt es – man wird zum Analphabeten! Jedenfalls war ich nicht in der Lage, auch nur einen einzigen Schriftzug zu entziffern, sei es nun ein Straßenname oder die Leuchtreklame über einem Schaufenster.

»Nichts gegen die hebräische Sprache, aber könnten sie nicht endlich normale Buchstaben einführen?« Irene deutete auf die Anschlagsäule neben der roten Ampel. »Damals in Schweden konnte ich zwar auch kein Wort übersetzen, aber ich hab' es doch zumindest *lesen* können!«

Der Bus hatte die Uferstraße erreicht. Rechts hörte man das Meer rauschen, links reihten sich die Hotels aneinander, manche sehr komfortabel aussehend, andere wieder etwas heruntergekommen. Unser Fahrer bog in eine Seitenstraße und hielt vor einem quadratischen Kasten.

»Blick zum Meer ist ja wohl nicht«, bedauerte meine Freundin, während uns der Fahrstuhl im dritten Stock ausspuckte. »Unser Zimmer geht nach hinten raus.«

»Macht nichts, neben der Tür steht doch ein Aquarium!« Ich schloß auf und war überrascht. Das Zimmer war groß, zweckmäßig eingerichtet, jedoch nicht steril. Es wirkte sogar richtig gemütlich.

»Was ich jetzt brauche, ist eine Dusche, frische Klamotten und was zu trinken.« Irene hatte ihren Koffer schon aufs Bett gewuchtet und begann darin herumzuwühlen. »Müssen wir uns feinmachen?«

»Quatsch! Um diese Uhrzeit dürfte das Defilee im Speisesaal schon vorbei sein. Heb dir das kleine Schwarze für Jerusalem auf.«

Während sie im Bad verschwand, quälte ich mich mit dem Kofferschloß herum, und als sie frisch gewaschen und geföhnt wieder zum Vorschein kam, hatte ich mir bereits zwei Nägel abgebrochen und trotzdem nichts erreicht. »Ich kriege dieses Mistding schon wieder nicht auf!«

»Setz dich mal drauf!« befahl Irene. »Manchmal brauchen gewisse Dinge Druck von oben.«

»Auf politische Kommentare kann ich verzichten. Außerdem wiegst du mehr als ich, also setzt *du* dich drauf!«

Auch das nützte nichts, die Sperre im Schloß bewegte sich nicht um einen Millimeter.

»Wenn's so nicht geht, probieren wir eben eine andere Möglichkeit.« Sie drehte den Koffer herum, so daß der Deckel unten lag. »Vielleicht geht's dann auch nicht.«

Wie recht sie hatte. »Jetzt hilft nur noch rohe Gewalt oder männliche Kompetenz. Auf letztere würde ich allerdings lieber verzichten. Weißt du, wer das Zimmer neben uns hat?«

»Ich glaube, die Telefonstange«, antwortete sie nach kurzem Überlegen.

???

»Na, dieser Zweimetermensch mit den niedlichen kleinen Löckchen.«

Sie meinte den Regenmantel. Er hatte zwar nicht so ausgesehen, als ob er über besondere technische Fähigkeiten verfügte, doch versuchen wollte ich es trotzdem. Er schloß gerade seine Tür ab, als ich unsere öffnete. »Entschuldigen Sie, Herr ... tut mir leid, ich weiß Ihren Namen noch nicht, aber kennen Sie sich mit Kofferschlössern aus?«

»Sie sind nicht gerade mein Spezialgebiet«, dämpfte er meine Hoffnung, »aber ich schau es mir mal an. Übrigens heiße ich Haftl, Gregor Haftl.«*

Wir stellten uns ebenfalls vor, womit der Höflichkeit Genüge getan war, und dann nahm sich Herr Haftl der Sache mit dem Koffer an. Nach fünf Minuten kapitulierte er. »Fortschritt ist die Fähigkeit des Menschen, einfache Dinge zu komplizieren. Hat man Ihnen keine Gebrauchsanweisung mitgegeben?«

»Nein, aber die würde sowieso nichts nützen, oder sprechen Sie chinesisch?« Ich erklärte ihm die Sache mit dem geliehenen Koffer. »Irgendwie muß ich das Ding aufkriegen!«

»Wie wär's, wenn wir dein Problem auf nachher vertagen?« schlug Irene vor. »Nach dem Essen werden wir eine Rundfrage starten, und du kannst sicher sein, daß du zweiundzwanzig verschiedene Ratschläge bekommst.«

»Praktische Hilfe wäre mir lieber.«

Also keine Dusche, statt dessen Katzenwäsche und Abmarsch in den Speisesaal. Der war leer. Aus einem dahinter liegenden Raum tönten Stimmen und Gelächter. »Na, dann wollen wir mal!« Mutig schritt Irene voran.

Die lange Tafel füllte das Zimmer fast vollständig aus. Wir quetschten uns, Entschuldigungen murmelnd, zu den beiden noch unbesetzten Stühlen durch.

»Wer nicht kommt zur rechten Zeit, der muß seh'n, was übrigbleibt«, sagte das eine Lodenkostüm kichernd, während das andere mit einem weiteren Sprichwort aufwartete: »Pünktlichkeit ist die Höflichkeit der Könige.«

* Kleine Anmerkung am Rande: Für einen Nicht-Österreicher ist die originalgetreue Wiedergabe des dortigen Dialekts nahezu unmöglich, ganz abgesehen davon, daß dieses Buch zwanzig Seiten länger und zwei Mark teurer geworden wäre – sie reden nun mal so langsam und so langgezogen. Der Herr Verleger meinte, das Papier könne man einsparen. Die Übersetzungskosten auch! Notgedrungen wird Gregor also hochdeutsch sprechen, obwohl er ein waschechter Wiener ist.

»Hoffentlich haben die nicht den ganzen Büchmann auswendig gelernt«, flüsterte Irene. »Ich kenne nämlich diese Typen. Bei jeder passenden Gelegenheit rezitieren sie Poesiealben-Sprüche.«

Es war aber noch genug von dem herrlichen Lammbraten übriggeblieben, um satt zu werden. Das Tischgespräch drehte sich übrigens um die zweckmäßige Zubereitung von Sauerbraten und gipfelte in der Erkenntnis, daß er nur unter der Verwendung von Rosinen den Echtheitsanspruch erheben könne, wogegen Frau Heini energisch protestierte. »Rosine gehäre in dä Kuche noi und net zum Fleisch.«

Als das Dessert serviert wurde, war man zu dem Schluß gelangt, daß die norddeutsche und die süddeutsche Küche doch erhebliche Unterschiede aufweise.

»Ich bin mir vorgekommen wie beim Kaffeekränzchen meiner Mutter«, stöhnte Irene, als wir uns weisungsgemäß in die Halle begaben. »Die tauschen auch dauernd Rezepte aus. Schlankheitsrezepte! Zur Zeit stehen sie auf Tofu. Dabei sind sie alle um die Achtzig!«

In Ermangelung einer unter diesem Begriff üblichen Bar mit schummriger Beleuchtung und lauschigen Sitzecken versammelten wir uns im Foyer, wo Neonröhren gnadenlos helles Licht verbreiteten. Die Dame an der Rezeption verfolgte unseren Aufmarsch mit einigem Erstaunen.

»Könnten wir vielleicht noch ein paar Stühle bekommen?« bat Frau Marquardt, denn außer einem Sofa und zwei dazugehörigen Sesseln war die Halle leer.

»Aber gewiß. Holen Sie sich nur welche aus dem Speiseraum.«

Wenig später saßen wir im Kreis und harrten der Stimme unseres Herrn beziehungsweise unserer Herrin. »Ich schlage vor, daß wir uns nacheinander namentlich vorstellen, vielleicht auch sagen, woher wir kommen, und sicher wäre es auch ganz interessant zu erfahren, aus welchem speziellen Grund Sie sich ausgerechnet für eine Reise nach Israel entschieden haben. Ich heiße Christine Marquardt und bin …«

Ihre Biographie war mir nicht neu. Nicht umsonst war ich unter ihrer Ägide fünf Tage lang durch Rom getigert und hatte sie als recht patenten Menschen kennengelernt. Im Augenblick interessierten mich meine Mitreisenden viel mehr. Als erste ergriff das ältere Lodenkostüm das Wort: »Ich bin Anneliese Wolters, lebe mit meiner Schwester Waltraud in Hagen« – ein Blick schweifte zu dem neben ihr sitzenden anderen Lodenkostüm –, »zusammen sind wir schon über hundert Jahre alt« – es folgte ein schelmisches Lächeln –, »und mitgefahren sind wir eigentlich nur, weil uns diese Reisegesellschaft empfohlen wurde.«

Die nächsten waren Alberto und Elena Kaupisch, die erstaunlicherweise ebenso gut deutsch wie spanisch sprachen. Sie hatten aus welchen Gründen auch immer ein Vierteljahrhundert lang in Andalusien gelebt und waren erst vor einigen Jahren nach Frankfurt zurückgekehrt. »Ist jemand hier älter als vierundsiebzig?« Allgemeines Schweigen. »Na, dann bin ich der Senior, und meine Elena mit ihren zweiundsiebzig kommt gleich danach.« Lebhafte und nicht ganz wahrheitsgemäße Beteuerungen, daß man dieses Paar als wesentlich jünger eingeschätzt habe. »Warum wir jetzt hier in Israel sind? Natürlich wegen der biblischen Stätten. Wo sonst könnten wir das Leben und den Leidensweg unseres Herrn besser nachvollziehen als in diesem Land?«

Irene warf einen flehenden Blick zur Decke. »Das sind die ganz Frommen, die lassen bestimmt keine Kirche aus! Es werden also kaum Chancen für eine spontane Abweichung der Reiseroute bestehen«, meinte sie leise.

»Was willst du eigentlich als Grund für diesen Trip angeben? Blumenzwiebeln?«

»Bist du meschugge? Erstens stimmt das gar nicht, und zweitens würde ich damit nicht nur ins Fettnäpfchen, sondern in einen ausgewachsenen Schmalztopf treten. Und jetzt halt den Mund, wir fallen schon wieder auf!«

Der finstere Blick kam von Frau Susanne Terjung, die soeben wortreich erklärte, daß ihr Mann Harald in Bremen ein eigenes Architekturbüro besitze und ihr diese Reise zum fünfzehnten Hochzeitstag geschenkt habe. »Natürlich hätten wir auch woanders hinfahren können, aber man kennt ja schon alles. Letztes Jahr sind wir in Neuseeland gewesen, auch ein empfehlenswertes Land. Nun haben wir uns eben für Israel entschieden, schon wegen der Ausgrabungen. Mein Mann ist sehr daran interessiert, das bringt sein Beruf so mit sich.«

Am liebsten hätte ich jetzt gefragt, welche Anregungen der Herr Architekt sich denn von ein paar zerborstenen Säulen holen würde, doch dazu kam ich gar nicht. Heini hatte sich zur vollen Länge von einssiebzig erhoben. »Ja, also meine Gattin Ännchen und meine Wenigkeit haben diese Reise von unserem Sohn bekommen, weil wir im Sommer die beiden Enkelchen versorgt haben, wo doch der Bernd und die Schwiegertochter sechs Wochen lang durch Amerika gefahren sind. Sogar die Niagarafälle haben sie gesehen und Disneyland ...«

»Hoini, des intressiert doch koin Mensch!« sagte Ännchen. Erschrocken plumpste er auf seinen Stuhl zurück. Weshalb Globetrotter Bernd seine Eltern ausgerechnet nach Israel geschickt hatte, blieb im dunkeln.

Die beiden Yuppies, die sich als Jens und Robert vorstellten, hatten ursprünglich nach Antigua gewollt (also doch!!!), so kurzfristig aber keinen Flug mehr bekommen und sich für Israel entschieden. »Es hat sich eben so ergeben«, sagte Jens entschuldigend.

Gregor Haftl hatte ich ja schon kennengelernt. Er war Fotograf und versprach sich von der Reise in erster Linie »nicht alltägliche Bilder«, wobei ihn die kirchlichen Stätten weniger reizten. Zumindest war er ehrlich.

Uwe und Claudia, das junge Pärchen mit dem wenigen Gepäck in Form von zwei Rucksäcken, erklärten unbekümmert, sie haben dringend Urlaub nötig gehabt und ein Ziel gesucht, an dem es um diese Jahreszeit noch warm ist. Da habe sich Israel angeboten. »Und der Termin hat auch gerade gepaßt.«

Gustl und Hanni Ihle, er sechsunddreißig, sie drei Jahre jünger, hatten nichts übrig für Touristenhochburgen. »In Mallorca waren wir noch nie gewesen, aber dafür sind wir mit dem Fahrrad durch Holland gestrampelt und mit einem Pferdewagen durch Schottland gezogen, und nun hoffen wir, einen kleinen Eindruck von Israel zu bekommen. Mehr kann es ja nicht werden in nur zehn Tagen«, bedauerte Gustl. »Doch wenn es uns gefällt, kommen wir wieder.«

»Dann aber allein«, ergänzte Hanni.

»Sammer jetzt dran?« Ein gestandenes Mannsbild von knapp zwei Zentnern Lebendgewicht, verteilt auf ungefähr einen Meter fünfundachtzig Länge, erhob sich. »I bin de Joseph Huber aus Kempten, und neben mir hockt mei Frau Maria. Tut's net lache, mir hoaße wirklich so. Herg'fohrn san mir, weil man halt amol dortg'wese san muß im Heilige Land. I wollt ja net so arg, aba die Maria wollt's halt seh'n. Und der Herr Pfarrer find's aach guat. Dem soll mer a Flascherl von dem Jordanwasser mitbringe fürs Taufbecken.«

Die weißhaarige Dame neben mir machte es kurz und bündig. »Ich heiße Dorothea Conrads, lebe in einem Seniorenheim und habe die Reise gebucht, um das Land und vielleicht auch einige seiner Bewohner kennenzulernen.«

Ich wollte gerade mein Sprüchlein aufsagen, als mir Irene einen Fußtritt verpaßte. »Laß mal, das mach ich!« Und dann legte sie los: »Wer von uns, außer vielleicht Frau Marquardt, weiß denn mehr über Israel, als wir in der Zeitung oder im Fernsehen lesen und hören. Ich jedenfalls nicht. Mir erscheinen die jüdischen Ansprüche auf dieses Land genauso begründet wie die der arabischen Bevölkerung. Als Berlinerin, deren Heimatstadt durch die unselige Mauer geteilt ist, kann ich die Problematik dieses Landes ein bißchen nachempfinden. Jetzt möchten meine Freundin und ich uns selbst ein Bild machen und zu verstehen versuchen, weshalb es hier keinen Frieden gibt. Deshalb haben wir auch sofort zugegriffen, als uns diese Reise angeboten wurde.«

Schweigen. Und dann, völlig unerwartet, Applaus aus

dem Hintergrund. Die Dame an der Rezeption, unverkennbar eine Jüdin, klatschte.

»Selten habe ich jemanden so überzeugend schwindeln hören«, flüsterte ich Irene ins Ohr. »Wer hat dich denn tagelang telefonisch bekniet, bis du dich endlich zum Mitkommen entschlossen hast? Von wegen gleich zugegriffen! Den Mund hab ich mir fußlig geredet! Und die Blumenzwiebeln hast du auch unterschlagen!«

»Die gehen ja keinen was an. Man muß eben Prioritäten setzen. Jetzt gelten wir als politisch motiviert und werden uns hoffentlich keine dämlichen Fragen anhören müssen, wenn wir die siebzehnte bis dreiundzwanzigste Kirche auslassen und statt dessen auf eigene Faust losziehen. Ich bin zwar katholisch, aber nicht vierundzwanzig Stunden am Tag.«

Für die Bekenntnisse von Frau Elisabeth Hauser, Verkäuferin in einem Mannheimer Lederwarengeschäft, sowie Frau Verena Reutter, Kunstgewerblerin mit Spezialgebiet Seidenmalerei, brachte niemand mehr das nötige Interesse auf, so daß sich Frau Hauser direkt an die ihr zuständig erscheinende Person wandte. »Ich werde um eine Änderung des Arrangements bitten müssen, Frau Markert.«

»Quardt.«

»Entschuldigung, Frau Quardt, aber ...«

»Mar*quardt,* nicht ... kert«, sagte Frau Marquardt.

»Ach so, na gut, aber ich glaube nicht, daß ich mit Fräulein Reutter auskommen werde.«

Die beiden Damen hatten je ein halbes Doppelzimmer gebucht und mußten sich nun ein ganzes teilen, wobei sich die ersten Schwierigkeiten schon vor dem Abendessen ergeben hatten. Fräulein Reutter hatte die Fenster aufgerissen, Frau Hauser hatte sie wieder geschlossen mit der Bemerkung, die Nachtkühle am Meer sei besonders schädlich. Darüber hinaus müsse mit dem Einfall von Insekten gerechnet werden, und die wiederum seien mit Sicherheit Krankheitsträger. Zwar habe sie sich vorsichtshalber gegen Malaria, Cholera und Gelbfieber impfen lassen, doch es gebe ja noch die Schlafkrankheit, und auch die Pocken seien noch nicht endgültig ausgerottet, ganz zu schweigen von der Lepra. Immerhin sei man ja in den Tropen. Worauf Fräulein Reutter in ein unziemliches Gelächter ausgebrochen sei und behauptet habe, an frischer Luft sei noch niemand gestorben. Sie schlafe immer bei offenem Fenster. »Sie müssen doch einsehen, Frau Markert, daß es bei derart unterschiedlichen Auffassungen unweigerlich zu Diskrepanzen kommt.«

Frau Marquardt sah das ein, doch zu helfen vermochte sie nicht. »Vielleicht können Sie sich ja so einigen, daß Sie die eine Nacht bei geöffnetem Fenster und die nächste bei geschlossenem schlafen. Und jetzt entschuldigen Sie mich bitte, ich habe noch etwas an der Rezeption zu erledigen.«

Sie enteilte, und Irene, die ebenfalls in Hörweite gestanden hatte, zog mich zur Seite. »Weißt du, was mir eben klargeworden ist? Außer mit Hans und mal im Urlaub mit meiner Tochter habe ich noch nie mit jemandem in einem Zimmer geschlafen. Schnarchst du eigentlich?«

»Nein.«

»Aber ich!«

Im Fahrstuhl nach oben fiel mir siedendheiß ein, daß ich ja noch immer vor meinem verschlossenen Koffer stehen würde. »Welchem der Männer würdest du am ehesten zutrauen, ein Schloß zu knacken?«

»Dem Bayern!« kam es sofort zurück.

Das Ehepaar Huber wohnte im Zimmer Nr. 327, also drei Türen neben uns, das hatte ich auf dem Schlüsselanhänger gesehen, mit dem Frau Maria unentwegt herumgespielt hatte. Auf mein schüchternes Klopfen hin wurde gleich geöffnet. Joseph, schon in Unterhemd und Hosenträgern, sah mich erstaunt an.

»Entschuldigen Sie bitte die späte Störung, aber können Sie vielleicht ein verklemmtes Kofferschloß öffnen?«

»Jo mei, das hammer glei!«

»Wos is denn, Joseph?« tönte es aus dem Bad.

»Nix B'sonders. Die Frau kriagt ihr'n Koffer net auf, schau'n mir halt amol nach.«

Bereitwillig trabte er mit, ließ sich den Schlüssel geben, steckte ihn ins Schloß, drehte ihn millimeterweise nach links, ein leises Knacken war zu hören, und dann sprang der Deckel auf. »In die Finger mußt's hab'n, des G'fühl. G'wolt nützt nix.« Sprach's, wünschte uns angenehme Nachtruhe und verschwand.

»Was hältst du denn von unseren Mitreisenden?« wollte ich von Irene wissen, als ich aus der Dusche kam und in mein Nachthemd schlüpfte. Sie lag schon im Bett und blätterte die Zeitung durch, die sie aus der Halle mitgenommen hatte. »Ich dachte, es sei eine englische Ausgabe, war aber ein Irrtum. Sieh dir bloß diese Hieroglyphen an!« Sie warf die Zeitung auf den Boden. »Unsere Herde? Ziemlich gemischt, würde ich sagen. Dieses Individualisten-Pärchen scheint ganz in Ordnung zu sein, auch die ältere Dame aus dem Seniorenheim und der lange Lulatsch aus Österreich, aber den Rest kannste wohl abhaken. Bei den meisten ist der geistige Horizont der Abstand zwischen Brett und Kopf.«

»Findest du nicht, daß du reichlich arrogant bist?«

Sofort schoß sie im Bett hoch. »Du weißt genau, daß das nicht stimmt, aber wenn jemand als Grund für diese Reise das warme Wetter angibt oder ein anderswo ausgebuchtes Hotel, dann kannst du dir doch ausrechnen, was du von dem zu erwarten hast. Nimm dagegen dieses bayrische Mannsbild! Das ist unkompliziert, geradeheraus, hat vielleicht erst im Atlas nachsehen müssen, wo Israel genau liegt, wird aber mit offenen Augen durch das Land gehen. Solche Menschen mag ich und nicht diese betuchten Stützen der Marktwirtschaft, wie sie der Architekt verkörpert.«

»Von denen lebst du aber«, erinnerte ich sie.

»Muß ich sie deshalb alle lieben?«

5

Der erste Morgen im Heiligen Land begann mit einem sehr unchristlichen Fluch. »Verdammter Mist, der Wecker hat nicht geklingelt!«

»Warum nicht?« murmelte ich noch im Halbschlaf.

»Weil er stehengeblieben ist. Wie spät ist es?«

Ich sah auf meine Armbanduhr. »Zwanzig nach sieben.«

»Schon wieder nicht pünktlich!« Irene kroch aus dem Bett und tappte ins Bad. »Um halb acht sollen wir mit gepackten Koffern im Speisesaal sein.«

Während hinter mir die Dusche gluckerte, putzte ich mir die Zähne und warf dabei einen Blick in den Spiegel. Das hätte ich lieber bleibenlassen sollen. Zwar war ich vorgestern noch beim Friseur gewesen und hatte mir einen »Urlaubsschnitt« verpassen lassen, der auch in luftgetrocknetem Zustand noch ganz passabel aussehen sollte, doch etwas mußte schiefgelaufen sein; meine Haare standen vom Kopf ab wie die Borsten eines oft benutzten Schrubbers. »Mach dir nichts draus«, sagte Irene tröstend, während sie mich mit einer Ladung Spray einnebelte, »wir sind jetzt in dem Alter, in dem man in einem Schönheitssalon sitzen kann, solange man will, man kommt immer raus, als wäre man nicht bedient worden. So, und jetzt geh mal mit der Bürste durch!« Ich tat es und sah nun aus wie ein Igel.

Zehn Minuten vor acht schoben wir unser Gepäck in den Fahrstuhl. »Wir sind bestimmt wieder die letzten«, schimpfte ich. »Allmählich wird das peinlich.«

»Ach was, wenn man pünktlich ist, ist ja meistens noch niemand da, der es zur Kenntnis nehmen kann.«

Natürlich waren schon alle da, und ebenso natürlich zogen wir sämtliche Blicke auf uns, als wir den Speisesaal betraten. Diesmal war es der große, in dessen Mitte das Büfett aufgebaut war. Leider gehöre ich nicht zu den beneidenswerten Menschen, deren Mägen schon am frühen Morgen enorme Aufnahmekapazität erreichen und ein komplettes Menü verkraften können, was in unserem Fall durchaus wünschenswert gewesen wäre. Mit der nächsten Mahlzeit konnten wir erst am Abend rechnen; den kleinen Hunger zwischendurch würden wir selber stillen müssen. Frau Anneliese, die ihr Lodenkostüm gegen ein rustikales Strickkleid ausgewechselt hatte, packte bereits Käse auf dick mit Butter beschmierte Brotscheiben und verstaute sie als Proviant in einer mitgebrachten Plastiktüte. (Auch einer der Gründe, weshalb wir Deutsche im Ausland so beliebt sind!)

Irene musterte die aufgebauten Köstlichkeiten, entschied sich aber nur für Schwarzbrot mit Magerquark und zwei Tomaten. »Vielleicht schaffe ich es hier, ein paar Pfunde runterzukriegen. Zu Hause halte ich das Abnehmen nie lange durch, weil im Kühlschrank immer so viele Ersatzteile zur Hand sind.«

Erst jetzt fiel mir auf, daß ich Frau Marquardt noch gar nicht gesehen hatte. Hoffentlich hatte sie auch verschlafen, das würde uns einen Bonus für künftige Unpünktlichkeit verschaffen.

Wir saßen schon über der dritten Tasse Kaffee, als sie endlich kam. Ihr folgte ein hochgewachsener, schlanker Mann mit schlohweißem Haar und einem ebensolchen Schnauzer. Lediglich seine ausgeprägte Hakennase verriet seine Herkunft. Ich schätzte ihn auf Anfang Sechzig.

Sofort ging das Getuschel los. »Ob das ihr Freund ist?« rätselte Frau Terjung. »Gut schaut er ja aus.«

»Für 'nen Lover ist der zu alt«, entschied Twen Claudia, wurde jedoch von Anneliese darauf hingewiesen, daß es auch rein geistige Freundschaften gebe. Sie selbst pflege deren mehrere. »Na ja, Sie sind ja auch schon fast in Rente!«

Mit ironischem Lächeln hatte Frau Marquardt die allgemeine Neugier registriert, bevor sie uns einen guten Morgen wünschte und zur Sache kam. »Darf ich Ihnen Menachem, unseren israelischen Guide, vorstellen? Er wird uns auf der ganzen Reise begleiten, wird uns viel über die Geschichte seines Landes erzählen und beinahe alle Fragen beantworten können. Ich kenne ihn schon lange und weiß, daß er ein ausgezeichneter und kompetenter Führer ist.«

»Schwätzt der au deitsch?« erkundigte sich Ännchen besorgt. »Weil i konn koi ausländisch.«

»Ich bin in Deutschland aufgewachsen und habe meine Kindheit in Hamburg verbracht«, sagte Menachem. »Hebräisch habe ich erst hier lernen müssen.« Er hatte eine sehr kultivierte Stimme.

»Ha no, hewe Sie im Krieg au in Deitschland g'läbt?«

»Nein.«

»War au besser so, sunscht wäre Sie vielleicht gar net mehr do.«

Betretenes Schweigen, gefolgt von betont munterem Durcheinanderreden, das die vorangegangene Taktlosigkeit nur noch deutlicher machte. Frau Marquardt klatschte in die Hände. »Wenn alle fertig sind, sollten wir jetzt losfahren.«

Erleichtert trabten wir hinaus. Der Bus stand schon vor dem Hotel, unbekannte Helfer hatten das Gepäck verladen, und der griesgrämige Fahrer von gestern war gegen ein pfiffiges Bürschlein ausgewechselt worden. »Ich heiße Shimon«, stellte er sich vor, »und das hier wird meine erste große Fahrt. Meinen Führerschein habe ich nämlich erst seit voriger Woche.«

»Das erzählt er schon seit drei Jahren«, beruhigte uns Menachem, denn Betti Hauser hatte sofort den Fuß von der untersten Stufe genommen. »Sie können getrost wieder einsteigen.«

Irene hatte recht behalten. Beinahe automatisch steuerte jeder den Platz an, den er gestern schon beschlagnahmt hatte, und daran änderte sich auch nichts bis zum letzten

Tag. »Komm, heute setzen wir uns auf die linke Seite, da sehen wir ein bißchen was vom Meer.«

Als erstes erfuhren wir, daß die berühmten Jaffa-Orangen gar nicht aus Jaffa stammen, sondern daß nur der Hafen so heißt, von dem aus sie verschifft werden. Der Andromeda-Felsen, auf dem die äthiopische Königstochter festgeschmiedet worden war, bis sie von Göttersohn Perseus befreit wurde, ist auch nicht mehr so ganz aktuell, seitdem dort keine Jungfrauen mehr geopfert werden, um erzürnte Götter zu besänftigen. Die Götter säßen jetzt in Aufsichtsräten oder Bankkonsortien, und Jungfrauen seien wohl ebenfalls ziemlich rar geworden. Das war zumindest Menachems Auffassung, und ich konnte ihm nur beipflichten.

Weiter ging es nordwärts. Nach einer halben Stunde bat Waltraud, das andere Lodenkostüm, heute in blaue Baumwolle gehüllt, um einen kurzen Stopp. Der viele Kaffee ...

Ob sie nicht doch bis zum nächsten offiziellen Halt warten könne, wir seien hier nicht auf bundesdeutschen Autobahnen mit Rastplätzen und transportablen Klohäuschen. Die Möglichkeiten seien recht begrenzt ...

Waltraud bedauerte. Sie müsse nun mal, und zwar dringend. Leider war die vierspurige Straße stark befahren und das bißchen Gestrüpp am Rand äußerst spärlich. Sämtliche Augen prüften jeden auftauchenden Busch auf seine Verwendbarkeit als Sichtschutz, und endlich fand sich einer, der bescheidenen Anforderungen genügen würde. Der Bus hielt, Waltraud verschwand hinter dem Grünzeug, Anneliese, unterstützt von Ännchen und Betti, die die günstige Gelegenheit auch gleich nützen wollten, bildeten eine Art Paravent, und nach fünf Minuten konnten wir weiterfahren.

Wenig später erneuter Halt in Netanya, das weder mit religiösen noch geschichtlichen Stätten aufwarten kann, dafür jedoch mehrere Banken hat, sehr verkehrsgünstig gelegen. Ich tauschte meinen ersten Reisescheck gegen eine Handvoll Scheine und zwei Hände voll Münzen, die zum

Teil so winzig waren, daß sie immer in den Spitzen meiner Hosentaschen steckenblieben.

»Ist doch ganz einfach«, sagte Irene, das Kleingeld auf dem Sitz ausbreitend, »ein Schekel hat hundert Agorot, also wie bei uns Mark und Pfennige, und für zehn Mark kriegste …«

»Das weiß ich auch, aber welche von den Münzen sind Schekel und welche Agorot? Die Zahlen allein sagen gar nichts, die Schrift drum herum kann ich nicht lesen.« Ratlos drehte ich ein silbernes Geldstück von einer Seite auf die andere. »Sind das jetzt zehn Schekel oder zehn Agorot?«

In Caesarea hatten wir das Rätsel noch immer nicht gelöst. »Am besten bezahlen wir erst mal mit Scheinen. Anhand des Wechselgeldes werden wir das israelische Währungssystem schon ergründen.« Irene fegte die Münzen zusammen und stopfte sie ins Portemonnaie. »So, und jetzt gehen wir Altertümer besichtigen.«

Wieder mal als letzte kletterten wir aus dem Bus und folgten der Gruppe, die unter Hinterlassung einer dichten Staubwolke vor uns herzog. Marschrichtung Kreuzfahrerstadt.

Sie war beeindruckend. Jahrtausende alte Mauern, erhalten gebliebene Rundbögen, riesige Steinquader, zu Wällen aufeinandergetürmt, und wenn man genau hinguckt, kann man unter Wasser sogar noch Überreste der alten Hafenanlage erkennen.

»Wie haben die das damals bloß hingekriegt?« staunte Irene beim Anblick des gewaltigen Aquädukts, der die Wasserversorgung der Stadt gesichert hatte und noch heute ahnen läßt, mit welchen Anstrengungen die Errichtung des Bauwerks verbunden gewesen sein mußte. »Sieh dir bloß mal diese Bögen an! Kein Mörtel, keine Füllmasse, nur Steine, und die sitzen immer noch bombenfest. Und dann nimm mal unsere heutigen phantasielosen Spannbetonbrücken. Die reinsten Wegwerfartikel. Nach zehn Jahren kriegen sie die ersten Risse, fünf Jahre später werden sie wegen Reparaturarbeiten gesperrt, und schließlich reißt man sie wegen Baufälligkeit ab. Die halten doch nicht mal ein Jahrhundert lang!«

»Dafür haben sie auch nicht so viele Menschenleben gefordert wie zum Beispiel dieser Aquädukt«, sagte eine Stimme hinter uns. »Er dürfte überwiegend das Werk von Sklaven gewesen sein.«

Erschrocken drehte ich mich um. Frau Conrads, die Seniorenheimbewohnerin, sah uns lächelnd an. »Man spricht immer von den Kreuzfahrern, dabei wurde Caesarea schon im 4. Jahrhundert v. Chr. von den Phöniziern als Hafen gegründet. Erst 63 v. Chr. kam sie in römischen Besitz. Wenig später schenkte sie Kaiser Augustus an Herodes, der sie großzügig ausbauen ließ. Sie galt damals als prächtigste Stadt an der syrisch-palästinensischen Küste und wurde sogar Residenz von Pontius Pilatus. Nach weiteren hundertfünfzig Jahren hatte sich Caesarea zum Zentrum der Christen in Palästina entwickelt. Im 7. Jahrhundert wurde es von den Arabern erobert, und erst sechzig Jahre danach kamen die Kreuzfahrer. Sie waren eigentlich die vorletzten Invasoren, denn nach ihnen eroberten die Mamelucken die Stadt und zerstörten sie. Mit den Ausgrabungen hat man vor etwa dreißig Jahren begonnen.«

»Sie haben sich aber gründlich auf diese Reise vorbereitet«, sagte ich beeindruckt, denn vorgehabt hatte ich das natürlich auch, mir sogar entsprechende Lektüre besorgt, doch kaum einen Blick hineingeworfen. Irgendwas war immer dazwischengekommen. Schließlich hatte ich mir eingeredet, daß ich alles Wissenswerte hinterher immer noch nachlesen und dann sogar bildlich umsetzen könnte. Nicht umsonst hatte ich bereits einen halben Film verknipst mit nur Mauern und gelegentlich ein bißchen Meer dahinter.

»Hast du dich eben nicht auch in die Schulzeit zurückversetzt gefühlt?« Irene hob einen grünen Stein auf und prüfte ihn auf seine Verwendbarkeit für ihre Sammlung. »Im Geiste habe ich wieder Quasi dozieren hören! Die hat uns ja auch immer die Geschichtszahlen um die Ohren gehauen! – Das ist ja gar kein Stein, das ist bloß ein Stück Bierflasche!«

Sie warf das abgeschliffene Glasstückchen ins Meer. Dann sah sie sich suchend um. »Wo sind denn die anderen alle geblieben?«

»Keine Ahnung.« Auch ich vermochte niemanden mehr zu sehen, nicht mal ein bißchen Staubwolke. »Die können uns doch nicht einfach vergessen haben!«

»Wahrscheinlich werden wir sie beim Amphitheater finden.« Die ebenfalls verschwunden geglaubte Frau Conrads tauchte hinter einer Mauer wieder auf. »Ich glaube, das ist irgendwo da drüben.«

»Da drüben« bedeutete die Entdeckung von Säulen, die wir bis dahin noch gar nicht wahrgenommen hatten und nun ehrfurchtsvoll umrundeten, und als wir schließlich das Amphitheater erreichten, war es gar nicht das richtige, sondern das »Römisches Theater« genannte Bauwerk, das zwar genauso angelegt, aber ein bißchen zu modern restauriert worden ist. Die in der Mitte aufgereihten Klappstühle sahen gar nicht antik aus. »Wie passen die denn hier rein?« Ich ließ mich auf einen der schwarzen Stühle fallen, sprang aber sofort jaulend wieder hoch. Wer die Kraft der Solarenergie bezweifelt, sollte sich mal mit kurzen Hosen auf einen in der Sonne stehenden Plastikstuhl setzen!

Unsere allwissende Begleiterin hatte auch für diese renovierte Anlage eine Erklärung. »Hier werden gelegentlich Musikfestivals veranstaltet. Immerhin haben fünftausend Zuhörer Platz.«

Die Frage, ob auch Elton John oder Guns N' Roses in dieser Arena auftreten würden, erübrigte sich wohl. Deren Shows heißen Open-Air-Konzerte. Festivals dagegen sind meistens Klassischem vorbehalten. Die Neutöner liegen irgendwo dazwischen und brauchen selten Platz für Tausende von Zuhörern.

Das richtige Amphitheater fanden wir dann auch noch. Menachem hatte gerade seinen Vortrag beendet, und schon klickten die Fotoapparate. Waltraud knipste Anneliese vor dem Torbogen, Anneliese knipste Waltraud auch vor dem Torbogen, bloß von der anderen Seite, Gregor knipste die beiden, ohne daß sie es merkten, und dann ertönte plötzlich ein Schrei: »O mein Gott!«

Der spanische Albert turnte irgendwo weit über uns auf einem schon recht brüchig aussehenden Gemäuer herum, den Fotoapparat vorm Gesicht und offenbar noch immer auf der Suche nach dem richtigen Bildausschnitt.

»Mein Gott, wenn er da runterfällt! Er ist ja wirklich nicht mehr der Jüngste!« jammerte Anneliese. »Mit einer Schenkelhalsfraktur muß er mindestens rechnen, und in seinem Alter enden fünfzig Prozent aller Fälle mit Exitus.«

»Reden Sie doch nicht so 'nen Unsinn! Meine Oma hat sich vor fünf Jahren das Bein gebrochen. Jetzt ist sie dreiundachtzig und geht immer noch selber einkaufen«, empörte sich Hanni. »Erzählen Sie bloß nicht solche Schauermärchen. Woher wollen Sie das überhaupt wissen?«

»Ich bin Krankenschwester«, sagte Anneliese spitz.

»Kann ihn nicht mal jemand von da oben runterholen?« Anscheinend kamen nun auch Frau Marquardt Bedenken, zumal der muntere Greis jetzt heftig winkte.

Gregor und der Huber-Sepp machten sich an den Aufstieg, während unten eine lebhafte Debatte einsetzte, was denn im Falle eines Unglücks oder gar beim Ableben eines Mitreisenden zu tun sei, und ob Frau Marquardt vom jeweiligen Standort des nächstgelegenen Krankenhauses Kenntnis habe. Als sie zugab, das nicht zu wissen, wurde sie von Betti aufgefordert, sich umgehend zu informieren. »Man muß ja auf alles vorbereitet sein, besonders hier in den Tropen. Wenn ich da an meine Italienreise vor zwei Jahren denke ... Also da hatten wir ...«

Nur Elena, die eigentlich Helene hieß, schien die ganze Aufregung kaltzulassen, obwohl es doch ihr Mann war, der auf den Trümmern herumkraxelte und noch immer nicht heruntergefallen war. Der Rettungstrupp hatte bereits zwei Drittel der Strecke zurückgelegt und machte Alberto klar, daß er gefälligst stehenbleiben und warten solle, bis man ihn erreicht habe. Der dachte aber gar nicht daran. Vielmehr kletterte er noch ein Stückchen höher, bis er auf einer Art

Mauervorsprung stand und von dort aus seine Retter fotografieren konnte.

»Jetzt übertreibt er's aber wirklich«, war alles, was Elena sagte, bevor sie uns darüber aufklärte, daß ihr Mann Bergsteiger sei und noch vor zwei Jahren »einen Viertausender gemacht« habe.

»Das hätten Sie aber wirklich vorher sagen können!« Richtig vorwurfsvoll klang Anneliese, wobei ich das Gefühl hatte, so ein ganz kleiner Unfall, bei dem sie fachmännisch Erste Hilfe hätte leisten können, hätte ihr ganz gut in den Kram gepaßt. Bisher hatte sie noch nicht den erwünschten Anschluß gefunden, sondern trottete zusammen mit Schwester Waltraud ergeben hinter dem Troß her. Lediglich Betti richtete ab und zu das Wort an sie, erhoffte sie sich doch eine gleichgesinnte Seele, bei der sie ihre Klagelieder über die Doppelzimmerhälfte loswerden konnte. Allerdings schlief Anneliese auch bei geöffnetem Fenster und brachte nicht das nötige Verständnis für Bettis Frischluftängste auf.

Offenbar hatten sich noch gestern abend oder spätestens heute beim Frühstück die ersten Splittergruppen gebildet. Jens und Robert, die beiden Yuppies, fühlten sich zu dem Architektenpaar hingezogen, wobei ich mir nicht darüber im klaren war, ob sie sich einen neuen Kunden oder das Gegenteil, nämlich den Grundriß für ein standesgemäßes Eigenheim erhofften; Anlagenberater wohnen nur in den ersten Jahren ihres Erwerbslebens zur Miete!

Gustl und Hanni, die beiden Individualisten, hatten sich mit Gregor und der Seidenmalerin angefreundet, während Alberto und Elena die Huber-Maria unter ihre Fittiche genommen hatten, schon wegen der christlichen Übereinstimmung. Ans Jordanwasser hatte Elena nämlich gar nicht gedacht, doch sie würde die leere Mineralwasserflasche aufheben. Sepp, von der Dreieinigkeit nicht so unbedingt beglückt, stiefelte meistens allein und mit ein paar Metern Abstand hinterher.

Nur Heini und Ännchen schienen noch nicht recht zu wissen, wem sie sich anschließen sollten. Vielleicht hatten sie auch noch keine Zeit dazu gefunden. Heini war pausenlos mit seinen beiden Fotoapparaten und der Videokamera beschäftigt, und Ännchen war permanent auf der Suche nach besonders fotogenen Mauerresten, vor denen sie abgelichtet werden wollte. »Hoini, die Säule do drüwe, hosch die scho? Noi? Donn stell ich mich davor, gell? Des gibt ä schees Bildle.«

»Nur eine hohe Säule zeugt von vergang'ner Pracht, auch diese, schon geborsten, kann stürzen über Nacht.« Anneliese hatte auch diesmal etwas Passendes in ihrem Zitatenschatz gefunden.

Nachdem der Kletterkünstler wieder festen Boden unter den Füßen hatte, sämtliche Kameras, Getränkeflaschen und Kekspackungen verstaut und die schon etwas Ruhebedürftigen von ihren steinernen Sitzplätzen hochgescheucht worden waren, formierten wir uns zum Abmarsch. Menachem bildete die Nachhut, und weil Irene und ich ständig und überall die letzten waren, ergab es sich automatisch, daß wir ins Gespräch kamen. Er wollte wissen, wie es jetzt in Berlin aussehe, er sei ein paarmal als Kind dort gewesen, und wir wollten wissen, wo er wohne und wie lange er diesen Job als Fremdenführer schon mache. Er erzählte, daß er in Jerusalem zu Hause sei, dort lebe seine Familie, daß er zwei Söhne habe, die jetzt sein in der Neustadt gelegenes Restaurant führen, und er sich nur hin und wieder als Cicerone betätige, einfach, weil es ihm Spaß mache.

Dann erreichten wir den Bus, und damit war der Informationsaustausch erst einmal zu Ende.

Einige Kilometer fuhren wir noch an der Küste entlang, danach ging es rechts ab ins Landesinnere zum nächsten Ziel: dem Karmel, auch Garten Gottes genannt, und den Drusendörfern. Der Karmel ist ein etwa zwanzig Kilometer langer Bergzug, von dem ich nur wußte, daß dort im 12. Jahrhundert die Karmeliter ihr erstes Kloster gegründet hatten und ein hervorragender Wein angebaut wird. Ob beides in ursächlichem Zusammenhang steht, kann ich nicht sagen; aber Mönche hatten ja schon seit jeher ein recht inniges Verhältnis zu Hochprozentigem. Man denke nur an die Klosterliköre, vor allem an den süffigen Chartreuse. Von den Drusen dagegen wußte ich nichts.

»Was weißt du über die Drusen?«

»Frag mich was Leichteres«, sagte Irene achselzuckend. »Gehört habe ich schon davon, aber ich krieg's nicht mehr auf die Reihe. Ein Volksstamm, eine Sekte – irgend so was muß es sein.«

»Sie liegen beinahe richtig.« Zierlich, wie sie war, hatten wir Frau Conrads hinter den hohen Kopfstützen gar nicht bemerkt. »Bei den Drusen handelt es sich tatsächlich um eine etwa neunhundert Jahre alte Sekte. Sie haben eine eigene Religion, deren Geheimnisse auch innerhalb der Gemeinschaft nur wenigen eingeweihten Männern bekannt sind. Ihr Hauptheiligtum soll übrigens in der Nähe vom See Genezareth liegen.«

»Kennt man es?«

»Man vermutet, daß es sich um das Grab von Moses' Schwiegervater handelt. Genaueres zu erfahren ist schwer, denn die Drusen leben sehr zurückgezogen und heiraten auch nur untereinander.«

Jetzt plagte mich doch die Neugier. »Ist es sehr indiskret zu fragen, woher Sie das alles wissen? Sind Sie Historikerin, Philologin oder etwas, das in diese Richtung zielt?«

»Nicht ganz. Ich bin, besser gesagt, war Lehrerin für Geschichte und Geographie.«

»Nun wundert mich gar nichts mehr«, meinte Irene erleichtert. »Ich hatte Sie schon im Verdacht, den Reiseführer auswendig gelernt zu haben, obwohl er ja gar nicht so ergiebig ist.«

»Ein wenig habe ich meine Kenntnisse schon auffrischen müssen«, gab Frau Conrads zu. »Man kann schließlich nicht alles behalten.«

Die Landschaft wurde abwechslungsreicher, grüner, hügeliger. Weit verstreut weideten Schaf- und Ziegenherden, meist von Kindern bewacht. Dazwischen lagen kleine Dörfer oder auch nur einzelne Lehmhäuser mit flachen Dächern, auf denen häufig Wäsche flatterte.

Schon in Tel Aviv waren mir die kochtopfähnlichen Gebilde aufgefallen, die auf fast jedem Dach zu finden sind. Manchmal steht dort nur eins, häufig ein halbes Dutzend nebeneinander. Jetzt sah ich sie sogar hier auf diesen Spielzeughäuschen. Eigenartigerweise haben sie überall die gleiche Form und Größe. Den Zweck dieser merkwürdigen Töpfe hatte ich noch nicht herausgefunden. Ob Frau Conrads vielleicht …?

Nein, sie wußte es auch nicht, doch wozu hatten wir unseren Guide? »Menachem, was bedeuten diese runden Dinger auf den Dächern? Ich hab schon an Sonnenkollektoren gedacht, aber die sehen doch ganz anders aus.«

Anscheinend nur hier bei uns, in Israel haben sie nun mal Ähnlichkeit mit Einwecktöpfen, denn es handelte sich tatsächlich um Sonnenkollektoren. Wie dieses System im einzelnen funktionierte, wußte Menachem nicht, aber, und das wunderte auch ihn, es funktionierte tatsächlich.

»Wir kommen jetzt nach Daliyat-el-Karmel, einem der größeren Drusendörfer«, meldete sich Frau Marquardt zu Wort. »Sie haben die Gelegenheit, sich ein bißchen umzusehen, etwas zu trinken, und wenn Sie Glück haben, finden Sie vielleicht schon das eine oder andere Souvenir. Es gibt hier sehr hübsche Korbwaren.«

Der halbe Bus stürzte in das als Bar ausgeschilderte Etablissement, in der Hoffnung, eine Toilette zu finden, der Rest verteilte sich rechts und links der Hauptstraße auf der Suche nach den versprochenen Souvenirs.

»Und was machen wir?« fragte ich Irene, nachdem wir den klimatisierten Bus mit der sonnendurchglühten Straße vertauscht hatten.

»In die entgegengesetzte Richtung gehen!« Was wir auch taten. Und dort endlich konnten wir den angepriesenen frischgepreßten Orangensaft probieren. Verkauft wurde er an einem transportablen Klapptisch, an dem eine eiserne Presse, einem Fleischwolf ähnlich, befestigt war. Daneben stapelten sich Plastikbecher. Unterm Tisch standen zwei Eimer, einer mit halbierten Orangen, der andere mit ausgedrückten Schalen, und das war's auch schon. Nicht zu vergessen die Blechkassette mit Wechselgeld, recht gut gefüllt übrigens, denn dieses Dorf schien generell Anlaufpunkt aller Touristenbusse zu sein.

Es stimmt wirklich: Der frische Saft von in der Sonne gereiften Apfelsinen ist nicht zu überbieten! Ich trank gleich noch einen zweiten Becher voll, bezahlte mit einem Schein, bekam eine Menge unidentifizierbares Kleingeld zurück, zeigte es später Menachem und mußte mir sagen lassen, daß ich gründlich übers Ohr gehauen worden war. Wenigstens erklärte er uns den Wert der einzelnen Münzen, was aber auch nicht viel nützte, denn beim nächsten Einkauf hatte ich die Hälfte schon wieder vergessen. Wohl deshalb befindet sich in meiner »Devisen-Box« unverhältnismäßig viel Kleingeld aus Israel, das ich einfach nicht losgeworden bin. Einmal Blamage hatte mir gereicht! Beim Bezahlen einer Tasse Tee hatte ich ein recht großes Geldstück auf den Tisch gelegt, nur ein Kopfschütteln der arabischen Bedienung geerntet, eine identische Münze dazugepackt, und als der Mann noch immer nicht zufrieden gewesen war, eine Handvoll aus der Tasche gezogen und es ihm überlassen, sich das Passende herauszusuchen. Er nahm die ganzen kleinen Münzen, was den Schluß zuläßt, daß die großen nichts wert sind. Auf diese Weise dürfte mich der Tee ungefähr sechs Mark gekostet haben, doch das merkte ich erst viel später.

Hinreichend mit Flüssigkeit abgefüllt, suchte ich jetzt auch eine Gelegenheit, zumindest einen Teil davon wieder loszuwerden. Also auf in die Bar. Sie war fast leer. Unsere Mitreisenden umlagerten die Andenkenläden, und die ersten kamen mit ihrer Ausbeute schon wieder zurück. Ich bewunderte Holzketten, Korbtaschen, Messingschmuck und natürlich Gregors schwarzweißes Arafat-Tuch, das er stilecht um den Kopf gewickelt hatte.

Das Wort Toilette ist zwar international bekannt, nur haben diese Örtlichkeiten in manchen Ländern herzlich wenig Ähnlichkeit mit dem, was wir darunter verstehen. In Frankreich und Italien findet man noch sehr oft jene quadratischen Becken mit dem Loch in der Mitte, das männlichen Bedürfnissen gerade noch gerecht werden kann, für Frauen jedoch denkbar ungeeignet ist. Und wenn man dann auch noch lange Hosen trägt, geht die ganze Sache sowieso schief. Ich spreche da aus Erfahrung!

Eine ähnliche Installation befand sich hier, also übte ich mich in Selbstbeherrschung und hoffte auf den nächsten Halt. Dort sollten wir das Mittagessen einnehmen können, was logischerweise einen Waschraum erwarten ließ.

»Mußt du auch? Wenn ja, vergiß es!«

»Das habe ich mir schon beinahe gedacht.« Irene rührte in einer kleinen Tasse mit schwarzem Gebräu. Eine zweite stand vor meinem Platz. »Was ist das? Espresso?«

»Türkischer Kaffee. Sehr gewöhnungsbedürftig!«

Das stimmte. Er war nicht nur zuckersüß, sondern auch noch mit Kardamom gewürzt, den man bei uns bloß in der Adventszeit zu kaufen kriegt, damit die selbstgebackenen Lebkuchen wenigstens nach ein bißchen was schmecken. (Über meine mangelhaften Fähigkeiten, genießbares Weihnachtsgebäck auf den Tisch zu bringen, habe ich mich schon früher ausgelassen.) Ich kippte die Brühe in einem Zug hinunter und schob gleich ein Pfefferminzbonbon hinterher. Natürlich sollte man in fremden Ländern die jeweiligen Spezialitäten probieren, aber das bedeutet ja nicht, daß sie einem auch schmecken müssen.

Der Busfahrer hupte die Nachzügler zusammen, es ging weiter. Ein letzter Blick auf die hinter uns her schauenden Kinder und ihre von weißen Schleiern verhüllten Mütter, dann hatten wir das Dorf auch schon verlassen.

»Es grünt so grün …«, summte Irene leise vor sich hin. »Wo sind eigentlich die steinigen Felder, die kargen Landschaften, die Dürre? Hier sieht's doch beinahe aus wie in Oberfranken. Irgendwie hatte ich eine andere Vorstellung von Israel.«

»Wir sind ja noch im Norden. Wart mal ab, bis wir in den wasserarmen Süden kommen.«

»Apropos Wasser.« Sie zog eine Flasche unter dem Sitz hervor. »Durchaus trinkbar. Willste auch mal?«

»Au ja, gerne.« Ich nahm einen tiefen Schluck und – hätte ihn beinahe ausgespuckt. »Was, um alles in der Welt, ist *das?*«

»Karmel-Wein. Schmeckt er dir nicht?«

»Doch, aber nicht mittags um halb zwölf. Meinst du, ich will nachher auf allen vieren aus dem Bus kriechen?«

Sie nahm mir die Flasche aus der Hand. »Du sollst ja nicht die ganze Pulle aussaufen, sondern bloß mal probieren! Wenn wir hier schon an der Quelle sitzen, könnten wir doch einen kleinen Vorrat mitnehmen.«

Jetzt fing sie wirklich an zu spinnen. »Willst du etwa die Flaschen zehn Tage lang durch die Gegend schaukeln? Für das Geld, das dir die El Al wegen Übergepäck abknöpfen würde, kannst du den Wein auch im KaDeWe kaufen.« Nicht umsonst rühmt sich die Delikatessenabteilung des Berliner Nobelkaufhauses ihres Sortiments auch ausgefallener Weinsorten.

»Wer redet denn von Deutschland?« wunderte sich meine Freundin. »Hier brauchen wir doch auch was zu trinken. Die Abende sind lang, und die Hotelbar liegt meistens zwei Stockwerke tiefer.«

Also kauften wir bei der nächsten Gelegenheit einige Flaschen, betteten die für den jeweiligen Abend bestimmte halbwegs stoßsicher zwischen die Omnibussitze und pichelten sie während der spätnachmittäglichen Schönheitspflege leer. Und das ich, die ich normalerweise wenig trinke und folglich auch wenig vertrage. Zwei Gläser Burgunder, und ich singe Arien! Karmel-Wein ist nicht ganz so gefährlich, aber bei mir zeigte er trotzdem Wirkung. Mehrmals habe ich den Speisesaal recht beschwingt betreten, was zum Glück niemandem aufgefallen ist, denn zu diesem Zeitpunkt standen Irene und ich zwar schon im Blickpunkt des allgemeinen Interesses, jedoch aus ganz anderen Gründen.

Haifa. Wohl die bekannteste Stadt Israels – außer natürlich Jerusalem –, Handelszentrum, Hafen und trotzdem die angeblich sauberste und grünste Stadt des ganzen Landes. Wir durften von oben einen Blick darauf werfen, dann fuhren wir hinunter, aber nicht hinein. Irgendwo in einem Außenbezirk kurvte der Bus auf einen Parkplatz, der schon von anderen Bussen angefahren worden war und zu einer Raststätte gehörte. Von außen sah sie recht einladend aus, halb Stein, halb Glas, hinter dem an vollbesetzten Tischen viele Leute Seltsames aßen. Freie Plätze waren nur auf der schattenlosen Terrasse. Selbstbedienung.

Sehr appetitanregend war eigentlich nichts von dem, was da hinter Glasscheiben aufgereiht war: Belegte Brote mit schon welk gewordenem Salatblatt (anscheinend hatten die Israelis das einstmals englische Mandat noch immer nicht überwunden), Suppenkellen, die aus Töpfen mit nicht genau zu definierendem Inhalt ragten, verschiedene Kuchen, bei denen die Rosinen nur schwer von den sie umschwirrenden Fliegen zu unterscheiden waren, doch das Angebot umfaßte auch Schnitzel mit Pommes frites (zehn Minuten Wartezeit!) und ungarisches Gulasch.

»Wenn ich es mir recht überlege, habe ich eigentlich gar keinen Hunger«, sagte Irene, als wir beim Kaffeeautomaten angekommen waren. »Außerdem ist es ungesund, bei dieser Hitze so viel zu essen. Nicht umsonst nimmt man in heißen Ländern die Hauptmahlzeit am Abend ein. Willst du auch einen Kaffee?«

Bei dem Automaten handelte es sich um ein britisches Erzeugnis, was zwar den Schluß nahelegte, daß der Kaffee auch englische Qualität haben würde (sie können nun mal keinen kochen!), aber wenigstens würde er nicht nach Pfefferkuchen schmecken.

Mit den dampfenden Plastikbechern flüchteten wir aus dem überfüllten Etablissement, und dann hätte ich meinen beinahe fallenlassen, als plötzlich ein ohrenbetäubendes Geräusch ertönte. Keine zehn Meter hinter uns donnerte ein Zug vorbei.

»Reizender Platz für eine Raststätte«, meinte Irene nur.

»Aber sehr verkehrsgünstig! Hinten Eisenbahn und vorne Küstenstraße. Was meinst du, schaffen wir es, sie lebend zu überqueren? Dann könnten wir uns nämlich ans Meer setzen.«

Auf diesen Gedanken waren auch schon andere gekommen. Wir zogen die Schuhe aus und stapften durch den warmen Sand zum Wasser hinunter, wo eine leichte Brise für Kühlung sorgte. Mit hochgezogenen Hosenbeinen stakste der Huber-Sepp durch die Wellen. »Jo mei, dös tut guat.«

Ein paar Meter weiter erörterte Ehefrau Maria mit Elena die Wahrscheinlichkeit, am Nachmittag wenigstens *eine* christliche Kirche besichtigen zu können. »Dös glaub i net, heut kriag'n mir nur lauter Altes zum Sehen. Und schlafen sollen wir in an Kibbuz. Was is nachher dös?«

Mit allen Anzeichen des Entsetzens stürmte Ännchen durch den Sand. »Ich glaub's oifach net, awer die hewe net ämol än Abort in dem Lokal. Ja, isch denn des üwwerhaupt geschdaddet? Wo solle mä donn jetzt nogehe?«

Diese Frage blieb ungeklärt, denn es gab tatsächlich weit und breit keine Toilette. Wieder im Bus, wurde Menachem von allen Seiten auf die Unhaltbarkeit derartiger Zustände hingewiesen, worauf er eine kleine Abweichung der vorgesehenen Route anordnete. Der Hotelportier zeigte sich wenig begeistert von der Invasion hereinstürzender Touristen, die alle dasselbe Ziel hatten, doch ein Bakschisch muß ihn wohl milde gestimmt haben. Als wir das Foyer wieder verließen, wünschte er uns sogar noch gute Weiterfahrt.

Müdigkeit machte sich breit. Sepp schnarchte, Alberto röchelte, Betti jammerte leise vor sich hin, weil sie Magenschmerzen hatte, Uwe holte seinen Walkman aus der Tasche und stöpselte sich von der Außenwelt ab, Terjungs und die Yuppies debattierten die Frage, in welchem Restaurant auf Mustique man die besten Hummer bekomme.

»Weißt du, wo Mustique liegt?«

»Mücke«, murmelte Irene schläfrig.

»Was?«

»Moustique ist französisch und heißt Mücke.«

»Das weiß ich auch, aber irgendwo muß es noch eine Insel geben, die genauso heißt.«

»Willst du da hin?« Sie gähnte ausgiebig.

»Nein.«

»Warum mußt du dann wissen, wo sie liegt?«

Auch wieder wahr!

»Wollen wir nicht mal alle etwas singen?« forderte Waltraud die vor sich hin dösende Busbesatzung auf und fing auch gleich damit an. »Das Wandern ist des Müllers Lust...« Nach der dritten Zeile hörte sie auf, weil niemand mitsang. Es wurde still, und als wir Akko erreicht hatten, mußten wir alle geweckt werden.

Zuerst zur Kreuzfahrerstadt. Die reiselustigen Herren Ritter müssen eine besondere Vorliebe für diese reizvolle Gegend gehabt haben, sonst hätten sie sich nicht überall an der Küste etabliert. Sogar Richard Löwenherz ist hier gewesen. Nach gebührender Bewunderung der übriggebliebenen Ruinen zogen wir in die Altstadt und dort als erstes zur Moschee des türkischen Paschas Ahmed. Wer genau das gewesen ist, weiß ich nicht mehr, aber Ahmed heißt übersetzt »der Preiswürdige«, und wenn man das auf sein Heiligtum bezieht, stimmt es. Die Moschee, im 18. Jahrhundert erbaut, ist sowohl innen als auch außen wunderschön, etwas irritierend nur die an einer Seite plazierte Standuhr, eindeutig europäischer Herkunft und etliche Jahrzehnte jünger.

Allerdings wurde Pascha Ahmed auch El Jezzar genannt, was auf deutsch »der Schlächter« bedeutet, und da er mit Sicherheit nicht der Metzgerzunft angehörte, dürfte er seinen Beinamen aus weniger nahrhaften Gründen bekommen haben.

Es gibt viel zu besichtigen in der Altstadt von Akko, vor allem Islamisches, doch irgendwann ist der Zeitpunkt erreicht, an dem man nichts mehr so richtig aufnimmt. Waren es nun die Karmeliter oder die Johanniter, die hier ihr Hauptquartier errichtet hatten, ist Pascha Djazzar verwandt mit Ahmed Jezzar (es ist derselbe!), und was hat Kaiser

Wilhelm mit dem Uhrturm in der jahrhundertealten Karawanserei zu tun? Ich hab's ganz einfach vergessen.

Endlich hatte Menachem ein Einsehen und ließ uns von der Leine. Den Shuk, wie der Basar auf gut orientalisch heißt, durften wir ohne Leithammel durchwandern, sogar eine Stunde lang, doch dann bitte pünktlich am Bus sein, gleich da drüben neben dem Torbogen. Und nichts von dem essen, was so reichhaltig feilgeboten wird, europäische Mägen seien darauf nicht programmiert.

»Denkste!« sagte Irene, nachdem wir uns schleunigst verdrückt hatten, um nicht von den Lodenschwestern vereinnahmt zu werden. »Ich habe jetzt wirklich einen Mordshunger.«

Sie hielt auch sofort vor einer – ja, was war das nun eigentlich? Eine Bratküche? Ein Imbißstand? In mehreren Töpfen blubberte es, daneben lag mit Papier abgedecktes Fladenbrot, nur was da so vor sich hin brodelte, hatte nicht die geringste Ähnlichkeit mit einem uns bekannten Gericht.

»What is this?« Irene deutete auf den Topf mit der graugrünen Pampe, die trotz ihres zweifelhaften Aussehens einen verlockenden Duft verströmte.

»Hummus.«

»Aha. Und das da?« Sie zeigte auf den nächsten Topf.

»Tahina.«

»What is in it?«

Der mit einem unserem Nachthemd ähnlichen Gewand bekleidete Verkäufer schüttelte bedauernd den Kopf. Er hatte nichts verstanden.

Nun verfügt Irene über ein gewisses schauspielerisches Talent. Und so wiederholte sie ihre Frage pantomimisch, und siehe da, der Araber hatte begriffen, was sie wollte. Jetzt kam die nächste Schwierigkeit. Das, was er antwortete, verstanden wir nicht, und seine mimischen Erläuterungen blieben ebenfalls ein Rätsel. So schieden wir, der eine Teil noch immer hungrig, der andere betrübt, weil ihm ein Geschäft entgangen war, in gegenseitigem Bedauern.

»Ich hätte das Zeug ja zu gern mal probiert, aber auf

beinahe nüchternen Magen traue ich mich denn doch nicht«, meinte Irene und kaufte am übernächsten Stand ein halbes Dutzend Bananen. Sie kosteten umgerechnet nur Pfennige.

Vorübergehend gesättigt, stürzten wir uns in das Gewimmel, wurden vorwärtsgeschoben, zur Seite gestoßen, gedrängt, gequetscht und hatten kaum Gelegenheit, die rechts und links ausgestellten Waren anzuschauen.

»Genau wie bei uns«, keuchte Irene, nachdem sie sich wieder an meine Seite durchgekämpft hatte, »alles kauft kurz vor Ladenschluß ein. Hast du da drüben die herrlichen Seidenstoffe gesehen?«

Hatte ich nicht. Mich hatten die silbernen Gerätschaften interessiert, die, ineinandergestapelt, übereinandergetürmt, nebeneinander aufgereiht, fast den ganzen Laden ausfüllten. Stundenlang hätte ich da herumstöbern können. »Ob die echt sind?«

»Glaube ich nicht.« Sie griff nach einem kleinen Kännchen und drehte es prüfend nach allen Seiten, bevor sie mit dem Fingernagel vorsichtig auf der Unterseite herumkratzte. Sofort kam der Ladenbesitzer aus seiner Ecke hervor. »Silver! All Silverplates«, beteuerte er lebhaft und drückte mir eine gehämmerte flache Schale in die Hand. »Sehrr billig.«

Ehe ich mich nach dem Preis erkundigen konnte, nahm mir Irene den Teller aus der Hand, stellte ihn zurück und zog mich weg. »Erstens ist das kein Silber, und zweitens würde der uns sowieso über den Tisch ziehen. Außerdem war das Ding selten geschmacklos.«

Damit hatte sie zwar recht, doch ich wollte mich ja nur mal ganz allgemein über die gängigen Preise informieren.

»Bist du noch nie in einem Basar gewesen?« Sie sah mich an, als hätte sie ein Wesen von einem anderen Stern vor sich.

»Nein, wo denn? Ich war noch nie im Orient.«

»Nicht mal in Tunesien oder Marokko?«

»Nein, zum Kuckuck noch eins!«

»Dann laß dir sagen, daß es in einem Basar keine festen

Preise gibt. Da handelt man, je nach Größe des Objekts kann das Minuten oder Stunden dauern, und soviel Zeit haben wir jetzt sowieso nicht.«

»Feilschen habe ich in Kenia gelernt.«

»Na prima. Dann kannst du deine Fähigkeiten sicher in Jerusalem vervollständigen. Dort haben wir einen ganzen Tag zur freien Verfügung.«

Immer weiter schoben wir uns durchs Gewühl, bogen links in einen Gang ein, dann wieder rechts, und hatten restlos die Orientierung verloren, als wir eigentlich schon am Bus hätten sein sollen.

»Where is the exit, please?« Der Knabe mit dem gehäkelten Käppi sah mich mit offenem Mund an und schüttelte nur den Kopf.

»Ob wir aus diesem Irrgarten noch mal rauskommen?« japste ich, während wir so schnell wie möglich durch die Gassen hetzten. »Hier waren wir doch schon, ich kann mich genau an die Säule mit den verstaubten Sonnenbrillen erinnern.«

»Ich auch, und wenn ich mich nicht irre, müssen wir jetzt geradeaus und dann links.«

»Da kommen wir gerade her«, sagte jemand neben uns, »das ist auch verkehrt.«

Hanni und Gustl, die doch auf ihrer Radtour quer durch Holland ein gewisses Feeling für das Aufspüren unbekannter Wege entwickelt haben sollten, hatten sich ebenfalls verlaufen.

»Bevor wir planlos herumirren, fragen wir so lange, bis uns jemand Auskunft geben kann«, entschied Irene. »Irgendwer wird doch mal englisch sprechen!«

Ich versuchte es bei den Budenbesitzern auf der rechten Seite, Irene klapperte die linke ab, Gustl und Hanni hielten die Vorübergehenden an. An der nächsten Ecke trafen wir wieder zusammen und hatten fünf verschiedene Ratschläge erhalten, von denen zwei halbwegs übereinstimmten. Mit zwanzig Minuten Verspätung erreichten wir den Bus und waren trotzdem nicht die letzten. Heini und Ännchen fehlten noch, der Huber-Sepp war bei den Fleischständen verlorengegangen und noch nicht wieder aufgetaucht, und Betti hatte man zum letztenmal beim türkischen Honig gesichtet.

Weder Frau Marquardt noch Menachem wunderten sich. »Der Rekord liegt bei zweiundsiebzig Minuten Verspätung«, sagte er, auf seine Uhr blickend. »Wir haben also noch viel Zeit, bis er überboten wird. Gleich nebenan ist übrigens eine Teestube.«

Zum erstenmal probierte ich Nana, den gesüßten Tee mit dem frischen Minzblatt obendrauf, der nicht nur hervorragend schmeckt, sondern beim Trinken auch noch den Eindruck von Kühle vermittelt, obwohl er brühheiß serviert wird.

Nach der zweiten Tasse tauchten der Sepp und die Betti auf, nach der dritten waren auch die beiden Schwaben endlich da. »Ha no, des isch jo än Irrgarde, ä Labarinth isch des«, schnaufte Ännchen mit hochrotem Kopf, »un närgends än Wegweiser oder ä Schildle, wo mä sich orientiere könnt. Nur so Kringle un Zeiche, wo koin Mensch verschtehd.«

»Dann fragt man eben«, sagte Claudia.

»Ja, wie denn? Von dene Schwarzä schwätzt doch koiner deutsch.«

»Wo haben Sie denn Schwarze gesehen?« fragte Menachem amüsiert.

»So richtig schwarz senn se jo net, awer dunkel halt mit den weiße Hemdle o.«

Als sich der Bus endlich hätte in Bewegung setzen können, konnte er's nicht, weil die Rush-hour begonnen hatte und sämtliche Straßen verstopft waren. Meter um Meter krochen wir im Stau vorwärts, umgeben von quietschenden Bremsen, Geschrei und Gehupe, das erst aufhörte, als wir von der Hauptstraße abbogen. Es wurde ruhiger, und bald hörten wir nur noch das gleichmäßige Brummen des Motors.

Die Straße ging über in eine weitläufige Parkanlage mit

hohen Bäumen, Blumenrabatten und sorgfältig geharkten Wegen. Dazwischen lagen verstreut weiße Bungalows, vor denen Kinder spielten und Omas in der Abendsonne saßen.

»Wir sind da«, sagte Menachem, als der Bus vor einem größeren Gebäude hielt.

»Für ä Hodel isch des aber arg kloi.« Mit zusammengekniffenen Augen musterte Ännchen das Haus. »Basse mä do üwwerhaupt alle noi?«

Das hier sei nur das Gästehaus, die Restaurationsräume befänden sich im Nebengebäude. Ännchen war's zufrieden.

Nach Beendigung der üblichen Präliminarien, wer welches Zimmer bekommt, drifteten wir unter Führung hilfreicher Geister in verschiedene Richtungen. Wir erhielten ein helles, freundliches Zimmer mit Blick in den Garten.

»So habe ich mir einen Kibbuz wirklich nicht vorgestellt.« Irene öffnete das Fenster und beugte sich hinaus. »Riech mal, wie das duftet! Schade, daß es schon zu dunkel ist, ich hätte gerne einen Spaziergang durch den Park gemacht. Hier gibt es bestimmt Pflanzen, die wir zu Hause gar nicht kennen.«

»Verschieb's auf morgen, in einer halben Stunde müssen wir zum Essen. Du kannst ja bei Sonnenaufgang Tautreten machen. Wer geht zuerst ins Bad?«

Die Antwort erübrigte sich. Als ich meinen Koffer öffnen wollte – mit viel Gefühl, wie mir der Huber-Sepp demonstriert hatte –, hatte ich schon den Eindruck, als ob mich das Schloß hämisch angrinste. Das querliegende Schlüsselloch, darüber die beiden kleinen Nieten ... jawohl, das Schloß grinste! Und dann sperrte es sich jedem Öffnungsversuch. »O nein, nicht schon wieder!«

»Is was?« Irene stand mit dem Rücken zu mir vor dem Fenster und hielt ein Kleid in die Höhe. »Angeblich soll das knitterfrei sein, doch jetzt sieht's aus, als hätte ich schon dreimal drin geschlafen.« Sie warf es aufs Bett und griff nach einem Rock. »Wie findest du den?«

Ich gönnte ihm nur einen flüchtigen Blick. »Hübsch.« Das Schloß klemmte immer noch.

»Du hast überhaupt keinen Geschmack. Das Ding ist doch nur scheußlich.«

»Warum hast du es denn gekauft?«

»Weil's so billig gewesen ist.« Der Rock folgte dem Kleid, Irene wühlte weiter. »Was ziehst du denn an?«

»Gar nichts. Ich bleibe, wie ich bin. Ich kriege den Koffer nicht auf!«

Erschrocken drehte sie sich um. »Erzähl keine Märchen. Gestern ging das doch einwandfrei. Laß mich mal ran!«

Nun wiederholte sich das gleiche Spiel. Wir versuchten es auf die sanfte Tour, dann mit Brachialgewalt, erreichten jedoch nur, daß der Schlüssel abbrach und erst mit Hilfe einer Nagelschere wieder herausgepult werden konnte. Daraufhin folgte Resignation.

»Wer wohnt denn heute neben uns?«

»Die Yuppies«, antwortete Irene. »Wer auf der anderen Seite ist, weiß ich nicht.«

Erneuter Bittgang. »Kein Problem«, sagte Jens, »das werden wir gleich haben.« Nach fünf Minuten hatte er es immer noch nicht. Robert eilte zu Hilfe, murmelte etwas von »ziemlich teures Stück« (wenn der wüßte!) und gab auf, nachdem er einen seiner sorgfältig manikürten Fingernägel eingerissen hatte.

»Kann ich helfen?« In der geöffneten Tür erschien Gustl, angelockt von den wenig salonfähigen Flüchen, mit denen Robert seine vergeblichen Versuche unterstützt hatte.

»Nur, wenn du Dynamit dabei hast«, knurrte Jens.

»Das geht auch ohne.« Gustl verschwand und kam gleich darauf mit einer kleinen Ledertasche zurück. Was sie im einzelnen enthielt, weiß ich nicht, zum Teil hatte ich solche Instrumente noch nie gesehen, doch nachdem er zwei herausgesucht und damit am Schloß herumgefummelt hatte, sprang es auf.

Jens staunte nur. »Bist du ein Profi? Hoteldieb, Safeknacker oder so etwas ähnliches?«

»Nein, Restaurator. Was glaubt ihr, wieviele alte Kommoden und Schränke ich schon aufgemacht habe, bei denen die Schlüssel verlorengegangen waren.«

»Dein Handwerkszeug schleppst du immer mit dir herum?«

»Meistens.« Er steckte die beiden Instrumente ins Etui zurück und zog den Reißverschluß zu. »Die Tasche nimmt ja nicht viel Platz weg, und Notfälle wie diesen gibt es immer mal.«

Irene war vor der männlichen Invasion ins Bad getürmt. Sie kam erst wieder heraus, nachdem die Hilfskräfte das Zimmer verlassen hatten. »Wenn du diesen verdammten Koffer noch einmal abschließt, erwürge ich dich! Ich habe keine Lust, jeden Abend das Defilee der halben Busbesatzung abzunehmen.«

Das konnte ich ihr nicht verdenken. Fortan wurde mein nun unverschlossener Koffer nur noch liegend transportiert und kam immer als unterster ins Gepäckfach vom Bus.

Nach dem ausgezeichneten Essen, das sogar Ännchens Zustimmung gefunden hatte, obwohl es weder hausgemachte Nudeln noch »än richtigs G'miis« gegeben hatte, sondern nur »än Salat, wo mä bei uns ned kennt«, wurden wir zum Informationsabend gebeten. Da saßen wir nun wieder im Kreis, hörten brav zu, was Menachem zu sagen hatte, versprachen, die Hinweise von Frau Marquardt zu befolgen, wonach wir tunlichst keine militärischen Anlagen und keine orthodoxen Juden fotografieren sollten, das gleiche gelte für das Innere von Moscheen, und dann durften wir gehen. Am besten ins Bett, denn morgen hätten wir eine anstrengende Tour vor uns.

»Wer kann denn um halb zehn schon schlafen?« moserte Irene, die Zimmertür aufschließend. »Jetzt machen wir erst mal die Weinflasche nieder, und dann ... Ach, du dickes Ei! Sieh dir bloß mal *das* an! Hast du etwa die Nachttischlampe brennen lassen?«

»Nein, es ist deine. Und das Fenster habe ich auch nicht aufgerissen.«

»Na, dann laß uns mal anfangen!«

Als schon überall die Lichter gelöscht waren, jagten wir noch immer nach Mücken, die scharenweise eingefallen waren und sich jetzt sirrend gegen ihre Ausrottung zur Wehr setzten. Die vorletzte erlegte ich auf meiner Zahnbürste, die letzte hatte das Massaker überlebt und offenbar Rache geschworen. Am nächsten Morgen hatte ich vier Stiche, Irene sechs.

Ich war schon kurz vor dem Einschlafen, als sie mich noch einmal hochschreckte. »Du warst wirklich noch nie in Nordafrika? Nicht mal in Ägypten?«

»Nein, zum Kuckuck noch eins!«

»Dann machen wir im nächsten Jahr zusammen eine Nil-Kreuzfahrt. Das wollte ich schon immer mal.«

6

Am Morgen war das Bett neben mir leer und Irene verschwunden. Sie würde doch nicht wirklich tautreten ...? Nein, natürlich nicht, ihre Schuhe waren ja auch nicht da. Ich wollte mich gerade auf die Suche machen, als sie zurückkam. Und was hielt sie in der Hand?

»Du willst das Gemüse doch hoffentlich nicht mitnehmen?«

»Selbstverständlich! Wozu hätte ich es sonst ausgebuddelt?« Aus den Tiefen ihres Koffers zog sie die Basttasche heraus, innen mit Folie ausgelegt, und da hinein kamen die winzigen Pflänzchen, nachdem die Stiele mit feuchten Papiertaschentüchern umwickelt worden waren. »Irgendwo muß ich noch ein bißchen Erde besorgen, aber ich wollte denen hier nicht den halben Park umgraben. Es ist phantastisch, mit wieviel Liebe der angelegt worden ist.«

»Du traust dich also nicht, eine Handvoll Sand mitzunehmen, hast aber keine Hemmungen, die Blumenbeete zu plündern.« Mir erschien das wenig logisch.

»Das sind doch alles bloß Ableger.« Sorgfältig beträufelte sie die Stengelchen mit Wasser.

»Darf ich dich daran erinnern, daß bei uns der Winter vor der Tür steht? Deine Gewächse kriegen ja einen Kälteschock!«

»Die kommen gleich in Töpfe und dann in mein kleines Treibhaus.«

Es war hoffnungslos! Normale Menschen bringen normale Souvenirs von ihren Reisen mit, bemalte Keramikteller »Gruß aus Kärnten« oder schreiendbunte Hosen, die am karibischen Strand nicht weiter auffallen, weil sich fast alle Touristen schreiendbunte Hosen kaufen – wieder zu Hause, ziehen sie sie nicht mal im Garten an! –, nur meine Freundin ist gegen derartige Verlockungen gefeit. Dafür entgeht ihr kein Gewächs, das eine Bereicherung ihrer exotischen Pflanzensammlung verspricht.

»Weißt du überhaupt, *was* du da angeschleppt hast?«

»Na klar. Ceratonia siliqua, Pandratium maritimum, Ornithogalum eigii und Pinus halepensis.«

Da gab ich es auf!

Von nun an gehörte die täglich voller werdende Tasche zum Handgepäck und wurde ähnlich sorgfältig behandelt wie der Karmel-Wein. Die Mineralwasserflasche, bei Durchquerung größerer Trockenregionen ein unbedingtes Muß, hatten wir künftig mit dem sensiblen Grünzeug zu teilen, und es war selbstverständlich, daß es immer den Vorrang hatte.

Die heutige Route sah unter anderem einen Spaziergang über die Golanhöhen vor, und entsprechend gewandet präsentierten sich unsere Mitreisenden schon am Frühstückstisch. Die Schwestern trugen wieder Loden und rustikale Bergstiefel, Frau Terjung hatte ihren wagenradgroßen Strohhut gegen einen auf modisch getrimmten Südwester getauscht, der Huber-Sepp hatte sich für Kniebundhosen mit roten Wollstrümpfen drunter entschieden, und Betti erschien mit Schal und Kopftuch. Das Thermometer zeigte vierundzwanzig Grad im Schatten.

Schon im Bus begann der Striptease. Sogar Betti knöpfte ihre Wollbluse bis fast zum Bauchnabel auf, und als das erste Ziel erreicht war, mußte Shimon programmwidrig die Kofferklappe öffnen. Hektisches Wühlen, sodann Sturm auf die Toiletten. Nach erfolgreicher Metamorphose endlich Würdigung des Kreidefelsens von Rosh Haniqra. Er bildet die Grenze zum Libanon, und deshalb gibt es eine Aussichtsterrasse, damit man rübergucken kann. Sieht man in die entgegengesetzte Richtung, hat man einen herrlichen Blick über die Mittelmeerküste. Zumindest wurde mir das gesagt, denn als ich die Seilbahn entdeckt hatte, mit der man auf den Berg gebaggert wird, habe ich auf die unvergeßliche Aussicht verzichtet. Ich mag keine Seilbahnen, und so kleine Käfige wie den hier schon überhaupt nicht. Maximal sieben Personen faßt die Kabine, zusammengequetscht wie Heringe in der Dose, nur ein Seil, nicht mal ein Stützpfeiler in der Mitte ... nein, danke!

»Müssen wir da rauf?« Irene hat auch nichts für Seilbahnen übrig.

Wir entschieden, daß wir nicht müssen und der Felsen auch von unten sehr eindrucksvoll ist. Das Fahrgeld legten wir in Orangensaft und Nana an. Normalerweise eingefleischte Kaffeetrinkerin, bin ich in Israel schon am zweiten Tag zum Tee konvertiert.

Die Weiterfahrt verzögerte sich, weil Heini noch mal auf den Berg mußte; er hatte sein Teleobjektiv auf der Brüstung liegenlassen. Übrigens nicht zum letztenmal. Endgültig abhanden gekommen ist es bei den Höhlen von Qumran.

Weiter ging's an der libanesischen Grenze entlang zum Golan. Die ganze Region nennt sich Galiläa, nicht nur unseren versierten Bibelkennern ein Begriff. Sie fieberten denn auch der ersten christlichen Kirche entgegen und wurden enttäuscht. In Zefat besichtigten wir lediglich eine Synagoge, erst von außen, dann von innen. Gleich neben dem Eingang stand eine Schale mit schwarzen Papphütchen. Sie sahen genauso aus wie sie heißen: Yarmulken.

»Der jüdische Glaube verbietet den Männern, mit bloßem Haupt eine Synagoge zu betreten«, erklärte Menachem dem unwissenden Auditorium und setzte sich eins der Käppis auf den Hinterkopf.

»Davon habe ich schon gehört«, bestätigte Frau Terjung sofort, das Hütchen ihres Mannes in eine leichte Schräglage versetzend. »Nicht doch, Harald, das Gummiband gehört nach hinten unter die Haare.«

Auch der Huber-Sepp bekam Schwierigkeiten mit der ungewohnten Kopfbedeckung. Zwei Hütchen hatte er bereits aus dem Verkehr ziehen müssen, weil der Gummi gerissen war, an ein drittes traute er sich nicht mehr heran. »Dann muß i halt wieda aussi.« Woraufhin Anneliese eine Haarnadel aus ihrem Dutt fummelte und das Käppchen in Sepps Löwenmähne verankerte.

Bei Heini ging das nicht, er hatte keine Haare mehr. Also zog er das Gummiband unter sein Kinn und hatte nun eine fatale Ähnlichkeit mit einem Zirkusclown, sehr zum heimlichen Vergnügen von Gregor. Er war ja immer auf der Suche nach ungewöhnlichen Motiven.

Eine Synagoge ähnelt weder einer Kirche noch einer Moschee. Der Innenraum mutet im Gegenteil ziemlich schmucklos an, denn es gibt keinen Altar, nur ein Lesepult, und im Halbkreis angeordnete Sitzbänke – die hier waren blau, was den ganzen Raum in ein diffuses Licht tauchte. Die einzige Kostbarkeit bildete der Thoraschrein, selbstverständlich verschlossen, so daß wir das eigentliche Heiligtum gar nicht zu Gesicht bekamen.

»Hole die denn des net ämol zum Drausvorlese her? Was nützt denn ä koschtbars Buch, wenn's koiner zum Sehe kriegt?«

»In dem Schrein wird die Thora*rolle* aufbewahrt, kein Buch«, verbesserte Jens etwas herablassend.

Ännchen wunderte sich noch ein bißchen mehr, doch dann hatte sie eine einleuchtende Erklärung. »Ha no, die lese jo a alles von hinna nach vorne.«

Aus dem kühlen Halbdunkel der Synagoge traten wir wieder in die Hitze der Altstadt, und sofort setzte der übliche Run auf sanitäre Installationen ein, nur wußte niemand, wo denn solche zu finden sein würden. Das deutsche Gaststättengesetz, wonach zu drei Tischen mindestens eine Toilette gehört, findet außerhalb der Landesgrenzen keine Beachtung, und die Suche nach dem bewußten Örtchen bildete einen festen Bestandteil der gesamten Reise.

»Mann müßte man sein«, seufzte Irene neidisch, als sie den Sepp hinter einem Gebüsch verschwinden sah. »Ich kann doch nicht jedesmal ein halbes Dutzend Tassen Tee trinken, bis ich endlich eine Kneipe mit Klo gefunden habe.«

Fanden wir auch nicht, dafür entdeckten wir einen kleinen Laden, der neben deutschen Zigaretten auch Karmel-Wein zu einem äußerst günstigen Preis anzubieten hatte. »So billig kriegen wir den nie wieder!« sagte Irene erfreut und orderte gleich vier Flaschen. Daß die beiden verdächtig klirrenden Tüten die Aufmerksamkeit der gesamten Gruppe auf sich ziehen würden, hätten wir voraussehen müssen, hatten wir aber nicht. Dafür standen wir von nun an in dem Ruf, Alkoholiker zu sein.

»Laß sie doch denken, was sie wollen«, meinte Irene später im Bus. »Voraussichtlich werden wir sie nie wiedersehen, und deshalb ist es mir auch völlig wurscht, welche Meinung sie von mir haben.«

Sie hatte ja recht! Lieber ständig im Gerede als gar kein Gespräch!

Nächstes Ziel: die Quellflüsse des Jordan. Die Huber Maria sammelte leere Mineralwasserflaschen ein. Die von ihr mitgebrachte würde ja »net amol den Boden vom Taufbecke füllen« können, und wo der Herr Pfarrer ihr doch extra den Segen für diese Reise gegeben habe ...

»Ob er auch den Preis für's Übergepäck zahlt?« flüsterte Irene, nachdem sie Maria unsere noch zu einem Drittel gefüllte Flasche ausgehändigt hatte. Die Aufnahmekapazität der Pflänzchen war erschöpft, mit noch mehr Flüssigkeit wären sie ertrunken. »Sieben volle Literflaschen wiegen eine ganze Menge.«

Der Bus blieb oben am Straßenrand stehen, die heiligen Wasser mußten zu Fuß erklettert werden. Immer schön abwärts über Steinplatten und Geröll, nirgends etwas zum Festhalten, und prompt geschah dann das, was eigentlich vorhersehbar gewesen war: Frau Conrads blieb mit dem Fuß in einer Felsspalte hängen und fiel hin. »Es ist gar nichts passiert«, beteuerte sie sofort, war aber doch dankbar für Sepps tatkräftige Hilfe, der die zierliche Person mit einem Ruck wieder auf die Beine stellte. Jammernd sackte sie zusammen. »Ich glaube, irgendwas habe ich mir gebrochen. Ich kann mit dem linken Fuß nicht auftreten.«

Jetzt kam Annelieses große Stunde! Sie stürzte sich förmlich auf die Patientin, zog ihr den Schuh und den Strumpf aus, betastete den Fuß von allen Seiten, und schließlich drehte sie ihn leicht. »Tut das weh?«

»Natürlich tut das weh!« knirschte das Opfer mit zusammengebissenen Zähnen.

»Gebrochen ist aber nichts, wahrscheinlich nur verstaucht«, verkündete sie fröhlich. »Am besten sollten Sie den Fuß in den nächsten Tagen wenig belasten. Ich werde Ihnen eine Bandage anlegen.« Suchend sah sie sich um. »Hat jemand eine Binde dabei?«

»Na klar, auch 'ne Gipsschiene und Krücken«, tönte es aus dem Hintergrund. »Gehört ja alles zum Urlaubsgepäck.«

»Ich habe Hansaplast in meiner Tasche«, fiel Betti ein, »allerdings liegt die im Bus.«

Bis auf Maria und Elena, die uns anderen weit vorausgeeilt waren und schon emsig ihre Flaschen füllten, standen wir hilflos um das bedauernswerte Opfer herum. Nur Frau Marquardt war sofort wieder nach oben gestiegen und kam jetzt mit einem Verbandskasten zurück. »Hier müßte eine Elastikbinde drin sein.«

Von Anneliese fachmännisch versorgt und mit einem Schluck Kognak aus Gustls Notproviant (»Den habe ich nur zu Desinfektionszwecken mit!«) auch moralisch wieder aufgerüstet, schickte uns Frau Conrads weg. »Geht ihr mal ruhig alle eure Füße waschen. Auf dem Rückweg könnt ihr mich ja einsammeln.«

»Ich bleibe selbstverständlich bei Ihnen«, erklärte Anneliese sofort. »Manchmal tritt der Schock erst sehr viel später ein.«

»Den kriege ich garantiert, wenn Sie mich weiterhin behandeln, als wäre jede Minute mit meinem Ableben zu rechnen.«

»Ich meine es ja nur gut«, sagte Anneliese beleidigt.

»Ich auch, und deshalb gehen Sie jetzt schön mit den

anderen runter zum Fluß. Darum sind Sie doch wohl hergekommen.«

Imponierend war das Rinnsal nicht, das sich zusammen mit anderen Bächlein irgendwann zum Jordan vereinigen würde, und hehre Schauer sind mir auch nicht den Rücken heruntergelaufen, allenfalls eine Gänsehaut, als ich den Fuß ins Wasser steckte. Es war lausig kalt.

»Unsere Altvordern müssen ziemlich abgehärtet gewesen sein, wenn sie sich damals taufen ließen. Die bekamen ja nicht nur ein paar Tröpfchen auf die Stirn geträufelt, die mußten ganz ins Wasser.«

»Stimmt«, sagte Irene, »und heute gilt man schon als abgehärtet, wenn man die Nacht überlebt, obwohl der Thermostat an der Heizdecke ausgefallen ist. Komm, laß uns mal nachsehen, ob hier irgendwas Interessantes wächst.«

Ich fand eine ganze Menge Grünzeug, das ich nicht kannte, aber es war nicht bedeutend genug, um der Strohtaschenbotanik einverleibt zu werden. Na ja, nur ein Gärtner weiß eben im voraus, was ihm blüht.

Frau Conrads hatte sich erstaunlich schnell regeneriert. Sie fühle sich prächtig, behauptete sie, habe sogar schon versucht, den Fuß ein bißchen zu belasten, er tue lange nicht mehr so weh wie noch vorhin, sei auch kaum geschwollen, und wenn sie jemand stütze, komme sie ohne Schwierigkeiten bis zur Straße.

»Nix da!« Sepp streckte seine Arme wie eine Baggerschaufel aus, hob die völlig verdutzte Frau Conrads hoch und trug sie nach oben in den Bus, wo er sie vorsichtig auf die durchgehende Rückbank bettete. »So, da haben S' a bissel mehr kommod.«

Betti opferte ihr aufblasbares Nackenkissen für den Kopf, Anneliese offerierte Aspirin, die Huber-Maria einen Schluck Jordanwasser, das werde bestimmt helfen, zumindest innerlich, und wir Hinterbänkler wurden aufgefordert, ein wachsames Auge auf die Patientin zu haben, weil wir doch sowieso immer separat und ganz am Ende säßen. »Warum eigentlich?« erkundigte sich Frau Terjung mit einem maliziösen Unterton. »Sind wir Ihnen nicht gut genug?«

»Nur aus Rücksicht«, parierte Irene sofort. »Hier stört es niemanden, wenn wir mal ein Fenster öffnen, damit der Qualm abzieht.«

Daß wir uns in edler Selbstbeherrschung übten und uns das Rauchen im Bus verkniffen, schien noch niemandem aufgefallen zu sein.

»Ich weiß nicht, warum«, grübelte sie halblaut, »aber ich habe den Eindruck, als ob wir das besondere Interesse unserer lieben Mitreisenden genießen. Vorhin brach nämlich abrupt das Getuschel zwischen den Bremern und den beiden alten Krähen ab, als ich näher kam. Viel verstanden habe ich nicht mehr, doch deinen Namen habe ich noch gehört, und dann schwafelte Florence Nightingale was von Pärchen oder so ähnlich.«

»Tut mir leid, da kriege ich keinen Sinn rein.«

»Ich schon, und wenn ich mit meiner Vermutung richtig liege, werden wir noch eine Menge Spaß bekommen!« Genaueres wollte sie aber noch nicht sagen.

Schon eine ganze Weile waren wir stetig bergauf gefahren, und mit jedem Kilometer verschlechterte sich das Wetter. Dicke Wolkenberge türmten sich auf, in der Ferne blitzte es, dumpfes Grollen war zu hören, und als wir auf einem provisorischen Parkplatz anhielten und sich die Türen öffneten, pfiff ein eiskalter Wind ins Innere. »O du schöner We-hehesterwald«, intonierte Anneliese, »über deine Höhen pfeift der Wind so kalt ...«

»Müssen wir da jetzt raus?« Im Taschenspiegel überprüfte Claudia ihr Aussehen. »Bei dem Wetter ist meine Frisur ja gleich im Eimer. Außerdem friere ich. Was gibt es denn hier überhaupt zu sehen?«

Die Frage hatte ich mir auch schon gestellt. Wir befanden uns auf einem kahlen Bergrücken, von dem aus wir zwar kilometerweit auf eine fruchtbare Ebene blicken konnten, doch so besonders sehenswert war die Aussicht eigentlich nicht.

»Wir stehen hier auf blutgetränktem Boden«, begann Menachem, »denn bis zum Jahre 1967 gehörte der Golan zu Syrien. Erst im Sechstagekrieg wurde er von unseren Truppen erobert und 1981 zum israelischen Staatsgebiet erklärt. Seitdem wird er von UNO-Soldaten bewacht. Ein paar hundert Meter weiter vorn steht ein Posten, der freut sich immer, wenn er Besuch bekommt.«

»Wer zu dem kleinen Spaziergang keine Lust hat, kann selbstverständlich mit Frau Conrads im Bus warten«, sagte Frau Marquardt. »Eine Bitte an die Fotografen: Lassen Sie die Kameras zurück. Hier ist militärisches Sperrgebiet, deshalb herrscht absolutes Fotografierverbot.«

Fröstelnd zogen wir die Straße entlang bis zu dem Gitterzaun, vor dem eine kleine Holzbude stand. »Jetzt wird mir einiges klar«, sinnierte Irene, in das weite Tal zu unseren Füßen blickend. »Ich habe nie verstanden, warum die Golanhöhen damals so heftig umkämpft worden sind und sich später die Verhandlungen über eine etwaige Rückgabe so lange hingezogen haben. Wer hier oben sitzt, hat freies Schußfeld über die ganze Ebene. Verständlich, daß die Juden keinen potentiellen Feind an solch einer exponierten Stelle haben wollen. Der könnte doch mit den heutigen Waffen ohne große Anstrengung ein Viertel dieses Landes ausradieren.«

Der blau behelmte UNO-Posten erwartete uns schon. Es war ein blutjunges Bürschlein, nicht älter als höchstens zweiundzwanzig, das die Abwechslung sichtlich begrüßte. »Servus, miteinand.«

»Da schau her, a Landsmann«, stellte Gregor sofort fest, »woher kommst? Aus Wien?«

»Na, aus Salzburg.«

Wie oft der arme Kerl die auf ihn einprasselnden Fragen schon hatte beantworten müssen, weiß ich nicht. Es werden wohl die gleichen gewesen sein, die ihm immer wieder gestellt werden. Wie lange er hier Wache schieben müsse, ob es nicht langweilig sei, so ganz allein herumzuhängen, wo denn der nächste Posten stehe und ob er tatsächlich die ganze Zeit durch sein Opernglas gucke, weil er doch aufpassen müsse. Letzteres schien besonders Ännchen zu interessieren, denn sie werde immer ganz narrisch, wenn sie »im Wald durch Hoini sein Fernrohr die Rehe ogucke« solle.

»Gesetzt den Fall, hier tauchen plötzlich fremde Soldaten mit unverkennbar feindlichen Absichten auf. Was würden Sie denn dann tun?« Diese Frage hatte ich mir einfach nicht verkneifen können.

»Dös überleg ich mir auch manchmal«, sagte der Friedenshüter grinsend. »Schauen, daß ich noch telefonieren kann, und dann nix wie weg.«

»Ich sehe aber nirgends ein Auto.«

»Is auch kaans da. Aber an Motorradel.«

Unter Hinterlassung deutscher Zigaretten und einer vier Tage alten Wiener Zeitung, die noch in Gregors Manteltasche gesteckt hatte, verabschiedeten wir uns und rannten zurück zum Bus. Der leichte Nieselregen hatte sich in einen Hagelschauer verwandelt, und das Gewitter kam auch immer näher. Rechnete man noch die drastisch gesunkene Temperatur dazu, dann hatten wir das typisch deutsche Novemberwetter.

Parallel zur syrischen Grenze fuhren wir abwärts. Allmählich kam auch die Sonne wieder heraus. Ich weiß nicht mehr, weshalb wir anhielten, um einen Blick hinüber nach Kunetra zu werfen, jedenfalls holte Heini seine Videokamera heraus und filmte ausgiebig. Erst ein Schwenk von links nach rechts, dann nochmals von rechts nach links, weil Ännchen noch mit drauf wollte, und dann riß Menachem mit allen Anzeichen des Entsetzens dem Hobbyfilmer die Kamera aus der Hand. »Das gibt Ärger.«

»Ja, mit meiner Frau. Die ist nicht mehr mit drauf. Warum haben Sie das gemacht?«

»Sie haben den halben Golan gefilmt! Gleich neben der Stadt da drüben befindet sich ein israelisches Materiallager, das darf nicht fotografiert werden.«

»Ich seh' nichts.« Angestrengt blinzelte Heini gegen die

Sonne. »Und was ich nicht sehe, sehen andere auch nicht. Ich bin sechsundfünfzig Jahre alt und habe noch nie nicht eine Brille gebraucht.«

»Darauf kommt es doch gar nicht an. Sie haben verbotenes Terrain fotografiert, und jetzt kann es durchaus passieren, daß wir gleich von der Militärpolizei angehalten werden. Im günstigsten Fall nimmt man Ihnen nur den Film ab.«

»Des geht awer net, weil do isch doch noch die Burg von dä Kreuzridder druf und die Moschee von dem tirkische Pascha und die gonze Läde im Bassar ...«, lamentierte Ännchen sofort. »Gell, Hoini, des läsch du net zu. Sag dene oifach, du drehscht des Band ä Stück z'rick und filmsch ebbes driwer.«

»Vielleicht werden wir jetzt alle als Spione verhaftet«, meinte Claudia. »Das wär doch mal was, nicht wahr, Uwe? Eine Nacht im jüdischen Knast!«

Uwe hatte gar nichts mitbekommen. Knopf im Ohr, hockte er auf seinem Sitz und wiegte sich im Takt der Musik, die aus seinem Walkman kam.

Die hochnotpeinliche Befragung durch die Polizei blieb uns erspart, denn offenbar hatte niemand Heinis verbotswidriges Tun beobachtet. Unbehelligt konnten wir weiterfahren, bis wir am Spätnachmittag unser Etappenziel erreichten: Tiberias am See Genezareth, wo wir für zwei Tage Quartier beziehen würden. Vorher hatten wir allerdings noch einige Verhaltensmaßregeln bekommen, und die hatten ungefähr so geklungen: »Heute bei Sonnenuntergang beginnt der Sabbat, also der jüdische Sonntag, an dem besonders die strenggläubigen Juden jede manuelle Tätigkeit ablehnen. Genaugenommen dürften sie nicht einmal eine Mahlzeit zubereiten. Deshalb werden in vielen Familien die Vorbereitungen dazu schon am Vortag getroffen. Außerdem geht dem Sabbatmahl ...«

»Do gibt's sonntags bloß Ufg'wärmtes? Des könnt i moinem Monn awer net zumute. Da dätscht doch proteschtiere, gell, Hoini?«

Heini nickte ergeben, und Frau Marquardt fuhr fort: »Häufig wird das Sabbatmahl auch zusammen mit Freunden in einem Restaurant eingenommen. Das Hotel, in dem wir übernachten werden, garantiert koschere Küche, weshalb auch anzunehmen ist, daß wir im Speisesaal jüdische Familien antreffen werden. Manche Rituale werden Ihnen seltsam erscheinen. Sehen Sie taktvoll darüber hinweg, wundern Sie sich später darüber, wenn Sie allein sind, und lassen Sie vor allem die Fotoapparate in Ihren Zimmern. Außerdem möchte ich Sie bitten, heute im Speisesaal nicht zu rauchen.«

»Müssen wir etwa auch dieses fade koschere Zeug essen?«

»Woher wollen Sie denn wissen, daß es fad schmeckt?« fragte Menachem zurück.

Claudia zuckte nur mit den Schultern. »Na ja, so ohne Salz und überhaupt ...«

»Ich weiß ja nicht, wer Ihnen diesen Schwachsinn eingeblasen hat«, fuhr Frau Marquardt ärgerlich dazwischen, »jedenfalls sollten Sie ihn nicht verbreiten. Sie können auch ganz beruhigt sein, wir bekommen natürlich normales Essen.«

Die nur um ihr leibliches Wohl Besorgten versanken wieder in den Dämmerschlaf, die anderen brachten noch soviel Energie auf, einen Blick auf den See zu werfen. Obwohl er mit zweihundertzwölf Metern unterm Meeresspiegel der am tiefsten gelegene See der Erde ist, sieht er auch nicht anders aus als andere Seen. Man kann sogar darin baden, denn es gibt richtige Strandabschnitte mit Liegestühlen und Sonnenschirmen.

»Dös Auge Gottes«, flüsterte die Huber-Maria ehrfürchtig, wurde jedoch sofort vom Sepp verbessert: »Hast's net blickt, gell? Allahs Auge heißt man doch den See bei d' Moslemische.«

Das könne nicht stimmen, beharrte Maria, immerhin sei Jesus zu Fuß über das Wasser gegangen, und da müsse ja Gottes Auge über ihn gewacht haben.

Der Disput war noch immer nicht beendet, als wir unser Hotel erreicht hatten, einen riesigen Kasten am Ende einer steilen Straße, Blick über den See garantiert. Nach Klärung der wichtigen Frage, wer in welchem Bett schläft, und nach dem ersten Schluck Karmel-Wein (Zahnputzbecher aus Plastik vermindern erheblich den Genuß!) entwickelte Irene rege Geschäftigkeit. Sie kramte das Bügeleisen aus dem Koffer und zwei Seidenblusen, stöpselte die Nachttischlampe aus und suchte nach einem Gegenstand, der sich zum Bügelbrett umfunktionieren lassen könnte. Es gab keinen.

»Am besten wäre der Schreibtisch, aber da ist keine Steckdose, und von hier ist die Strippe zu kurz. Kannst du mir mal verraten, weshalb die Hersteller solcher nützlichen Geräte immer am falschen Ende sparen? Anderthalb Meter Schnur ist doch ein Witz!«

»Das merkst du aber erst, wenn du das Ding benutzen willst. Und zu diesem Zeitpunkt befindest du dich meist fern der Heimat, kannst deinen Ärger also nicht an der richtigen Stelle loswerden, und wenn du wieder zu Hause bist, ist der Kassenzettel weg oder die Garantiezeit sowieso schon abgelaufen.«

Irene knurrte etwas Unverständliches und sah mich hilfesuchend an. »Hast du eine Idee?«

Ein Streifzug durchs Bad brachte die Erleuchtung. Die beiden Duschtücher, vom häufigen Waschen ohnehin brettsteif, ergaben zusammengefaltet eine ganz brauchbare Unterlage, sofern man sie auf dem Boden ausbreitete. »Auf den Knien habe ich noch nie geplättet«, stöhnte Irene nach fünf Minuten Hin- und Hergerutsche. »Kannste mal den Kragen festhalten?«

»Augenblick noch!« Es machte klick, und dann hatte ich ein einmaliges Foto im Kasten: Irene im Unterrock, wie sie halbliegend über den Fußboden robbt und eine Falte nach der anderen in die rote Bluse bügelt.

Noch eine letzte Zigarette – während der nächsten Stunde würden wir abstinent bleiben müssen –, sodann gemessenen Schrittes die Treppe hinunter. Wir hatten uns vorgenommen, dem feierlichen Anlaß gemäß und in Erwartung der doch überwiegend jüdischen Gäste den Speisesaal mit einem freundlichen »Schalom« zu betreten, doch diese Überlegung hätten wir uns sparen können, denn uns hätte sowieso kein Mensch verstanden. Statt andächtiger Stille empfing uns ein ohrenbetäubender Lärm.

Der Speisesaal hatte die Ausmaße einer mittelgroßen Bahnhofswirtschaft und war möbliert wie ein bayrischer Biergarten. Aneinandergeschobene Tische, bedeckt mit Essensresten, zogen sich längs durch den ganzen Raum, davor vollbesetzte Stühle, dazwischen herumtobende Kinder aller Altersstufen, die den Geräuschpegel noch um etliche Dezibel anhoben.

»Hier sind wir falsch.« Erschrocken wollte Irene die Tür wieder schließen. »Vielleicht ist das so 'ne Art Tagung.«

»Quatsch! Da hinten sitzen doch unsere Hansln.« Am Kopfende des Saales war quer zu den übrigen Tischen eine kleine Tafel aufgebaut mit Blickrichtung zu dem ganzen Getümmel, und dahinter machten wir die etwas verstörten Mienen unserer Mitreisenden aus. Dicht an die Wand gedrückt, schoben wir uns durch die Menge bis zu unseren Plätzen. »Jetzt weiß ich endlich, was ich unter dem Begriff Judenschule zu verstehen habe«, murmelte Irene entgeistert. »Der ist ja noch richtig aktuell.«

Was es zu essen gegeben hatte, kann ich beim besten Willen nicht mehr sagen, ich habe es nicht wahrgenommen. Ich weiß auch nicht mehr, ob ich entsetzt gewesen war oder nur schockiert, auf jeden Fall hatte es mir die Sprache verschlagen, denn eine Sabbatfeier hatte ich ganz anders in Erinnerung gehabt.

Jüdische Freunde meiner Mutter in Amsterdam, die zwar nicht zu den streng Orthodoxen gehört, aber trotzdem bestimmte Riten eingehalten hatten, hatten uns einmal zum Sabbatmahl eingeladen. Diese kleine Feier hatte mich damals sehr beeindruckt, nur hatte sie mit diesem geräuschvollen Massenauftrieb keine Ähnlichkeit gehabt. Hier saßen wild gestikulierende Männer zusammen, während neben ihnen ein anderer still betete; zwei Plätze weiter stopfte eine Mutter ihrem brüllenden Säugling Essen in den Mund, und gegenüber las jemand in einem kleinen Buch, das auf dem Tisch in einer Salatölpfütze lag.

Die ganze Szenerie mutete irgendwie unwirklich an, um nicht zu sagen gespenstisch, und das lag nicht nur an der Kleidung der meisten jüdischen Gäste. Wir hatten Zeit genug gehabt, uns an den Anblick dieser schwarzgekleideten Männer mit den breiten Hüten und den Schläfenlocken zu gewöhnen, obwohl es doch ein Unterschied ist, ob man sie im Fernsehen sieht oder ihnen auf der Straße begegnet; für uns Andersgläubige sehen sie nun mal seltsam aus. Vielleicht liegt es auch nur daran, daß die meisten von ihnen Europäer sind. Bei einem Araber finden wir seinen Burnus völlig normal, wir wundern uns höchstens, wenn er keinen Turban trägt.

»Bloß raus hier!« Irene legte ihr Besteck auf den geleerten Teller und stand auf. »Für den jüdischen Glauben habe ich eigentlich immer Sympathien gehabt, doch im Moment sind sie mir vergangen.«

Im Foyer fanden wir unseren Guide, die unvermeidliche Zigarette in der Hand. »Die anderen sind unten in der Kellerbar. Die ist judenfrei.«

»Seien Sie nicht albern, Menachem. Wir sind nicht vor Ihren Glaubensbrüdern getürmt, sondern vor dem infernalischen Radau, und in den Keller setzen wir uns bestimmt nicht. Zum Schlafengehen ist es aber noch zu früh. Was könnte man denn unternehmen?«

»Haben Sie Lust zu einem kleinen Spaziergang?«

Und ob. Menachem führte uns zu einem ganz versteckt liegenden Park, den wir allein nie gefunden hätten. Umgeben von dem Duft tausender Blüten, schlenderten wir durch die Anlage und debattierten über die Unterschiede zwischen christlichen und jüdischen Religionen. Nachdem wir zu dem Schluß gekommen waren, daß keine die allein selig machende sein könne, wandten wir uns weniger brisanten Themen zu, zumal Irene eine Blume entdeckt hatte, die sie noch nicht kannte. »Da fällt mir etwas ein, Menachem. Würden Sie wohl morgen für mich ein Telefongespräch führen?« Es folgte die Geschichte von den dunkelgrau statt rosa blühenden Planzen, einschließlich Schilderung der elitären Kundschaft, und da habe ich unseren Guide zum erstenmal laut lachen gehört.

»Das erledigen wir gleich morgen nach dem Frühstück«, versprach er. »Wissen Sie denn, wo der Kibbuz liegt? Es gibt hier herum nämlich mehrere.«

»Die Adresse habe ich im Zimmer. Können Sie mir sagen, wie diese Pflanze heißt?« Sie beugte sich über ein unscheinbares Gewächs, das ich sofort der Kategorie Unkraut zuordnete. Für mich ist alles Unkraut, was kleiner als zehn Zentimeter und nicht ganz so klar zu identifizieren ist wie Veilchen oder Anemonen. Bei diesem verkannten Winzling hier handelte es sich allerdings um etwas Edles, das von Irene sofort ausgegraben wurde. Das dazu erforderliche Werkzeug in Gestalt eines Teelöffels, geklaut bei El Al, trug sie immer bei sich.

Jetzt war ich abgemeldet. Menachem entpuppte sich als Hobbygärtner, der mit Irenes Kenntnissen durchaus mithalten konnte, und was mir an lateinischen Namen um die Ohren flog, blieb ähnlich rätselhaft wie die hebräische Sprache. Doch vielleicht konnte ich mir bei *ihm* einen Rat holen, welche Pflanzen in unserem heimischen Garten eine gewisse Überlebenschance haben würden. Irene hatte mir zwar mal Heidekraut empfohlen, aber dieses Gewächs findet man zu Allerheiligen auf jedem zweiten Grab, und wenn unter unserer Tanne auch zwei Goldhamster und ein Wellensittich die ewige Ruhe gefunden haben, so wollte ich nicht unbedingt den ganzen Garten auch äußerlich in einen Friedhof verwandeln. Vielleicht gab es ja in diesem teilweise recht kargen Land Pflanzen, die sich sogar gegen unsere unübliche Bodenbeschaffenheit behaupten würden.

»Menachem, was, glauben Sie, wäre das Richtige für einen Garten, in dem fünf Birken wachsen, auf den den halben Tag lang die Sonne draufknallt und dessen Untergrund aus verbuddeltem Bauschutt besteht?«

Er überlegte nicht lange. »Vielleicht eine Fahnenstange?«

Vor dem Hotel fanden wir Frau Marquardt, die sich mit ergebener Miene das Lamento von Betti Hauser anhörte. Diesmal ging es nicht um das Problem, ob Fenster auf oder Fenster zu, sondern um etwas viel Schlimmeres. Betti hatte Ungeziefer in ihrem Zimmer entdeckt! Einen Käfer und etwas Grünes mit Flügeln, so ähnlich wie eine Heuschrecke, aber es sei keine gewesen. »Wie kommt so etwas in den zweiten Stock? Da muß doch das ganze Haus verseucht sein.«

»Haben Sie daheim niemals Insekten in der Wohnung?«

»Äußerst selten«, beteuerte Betti sofort. »Aber die kenne ich ja alle. Hier weiß man doch nie, welche Krankheiten solche Tiere übertragen können. Jedenfalls betrete ich mein Zimmer nicht, bevor nicht dieses Ungeziefer entfernt worden ist.«

Menachem bot seine Dienste als Kammerjäger an, was Betti dankbar akzeptierte. Außerdem tropfe der Wasserhahn.

»Das ist auch so eine von denen, die sich für teures Geld immer wieder im Ausland davon überzeugen, daß es zu Hause viel schöner ist«, seufzte Frau Marquardt. »Man sollte sie auf den Mond schießen.«

»Heutzutage nützt das auch nichts mehr, sie kommen ja alle wieder zurück.« Irene drückte mir das Wie-auch-immer-es-heißt-Pflänzchen in die Hand. »Geh schon mal rauf, ich komme gleich nach.«

»Habt ihr Geheimnisse?«

»Unsinn, ich will Frau Marquardt bloß was fragen.«

»Darf ich das nicht hören?«

»Noch nicht!«

Ich steuerte den Fahrstuhl an, machte jedoch sofort einen Bogen, als ich die Lodenschwestern dort stehen sah, und benutzte die Treppe. Ist sowieso viel gesünder. Auf halber Höhe kam mir Menachem entgegen. »Der Käfer war ein

Ohrenzwicker und die Heuschrecke eine Libelle«, teilte er mir grinsend mit.

»Haben Sie denn auch den Wasserhahn repariert?«

»Ich habe ihn nur richtig zugedreht.«

Oben angekommen, versorgte ich Irenes Gemüse mit einem feuchten Papiertaschentuch, goß mir ein halbes Glas karmelitischen Schlummertrunk ein, schaltete die Lampe aus und öffnete das Fenster. Im See spiegelten sich die Lichter der Uferpromenade, und darüber stand, hauchdünn wie eine Oblate, der Mond. Schwankende Pünktchen signalisierten die Standorte vereinzelter Fischerboote, und immer wieder schwirrten vor meinen Augen Glühwürmchen vorbei. Und zu Hause sitzen sie jetzt bei heruntergelassenen Rolläden im geheizten Zimmer vor der Fernseh-Wetterkarte und lassen sich erzählen, wie kalt es morgen wieder sein wird. Bei diesem Gedanken fühlte ich mich ausgesprochen wohl.

Rrrumms. Die Tür flog auf, und herein stolperte eine kichernde Irene. »Ich habe mal wieder goldrichtig gelegen!«

»Womit?«

»Mit meiner Vermutung, daß die über uns tratschen.«

»Na und? Tun wir ja auch.«

»Aber nicht im Kollektiv.«

»Blödsinn. Sooo interessant sind wir nun auch wieder nicht.«

»Hast du 'ne Ahnung!« Sie goß den Rest Wein in ihr Zahnputzglas und setzte sich aufs Bett. »Daß ich etwas mit Blumen zu tun habe, ist ja kein Geheimnis, das habe ich sogar mal erzählt, als wir irgendwo herumstanden, aber was du machst, scheint den ganzen Verein doch mächtig zu beschäftigen. Die Nur-Hausfrau nehmen sie dir nicht ab, dazu seist du zu emanzipiert. Offenbar schwanken die Meinungen zwischen Besitzerin einer Boutique für den gehobenen Anspruch und Sekretärin bei einem Industrieboß. Man rätselt nur noch, ob du verheiratet bist, und falls ja, wie du Job und Haushalt unter einen Hut kriegst.«

»Wahrscheinlich habe ich einen Butler und zwei Putzfrauen fürs Grobe. Woher weißt du das alles?«

»Von Frau Marquardt natürlich. Die bekommt doch da vorn im Bus alles mit.«

»Dann hätte sie auch ruhig sagen können, was Sache ist, sie kennt mich ja lange genug.«

»Eben! Deshalb will sie es dir überlassen, ob und wann du die Tratschtanten über dein Doppelleben aufklärst.«

»Doppelleben! Wie sich das anhört!« sagte ich ärgerlich. »Ich bin doch nicht beim BND.«

Irene lachte. »Wie willst du denn sonst jemanden bezeichnen, der im Paß als Beruf Hausfrau angibt und unter einem Pseudonym recht erfolgreiche Bücher schreibt?«

»Das ist ein Hobby und kein Beruf.«

»Ist ja auch egal«, winkte sie ab, »das Beste kommt erst noch. Wir sind nämlich lesbisch!«

»*Was?*«

»Jawoll! Weil wir uns immer absondern, was ja auch stimmt, denn meistens ziehen wir doch hinter dem Troß her, weil wir uns im Bus separat gesetzt haben und weil wir offensichtlich unzertrennlich sind. Heute abend waren wir ja auch wieder verschwunden, statt im Keller zu sitzen und uns über die kommende Frühjahrsmode zu unterhalten. Die meisten hocken nämlich immer noch unten.«

»Ist das alles?«

Sie nickte. »Anscheinend reichen diese Indizien, um die Phantasie der Klatschmäuler zu beflügeln. Ich habe ja schon so etwas geahnt, als ich vorhin am Fluß in das Gespräch zwischen den beiden Schwestern platzte. Die konnten gar nicht schnell genug das Thema wechseln.«

Irene schien sich köstlich zu amüsieren. Ich weniger. »Am liebsten würde ich jetzt runtergehen und die Sache aufklären.«

»Das wirst du schön bleibenlassen!« sagte sie sofort. »Ganz im Gegenteil, jetzt werden wir ihnen erst recht etwas zum Lästern geben.«

»Wie soll ich das verstehen?«

»Du bist doch sonst nicht so begriffsstutzig!« Sie stand auf und trat zu mir ans Fenster. »Wir werden dieser lüsternen Meute ganz einfach etwas vorspielen. Ich weiß zwar nicht genau, wie man sich als Lesbe zu benehmen hat, doch so schwer kann das ja nicht sein. Händchen halten, mal über den Kopf streichen, liebevolle Aufmerksamkeit ... das kriegen wir schon irgendwie hin. Nur übertreiben dürfen wir nicht, sonst fällt's auf. Es sind ja nicht alle so behämmert wie die beiden Lodentanten.«

So richtig schmeckte mir die Sache nicht. Auf der einen Seite reizte sie mich, auf der anderen Seite fand ich es gar nicht so lustig, in einem Dutzend Fotoalben verewigt und jedem Betrachter als »die und die daneben waren unser Lesben-Pärchen, richtig niedlich, die zwei« klassifiziert zu werden. Nicht umsonst hatten wir uns alle schon zu zahllosen Gruppenaufnahmen formieren müssen.

Irene zerstreute meine Bedenken. »Am letzten Tag gibt es doch immer so eine Art Abschiedsfeier mit Adressentausch und allgemeiner Verbrüderung, die ja teilweise schon jetzt stattgefunden hat. Ich glaube, der halbe Bus duzt sich bereits. Dann rücken wir eben mit der Wahrheit heraus.«

»Und du glaubst, die nimmt uns dann noch jemand ab?«

»Wer nicht will, soll's bleibenlassen«, meinte sie gleichmütig. »Auf jeden Fall müssen wir unsere beiden Herdenführer einweihen, sonst machen die uns ungewollt einen Strich durch die Rechnung.«

»Frau Conrads werden wir auch nicht hinters Licht führen können. Sie hat mich nämlich gestern in der ulkigen Teestube gefragt, woher wir beide uns kennen würden, und als ich ihr sagte, daß wir schon zusammen eingeschult worden seien, hatte sie noch gemeint, daß Kinderfreundschaften selten Bestand haben, wenn man nicht in derselben Stadt wohne.«

»Also gut, weihen wir die Frau Studienrätin auch noch ein«, gestattete Irene. »Sie macht mir ohnehin den Eindruck, als ob sie's faustdick hinter den Ohren hätte. Stille Wasser und so weiter.« Sie schloß das Fenster und zog den Vorhang zu. »Jetzt sollten wir allmählich in die Heia gehen, Herzchen. Morgen müssen wir viel Christliches besichtigen, das wird anstrengend.«

»Dafür haben wir nachmittags frei.«

»Gott sei Dank.«

7

Daß wir grundsätzlich als letzte zum Frühstück erschienen, regte niemanden mehr auf; daß wir Hand in Hand den Speisesaal betraten, geschah zum erstenmal und wurde teils mit Kopfschütteln, teils mit beziehungsreichen Blicken aufgenommen. Nur Frau Conrads hob fragend die Augenbrauen. Sie schien etwas überrascht.

Im Gegensatz zu Irene hatte ich mit meiner neuen Rolle noch Schwierigkeiten. Als ich vom Büffett ein Glas Saft holen wollte, sprang sie sofort auf. »Bleib sitzen, ich mache das schon.«

»Warum denn? Ich habe doch auch zwei Beine bis zum Boden.«

»Aber du hast heute nacht so schlecht geschlafen.« Das war mir neu. Wach geworden war ich erst durch das enervierende Weckergebimmel, und bis dahin hätte man mich samt Bett auf dem See Genezareth aussetzen können.

Ach ja, der See. Wir würden ihn mit einem Dampfer überqueren und dann nur noch auf den Spuren unseres Herrn wandeln, wie Elena der andächtig zuhörenden Huber-Maria erklärte. Alberto legte einen neuen Film in seinen Apparat und steckte einen zweiten als Reserve in die Jakkentasche, Heini polierte die Linse der Videokamera, Waltraud schmierte Stullen. Shimon erschien und meldete, daß der Bus abfahrbereit sei. Mit Rücksicht auf Frau Conrads, die sich zwar als »wieder fit wie ein Turnschuh« bezeichnete, obwohl sie immer noch hinkte, sollten wir zur Anlegestelle gefahren werden.

In der Halle kurze Verzögerung. Menachem stand an der

Rezeption und brüllte Hebräisches ins Telefon. Nach längerem Palaver knallte er ärgerlich den Hörer auf die Gabel. »Tut mir leid«, wandte er sich an Irene, »aber heute ist Sabbat und niemand zu erreichen. Ich versuche es am Abend noch mal.«

Unser Dampferchen, das uns gemächlich über den See tuckerte, war geschmückt wie bei einer Flottenparade. Rundherum bunte Wimpel, Lichterketten und am Heck ein Sortiment Flaggen aus aller Herren Länder. »Wie beim Betriebsausflug«, witzelte Uwe. »Gibt's hier auch was Anständiges zu trinken?«

Gab es nicht. Ob aus Pietät oder nur aus Platzmangel, blieb dahingestellt. Immerhin war das weiße Boot bis zur letzten Planke besetzt und eine Bierbar nirgends installiert. Im Heck drängte sich ein Pulk Amerikaner zusammen, die Damen alle in sehr Farbenfrohes gehüllt und bunte Hüte auf den Köpfen, die Herren in Shorts und Turnschuhen. Daneben hatte sich, aufgereiht wie Pinguine auf der Eisscholle, ein Dutzend Nonnen niedergelassen. Der sie begleitende Geistliche stand mit dem Rücken zur Reling und las aus der Bibel vor. Es war eine italienische. Vorn am Bug wurde gebetet. Auf französisch. Es mußte sich wohl um eine ausschließlich weiblichen Mitgliedern vorbehaltene Pilgerreise handeln, denn wir begegneten dieser Gruppe noch mehrmals, und immer standen sie alle mit gefalteten Händen da. Ein paar Holländer waren auch an Bord. Sie hatten Badesachen dabei und sahen überhaupt nicht verklärt aus.

Vorübergehendes Chaos beim Ausbaggern, bis jeder seine Gruppe wiedergefunden hatte, sodann Abmarsch in verschiedene Richtungen. *Wir* haben in Tabgha angefangen, was soviel wie Siebenquell bedeutet und am Fuß des Berges der Seligpreisungen liegt. Die hatte ich zwar mal im Konfirmationsunterricht auswendig lernen müssen, doch viel hängengeblieben war davon nicht mehr. Elena konnte noch den ganzen Text und rezitierte ihn mit Inbrunst. Alberto knipste, Heini filmte, Irene guckte nach Blümchen.

Danach Besichtigung der Primatskapelle. Wir gingen als

letzte hinein und waren als erste wieder draußen, legten uns ins Gras und sahen den tanzenden Schmetterlingen zu.

»Ob wir überhaupt mal Gelegenheit haben werden, mit Einheimischen ins Gespräch zu kommen?« Irene zupfte einen Grashalm ab und kaute darauf herum. »Nichts gegen biblische Stätten, einige interessieren mich ja auch, aber so als Herde von einem Stall in den nächsten getrieben zu werden, ist eigentlich nicht das, was ich mir vorgestellt habe. Es muß doch eine Möglichkeit geben, sich mal abzuseilen und separat loszuziehen.«

»Spätestens in Jerusalem. Die Klagemauer finden wir auch allein.«

»Dein Wort in Allahs Ohr!«

»Jetzt liegst du falsch! Die Klagemauer ist ein jüdisches Heiligtum.«

Menachem scheuchte uns hoch. Die anderen seien schon auf dem Weg zur Brotvermehrungskirche.

»Müssen wir dahin?« Irene gähnte ausgiebig.

Doch, wir müßten, weil es dann auf der anderen Seite des Berges weitergehe nach Kapernaum.

Besagte Brotvermehrungskirche steht an einer völlig falschen Stelle. Nicht hier hat sich das Wunder ereignet, sondern am gegenüberliegenden Ufer des Sees, -zig Kilometer weit weg. Nur war es im 3. und 4. Jahrhundert für die damaligen Pilger zu gefährlich geworden, diese wohl sehr einsame Gegend zu bereisen, und so hatte der vorausschauende Kaiser Konstantin die ganze Sache kurzerhand auf die Westseite verlegt und dort die erste Kirche bauen lassen. Ein weiser Entschluß, wenn man bedenkt, wie viele Schekel seitdem in die Opferstöcke gefallen sind – früher für die Armen bestimmt, heute zur Instandhaltung der christlichen Prachtbauten. Der ersten Kirche sind nämlich noch viele gefolgt, weil die anderen immer wieder durch Erdbeben oder durch Gewalt vernichtet wurden. Die jetzige ist gerade elf Jahre alt und sieht noch richtig neu aus.

Den kleinen Schwindel mit dem falschen Ufer verschwieg Frau Marquardt; er hätte unsere drei ganz Frommen zu sehr getroffen. Elena entzündete die erste Kerze aus dem mitgebrachten Vorrat (»Man weiß ja vorher nicht, ob es überall welche zu kaufen gibt.«), Gregor fotografierte den phantastischen Mosaikfußboden, die Yuppies erörterten mit Terjungs flüsternd den Wahrheitsgehalt der Brotvermehrung.

»ER hat sie ja alle satt bekommen«, sagte Jens, »und zwar mit zwölf Broten und zwei Fischen. Theoretisch wäre das möglich gewesen, wenn es zum Beispiel Barrakudas oder Thunfische gewesen wären.«

»Barrakudas und Thunfische im Süßwassersee!« spöttelte Robert.

Hierzu fiel nun wieder Herrn Terjung etwas ein. »Steht denn irgendwo geschrieben, daß die Fische aus dem See hier kamen? Vielleicht stammten sie aus dem Mittelmeer.«

»Aber Harald, denk doch mal nach!« wandte Susanne ein. »Vor zweitausend Jahren gab es noch keine Tiefkühlkost. Wie wollen die denn damals die Fische von Haifa oder Tel Aviv hierher transportiert haben? Die hatten doch nur Eselskarren oder so was Ähnliches. Unterwegs wäre das ganze Zeug doch verdorben.«

»Vielleicht ist es ja nicht, und gerade *das* ist das Wunder«, trumpfte Harald auf.

Zu welchem Ergebnis der Debattierclub gekommen ist, habe ich nicht mehr abgewartet, weil ich nach draußen flüchtete. Irene buddelte, fachmännisch von Menachem beraten, Ableger aus und hatte gerade eine Polyantharose entdeckt, die es hier eigentlich gar nicht geben konnte.

»Das ist auch so ein kleines Wunder«, sagte Menachem augenzwinkernd. »Rund um den See gedeihen Pflanzen, die sonst nirgendwo anders nebeneinander wachsen.«

»Ach, das ist ja interessant. Ich habe mich nämlich schon gefragt, wieso ich da drüben …«

Nichts gegen Blumen, zu Hause habe ich ja auch immer welche stehen, aber das hier artete allmählich in ein botanisches Kolloquium aus. »Ihr könnt mich ja rufen, wenn ich tragen helfen soll«, meldete ich mich ab, »bis dahin bummle ich ein bißchen durch den Garten.«

Neben einem eingezäunten, weil sehr antiken Mühlstein, der mal zu einer Ölpresse gehört haben mußte, saß Frau Conrads. »Leisten Sie mir ein bißchen Gesellschaft?«

Aber sicher doch! Eine bessere Gelegenheit, sie in unser Komplott einzuweihen, würde sich so schnell nicht finden lassen.

»Halten Sie das wirklich für eine gute Idee?« meinte sie zweifelnd, nachdem ich ihr unser kleines Spielchen erklärt hatte. »Es wird doch ohnehin schon genug über Sie und Ihre Freundin geklatscht.«

»Eben drum! Jetzt haben sie doch wenigstens einen Grund dazu. Am Ende der Reise werden wir sie schon aufklären, und dann sind nicht wir die Blamierten, sondern die anderen.«

Ganz überzeugt hatte ich sie nicht, doch sie versprach, den Mund zu halten und statt dessen die Ohren zu spitzen. Schließlich wollten wir ja wissen, wie weit die Spekulationen über unser »Verhältnis« gingen.

Frau Marquardt mahnte zum Aufbruch, und sofort tauchte von irgendwoher der Huber-Sepp auf, bereit, unserer Patientin hilfreich zur Seite zu stehen. »Ein reizender Mensch«, sagte Frau Conrads leise, »nicht aufdringlich, aber immer zur Stelle, wenn er glaubt, daß ich Hilfe brauche, und manchmal brauche ich sie wirklich. So ganz in Ordnung ist der Fuß ja doch noch nicht, das merke ich immer dann, wenn ich ein Weilchen gesessen habe.«

Gemeinsam hievten wir sie in die Senkrechte, dann überließ ich sie ihrem Samariter und begab mich auf die Suche nach meiner anderen Hälfte. Ich fand sie – nein, nicht wie üblich auf den Boden starrend, sondern mit gerecktem Hals in die Höhe blickend. »Hast du deine Knipse dabei?«

»Nein, der Film war voll.«

»Dann zieht man einen neuen ein.«

»Hätte ich ja, ich weiß bloß nicht, wie.«

Sie sah mich an, als hätte sie ein seltenes Insekt vor sich. »Du weißt nicht, wie man einen Film einlegt?«

»Natürlich, aber nicht bei *diesem* Apparat. Den habe ich mir nämlich von Sven gepumpt.«

Sie lachte laut los. »Sag mal, besitzt du eigentlich nichts Eigenes?«

»Wieso?« Doch dann begriff ich. Erst der geliehene Koffer, jetzt die Kamera ... »Natürlich habe ich einen Fotoapparat, aber einen furchtbar komplizierten. Bis ich die Entfernung, die Belichtung und den ganzen anderen Kram eingestellt habe, ist entweder die Sonne weg oder das Motiv. Was glaubst du, wie viele Bilder ich schon gemacht habe, auf denen später nur das Hinterteil vom Maulesel drauf war oder ein Stück Eisenbahnschiene mit Qualm obendrüber, weil die malerische Dampflok schon dreihundert Meter weitergefahren war. Ich hab nun mal mit Technik nichts am Hut, und deshalb hat mir Sven eine von seinen Kameras geliehen. Die sei absolut idiotensicher, hat er behauptet, man brauche nur durchzugucken und draufzudrücken, und das würde ich wohl noch hinkriegen. Ich hab bloß vergessen zu fragen, wie man den Film wechselt. Im übrigen hast du doch selbst eine.«

»Die liegt im Hotel«, sagte Irene, noch immer in die Luft starrend, obwohl ich nichts entdecken konnte, was sehens- oder gar fotografierenswert gewesen wäre. »Zählst du die Mücken?«

»Quatsch! Ich sehe mir die Zypressen an.«

»Ach ja?« Weshalb denn nur? Schließlich wuchsen diese langen schmalen Dinger hierzulande wie bei uns daheim die Fichten. Wer schaut da noch hin?

»Fällt dir an den drei Bäumen wirklich nichts auf?«

Ich sah sie mir genauer an. »Nein. Oder doch, einer ist rosa. Muß wohl eine andere Sorte sein.«

»Ja, nämlich eine Cupressus rosariae.«

»Sehr interessant«, sagte ich lahm, woraufhin mir Irene nur einen mitleidigen Blick zuwarf.

»Dir kann man auch erzählen, im Himmel sei Jahrmarkt!

Deine rosa Zypresse ist genauso grün wie die anderen, nur ist sie bis zur Spitze von einer blühenden Schmarotzerpflanze überwuchert. So etwas sollte selbst dir auffallen!«

»Das nächstemal werde ich darauf achten«, versprach ich. »Aber weil du eben was von Himmel gesagt hast – wo sind eigentlich die anderen?«

»Wahrscheinlich auf dem Weg nach Kapernaum.«

»Klug gefolgert! Und in welcher Richtung liegt das?«

»Auf jeden Fall bergab.« Auch das war anzunehmen, denn wir befanden uns fast auf dem Gipfel des Hügels. »Am besten gehen wir ganz rauf, gucken runter, und dann werden wir sie schon sehen«, schlug sie vor.

Sie hatte nur nicht bedacht, daß der ganze Berg mit Bäumen und Buschwerk bestanden war und das Grünzeug uns jede Sicht versperrte. »Jetzt schauen wir aber alt aus!«

»Schlimmstenfalls gehen wir zum Boot zurück und warten dort.«

Als wir uns gerade in Marsch setzen wollten, tauchte Menachem hinter einem Pinus halepensis (Gemeinhin Aleppo-Kiefer genannt, man ist ja lernfähig!) auf. »Außer mir hat Sie niemand vermißt«, sagte er lachend, »aber von jetzt an werden wir vor jeder Kirche erst mal abzählen lassen. Wie beim Militär. Könnt ihr das überhaupt?«

Fragend sah mich Irene an. »Na ja, so ein bißchen BDM haben wir noch mitgekriegt, doch bevor es zu militant wurde, war der Spuk zum Glück vorbei.« Einen Moment zögerte sie, dann gab sie sich einen Ruck. »Sie brauchen nicht zu antworten, wenn Sie nicht wollen, dafür hätte ich volles Verständnis, aber fragen werde ich Sie trotzdem: Wie haben Sie das Dritte Reich überlebt?«

Während wir bergab wanderten, erzählte Menachem. Er stammte aus Hamburg, sei zusammen mit seinem Bruder in gutbürgerlichen Verhältnissen aufgewachsen, habe, wie der größte Teil seiner Verwandten und Freunde, die Reichskristallnacht als einmaligen Auswuchs fanatischer Nationalsozialisten angesehen und sei erst vom Gegenteil überzeugt worden, als man seinem Vater, einem Arzt, die Praxis geschlossen habe. Die Ausreise ins damalige Palästina sei ihm noch ermöglicht worden. Ihn, Menachem, habe er mitgenommen, der ältere Bruder sollte zusammen mit Mutter und Onkel folgen, sobald sie die nötigen Papiere haben würden, doch dazu sei es nicht mehr gekommen. Jahre später habe er erfahren, daß alle Angehörigen ins KZ verschleppt und dort umgebracht worden waren. »Wir haben hier neu angefangen, buchstäblich mit nichts, Steine aus der Erde geklaubt, den Boden mit der Hacke bearbeitet, Gemüse angebaut, um etwas zu essen zu haben. Mein Vater hat auch nicht lange durchgehalten. Die ungewohnte körperliche Arbeit und die Ungewißheit darüber, ob nicht vielleicht doch meine Mutter oder mein Bruder den Holocaust überlebt haben könnte, haben ihn krank gemacht. Die Gründung des Staates Israel hat er nicht mehr mitbekommen.«

Lange Zeit schwiegen wir. Zum erstenmal waren wir jemandem begegnet, der zu den unmittelbar Betroffenen dieser unseligen Zeit gehörte, dessen Familie umgebracht worden war und der trotzdem keine Haß- oder gar Rachegefühle zu haben schien. Das begriff ich nicht.

»Wie können Sie nach allem, was man Ihnen und Ihren Angehörigen angetan hat, uns Deutschen so unbefangen und – verzeihen Sie den Ausdruck, mir fällt kein anderer ein – so herzlich gegenübertreten? Normalerweise müßten Sie uns doch alle verabscheuen.«

»Das habe ich auch«, sagte er nachdenklich, »lange sogar. Bei jedem Deutschen, der älter war als ich, habe ich mich im stillen gefragt, ob auch er ein KZ bewacht oder Juden zu den Sammelstellen getrieben hat, doch diese Generation stirbt allmählich aus, und die nachfolgende kann man schon nicht mehr verantwortlich machen für das, was damals geschehen ist. Sie beide zum Beispiel sind bei Kriegsende doch auch noch Kinder gewesen. Weshalb also sollte ich Sie hassen?«

»Eine bemerkenswerte Einstellung«, gab ich zu, »aber so denken doch bestimmt nicht alle Ihre Landsleute?«

»Nein, da gibt es immer noch Emotionen. Ich kenne einige, die es noch heute ablehnen, sich mit Deutschen an einen Tisch zu setzen. Aber das sind überwiegend ältere Menschen und vor allem solche, die das KZ überlebt haben. Bei ihnen sitzt das, was sie durchgemacht haben, zu tief. Die jungen Leute denken anders – zum Glück, denn wie sollten sie aufeinander zugehen können, wenn sie den Haß von Generation zu Generation weitertragen würden?«

Dafür hassen sie jetzt die Palästinenser und verfahren mit ihnen so ähnlich, wie es seinerzeit die Nazis mit den Juden getan haben: Unterdrückung, Vertreibung, Ghettos, Lager. Aber das sagte ich natürlich nicht.

Diesmal war ich sogar dankbar, als wir wieder zur Gruppe stießen. Das Gespräch war mir doch ziemlich an die Nieren gegangen.

Die Besichtigung der kirchlichen Stätten war schon beendet, einschließlich des gläsernen Raumschiffes, das über dem vermutlichen Wohnhaus von Petrus errichtet worden ist.

Müde und hungrig schlappten wir zur Anlegestelle, von wo uns das Boot zurück zu den Fleischtöpfen – nein, nicht Ägyptens, sondern Israels bringen sollte. Zum allgemeinen Bedauern hatte bei uns keine Brotvermehrung stattgefunden, vielleicht deshalb nicht, weil niemand eins dabei hatte, und Imbißhallen, wie man sie hierzulande überall findet, wo sich Touristen sammeln, gibt es im Angesicht dieser heiligen Stätten nicht. Die Israelis sind eben pietätvoller als Deutsche. Wir stellen ja sogar direkt neben den Kölner Dom eine Frittenbude auf.

»Es lächelt der See, er ladet zum Bade«, begann Waltraud, nachdem wir das Ufer erreicht hatten, doch bevor sie Schillers Zitatenfriedhof noch weiter strapazieren konnte, wurde sie von Robert unterbrochen: »Dann gehen Sie doch endlich rein! An einer anderen Stelle heißt es nämlich: Es rast der See und will sein Opfer haben.«

Unterschwellig teilte ich Yuppies Hoffnung. Die ewig

Sprüche herunterbetenden Schwestern gingen inzwischen allen auf den Geist, und noch vorhin, als beim Durchqueren einer kleinen Schlucht Anneliese mit viel Pathos »Durch diese hohle Gasse muß er kommen ...« rezitiert hatte, hatte Jens wenig menschenfreundliche Drohungen ausgestoßen. »Irgendwann ersäufe ich sie! Alle beide!«

Meinen Hinweis, den biblisch überfrachteten See Genezareth hielte ich aus Pietätsgründen für denkbar ungeeignet, ließ er nicht gelten. »Gerade deshalb! Da sucht sie doch keiner!«

Im übrigen raste der See überhaupt nicht, er lag vielmehr spiegelglatt in der Sonne. Außer uns und ein paar Enten war nichts zu sehen, erst recht kein Boot, das doch schon seit zehn Minuten auf uns hätte warten sollen.

»Ob wir's einfach zu Fuß versuchen?« murmelte Gustl. »Es soll ja schon mal jemand geschafft haben.« Probehalber steckte er den Fuß ins Wasser, zog ihn aber gleich wieder raus. »Geht nicht, ist zu kalt.«

»Sie wollen doch nicht etwa zurück*schwimmen?*« Zum Glück hatte Elena die despektierliche Äußerung nicht mitbekommen. »Wir werden bestimmt abgeholt. Der Herr wird uns nicht gerade hier im Stich lassen.«

»Ob er auch für Motorboote zuständig ist, möchte ich doch bezweifeln«, erklärte Frau Marquardt rundheraus. »Darum werden wir uns wohl selbst kümmern müssen. Ich verstehe gar nicht, wo das Schiff bleibt. Wir hatten Punkt zwei Uhr vereinbart.«

»Jetzt ist es zwanzig nach eins«, bemerkte Menachem lakonisch.

Einstimmiger Entsetzensschrei, dem vereinzelte Ausbrüche niederer Instinkte folgten. »Ich bin doch schon jetzt am Verhungern!«

»Hat noch jemand was zu trinken?«

»Meine letzte Zigarette habe ich vor einer Stunde geraucht, in Kürze beginnen erste Entzugserscheinungen.«

»Ich hab eine Blase am Fuß.«

Solidarität erwachte. Claudia bekam die letzten vier zerkrümelten Kekse aus Ännchens Notration, Betti tränkte Harald mit lauwarmem Mineralwasser ohne Kohlensäure, und Gregor lebte sichtbar auf, nachdem ihm gleich drei Zigaretten angeboten wurden. Er nahm sie alle.

Nur Verena jammerte lauter als zuvor. Annelieses operativer Eingriff mit am Feuerzeug desinfizierter Sicherheitsnadel war wohl nicht sehr erfolgreich gewesen. »Vorher hat's bloß weh getan, jetzt brennt es ganz scheußlich.«

»Das hört auch wieder auf!«

Schließlich lagen wir alle im Gras und dösten vor uns hin. Zum Mitsingen eines Chorals, angestimmt von der Huber-Maria, hatte sich außer Alberto und Elena niemand bereitgefunden, und die konnten den Text nicht richtig.

»Jetzt turtel doch mal ein bißchen mit mir!« befahl Irene halblaut. »Sonst verlieren wir unser Image.«

»Wie soll ich das denn machen?«

»Weiß ich doch auch nicht. Vielleicht mal mit 'nem Grashalm kitzeln oder was ins Ohr flüstern – na ja, was man eben so macht, wenn man verliebt ist.«

»Ich bin seit achtundzwanzig Jahren verheiratet!« erinnerte ich sie.

»Ja und?«

»Mit demselben Mann!« Das erschien mir eine hinreichende Erklärung für mein offensichtliches Unvermögen, die verliebte Gans zu spielen.

»Nicht doch, das kribbelt so!« juchzte sie plötzlich los, obwohl ich überhaupt nichts getan hatte. Prompt drehten sich alle Köpfe nach uns um. Befriedigt legte sich Irene auf den Bauch. »Das genügt erst mal.«

Endlich tuckerte das Boot heran, offenbar eine Art Privatexpreß, denn es war viel kleiner als das andere und viel schneller. Außerdem gehörte es uns allein.

»Nachmittag und Abend stehen zu Ihrer freien Verfügung«, sagte Frau Marquardt, bevor wir von Bord gehen durften. »Bummeln Sie durch Tiberias, oder tun Sie etwas für Ihre Gesundheit. Zwei Kilometer von hier finden Sie in Hammat die berühmten heißen Quellen. Vielleicht möchten

Sie auch mal auswärts essen, es gibt hervorragende Fischrestaurants ...«

»Ha no, kriege mä denn nix im Hodel? Wir hewe doch Halbpension zahlt!«

Selbstverständlich könne sie auch im Hotel speisen, nein, der Anteil für nicht eingenommene Mahlzeiten werde nicht zurückgezahlt, ja, die Speisekarten seien überwiegend mehrsprachig abgefaßt, nein, der Bus fahre nicht mehr ins Stadtzentrum zurück, wer jetzt nicht mitkomme, müsse nachher laufen, ja, auch abends, nein, keine Ahnung, ob und wo es ein Nachtleben gibt ...

Die letzte Frage kam von Betti. Wie das denn mit den heißen Quellen sei und ob man einen Badeanzug brauche, sie habe nämlich gar keinen mit.

Die Huber-Maria meldete sich. »Wann S' vielleicht meinen nehmen möchten? Passen tät er Ihnen, Sie san ja auch a bisserl mollig. I hab' ihn nur mitg'nomme fürs Tote Meer zum Einigehn, und angezog'n hab' i ihn scho lang net mehr.« Meine Vermutung, es müsse sich demnach um ein Produkt kurz nach der Währungsreform handeln, hat sich später bewahrheitet: geblümt und gerüscht.

»So, und jetzt könnt ihr mich alle mal!« Aufatmend sah Frau Marquardt dem davonrollenden Bus hinterher. Erst dann bemerkte sie uns. »Warum sind Sie nicht mitgefahren?«

»Wahrscheinlich aus dem gleichen Grund wie Sie«, sagte Irene. »Mal ein bißchen auf eigene Faust herumziehen und das anschauen, was wir wollen, und nicht, was wir müssen.«

»Viel Spaß«, meinte sie nur, winkte ein Taxi heran, stieg ein und ward bis zum nächsten Morgen nicht mehr gesehen, eine Tatsache, deren Kenntnis wir Elena verdankten. Und die wiederum hatte die Neuigkeit an die Lodenschwestern weitergegeben. Kurze Zeit später wußten es alle. Elena hatte sich nämlich vor dem Schlafengehen erkundigen wollen, wo sie denn am morgigen Sonntag einen Gottesdienst besuchen könne, und da sei Frau Marquardt noch nicht in ihrem Zimmer gewesen. Beim Abendessen habe sie ja auch schon gefehlt, und jetzt, zum Frühstück, sei sie noch immer nicht da. Ihr werde doch hoffentlich nichts passiert sein?

»Na, wenn sie so oft hier in Israel ist, wird sie wohl irgendwo einen Lover haben«, sagte Claudia gleichmütig. »Erst habe ich ja gedacht, sie hätte was mit Ihnen« – ein beziehungsreicher Blick streifte Menachem –, »aber da liege ich wohl schief.«

»Völlig!« bestätigte er denn auch, machte jedoch keine Anstalten, sich näher über Frau Marquardts rätselhaftes Verschwinden zu äußern.

Im Gegensatz zu unseren Mitreisenden, von denen die meisten die »unwiederbringlichen Eindrücke« (Originalton Susanne) in Ruhe verarbeiten wollten und das Hotelbett für den geeigneten Platz dazu ansahen, waren Irene und ich durch Tiberias gebummelt, zuerst auf der Suche nach etwas Eßbarem, danach zwecks Verbrennung der Kalorien ein bißchen ins Grüne und schließlich bergauf zum Hotel. Oben angekommen, stellten wir fest, daß es der falsche Berg war. Bis wir den richtigen erklommen hatten, war es beinahe dunkel geworden. Eine halbe Stunde Schönheitspflege, unterstützt von Karmel-Wein, dann wieder abwärts zur Uferpromenade mit den vielen Restaurants. Schon am Nachmittag hatten wir uns eins ausgeguckt mit Tischen im Freien direkt am Wasser, in dem sich jetzt die bunten Lichterketten spiegelten.

»Was ißt man denn hier so?« Unschlüssig las Irene die Speisekarte von vorne nach hinten und wieder zurück.

»Auf jeden Fall Fisch.«

»Aber welchen? Von den meisten habe ich noch nie was gehört.«

»Am See Genezareth ißt man Petrusfisch, der ist berühmt.«

»So? Dann nehme ich lieber einen anderen.«

Hätte ich es doch auch getan! Der Petrusfisch besteht aus panierten Gräten und ist bestenfalls als Katzenfutter geeignet. Welchem Umstand er seine Berühmtheit verdankt, wissen vermutlich nur die Fischer. Und die essen ihn nicht.

Die vor einigen Stunden noch fast leere Uferpromenade hatte sich in einen Flanierboulevard verwandelt. Menschenmassen schoben sich die Straße entlang von links nach rechts, Kehrtwendung und wieder zurück. Der Sabbat war vorbei, man durfte wieder alles das tun, was man bis zum Sonnenuntergang nicht tun durfte, und dazu gehört anscheinend auch das Spazierengehen im Festtagsschmuck. Nie wieder habe ich so viele mit Volants verzierte Kleider gesehen wie auf diesem einen Kilometer Uferstraße. Bei den Herren dominierten dunkle Anzüge, die bunten Farbtupfer dazwischen waren unschwer als Touristen zu erkennen, Shorts, Socken, Sandalen und Schirmmütze gehörten zu Heini. Ännchen trug Blau mit Silber. Wir zogen die Köpfe ein, bis sie vorbeistolziert waren, hatten jedoch Betti übersehen, die den Anschluß verpaßt hatte und hechelnd hinterherhastete. Prompt entdeckte sie uns und stürzte sofort auf uns zu. »Ist hier noch was frei?«

Überflüssige Frage, die leeren Stühle waren kaum zu übersehen. »Legen Sie mal was drauf, ich komme gleich wieder.«

»Laß uns verschwinden, und zwar sofort!« Ich stopfte Zigaretten und Feuerzeug in meine Tasche und stand auf.

»Wir sollten vorher noch zahlen!«

Verflixt noch eins, das hätte ich beinahe vergessen. Der Kellner war nirgends zu sehen, dafür trabte Betti an, im Schlepptau Ännchen und Heini.

»Send Sie a do? Des isch awer än nedder Zufall. Wir welle nur ä Eis esse, net wohr, Hoini, awer die Betti hot uf's Obendesse im Hodel verzichtet wege de Fisch, wo hier so gut soi solle.«

»Dann müssen Sie unbedingt den Petrusfisch probieren«, sagte ich sofort. »Der ist eine Spezialität in dieser Gegend, mindestens so berühmt wie bei uns die Bodensee-Felchen.«

»Die habe ich auch noch nie gegessen«, bedauerte Betti, »nur davon gehört. Aber wenn Sie meinen, dann werde ich mal den Petrifisch bestellen.«

Der Kellner kam, wedelte mit der Serviette ein paar Brotkrümel von der ohnehin nicht sehr sauberen Tischdecke, nahm Bettis Bestellung entgegen, erklärte Ännchen mürrisch, daß es kein Eis gebe, empfahl statt dessen einen Besuch des Cafés weiter vorn, überhörte unseren Wunsch nach Begleichung der Zeche und verschwand.

»Des dät's bei uns net gewe. Er hätt doch froge messe, was wir wolle, wenn er scho koi Eis hot. Hoini, was sechst du däzu?«

Heini sagte gar nichts, er sah nur neidisch zum Nebentisch hinüber, wo gerade drei Gläser Bier abgeladen wurden. Ännchen folgte seinem Blick. »Nix do, du hosch doi Bier scho zum Obendesse g'hat. Bschdell dir ä Mineralwasser und für mi än Woi. Awer on vom Karmel. Den trinke Sie doch a immer, gell?«

»Aber sicher«, bestätigte Irene. »Am liebsten vor dem Frühstück.«

Endlich kam der Kellner zum Kassieren. Ich hatte schon befürchtet, er würde sich erst zusammen mit Bettis Fisch wieder sehen lassen, denn den Moment, wenn sie mit der Gabel in die Gräten piekte, wollte ich lieber nicht miterleben. So aber konnten wir uns höflich verabschieden, bevor sie alttestamentarische Flüche über mein Haupt schütten würde. Verdient hätte ich sie ja.

Zum drittenmal an diesem Tag schleppten wir uns die endlos lange Straße zum Hotel hinauf. Diesmal nahm sie überhaupt kein Ende. »Mir tun die Füße weh.«

»Von dem bißchen Laufen?« Irene zeigte sich von meinem Gejammer unbeeindruckt. »Moses hat seine Mannen auch zu Fuß ins Gelobte Land geführt.«

»Die hatten wahrscheinlich bequemere Schuhe an.«

»Unsinn, du solltest ganz einfach etwas sportlicher werden. Fahrrad fahren oder noch besser joggen. Jeden Vormittag fünf Kilometer.«

»Nur? Und was mache ich nachmittags?«

»Den letzten Kilometer.«

8

Nazareth. Schon bei der Erwähnung dieses Namens hatte die Huber-Maria immer leuchtende Augen bekommen, war doch dieser kleine Ort, der heute eine Stadt ist, die Heimat Jesu gewesen. Einen Brunnen sollte es dort geben, bis vor einigen Jahren die einzige Wasserquelle Nazareths, und sehr wahrscheinlich hatte auch schon die Mutter Gottes an diesem Brunnen ihre Krüge gefüllt. Die Huber-Maria gedachte ein gleiches zu tun, auch wenn das Wasser nicht ganz so heilig sein würde wie das vom Jordan. »Wenn man's mischen tät, wird's scho recht werden.«

Doch zuerst war die Verkündigungskirche dran. Über der ursprünglichen Grotte sind im Laufe der Jahrhunderte immer wieder Kirchen gebaut, zerstört und neu errichtet worden, bis vor fünfundzwanzig Jahren ein italienischer Architekt einen riesigen Bau entwarf, in den die Reste sämtlicher Vorgängerkirchen integriert wurden. Deshalb gibt es eine Ober- und eine Unterkirche. In der unteren kann man noch ein bißchen Grotte besichtigen sowie Überbleibsel früherer Kirchen, während die Oberkirche vollgestopft ist mit Marienstatuen aus aller Herren Länder. So ziemlich jede christliche Konfession hat ihre eigene Madonna aufgestellt, und wenn man berücksichtigt, daß Maria ja eine arme Frau gewesen ist, dann mutet dieser ganze Pomp ein bißchen sehr realitätsfern an. Von der edelsteinbesetzten Krone bis zum golddurchwirkten Mantel war nichts zu kostbar gewesen, um der Marienverehrung Ausdruck zu verleihen. Sogar die Huber-Maria war angesichts ihrer vielen Namenspatroninnen etwas ratlos gewesen. »Vor welcher Madonna soll i hernach mei Kerze aufstellen? Wissen Sie, wo die katholische steht?«

Nein, daß wußte niemand so genau. Auf unseren kompetenten Guide hatten wir verzichten müssen, denn nichtchristliche Führer dürfen in dieser Kirche keine Erläuterungen geben, also war er draußen geblieben. Frau Marquardt hatte sich ebenfalls gedrückt. Sie habe diese Kirche schon ein halbes dutzendmal durchwandert, und überhaupt sei ihr die Luft im Innern zu sehr von Weihrauch geschwängert. Ich war auch froh, als ich wieder draußen stand und mir in Ruhe das Seitenportal mit der beeindruckenden Darstellung des Engelsturzes ansehen konnte. Aber nicht lange.

»Gell, Hoini, des filmsch! Erst im gonze, und donn komm i von der Seide g'lofe und stell mich dävor.«

Die griechisch-orthodoxe Gabrielskirche, ebenfalls im Besichtigungsprogramm vorgesehen, war geschlossen, der Marienbrunnen daneben nicht interessant genug, um ihn eine halbe Stunde lang zu betrachten. Was also tun in den dreißig Minuten Leerlauf? Shimon war mit dem Bus auf einen nicht bekannten Parkplatz gefahren und würde uns erst zum verabredeten Zeitpunkt abholen. Ein bißchen durch die Altstadt bummeln? Nein, lieber nicht, warnte Menachem, Nazareth gehöre zum arabischen Teil Israels. In den letzten Tagen habe es Unruhen gegeben, wer weiß, ob die nicht eskalieren, und überhaupt würde sich ja doch wieder die Hälfte verlaufen und käme nicht pünktlich zurück. Es sei wohl besser, wenn wir zusammenblieben und allenfalls bis zu den Andenkenständen »da drüben« gingen.

Folgsam setzte sich die Kolonne in Marsch. Zu bewundern und käuflich zu erwerben waren Madonnen in Gips, schwarz-weiß karierte Tücher, bunte Ketten, silberne Ketten, hölzerne Ketten, Glasperlenketten und jede Menge Hände.

Mit denen hat es eine besondere Bewandtnis. Sie sollen nämlich der edlen Hand Fatimas nachgebildet sein, und die wiederum war die Tochter Mohammeds und als solche auch ein bißchen heilig. Glauben wenigstens die Schiiten und tragen Fatimas Händchen als Talisman, weil es Glück bringen soll. Glück kann man immer brauchen! Deshalb ruht seit Nazareth in meiner privaten Kitsch- und Krempelecke auch ein fünf Zentimeter großes Händchen aus blauem Glas, das bei gelegentlichen Betrachtern immer die wildesten Vermutungen auslöst. Die absurdeste gipfelte in der Erkenntnis, es sei eine verkleinerte Nachbildung der eisernen Faust des Götz von Berlichingen.

Nächste Station war Berg Tabor, auch bekannt unter dem Begriff »Berg der Verklärung«. Nun muß ich gestehen, daß ich damit nicht mehr allzuviel anfangen kann. Der Konfirmandenunterricht liegt zu lange zurück, und während der Erläuterungen von Frau Marquardt habe ich nicht aufgepaßt. Ich saß immer noch auf einem Mauerrest und erholte mich von der Taxifahrt. Im Lexikon steht, daß der Berg 588 m hoch ist und als heilig gilt, sogar bei den Griechen; sie hatten auf ihm ihre höchsten Götter verehrt. Sie sind übrigens immer noch da (nicht die Götter, sondern die Griechen!). Ihre Mönche bewachen die griechisch-orthodoxe St.-Elias-Kirche. Das Gegenstück dazu bildet die Verklärungs-Basilika, und die galt es nun zu besichtigen.

Doch erst einmal mußten wir hinauf auf den Berg. Man kann das zu Fuß machen, sofern man die richtigen Schuhe anhat und seinen Jahresurlaub in den Schweizer Alpen verbringt. Untrainierte benutzen ein Taxi. Die stehen unten am Berg und halten den Pendelverkehr aufrecht. Da die Nachfrage meistens das Angebot übersteigt, richtet sich kein Fahrer nach der gesetzlich vorgeschriebenen Personenzahl. Ist niemand mit Übergewicht dabei, sitzen hinten vier und vorne einer; die Fahrt dauert ja nur wenige Minuten. Die allerdings bleiben unvergeßlich.

Man stelle sich eine ganz normale Paßstraße vor mit ihren Serpentinen, ihren Leitplanken und den zum Teil gut ausgebauten Kurven. Jetzt vermindere man die Breite dieser Straße um ein Drittel, denke sich Leitplanken und Kurvenzugabe weg, füge alle zehn Meter ein Schlagloch unterschiedlicher Größe hinzu und multipliziere diese Gegebenheiten mit der doppelten Geschwindigkeit, die ein normaler Autofahrer auf einer solchen Straße einhalten würde. Ich hatte auch noch das Pech, hinten außen sitzen und beobachten zu müssen, wie die zur Seite spritzenden Schottersteinchen in wilden Sprüngen abwärts kullerten. Die uns entgegenkommenden Taxis – begreiflicherweise fast alle leer! – trugen auch nicht zur Beruhigung bei. Sie hupten zwar, bevor sie um die Ecke schossen, doch Platz zum Ausweichen wäre gar nicht vorhanden gewesen. Würde nur einer die Kurve nicht richtig kriegen, und würde genau in diesem Moment unser Wagen ... bloß nicht daran denken!

Oben angekommen, wußte ich nicht, was ich mehr bewundern sollte, die Aussicht oder die Fahrkünste unseres Chauffeurs. Zum Bewundern der Basilika hatte ich jedenfalls nicht mehr den Nerv. Ich blieb draußen und ließ mich von der Sonne bescheinen. Später erzählte mir Irene, die Mosaiken seien sehr schön gewesen. Na wennschon, ich würde bestimmt noch andere zu sehen bekommen.

Des Vorschlags von Frau Marquardt, Wanderlustige könnten den Abstieg zu Fuß machen, die Zeit reiche, hätte es gar nicht bedurft. Schon vorher hatten wir einstimmig beschlossen, notfalls auf allen vieren den Berg runterzurutschen, bevor wir noch einmal in ein Taxi steigen würden. Lediglich Frau Conrads mußte in den sauren Apfel beißen. Begleitet von Glück- und Segenswünschen, wurde sie in den Wagen mit einem an Jahren und hoffentlich auch an Erfahrung gereiften Chauffeur gesetzt, wo sie sofort die Augen schloß und erst unten wieder öffnete. »Ich habe mich immer mit dem Gedanken getröstet, daß der Fahrer ja auch heil ankommen will.«

Währenddessen stiefelten wir auf einem kaum erkennbaren Pfad abwärts, vorbei an knorrigen Olivenbäumen mit ihren silbrig schimmernden Blättern, an Gewächsen mit zentimeterlangen Dornen und an blühenden Pflanzen, die Irene alle mit lateinischen Namen belegen konnte, von denen ich aber noch nie etwas gehört hatte. Dabei hatte sie in Bio doch auch immer eine Vier gehabt!

An der Imbißbude neben dem Busparkplatz gab es keinen Imbiß mehr, weil er alle war. Nachschub komme erst in einer Stunde. Ob wir so lange warten wollten? Auf keinen Fall, bis dahin wären wir ja alle verhungert! Also rein in den Bus und dank Shimons Ortskenntnis auch bald wieder raus. Vorne kaum als Restaurant erkennbar, gab es hinter dem Haus eine große Terrasse, von einer abenteuerlichen Konstruktion aus Holzstäben und Segeltuchplanen überdacht, umrahmt von Kletterpflanzen und blühenden Topfgewächsen. Während wir noch Tische und Stühle zu einer langen Tafel zusammenbauten, erörterte Menachem mit dem Wirt das Menü. Was dann wenig später aufgetragen wurde, sah sehr fremdländisch aus, roch fremdländisch und schmeckte auch so. Aber es war gut!

Zuerst gab es einen Brei, der Tahina hieß und einen leicht süßlichen Geschmack hatte. Dann kamen Berge von Pitah auf den Tisch, eine Art Fladenbrot, und dazu jener (jenes?) Hummus, das wir schon auf dem Basar von Akko begutachtet, aber dann doch nicht gegessen hatten. Hummus ist eine Pampe aus Kichererbsen, die stundenlang eingeweicht, stundenlang gekocht und dann pikant gewürzt werden. Man stopft diesen Brei in das Fladenbrot, aus dem man vorher eine Tüte gedreht hat, und dann muß man versuchen, davon abzubeißen, ohne daß sich der Inhalt gleichmäßig über Hände und Garderobe verteilt. Fast-food-Spezialisten haben damit keine Schwierigkeiten; wer mit einem doppelten Cheeseburger fertig wird, kommt auch problemlos mit einer Hummustüte klar.

Als Dessert wurde wahlweise Pfefferkuchenkaffee oder Nana angeboten. »Wenn ich schon orientalisch esse, dann muß ich das Mahl auch stilgerecht beenden«, sagte Irene und orderte Kaffee. Das hätte sie lieber bleibenlassen sollen, am Abend schluckte sie nämlich Kohletabletten.

»Daran muß das Essen schuld gewesen sein und nicht der Kaffee«, behauptete sie später, bevor sie sich wieder auf das stille Örtchen verzog.

»Quatsch! Ich habe das gleiche gegessen wie du, nur auf

das Höllengebräu habe ich verzichtet. Trink Tee, und du bleibst gesund!«

Wie lautet doch das schöne deutsche Sprichwort (ausnahmsweise mal nicht von Waltraud rezitiert)? Voller Bauch studiert nicht gern. Ohnehin von unserer Bergwanderung leicht angeschlagen und nun auch noch angenehm gesättigt, hatte eigentlich niemand mehr Lust zu weiteren Besichtigungen. Andererseits mußten wir abends in Jerusalem sein, und auf dem Weg dorthin erwartete uns noch zweimal etwas Altes.

Schüchterne Anfrage von Verena, ob man nicht vielleicht eine der beiden geschichtsträchtigen Stätten auslassen könnte?

Das wurde abgelehnt. Von Herrn Terjung. Ja, wenn es eine Kirche gewesen wäre, doch Altertümer interessierten ihn nun mal, schon aus beruflichen Gründen. Wenigstens kam ich nun doch noch zu meinem täglichen Mosaik. In Bet Alfa hatte man vor sechzig Jahren eins ausgebuddelt, rein zufällig, als dort ein Kibbuz gegründet worden war und man eine Wasserleitung brauchte. Die läuft jetzt woanders lang, und das im 6. Jahrhundert geschaffene Mosaik wurde von einem Museumsbau umhüllt. Es ist wirklich sehenswert!

In Bet She 'an wandelten wir wieder mal auf den Spuren der Römer; von denen war noch am meisten erhalten geblieben. Ihre Vorgänger – angeblich hatte es schon in der Kupferzeit erste Siedler gegeben – haben nichts Bedeutungsvolles hinterlassen. Auch nicht die Kreuzfahrer (wo sind die eigentlich nicht gewesen?). Nachdem das gewaltige Amphitheater umrundet sowie von unten und von oben mit und ohne Personen fotografiert und Alberto an einem nochmaligen Balanceakt über wacklige Steine gehindert worden war, konnte auch dieser Programmpunkt abgehakt werden. Es dämmerte sowieso schon, also auf nach Jerusalem!

Shimon witterte Stallgeruch und trat das Gaspedal durch. »Der muß seinen Führerschein bei der Luftwaffe gemacht haben!« Mit einer Hand schützte Irene ihre erbeuteten Ableger, mit der anderen drückte sie die vorletzte Flasche Karmel-Wein in den Sitz.

»Dann fährt er aber in die falsche Richtung. Flugzeuge starten immer gegen den Wind.«

Einige Male hoben wir wirklich ab, wenn Shimon ein Schlagloch umrundet und dabei das nächste übersehen hatte, doch wider Erwarten brach weder eine Achse noch fiel der Bus auseinander. Beide Möglichkeiten waren lebhaft erörtert worden. Als er dann doch abrupt auf die Bremse trat und wir alle in den Sitzen nach vorn flogen, schrie Gustl: »Jetzt haben wir 'nen Platten!«

Die Vermutung lag nahe, weil wir alle aussteigen mußten, doch es erwartete uns nur der erste Blick auf Jerusalem. Ein faszinierendes Bild, besonders bei Nacht. Dominierend die angestrahlte Kuppel des Felsendoms und das silberne Gegenstück der El-Aqsa-Moschee. Drum herum unzählige Lichterquellen, die zum Stadtrand hin immer spärlicher werden. Jerusalem ist eine Stadt ohne Vororte, sie hört ganz einfach irgendwo auf.

Nach fünf Minuten Zähneklappern – es war ekelhaft kalt – durften wir wieder in den warmen Bus, und dann begann die Suche nach dem Hotel. Frau Marquardt brütete über dem Stadtplan, Menachem gab die ermittelte Route an Shimon weiter, wobei er immer wieder den Kopf schüttelte, und als wir endlich in einer etwas finsteren Straße vor einem auch nicht gerade anheimelnden Gebäude standen, hatte ich das Gefühl, daß da etwas nicht stimmte.

Normalerweise öffneten sich bei einem Halt sofort beide Türen, worauf die meisten Insassen hinausstürzten und die Toiletten stürmten, doch diesmal blieben sie geschlossen. Statt dessen griff Frau Marquardt zum Mikrofon. »Hier ist offensichtlich eine Panne passiert. Ich hatte vorausgesetzt, daß dieses Hotel im jüdischen Teil der Stadt steht und nicht, wie wir jetzt feststellen müssen, im arabischen. An sich ist das bedeutungslos, nur ...«

»Des goht awer ned«, fiel ihr Ännchen ins Wort. »Sie

kenne uns doch ned bei denne Schwarze oiquartiere, wo alle schmutzich senn und koi Hygiene kenne. Wer weiß, ob's do ned Wonze im Bett hat und Flöh. Ond zum Esse kriege mä widder so än Brei wie heut Middag. Des mache mä ned mit, gell, Hoini? Hoini, sag doch du a mol ebbes!«

Heini enthielt sich jeglichen Kommentars, dafür legte Betti los: »Nein, also das geht nun wirklich nicht, Frau Marquardt. Ich habe nichts gegen Araber, das sind schließlich auch Menschen, aber wohnen werde ich bei ihnen auf keinen Fall!«

Frau Marquardt holte tief Luft, doch bevor sie etwas sagen konnte, nahm ihr Menachem das Mikro aus der Hand. »Vielleicht schauen Sie sich erst einmal Ihr Zimmer an. Wenn Sie dann immer noch Bedenken haben, werden wir für Sie eine andere Lösung finden. Allerdings würde die Übernachtung auf Ihre Kosten gehen.«

»Noi noi, wir hewe alles im voraus zahlt«, widersprach Ännchen.

»Reklamieren können Sie aber erst am Ende der Reise! Und jetzt macht endlich die Türen auf!« Gregor griff nach seiner Fototasche. »Was soll überhaupt das ganze Theater? Das Hotel sieht doch ganz passabel aus, und fürs Hilton haben wir schließlich nicht bezahlt.«

Noch immer schimpfend, reihte sich Ännchen in die Kolonne ein, die über den abgetretenen Läufer in die Halle trottete.

»Des hätt i ned gedenkt«, staunte sie beim Anblick des Foyers mit den blankpolierten Messingtöpfen, dem großen Teppich in der Mitte und den vielen Grünpflanzen. Als sie einige Gäste zum Speisesaal schlendern sah, war sie völlig aus dem Konzept gebracht. »Des senn jo gonz normale Leit und koi Schwarze. Hoini, i glaab, hier kenne mir doch bleibe.«

Mit dem endlich eroberten Schlüssel Nr. 333 ließen wir uns vom Lift in den dritten Stock tragen. »Ich habe immer geglaubt, die Araber lieben Plüsch und Pomp«, meinte Irene. »Jetzt bin ich sogar ein bißchen enttäuscht. Dieser

Laden hier ist genauso steril wie die meisten Mittelklassehotels.«

Auch das Zimmer unterschied sich kaum von den anderen, in denen wir schon übernachtet hatten, lediglich der Spiegel über dem kombinierten Schreib-/Frisiertisch hatte anomale Ausmaße. Egal, wo man stand, ständig wurde man mit seinem nicht immer erfreulichen Spiegelbild konfrontiert. Am nächsten Morgen haben wir ein Handtuch darübergehängt.

»Jetzt können wir endlich mal die Klamotten lüften, welch ungewohnter Luxus.« Irene inspizierte den Kleiderschrank, teilte gewissenhaft die zehn Kleiderbügel in zwei Hälften und öffnete ihren Koffer. »Drei Tage im selben Bett. Unvorstellbar. Hier, kannst du mal die Ableger ins Zahnputzglas tun?« Ich bekam vier halbvertrocknete Stengel in die Hand gedrückt, Souvenirs vom Berg Tabor. »Nee, leg sie lieber ins Waschbecken, die Dinger brauchen wir gleich.« Sie öffnete die Weinflasche und goß die beiden Gläser voll. »Prost, Herzchen! Auf uns!«

»Und auf Jerusalem!« Der Wein war lauwarm und schmeckte plötzlich nach Haarwasser.

»Da fällt mir etwas ein! Wir haben heute noch gar nichts für unser Image getan. Also werden wir nachher Arm in Arm unseren Auftritt haben, und dann werde ich dich küssen! Ich sag's schon vorher, damit du keinen Schreck kriegst.«

»Aber nicht auf den Mund!« protestierte ich sofort.

»Nein, bloß hinters Ohr.«

Dazu kamen wir jedoch nicht. Niemand sah auf, als wir mit der üblichen Verspätung den Speisesaal betraten. Wer nicht gerade die Gabel zum Mund führte, redete. Die meisten redeten, und zwar alle auf einmal. Und alle über dasselbe Thema, nämlich über Frau Marquardt. Sie hatte es doch tatsächlich gewagt, ihre Schäflein zum Futtertrog zu führen und sich dann abzumelden. Bis morgen früh.

»Freunde habe sie hier, hat sie gesagt. Bei denen sei sie zum Essen eingeladen, und da übernachte sie auch«, rief

Anneliese quer über den Tisch, kaum daß wir Platz genommen hatten. »Dabei hat sie doch bei der Gruppe zu bleiben! Dazu ist sie verpflichtet!«

»Wer sagt denn das?« bemerkte Gregor ganz richtig.

»Ich!« trumpfte Betti auf. »Was ist, wenn mir heute nacht etwas passiert? Menachem ist ja auch weg.«

»Der ist entschuldigt, weil er hier wohnt«, kam es vom Ende der Tafel.

Die Spekulationen über das Liebesleben unserer Reiseleiterin verliehen dem etwas langweiligen Essen eine gewisse Würze, zumal ich die Wahrheit kannte. Frau Marquardt hatte tatsächlich viele Freunde in Israel und nutzte jede Gelegenheit, sie wiederzusehen. Ich wußte aber auch, daß es in Deutschland eine feste Beziehung gab oder auf gut neudeutsch: einen derzeitigen Lebensabschnittsbegleiter. Auf der letzten Buchmesse hatte ich ihn sogar kennengelernt.

Als das Dessert aufgetragen wurde, war man zu der nahezu einhelligen Auffassung gekommen, daß Frau Marquardt eine sehr fragwürdige Person mit einem offenbar recht lockeren Lebenswandel sei, denn »in Tiberias hat sie ja auch schon einen Freund gehabt und ist erst morgens zurückgekommen.« Mehr oder weniger taktvolle Fragen nach ihrem Verbleib hatte sie an jenem Tag überhört, und dann war ja auch das Verschwinden von Elena und Alberto vorrangig gewesen. Die hatten sich zwecks Teilnahme an einer katholischen Frühmesse auf die Suche nach einer passenden Kirche begeben und auf dem Rückweg hoffnungslos verlaufen.

»Was unternehmen wir denn jetzt?« fragte Jens tatendurstig, nachdem wir im Gänsemarsch den Speisesaal verlassen hatten und unschlüssig in der Halle herumstanden. »Stürzen wir uns ins Nachtleben?«

»Gibt's denn überhaupt eins?« fragte Uwe zweifelnd zurück.

»Des däffä mä doch gar ned, des hot uns die Frau Marquardt verbode!«

»Sie hat überhaupt nichts verboten«, stellte Gustl richtig. »Sie hat lediglich gesagt, wir sollen nach Möglichkeit nicht allein herumlaufen, jedenfalls nicht hier im arabischen Viertel, und wir sollen nicht in die Altstadt gehen, weil man sich dort im Dunkeln schnell verirrt. Klingt logisch. Müssen wir ja auch nicht.«

»In der Neustadt ist bestimmt mehr los.« Jens sah uns der Reihe nach an. »Wir nehmen ein Taxi oder zwei. Wer kommt mit?«

Robert natürlich, Herr und Frau Terjung, Gregor, doch als die beiden Turnschuh-Chaoten Interesse zeigten, traten Architektens zurück. »Mit denen kann man sich doch nicht in einer kultivierten Umgebung zeigen«, murmelte Susanne halblaut.

Harald fand das auch. Wohl deshalb fiel ihm ein, daß er noch ein wichtiges Telefonat nach Deutschland führen müsse, was vermutlich längere Zeit in Anspruch nehmen würde. »In technischer Hinsicht ist man hier wohl doch noch etwas rückständig.«

Die fünf Nachteulen trabten ab.

»Wir haben einen gemütlichen Aufenthaltsraum.« Der Dame an der Rezeption ging unsere Herumsteherei wohl langsam auf die Nerven. »Und gleich daneben ist die Bar.«

»Bar klingt gut!« Irene schwenkte nach links, wir anderen folgten.

Der gemütliche Aufenthaltsraum erwies sich als Saal mit den Ausmaßen einer mittelstädtischen Bahnhofshalle und war ähnlich anheimelnd möbliert. Plastiksessel mit braunen und gelben Auflagen, davor schwarze niedrige Tische, an den Wänden Bilder von Neuschwanstein. In einer Ecke hockte ein gemischter Verein ausnahmslos dunkel gekleideter Gäste wie eingerollte Farnwedel über kleinen Büchern und leierte Psalmen herunter. In der gegenüberliegenden lauschte eine andere Gruppe einem englischen Vortrag über die Geschichte Jerusalems. Sehr interessant konnte er nicht sein, denn zwei Mitglieder waren bereits entschlummert. Die einsame Dame neben der Säule beschäftigte sich abwechselnd mit ihrem Strickzeug und der Kekspackung vor sich auf dem Tisch. Unten drunter lag ein fetter Hund unbestimmbarer Rasse, der ebenfalls seinen Anteil bekam. Er bewegte sich nicht von der Stelle, sondern hob nur den Kopf und sperrte die Schnauze auf.

Beleuchtet wurde das ganze Idyll von weißen Neonröhren, wovon lediglich Heini begeistert war, konnte er doch endlich in aller Ruhe Gruppenfotos machen – auch ohne Blitzlicht, das immer mal wieder seinen Geist aufgab, meistens im Innern von Kirchen.

Die Herren schleppten Stühle herbei, auf daß wir in trautem Kreise sitzen konnten, die Damen studierten die Getränkekarte und entschieden sich nach längerem Beraten für Karmel-Wein. Irene bestellte Wodka-Lemon, ich Campari orange.

»Ha noi, Sie drinke ja wohl schon g'nug Woi, gell?« kommentierte Ännchen unser Abweichen von der Norm. »Mir longt ä Glas äm Obend beim Färnsehe. Nur beim Blaue Bock wärren's als zwei. Wenn die Leit allewil so luschtig senn und mä sieht die Bembel, donn kriagt mä richdig Luscht uf no ä Gläsle.«

Womit auch das Thema für die nächste Stunde festgelegt war: das Fernsehprogramm. Zehn Minuten lang hielten wir es aus, dann hatten wir genug. Ohnehin hätten weder Irene noch ich den komplizierten Familienverhältnissen der Lindenstraße folgen können.

Eng umschlungen verließen wir die gastliche Stätte und zogen nach nebenan. Dort war es genauso gemütlich wie im Aufenthaltsraum, nur wesentlich kleiner und durch einen schwarzen Tresen mit viel Chrom drumherum als Bar erkennbar. Im übrigen war sie leer. In der Ecke stand ein Fernsehapparat, auf dessen Bildschirm eine wilde Schießerei im Gange war – Cowboys mit schwarzen Hüten gegen welche mit weißen. Die weißen blieben Sieger, und dann war der Film auch schon zu Ende.

»Vielleicht kriegen wir mal ein bißchen was von den Nachrichten mit«, sagte Irene, als das Programm wechselte und die Kamera Bilder aus der Knesset zeigte, wo sich wild gestikulierende Politiker beinahe an die Gurgel gingen. Weshalb sie das taten, blieb uns verborgen, sie beschimpften sich auf hebräisch. Der Barkeeper, offenbar froh, endlich Gäste zu haben, servierte uns zusammen mit den Getränken seine Meinung zu dem politischen Geschehen. Danach waren die Araber friedliche Menschen und die Israelis kriegslüsterne Eroberer. Das Gegenteil hatten wir schon von Menachem gehört.

Herrn Kohl kriegten wir auch noch zu Gesicht. Er saß freundlich grinsend neben Präsident Bush und ließ sich die Hände schütteln. Vielleicht hatte er wieder einen hübschen kleinen Scheck mitgebracht; auch die Amerikaner sind für gelegentliche Zuwendungen dankbar.

Dann folgte der Wetterbericht mit bunten Bildchen, und mit denen konnten wir endlich etwas anfangen. Als vorübergehender Analphabet ist man ja auf visuelle Unterstützung angewiesen. Morgen würde die Sonne scheinen mit Temperaturen um fünfundzwanzig Grad. Sehr erfreulich.

Der Barmensch erkundigte sich höflich, ob er auf einen anderen Kanal umschalten dürfe. Aber bitte sehr, uns war jeder recht, wir verstanden sowieso nichts. Doch was dann kam, war wirklich zuviel des Guten. Erst ertönte eine sattsam bekannte Melodie, und dann krächzte J. R. Ewing guttural in ein schnurloses Telefon. *Dallas* auf arabisch!!!

»Aus dem Fernsehprogramm kann man eine Menge lernen«, sagte Irene, während sie die Rechnung abzeichnete, »vor allem, daß man früher hätte schlafen gehen sollen.«

Die Gruppe im Aufenthaltsraum hatte sich verringert, die leeren Bierflaschen hatten zugenommen. Die meisten standen vor Heinis Platz, denn Ännchen war auch schon verschwunden. Jetzt durfte er mal! Nun ja, manchmal wird Alkohol von einer Flasche in die andere gegossen.

»Weißt du eigentlich, was morgen alles auf dem Programm steht? Müssen wir viel laufen?« Ich kramte meine alten Treter aus dem Koffer und überlegte im stillen, ob sie vor Frau Terjungs Augen Gnade finden würden. Wahrscheinlich nicht, denn sie trug immer halbhoch und ist damit sogar durch die Wüste gelaufen. Mit Pausen, wenn sie den Sand auskippen mußte.

»Soweit ich mich erinnere, werden wir morgen die Errungenschaften des modernen Israel bewundern, also den üblichen Rundgang machen, der auch bedeutenderen Besuchern, als wir es sind, nicht erspart bleibt. Ein bißchen Politik, ein bißchen Kunst, ein bißchen Architektur – na, eben alles das, worauf die Israelis stolz sind. Ich habe mich vorhin richtig über die gräßlichen Hochhäuser geärgert. Diese Spargel verhunzen das ganze Stadtbild. Hast du eine Nagelfeile dabei? Ich habe mir an dem ollen Prunus dulcis den Fingernagel eingerissen.«

Weder wußte ich, was ein Prunus dulcis ist, noch hatte ich eine Ahnung, wo sie mit ihm in Berührung gekommen war. Die Nagelfeile lag jedenfalls im Bad, doch als ich die Tür öffnete und das Licht anknipste, starrte ich genau auf etwas großes Braunes, das sofort unter der Badewanne verschwand. »Irene, hier sitzt ein riesiger Käfer !«

»Hau mit dem Latschen drauf!«

»Geht nicht, er ist unter die Wanne getürmt.«

»Dann laß ihn doch sitzen!«

»Aber wenn er wieder rauskommt?«

»Meine Güte, stell dich nicht so an!«

Leichter gesagt als getan. Vor allem, was kriecht und krabbelt, habe ich einen Horror, und meine Entsetzensschreie beim Anblick irgendwelchen Getiers, das größer ist als eine Ameise, sind familienbekannt. Im Gegensatz zu Sven, der selbst dicke schwarze Spinnen in die Hand nimmt, um sie mit tröstenden Worten in den Garten zu setzen, stellen sich bei mir die Haare auf, und bei dem Gedanken, so ein Vieh zu zertreten, kriege ich Gänsehaut. Es ist sogar schon vorgekommen, daß ich ein menschliches Bedürfnis so lange unterdrückt habe, bis das erste Familienmitglied nach Hause kam und der Spinne im Bad zu Leibe gerückt ist. Und jetzt sollte ich diesen Käfer …? Nie!!!

Schnell griff ich nach der Nagelfeile und schloß sofort wieder die Tür.

»Hast du das Untier aufgespießt?«

»Sehe ich so aus?«

»Ja. Du bist ziemlich blaß um die Nase herum.«

»Was es war, weiß ich nicht, aber so einen großen Käfer habe ich noch nie gesehen.«

»Dann wird es wohl eine Kakerlake gewesen sein«, sagte Irene gleichmütig.

»*Was?*«

»Die gibt es doch in fast jedem Hotel, läßt sich gar nicht verhindern. Meistens bleiben sie im Küchentrakt, doch manchmal verirrt sich eine nach oben, wahrscheinlich über die Rohrleitungen. In den seltensten Fällen kriegt man sie überhaupt zu Gesicht, weil sie extrem lichtscheu sind.«

Woher wußte sie das schon wieder? »Dann lassen wir eben die Lampe im Bad brennen.«

»Und wenn das Tierchen unter dem Türspalt in unser dunkles Zimmer krabbelt?« fragte sie hinterhältig.

»In diesem Fall verlange ich mein Geld wegen Beeinträchtigung der Nachtruhe oder so ähnlich zurück.«

»Das kannst du erst bei zehn Kakerlaken pro Quadratmeter«, entgegnete Irene, und als sie mein ungläubiges Gesicht sah, fügte sie hinzu: »Kein Scherz, das habe ich erst unlängst gelesen.«

»Mir reicht die eine. Und du gehst jetzt gefälligst ins Bad und guckst nach, ob das Vieh wieder da ist! Ich will mir die Zähne putzen.«

Die Kakerlake, oder was immer das war, blieb verschwunden und tauchte erst in der Nacht wieder auf, als Irene, lauthals schimpfend die mangelhafte Wirkung der Kohletabletten verwünschend, die Toilette aufsuchte. Ich hörte sie »Hallo, Naomi!« rufen, dann schloß sich die Tür.

Nun ist es zwar in meiner Familie durchaus üblich, sogar leblosen Gegenständen mitunter einen Namen zu geben, doch Ungeziefer haben wir noch niemals getauft! Ich hatte es schon etwas albern gefunden, daß Sven seine Schildkröte

Lady Curzon genannt hatte, aber einige Jahre später hatte uns Sascha sein erstes Auto als Püppi vorgestellt, meine sehr kurzlebige Rostlaube hatte den Namen Hannibal bekommen, und mit ihrer Nilpferd-Sammlung hält Steffi es wie Hundezüchter mit den Stammbäumen ihrer Welpen: Jeder Zuwachs rückt im Alphabet einen Buchstaben weiter. Jetzt ist sie schon bei L = Lieselotte angekommen.

Die letzte Taufe in unserem Haus fand statt, als ein guter Bekannter meine Behauptung »Ich liiiieeeebe Gartenzwerge!« für bare Münze nahm und mir so eine zipfelmützige Scheußlichkeit neben die Haustür stellte. Nun steht Kurti unter der Tanne, wo ihn niemand sieht.

Von Irene wußte ich nur, daß sie ihren Vierbeinern etwas seltsame Namen verpaßt, übrigens ausnahmslos Findelkinder, die sie schon aus Mülltonnen gerettet oder am Straßenrand aufgelesen hatte. Die beiden Bürokatzen heißen Ebert und Noske, ihre Hauskatze hatte sie Motten-Malwe genannt, weil damals in einem sehr räudigen Zustand Asyl suchend (jetzt heißt sie Malwine), und der letzte Zugang trug eine Zeitlang den Namen Feline, wurde jedoch später aus biologischen Gründen in Fritz umgetauft.

Nun hatten wir also Naomi, unsere ganz persönliche Kakerlake. Ich habe sie nur noch ein einziges Mal zu Gesicht bekommen, als ich vergessen hatte, vor dem Betreten des Badezimmers laut mit dem Fuß aufzustampfen. Angeblich mögen Kakerlaken keine Erschütterungen. Allerdings bin ich nie den Verdacht losgeworden, daß unserer Mitbewohnerin mein hysterischer Aufschrei bei unserer ersten Begegnung noch in den Fühlern steckte und Naomi türmte, sobald sie meinen Schritt spürte. Bei Irene blieb sie nämlich sitzen. Überlegungen, das niedliche Tierchen durch regelmäßige Fütterungen zutraulich zu machen, scheiterten an Irenes Unkenntnis über die Ernährungsgewohnheiten von Kakerlaken. Ich muß jedoch zugeben, daß sie Naomis Übersiedlung nach Berlin nie ernsthaft in Erwägung gezogen hat!

Unser morgendlicher Auftritt im Speisesaal, normalerweise mit scheelen Blicken registriert, wurde diesmal gar nicht beachtet. Neben der Tür stand nämlich Frau Marquardt und verabschiedete einen gutaussehenden Mann, unverkennbar arabischer Herkunft. Das ging nun doch entschieden zu weit! Hatte man ihre Abwesenheit in Tiberias noch großmütig toleriert und nur heimlich über die Gründe spekuliert, so war man jetzt nicht mehr bereit, irgendwelche Entschuldigungen zu akzeptieren. Dabei kamen gar keine! Nach einem unverfänglichen Küßchen auf die Wange verschwand der Stein des Anstoßes, Frau Marquardt wünschte uns fröhlich einen guten Morgen und ging zur Tagesordnung über. Sie bediente sich ausgiebig am Frühstücksbüfett.

»Jetscht dreibt sie's sogar schun mit dene Schwarze! I dät mi jo än de Bode noischäme.«

Dieser Meinung waren auch die Lodenschwestern, woraufhin man beschloß, Frau Marquardt mit Verachtung zu strafen. Nur über das Wie herrschte Uneinigkeit, letztendlich wurde sie ja noch gebraucht.

Während des Einbaggerns in den Bus zog ich sie zur Seite. »Hätten Sie Ihren Bekannten nicht besser *vor* der Tür verabschiedet? Jetzt zerreißen sich alle ihre Mäuler, und man kann's ihnen nicht mal übelnehmen.«

»Weiß ich«, meinte sie trocken, »war auch beabsichtigt. Ich kenne Yussif seit Jahren. Er ist mit einer Freundin von mir verheiratet und Vater von zwei entzückenden Kindern. Bei meinem letzten Besuch hatte ich versprochen, ein paar deutsche Bücher mitzubringen, und die habe ich gestern abgeliefert. Vorhin hat er mich schnell hergefahren, weil mal wieder kein Taxi zu kriegen war. Das ist alles.«

Ich glaubte ihr das unbesehen, doch: »Das wissen Sie, und das weiß ich jetzt. Vielleicht sollten Sie unsere Klatschmäuler auch mal aufklären!«

»Das kommt noch!« versprach sie lachend. »Am letzten Abend werden die sich noch alle wundern. Aber da wir gerade beim Thema sind, was macht denn Ihr Liebesleben???«

»Wir üben noch! Außerdem vergessen wir meistens, was wir unserem Ruf schuldig sind.«

In Anbetracht des heutigen Programms hatten sich alle sittsam bekleidet, Röcke statt Shorts und bedeckte Blusen statt luftiger Fummel. Auch Uwe hatte seine auf Knielänge gestutzten Jeans gegen lange ausgewechselt. Obenherum trug er ein recht wild gemustertes Hemd und darüber ein fingerdickes Goldkettchen. Sogar seinen Nackenspoiler hatte er mit einer Portion Gel in die richtige Form gebracht.

Nun weiß ich nicht, ob man jeden Bonn-Besucher durch den Plenarsaal schleift, damit er jene Stätte bestaunen kann, an der Politik gemacht wird. In Jerusalem muß man in die Knesset, und dort steht man dann vor der fünf Meter hohen Menora, jenem siebenarmigen Leuchter, dem Symbol des Staates Israel. Etwas länger hält man sich vor den riesigen Wandteppichen auf, die nach Entwürfen von Chagall angefertigt worden sind. Eigenartigerweise finden in dieser Eingangshalle auch gelegentlich Staatsbankette statt; ob wegen des medienwirksamen Hintergrundes oder aus Mangel an anderen repräsentativen Stätten, habe ich nicht herausbekommen.

In unmittelbarer Nähe der Knesset liegt das Israel-Museum. Über seine Schätze kann ich nichts sagen, weil ich nicht drin gewesen bin. Museen gibt es überall, eine so faszinierende Stadt wie Jerusalem findet man nicht so häufig, weshalb also sollte ich unsere ohnehin recht karg bemessene Freizeit mit der Besichtigung von jüdischen Kultgegenständen und archäologischen Ausgrabungen vergeuden? Ganz abgesehen davon, daß ich von dieser Materie viel zuwenig verstehe.

Etwas anderes ist es mit dem »Schrein des Buches«, jenem Teil des Museums, in dem die berühmten Schriftrollen vom Toten Meer aufbewahrt werden. Man kennt ja die Geschichte, die in den sechziger Jahren nicht nur Altertumsforscher, sondern die ganze theologische Welt in helle Aufregung versetzt hatte. Auf der Suche nach einer verirrten Ziege hatten Hirtenjungen in einer Höhle Tonkrüge mit jahrhundertealten Schriftrollen gefunden.

Schon von außen wird deutlich, was einen im Innern erwartet: Der »Schrein des Buches« ist nämlich diesen Krügen nachgebildet, und bereits von weitem erkennt man die weiße Kuppel, die den Deckeln jener Krüge gleicht. Betritt man das Gebäude, so umfängt einen künstliches Licht und andachtsvolle Stille. Hinter schußsicherem Glas neben Thermometer und Feuchtigkeitsbehälter sind sie zu besichtigen, die kostbaren Hinterlassenschaften längst verblichener Schriftgelehrter. Mürbe gewordene Aufzeichnungen, zum Teil nur noch aus Fragmenten bestehend, zum Teil vollständig erhalten, unlesbar für einen normalen Sterblichen, doch ungeheuer beeindruckend.

»Und was wird man in zweitausend Jahren von unserer Kultur ausbuddeln?« murmelte Irene. »'ne Cola-Reklame und die Bildzeitung.«

Vor dem Gebäude hatte sich bereits der ganze Trupp zusammengefunden, wo er von unseren Fotografen in Position gebracht wurde. Die übliche Gruppenaufnahme war angesagt. Das Ganze bitte etwas mehr nach links, sonst wird die Kuppel verdeckt. Erst knipste Alberto, dann tauschte er seinen Platz mit Heini, und als Anneliese fertig war, wollte Betti noch – niemand bemerkte Gregor, der sich seitwärts postiert hatte und den ganzen Auftrieb aus seiner Sicht festhielt.

Der schwerste und wohl auch erschütterndste Gang stand uns noch bevor, Yad Vashem, die Gedenkstätte des jüdischen Volkes. Sie ist ein Muß für jeden Israel-Reisenden, und das ist auch richtig. Sie darf einfach niemandem erspart bleiben. Trotz aller Kriegsgreuel, die uns jeden Tag das Fernsehen zeigt und gegen die man ungewollt allmählich abstumpft, ist diese Dokumentation menschlicher Grausamkeiten etwas, das man nie vergessen kann und auch nie vergessen sollte.

Ich habe es nicht geschafft, jeden einzelnen Raum zu durchqueren. Schon nach der Hälfte bin ich wieder ins Freie geflüchtet, habe mich irgendwo an eine Mauer gestellt und geheult. Menachem, der draußen geblieben war, schob mir schweigend eine angezündete Zigarette zwischen die Finger.

»Wie können Sie überhaupt noch Notiz von mir nehmen?« fauchte ich ihn an. »Sie haben das da drinnen doch auch gesehen und bestimmt nicht nur einmal. Ihre Familie ist im KZ umgekommen, und mit ein bißchen weniger Glück könnten Sie jetzt auch auf einem dieser Fotos zu finden sein, die ein sadistischer Mensch für's Familienalbum aufgenommen hat. Ich bin Deutsche, ich habe auch Heil Hitler gebrüllt – also warum geben Sie sich noch mit mir ab?«

Er blieb ganz ruhig. »Was haben Sie denn mit den Nazis zu tun gehabt? Sie sind, wie ich schon in unserem letzten Gespräch sagte, damals ein Kind gewesen. Weshalb sollte ich ausgerechnet Sie für etwas verantwortlich machen, das Sie gar nicht verantworten können? Denken Sie doch nur mal an Ihren Bundeskanzler, der nimmt für sich ja auch die Gnade der späten Geburt in Anspruch.«

»Darüber ist auch genug gelästert worden.«

»Und dennoch, selbst einem Herrn Kohl kann man gerechterweise die Schuld am Holocaust nicht in die Schuhe schieben.«

Langsam beruhigte ich mich wieder. Menachem hatte ja recht. Persönlich fühlte ich mich schuldlos, aber doch nicht so ganz. Eigentlich war es wie damals in der Schulzeit, wenn eine von uns etwas ausgefressen hatte und die ganze Klasse dafür geradestand. Freiwillig.

Erst jetzt bemerkte ich Irene, die etwas abseits eine Zigarette rauchte und in den Himmel starrte. Ich ging zu ihr hinüber. »Gerade eben habe ich mir überlegt, ob ich Menachem überhaupt noch mal so unbefangen gegenübertreten kann, wie ich es bisher getan habe. Wie schaffst du das denn?«

»Er ist zu mir gekommen.«

Menachem war es auch, der später die gedrückte, sehr schweigsam gewordene Gruppe wieder aufmunterte. »Sollte jemand von Ihnen ein unbekanntes oder nicht genau zu diagnostizierendes Leiden haben, dann hätte er jetzt Gelegenheit, sich Gewißheit zu verschaffen. Wir besuchen nämlich die Hadassah-Klinik, das größte Klinikum des Nahen Ostens. Kein Bedarf? In Ordnung. Sparen wir uns also den Medizinertempel und gehen gleich in die Synagoge. Sie ist zwar klein, aber trotzdem weltberühmt. Ihre zwölf Glasfenster stammen nämlich von Marc Chagall.«

Wenn jemand zu Hause vier verschiedene Chagall-Biographien hat, dazu ein rundes Dutzend Bildbände und zwei gerahmte Drucke – eigentlich fehlt in meiner Sammlung nur noch ein Original! –, dann klingt der Name Chagall in dessen Ohren ähnlich verlockend wie bei Briefmarkensammlern die blaue Mauritius. Deshalb weiß ich auch nicht, wie die Synagoge von innen ausschaut und ob die Männer wieder diese kleidsamen Hütchen aufsetzen mußten – ich habe nur die Fenster gesehen. Jedes in einer anderen Grundfarbe gehalten, von rubinrot über verschiedene Blautöne bis zu einem goldenen Gelb, und dort hineingesetzt Tiere, auch Fische, fließende Objekte und zahlreiche jüdische Symbole – unwahrscheinlich schön.

Mich störte lediglich ein Führer, der in recht unzulänglichem Deutsch die Bedeutung der einzelnen Fenster zu erläutern versuchte, obwohl doch jeder von uns einen Zettel bekommen hatte, auf dem wir alles hätten nachlesen können. »Hat Herr Chagall gemacht diese grüne Glas für Issachar, welcher getrieben hat Landwirtschaft.«

Beinahe wäre die Gruppe ohne mich weitergezogen. Hätte Irene mich nicht vermißt und schließlich mit Gewalt aus der Synagoge gezerrt, wäre ich vermutlich noch lange sitzen geblieben.

»Nun komm endlich! Ab jetzt haben wir nämlich frei, und mir hängt der Magen in den Kniekehlen.«

»Heißt das, wir können machen, was wir wollen?«

»Na klar.«

»Und diese kostbare Zeit willst du tatsächlich damit verbringen, deine niederen Bedürfnisse zu stillen?«

»Ja doch. Die anderen kommen später.«

»Also gut«, gestattete ich gnädig, denn mir knurrte ja auch der Magen, »dann gehen wir in den Basar und essen Hummus.«

»Nein!!! Nicht schon wieder Fast food«, stöhnte Irene.

Das ist ihr auch erspart geblieben. Statt wie geplant in die Altstadt einzutauchen, sind wir in der Neustadt gelandet, wo wir Lammkoteletts aßen, sündhaft teure Schaufensterauslagen bestaunten und an einem Obststand haufenweise Früchte kauften, deren Namen wir nicht einmal kannten. Sie waren so billig gewesen! Teuer wurde lediglich der Transport, weil die Dinger ziemlich schwer waren und ich schon nach einigen hundert Metern die Schlepperei verweigerte. Aber das Taxi hätten wir sowieso gebraucht. Wir hatten keine Ahnung, wo wir uns befanden, und noch viel weniger wußten wir, wie wir aus diesem verschachtelten Straßengewirr wieder herauskommen sollten. Irgendwie waren wir in das orthodoxe Viertel geraten. »Ich kann mir nicht helfen, aber die sehen hier alle aus wie aus einem vergangenen Jahrhundert.«

»Diese schwarzen Gestalten werden doch hoffentlich deinen Toleranzspielraum nicht überschreiten?«

Nachdrücklich schüttelte ich den Kopf. »Schon der olle Fritz hat gesagt, daß jeder nach seiner Fasson selig werden solle, und mir ist es auch egal, woran jemand glaubt, solange er mich nicht dazu bekehren will. Aber diese Orthodoxen machen mir Angst. Sie sind es doch, die jeden Versuch torpedieren, mit den Arabern Frieden zu schließen. Verbohrt, uneinsichtig und intolerant. Und dann nimm Menachem. Der ist auch Jude, aber kannst du ihn dir mit Kaftan und Peies vorstellen?«

Bei diesem Versuch brachen wir in schallendes Gelächter aus, und sofort drehte sich alles nach uns um. »Bloß weg hier!« Irene beschleunigte den Schritt. »Die denken doch jetzt, wir hätten über sie gelacht.«

Unter Hinterlassung zweier tomatenähnlicher Früchte mit Stacheln dran, die ich bei unserer Flucht verloren hatte, hetzten wir das Gäßchen entlang, kreuzten ein zweites und befanden uns endlich auf einem Platz, wo ein einsames Taxi vor sich hin döste. Zwanzig Minuten später waren wir im Hotel.

Schon im Foyer fiel mir die in knisternden Taft gewickelte Betti auf, doch mißtrauisch wurde ich erst, als der Fahrstuhl unseren Österreicher ausspuckte. Gregor trug einen dunklen Anzug.

»Ist jemand gestorben?« fragte ich sofort.

Er grinste. »Nach dem Abendessen fahren wir ins King David.«

»Sehr schön. Und was ist das bitte? Oper? Konzertsaal? Folkloreschuppen?«

»Das größte, bekannteste und luxuriöseste Hotel von Jerusalem. Behauptet jedenfalls Frau Marquardt. Also schmeißt euch gefälligst in Schale!«

»Hab' keine mit«, sagte Irene nach kurzem Überlegen. »Warum sollen wir überhaupt von einem Hotel in ein anderes gehen? Nur, um auf Plüsch zu sitzen statt auf Plastik und für einen Drink das Dreifache zu zahlen?«

»Ihr müßt ja nicht mit. Bleibt doch ruhig hier in unserem gemütlichen Wartesaal.«

Das wollten wir nun doch nicht. Also Bügeleisen raus, die noch am wenigsten strapazierte Hose aufgedämpft, den kleinen Fleck auf der Bluse entfernt, mit fünf Stichen Irenes abgerissenen Knopf angenäht, Make-up ins Gesicht, mit zwei Tempotüchern die Schuhe geputzt – hohe Absätze würden besser passen, hatte ich aber nicht mit –, ein bißchen Spray in die Haare, nützte sowieso nicht viel, fertig.

Trotzdem kam ich mir vor wie eine arme Verwandte, als ich unsere aufgeputzten Mitreisenden an der Tafel sitzen sah – vom Cocktailkleid (Frau Terjung) bis zum goldenen Abendpullover (Claudia) war alles vertreten, was die bundesdeutsche Konfektion unter dem Oberbegriff Abendgarderobe zu bieten hatte.

»Wie aus'm Katalog für Übergrößen«, flüsterte Irene. »Bis auf wenige Ausnahmen haben doch alle ein paar Kilo zuviel drauf.«

»Wer im Glashaus sitzt …«

»Weiß ich ja«, räumte sie ein, »aber wenigstens stehe ich dazu und zwänge mich nicht in eine Wurschtpelle. Wenn Betti zu tief Luft holt, platzt die Seitennaht.«

Sie behielt recht. Zwar hatten Bettis Nähte gehalten, doch die übrigen Prophezeiungen stimmten. Ich saß auf schwellenden Polstern, bekam mein Glas von einem befrackten Kellner auf silbernem Tablett serviert, durfte dem gedämpft spielenden Bartrio lauschen und zahlte für das ganze Spektakel mehr als in den Vier Jahreszeiten in München. Ohne Trinkgeld! Und ohne Eiswürfel im Campari!

9

»Zieh dir bequeme Latschen an, und steck Heftpflaster ein«, empfahl Irene, »wir haben heute einen Marathonlauf vor uns!«

Richtig. Erst den Ölberg rauf und wieder runter inklusive Besichtigung einer unbekannten Anzahl von Kirchen, weil die da oben stehen wie Pilze nach einem Sommerregen, sodann Marsch durch die Altstadt, aber nicht zum Vergnügen, sondern wegen der Via Dolorosa.

Zehn Minuten Busfahrt bis Bethanien und hinein in siebenundzwanzig Grad Außentemperatur. Im Schatten! Wenn's doch wenigstens welchen gegeben hätte!

»Meinst du, es genügt, wenn wir bloß jede dritte Kirche mitnehmen?« fragte Irene, während wir gemächlich aufwärts schritten. »Ich bringe sowieso schon alle durcheinander.«

»Du hast doch gewußt, daß das hier eine christliche Reise ist, also beschwer dich nicht!«

»Tu ich ja gar nicht, doch mich begeistert nun mal die Landschaft mehr als diese ganzen sakralen Tempel. Wer kann denn heute noch mit Bestimmtheit sagen, ob ausgerechnet an dieser oder jener Stelle Lazarus von den Toten auferweckt worden oder Christus gen Himmel gefahren ist. Die Kirchen sind doch alle neueren Datums.«

Ihren ketzerischen Anwandlungen verdankten wir denn auch unseren Rausschmiß aus der Himmelfahrts-Kapelle. Mittelpunkt ist ein zentnerschwerer Steinbrocken mit einer Vertiefung, deren Umrisse – mit viel Phantasie und noch mehr gutem Willen! – einer Schuhsohle ähneln. Diesen

Abdruck soll Jesus hinterlassen haben, als er in den Himmel aufgefahren ist. Kommentar Irene, bedauerlicherweise etwas zu laut geäußert: »Da müßte er mindestens Schuhgröße siebenundfünfzig gehabt und eine Tonne gewogen haben. Ich kann mir nicht helfen, aber manchmal erscheint mir die Reliquienverehrung doch ein bißchen sehr fragwürdig.«

Woraufhin ihr Elena einen bitterbösen Blick zuwarf und Alberto sich bemüßigt fühlte, uns bis zum Ausgang zu begleiten. Übrigens beweist diese Kapelle, daß sich christlicher und islamischer Glaube durchaus tolerieren können. Obwohl es sich bei diesem Bau um eine Moschee handelt, dürfen Katholiken um die Himmelfahrtszeit dort Gottesdienste feiern. Auch nach islamischem Glauben ist Jesus gen Himmel gefahren – um Mohammed zu sehen!

Alle anderen Kirchen, Kapellen und Grotten haben wir nur noch von außen beguckt und dann ein Plätzchen gesucht, wo wir uns hinsetzen und den immer wieder faszinierenden Blick auf Jerusalem genießen konnten. Oder wir sind ein Stück über den alten jüdischen Friedhof gelaufen, der nur aus Steinen besteht. Kein bißchen Grün ist zu sehen, nur Grabplatten, zum Teil schon verwittert oder zersprungen, und Steine.

Statt Blumen legen die Angehörigen Steine auf das Grab, und spätere Besucher bringen auch einen mit. Mit den Jahren summiert sich das.

Wunderschön ist der Garten Gethsemane. Während die anderen – außer dem Huber-Sepp, der wohl inzwischen auch genug hatte – noch die russisch-orthodoxe Kirche und die Kirche der Nationen besichtigten, bestaunten wir die jahrhundertealten knorrigen Olivenbäume. Erst hier ist es mir gelungen, die Darstellungen in der Bibel mit dem Ort des Geschehens in Einklang zu bringen. Zwar weiß ich nicht, wie alt Olivenbäume werden können (ausnahmsweise hatte auch Irene keine Ahnung), doch die Vorstellung fällt nicht schwer, daß Jesus tatsächlich schon unter diesen Bäumen gebetet hat.

Noch eine Kirche, noch eine Grotte, dann hatten wir es endlich geschafft. Sogar Elena stöhnte und meinte, für die Via Dolorosa täten ihr einfach die Füße zu weh. Auch Frau Conrads verweigerte rundheraus ein weiteres Mitmarschieren. »Ich gehe lieber schlafen.«

Frau Marquardt war sofort einverstanden. Sie trug ohnehin schon einen unsichtbaren Heiligenschein, denn alles, was mit Religion zu tun hatte, fiel in ihren Bereich. Menachem beschränkte sich nur auf architektonische Besonderheiten und Geschichtszahlen. Er wußte immer ganz genau, wann und wie lange die Kreuzfahrer, die Türken oder sonstige Eindringlinge wo gehaust hatten. Er wußte aber auch, daß das Touristenkamel im Gegensatz zu seinen weniger strapazierten Artgenossen kein hohes Alter erreichen würde. »Das hier ist bestimmt schon das vierte, und so richtig kommt es hinten auch nicht mehr hoch.«

In Berlin kann man sich ebenfalls mit dem Symbol der Stadt fotografieren lassen, nur steckt in seinem Bärenfell meistens jemand vom Studentenhilfswerk. Das Jerusalemer Touristenkamel dagegen ist echt. Neben dem großen Parkplatz, wo die Busse ihre Fracht ausladen beziehungsweise auf die Rückkehr der erschöpften Ölbergwanderer warten, stehen ein mit prächtiger Schabracke und bunten Troddeln aufgezäumtes Kamel und sein nicht minder prächtig kostümierter arabischer Besitzer. Drum herum sind unzählige Interessenten, die erst auf das Kamel und dann fotografiert werden wollen. Die Kamera hat man selbst mitzubringen, für einen Platz auf dem Kamel muß man zahlen. Und das nicht zu knapp!

Um das Kamel herum, doch in gebührendem Abstand, damit sie den Fotografierwütigen nicht vors Objektiv stolpern, haben fliegende Händler ihre Stände aufgebaut – rein strategisch gesehen ein sehr günstiger Platz, denn die Wartenden müssen ja irgendwie beschäftigt werden. Aber in orientalischen Ländern ist es üblich, daß man feilscht. Bevor sich nun die Parteien auf einen für beide Teile akzeptablen Preis geeinigt haben, ist das Kamel endlich frei, woraufhin der potentielle Kunde sich von der beinahe echten Perserbrücke oder der Glaskugel mit dem Felsendom im Schneegestöber abwendet und – begleitet von den zwar unverständlichen, doch mimisch sehr ausdrucksvollen Verwünschungen des enttäuschten Verkäufers – das Kamel erklimmt.

Von unserer Gruppe hatten nur die Lodenschwestern und Betti diesen Wunsch. Nach längerem Zögern kletterte auch noch Ännchen hinter den Höcker. Heini filmte.

»Außer im Zoo hat er bestimmt noch nie so viele Kamele auf einmal im Bild gehabt«, murmelte Gregor. Heini nickte zustimmend.

Den wenig schmeichelhaften Kommentar hatte Ännchen zum Glück nicht gehört, denn *ein* verkrachtes Pärchen hatten wir ja schon. Uwe hatte heute früh seinen angestammten Platz am Frühstückstisch mit Verena getauscht, Betti wollte aber nicht neben Verena sitzen, also tauschte Gregor seinerseits mit Betti, und auf diese Weise hatte ich sie plötzlich neben mir gehabt. »Da hat's in der Nacht einen Mordskrach gegeben«, legte sie auch sofort los. »Ich habe ja nicht alles verstanden, aber die Claudia ist später heimgekommen als der Uwe, und der Jens hat erzählt, sie ist plötzlich weg gewesen.«

Nach dem relativ kurzen Abstecher in die gehobene Hotellerie waren die meisten in unsere wesentlich bescheidenere Herberge zurückgefahren, während die Unentwegten den Abend als gerade erst angefangen bezeichnet hatten und weitergezogen waren. Was nun genau passiert war, wußte Betti noch nicht, aber sie würde es bestimmt herauskriegen.

Staubig, fußlahm und ausgedörrt wankten wir ins Hotel. »Jetzt zwei Stunden in die Heia«, sagte ich freudig beim Anblick unseres Doppelbettes, hatte jedoch nicht Irenes Stehvermögen einkalkuliert.

»Schlafen kannst du, wenn wir wieder zu Hause sind. Nimm 'ne kalte Dusche, zieh dir was Frisches an, und dann gehen wir auf Entdeckungstour in die Altstadt.«

»Da zotteln wir morgen doch sowieso durch.«

»Ja, durch die Kirchen! Ich will aber endlich mal etwas anderes sehen!«

Genaugenommen wollte ich das auch, und überhaupt ist Schlafen nur eine dumme Angewohnheit. Napoleon ist mit vier Stunden pro Nacht ausgekommen, und der hat fremde Länder erst erobern müssen, bevor er sie besichtigen konnte. Allerdings hatte er ein Pferd gehabt, und das hatten wir nicht.

Eine halbe Stunde später tauchten wir, bewaffnet mit Stadtplan, Fotoapparat und Brustbeutel, in das Gewimmel der Altstadt. Den Teelöffel hatte Irene im Hotel gelassen, statt dessen hatte sie eine kleine Dose Abwehrspray in die Tasche gesteckt. »Blumen zum Ausbuddeln werde ich wohl kaum finden, doch falls uns jemand an die Wäsche will, bin ich gerüstet.«

Die Altstadt von Jerusalem betritt man immer durch eins der zahlreichen Tore, weil das ganze Areal von der alten Stadtmauer begrenzt wird. Sie ist noch erstaunlich stabil. Hat man dem Angebot der fliegenden Händler unter dem Torbogen widerstanden und auch um die ambulanten Geldwechsler einen Bogen gemacht, dann befindet man sich nach wenigen Schritten mitten im Orient. Insgeheim habe ich die ganze Zeit damit gerechnet, dem Kalifen Harun-al-Rashid zu begegnen oder wenigstens einer Sänfte mit einer verschleierten Prinzessin drin.

»Wo fangen wir denn jetzt an?«

Irene zog mich etwas zur Seite und entfaltete den Stadtplan. »Am besten links, da kommen wir zur Klagemauer und zum Tempelberg.«

Nach fünf Minuten hatten wir uns zum erstenmal verlaufen. Es gibt ja kaum Straßen, nur Gassen, die münden in andere Gassen, die nächste wird zum Gäßchen, dann kommt eine Art Mauerdurchbruch, man steht plötzlich in einem Hinterhof, kehrt erschrocken um, läuft zurück, verfehlt die richtige Gasse, rennt in die nächste, und fragt man jemanden nach dem Weg, dann spricht der kein Englisch.

Straßenschilder? Manchmal gibt es eins – in hebräisch. Oder vielleicht war es auch arabisch, ich kann beides nicht.

»Einen Kompaß hätten wir gebraucht statt dieses dämlichen Plans«, schimpfte ich, als wir wieder an einer Ecke standen und nicht wußten, wohin. »Kannst du dich noch an unsere Geländemärsche während der BDM-Zeit erinnern? Wo jetzt die Sonne steht, müßte Süden sein.«

»Isses ja auch, aber weißt du, in welcher Himmelsrichtung der Tempelberg liegt?«

»Im Osten! Sieh dir doch den Stadtplan an.«

»Richtig. Und wo stehen wir?«

»Dußlige Frage. Das wissen wir doch nicht.«

»Eben!«

Wie lange wir durch die zum Teil kaum zwei Meter breiten Gassen geirrt sind, kann ich nicht mehr sagen, doch endlich erreichten wir einen großen Platz, auf dem sich Touristengruppen ballten, Fotografen sich gegenseitig auf die Füße traten, Soldaten auf- und abmarschierten und Kinder schreiend durch die Gegend tobten. Hinter einer hohen Steinwand lugte eine goldene Kuppel hervor.

»Ich weiß nicht genau wie, aber ich hatte mir das alles ganz anders vorgestellt.« Einige Minuten lang hatten wir das Getümmel beobachtet, bevor wir uns auf den Platz wagten. »Die Klagemauer ist doch eines der bedeutendsten jüdischen Heiligtümer, aber jetzt geht's hier zu wie auf einem Rummelplatz. Und trotzdem stehen da drüben die Männer und beten. Verstehst du das?«

Irene verstand es auch nicht. Statt sakraler Stille Lachen und Stimmengewirr, von dem sich die Betenden jedoch nicht ablenken ließen. Das Gesicht den Steinen zugewandt, wiegten sie sich vor und zurück, dicht vor den Augen das Gebetbuch, auf dem Kopf den traditionellen schwarzen Hut oder – bei den Nichtorthodoxen – die Yarmulke.

Eigentlich hatten wir uns die dicken Quadersteine nur mal von nahem ansehen wollen, doch dann entdeckten wir in manchen Ritzen zusammengefaltete Papierstückchen. »Toter Briefkasten«, entschied ich sofort, Spionage, Konspiration ... schließlich waren wir in Jerusalem, wo man immer noch dabei war, sich gegenseitig die Köpfe einzuschlagen. War nicht erst vor zwei Tagen ein junger Israeli hinterrücks erschossen worden?

Nach vorsichtigem Rundumblick zupfte ich einen Zettel heraus und faltete ihn auseinander. »Jetzt sollte man hebräisch lesen können!«

»Steck sofort das Papier zurück!« befahl Irene. »Und komm bloß nicht auf die Idee, einen Kriminalroman schreiben zu wollen! Wahrscheinlich ist das hier nichts anderes als ein Spruch, ein Gebet oder etwas ähnlich Harmloses. Ein echter Spion würde seine Nachricht bestimmt an einem weniger öffentlichen Ort deponieren.«

»Eben nicht!« So schnell ließ ich mich von meiner Entdeckung nicht abbringen. »Vierte Reihe von unten, sechster Quader von links – wem würde es denn auffallen, wenn sich jemand an der Mauer zu schaffen macht???«

»Jetzt spinnst du wirklich!«

Davon überzeugte mich erst Menachem, den ich am nächsten Tag nach den geheimnisvollen Zettelchen fragte. »Das sind nichts anderes als schriftliche Bitten – um Gesundheit, um Frieden oder auch um den Sieg beim nächsten Basketballspiel. Wir Juden sind nämlich auch nicht immer nur fromm!«

Vor und auf der Rampe, die neben der Klagemauer auf den Tempelberg führt, drängten sich Menschenmassen. »Müssen wir denn jetzt da rauf?«

»Nee, müssen wir nicht«, sagte Irene sofort. »Der Felsendom gehört zum offiziellen Besichtigungsprogramm, also werden wir ihn morgen sowieso kennenlernen. Ich finde, für heute reicht es mit Kultur und Religion. Jetzt stürzen wir uns ins Vergnügen. Auf in den Basar – Souvenirs kaufen.«

Der Jerusalemer Basar ist noch größer, verwinkelter, unübersichtlicher als der von Akko, doch das war uns egal. Wir hatten genug Zeit, und irgendwann würden wir aus diesem Labyrinth auch wieder hinausfinden. Außerdem war es in den überdachten Gassen und vor allem in den Gewölben angenehm kühl.

Der ganze Basar ist eine Mischung aus Flohmarkt, Einkaufszentrum und Großmarkthallen. Neben armseligen Bretterbuden mit Ramschartikeln findet man richtige Geschäfte, deren Schaufensterauslagen mit denen in der Neustadt manchmal sogar konkurrieren können. Irene verliebte sich auch sofort in eine Kette, doch nach zwanzigminütigem Feilschen und achtzig Mark Preisnachlaß erschien sie ihr immer noch zu teuer. »Von wegen Handarbeit! Das einzig Handgefertigte daran ist das Preisschild.«

Danach hatte es ihr der Laden mit den Seidenstoffen angetan. »Sieh dir bloß diese Farben an! Wahnsinn.« Bedauerlicherweise waren die Stoffe nach überlieferten Rezepten handgefärbt und daher kostspielig. »Für den Preis kriege ich sie auch bei uns im KaDeWe«, wetterte sie, als wir das Geschäft verlassen hatten. »Ich habe bloß darauf gewartet, daß er uns noch erzählt, er würde die Seidenraupen selber füttern.«

Wir hatten die Ausläufer des Basars schon erreicht, als sie abrupt anhielt. Neben einer Art Höhle stand ein Tischchen mit Flaschen, große, kleine, ganz kleine, mal rund, mal eckig, angefüllt mit bunten Flüssigkeiten. »Was ist denn *das?*«

»Farben, Essenzen, Nagellack ... ist doch egal. Komm weiter, da drüben gibt es lauter Pfötchen.« Sie wollte nämlich auch Fatimas glückbringende Hand haben.

»Warte doch mal! Jetzt will ich es genau wissen.« Sie griff nach einem Flakon mit einer hellgrün schimmernden Flüssigkeit und entkorkte ihn. Sofort stieg uns ein süßlicher Geruch in die Nase. »Das ist Parfum!«

»Nein, danke, ich stehe nicht auf Moschus.«

»Dann vielleicht auf Rosenwasser?« Sie fischte eine rosa Flasche aus dem Sortiment und schnüffelte daran. »Riecht eigentlich mehr nach Jasmin. Probier mal!«

Ich tat es und fand, daß das Zeug weder nach Jasmin noch nach einer anderen Blüte roch, sondern ganz einfach stank.

»Das hier ist Rosenwasser«, sagte eine männliche Stimme in perfektem Deutsch. Hinter einem Vorhang kam erst ein Arm mit einer Flasche hervor, dann folgte der Rest. Der steckte in einem Pullover aus garantiert gewaltfrei geschorener Schafswolle, ausgeblichenen Jeans und war barfuß. Die langen Haare hatte er zu einem Pferdeschwanz gebunden, mit dem Bart ging das wohl noch nicht, da fehlten ein paar Zentimeter.

Verblüfft starrte ich den Späthippie an. Er mußte aus den frühen Siebzigern übriggeblieben sein. »Sind Sie Deutscher?«

»Ja. Überrascht dich das?«

»Ein bißchen schon. Im allgemeinen findet man die *vor* den Ständen und nicht dahinter. Gehört Ihnen der Laden?«

Darüber verweigerte er die Auskunft, vielmehr lud er uns ein, näher zu treten und einen Tee mit ihm zu trinken. »Ich habe gerade frischen aufgebrüht.«

Das Angebot klang verlockend, doch wir zögerten. Schließlich kannten wir diesen Menschen nicht, hatten keine Ahnung, was sich hinter dem schwarzen Vorhang verbarg, vielleicht eine Opiumhöhle, sofern es heutzutage noch welche gibt, und als Schlagzeile in der Bildzeitung wollte ich nun doch nicht herhalten. »Deutsche Touristin in Jerusalem erst betäubt und dann ausgeraubt!« oder so ähnlich. Zu rauben würde es zwar nicht viel geben, wir hatten ja nichts dabei, und überhaupt befanden wir uns in Blickweite von Fatimas mindestens zweihundert Händen. Was sollte uns also schon passieren können?

Der Hippie schob uns zwei Hocker hin, nahm selbst mit untergeschlagenen Beinen auf dem Boden Platz und eröffnete das Gespräch. »Ich heiße Bernhard und komme aus Friedrichshafen. Woher seid ihr denn?«

Irene sagte es ihm. Ach ja, Berlin. Da sei er auch schon gewesen, zwei Semester lang, habe sogar noch Rudi Dutschke gekannt.

»Wie kommen Sie von der Berliner Uni in den Basar von Jerusalem?«

Das sei eine lange Geschichte, erwiderte Bernhard abwinkend, gar nicht interessant, und überhaupt müsse er jetzt den Tee holen. Er verschwand hinter dem Vorhang und kam gleich wieder zurück mit einem Tablett, auf dem vier Tassen standen. Wieso vier? Wir waren doch nur drei.

Erneut öffnete sich der Vorhang einen Spalt breit, und heraus trat ... nein, das konnte doch nicht wahr sein!!! Unsere Goldlamé-Friseuse, eingehüllt in ein bodenlanges Gewand, ohne Schuhe, aber mit vier seltsam geschmiedeten Kettchen um den Hals. »Claudia!!! Was machen Sie denn hier?«

Sie sah uns genauso entgeistert an wie wir sie. »Von allen Leuten, die hier rumlatschen, muß Bernhard ausgerechnet Sie anschleppen!«

»Keine Angst, wir erzählen nichts«, versprach ich sofort. »Aber interessieren würde mich doch, was Sie hier eigentlich tun. Und weshalb diese Verkleidung? Beinahe hätte ich Sie nicht erkannt.«

Nach der zweiten Tasse Tee wußten wir, daß sich Bernhard und Claudia in der vergangenen Nacht kennengelernt hatten, denn »der Uwe hat den ganzen Abend rumgestänkert. Da bin ich weg, hatte aber nicht genug Geld für'n Taxi, den Weg wußte ich auch nicht, also hab ich einfach den Bernhard angehauen, der hat da so rumgestanden. Dann bin ich erst mal mit in seine Bude, die liegt fast am Weg. Dort haben wir Tee getrunken und die halbe Nacht gelabert. Ist nämlich Quatsch, dieser ganze Konsumterror und immer bloß arbeiten und so, da hat der Bernhard ganz recht, wenn er ...«

»Wie alt sind Sie eigentlich, Claudia?« unterbrach Irene den Redeschwall.

»Nächsten Monat werde ich zweiundzwanzig, aber mir stinkt's jetzt schon, jeden Tag von neun bis sechs im Laden zu stehen, und hinterher ist noch immer nicht Feierabend, weil ich erst die Kämme saubermachen muß und Handtücher zusammenlegen und aufräumen ...«

»Jawohl, Ausbeutung ist das«, bekräftigte Bernhard, »reine Ausbeutung. Du hast es doch nicht nötig, dich von anderen herumkommandieren zu lassen. Freiheit von allen Zwängen ist das einzig Wahre!« Dann forderte er seine Gespielin auf, neuen Tee zu kochen.

Zusammen mit der vierten Tasse Nana erfuhren wir, daß Bernhard neununddreißig Jahre alt (ich hätte ihn um mindestens zehn Jahre älter geschätzt) und vor drei Jahren ausgestiegen war. Erst ein bißchen relaxen in Griechenland, danach ein paar Monate Selbstbesinnung beim Guru in Indien – »hat aber nicht so richtig was gebracht« –, auf Umwegen nach Israel getrampt und hängengeblieben.

»Wovon leben Sie denn?« fragte Irene neugierig.

Er grinste. »Von Selim. Das ist mein Partner. Der braut die Duftwässerchen zusammen, und ich verscherbele sie. Schade, daß er nicht da ist. Er würde euch ein Parfum speziell nach euren Wünschen mixen. Der Junge hat wirklich was drauf.«

»Vielen Dank«, wehrte ich ab, »die Kostproben vor der Tür sind nicht so unbedingt mein Geschmack. Ich bleibe lieber bei Arpège.«

»Ich rede doch nicht von dem Zeug da draußen«, meinte er verächtlich. »Das kauft sowieso keiner, sind ja auch nur Köder. Wir haben ganz andere Sachen. Hier zum Beispiel.«

Aus dem hinter ihm stehenden Regal holte er ein Fläschchen mit einer hellgelben Flüssigkeit. Kaum hatte er den Stöpsel gezogen, hüllten uns Düfte ein, die ich mit tausendundeiner Kissenschlacht im Harem in Verbindung brachte.

»Viel zu schwer.« Nach Luft japsend, drückte ich schnell den Stöpsel auf die Flasche.

»Wie wäre es dann mit dem ›Geheimnis der Wüste‹?« Ein lila Flakon kam auf den Tisch, wurde entkorkt, etwas davon auf unsere Handgelenke getropft, und dann versuchten wir, das Geheimnis der Ingredienzen zu lüften. Dem Geruch nach mußten sie aus Sumpfpflanzen oder verwelkten Friedhofsblumen bestehen. »Lieber nicht, zu intensiv.«

»Ihr müßt bedenken, daß das ja nur Essenzen sind, die man noch mit Alkohol verdünnen muß.« Ich bedachte es und lehnte trotzdem ab. Eigentlich, so erinnerte ich mich dunkel, bevor mir die nächste Odeur-Offensive die Sinne raubte, wollte ich gar nichts kaufen. Ich hatte ja nur Tee trinken wollen. Jetzt saß ich vor der fünften Tasse und vor mittlerweile elf Duftkompositionen und hatte noch immer nichts gefunden, was ich eventuell einer weniger sensiblen Nase als meiner hätte zumuten können. Nicht mal meine Putzfrau, sonst dankbare Abnehmerin sämtlicher Probierfläschchen aus Drogistenbeständen, hätte sich mit diesem Zeug beträufelt.

»Haben Sie nicht etwas Frisches, Jugendliches?« Frau Ranitz hat zwar die Fünfzig überschritten, zieht jedoch mit Vorliebe die Klamotten ihrer sechsundzwanzigjährigen Tochter an. Beide wiegen so um die hundertfünfzig Pfund, deshalb klappt es auch problemlos mit der Größe.

Natürlich hatte Bernhard auch etwas für jüngere Leute. Es roch sehr stark nach Orangenblüten, war jedoch nicht so widerlich süß wie das ganze andere Zeug. »Wenn Sie mir die Essenz etwas verdünnen, nehme ich ein Fläschchen.«

»Mach ich doch glatt. Wieviel willst du denn? Einen Liter, zwei ...?«

»Soll ich drin baden?« Seit wann kauft man Parfum literweise? »Zehn, höchstens fünfzehn Kubikzentimeter sind mehr als genug.«

»Für mich bitte auch«, bestellte Irene. »Janka liebt Parfums. Am meisten liebt sie Soir de Paris. Wenn sie gegangen ist, muß ich immer erst sämtliche Fenster aufreißen. Vielleicht kann ich sie zu Orangenblüten bekehren.«

Die Wahrscheinlichkeit, daß unsere beiden Perlen sich jemals über den Weg laufen würden, war äußerst gering, und so hatten wir auch keine Bedenken, beiden das gleiche Präsent mitzubringen.

Bernhards Augenmaß war nicht das beste. Was er uns nach zwanzig Minuten geheimnisvollen Wirkens hinter dem Vorhang präsentierte, waren zwei Viertelliterflaschen mit einem ölig schimmernden Inhalt. »Ist 'n bißchen mehr geworden, aber ihr kriegt auch einen Vorzugspreis.«

Er war gar nicht so hoch, wie wir befürchtet hatten, und berücksichtigt man die elf Tassen Tee – Irene hatte noch eine sechste geschafft –, dann konnte man ihn sogar als äußerst günstig bezeichnen. Das kleine Fläschchen Lotosblüten-Extrakt, zum Freundschaftspreis von lächerlichen elf Mark, bekam ich noch als Draufgabe. Daß er genau im Verhältnis zum Rabatt mit Wasser verdünnt war, merkte ich erst zu Hause.

Mit dem Ausdruck gegenseitiger Hochachtung und dem Versprechen, über Claudias Aufenthaltsort Stillschweigen zu bewahren, sofern sie am nächsten Morgen im Hotel sein würde, trennten wir uns.

Draußen dämmerte es bereits, doch mit Hilfe des Zettels, auf dem Bernhard den kürzesten Weg zum Damaskus-Tor aufgemalt hatte, fanden wir schnell aus dem Labyrinth heraus. Auf dem Weg zum Hotel trafen wir Verena.

»Wollen Sie mal sehen, was ich auf dem Basar gekauft habe?« Aus ihrer Jutetasche zog sie eine Flasche mit einer ölig schimmernden Flüssigkeit. »Riechen Sie mal!«

Das brauchte ich gar nicht, der Inhalt war mir nur zu bekannt. »Das Zeug war doch bestimmt sehr teuer?«

»Überhaupt nicht«, meinte sie fröhlich und nannte eine Summe, die genau die Hälfte von dem betrug, was wir bezahlt hatten.

»Jetzt ist mir auch klar, wovon dieser Bernhard sein Leben fristet«, sagte Irene zähneknirschend. »Er kriegt so eine Art orientalische Gimpel-Provision als Anerkennung für seine Lockrufe, mit denen er unbedarfte Vögel wie uns ins Netz treibt.«

Nach dem Schlummertrunk in der Bar, untermalt von hebräischen Nachrichten und einer Viertelstunde indischem Liebesfilm mit arabischen Untertiteln, gingen wir schlafen.

Erst am nächsten Morgen merkten wir, daß es im Zimmer

roch, als wäre die gesamte Schaufensterauslage einer Parfümerie darin zusammengebrochen. Genaugenommen roch das halbe Hotel danach. Auch unsere Mitreisenden hatten den verführerischen Düften des Orients nicht widerstehen können.

10

»Ab morgen sind wir pünktlich«, sagte ich zu Irene, nachdem wir mit der schon traditionellen Verspätung das Geschnatter am Frühstückstisch unterbrochen hatten. »Wir kriegen ja überhaupt nichts mehr mit. Wieso sind jetzt schon drei Plätze frei geblieben? Gestern war's doch bloß einer.«

Das wußte Betti ganz genau. Hanni Ihle liege im Bett. Ein Arzt sei bereits verständigt worden. »Die hat was Falsches gegessen, ist ja ganz klar. Ihr Mann hat gesagt, daß sie in einem arabischen Restaurant gewesen seien, wo man doch bestimmt keine Hygiene kennt. Jetzt hat sie Krämpfe und kommt nicht mehr von der Toilette runter. Selber schuld, sage ich immer, Schuster bleib bei deinem Leisten. *Mir* könnte so etwas nie passieren, ich esse nur europäisch.« Sprach's und schaufelte Oliven auf ihren Paprika-Quark. Emsig kauend, redete sie weiter: »Aber das mit der Claudia ist ein Skandal. Jawohl, ein Skandal ist das! Kommt sie doch vorhin an, packt ihre Tasche und sagt, daß sie nicht weiter mitfährt. Hierbleiben will sie, bis wir zurückfliegen, vielleicht auch länger, das weiß sie noch nicht genau. Der Uwe ist ganz durcheinander deswegen.«

Diesen Eindruck hatte ich allerdings nicht. Zumindest schien ihm seine abtrünnige Freundin nicht auf den Magen geschlagen zu sein. Er löffelte Müsli und trank Bier dazu.

»Ich verstehe gar nicht, wie Frau Marquardt das erlauben kann«, fuhr Betti fort. »Sie müßte doch ...«

»Was hätte sie denn tun sollen? Das Mädchen ist volljährig.«

»Das ist egal, so etwas gehört sich einfach nicht. Wenn das meine Tochter wäre ...«

Ich habe nie erfahren, was Betti mit ihrer Tochter gemacht hätte, wahrscheinlich entmündigen lassen. Frau Marquardt kam nämlich zur Berichterstattung, und sofort wurde es mäuschenstill.

»Unserer Patientin geht es schon etwas besser. Der Arzt war da, hat ihr eine Spritze gegeben, und Menachem holt gerade die Medikamente aus der Apotheke. Übrigens hat Frau Ihle zugegeben, trotz meiner Warnung bei einem der fliegenden Händler einen obskuren Saft getrunken zu haben. Wahrscheinlich ist das die Ursache ihrer Beschwerden. Deshalb nochmals meine Bitte: Wenn Sie sich etwas zu trinken kaufen, nehmen Sie nur verschlossene Flaschen oder Dosen, obwohl man auf letztere lieber verzichten sollte. Auch Israel hat sein Müllproblem.

Was unsere Ausreißerin betrifft, so kann ich nur sagen, daß diese Situation auch für mich völlig neu ist. Claudia hat mir klipp und klar eröffnet, daß sie noch ein paar Tage in Jerusalem bleiben möchte und bereits eine Unterkunft habe. Zum Rückflug komme sie allein nach Tel Aviv. Ich habe ihr die Anschriften und Telefonnummern aller Hotels gegeben, in denen wir noch übernachten werden, so daß sie notfalls weiß, wo sie uns erreicht. Mehr kann ich nicht tun. So, das waren die aktuellen Neuigkeiten. Jetzt sollten wir uns auf den Weg machen, es ist ohnehin reichlich spät geworden.«

Beifälliges Nicken, dann zog die Herde schnatternd zum Ausgang.

»Ich glaube, jetzt müssen wir doch mit der Sprache heraus«, sagte ich leise zu Irene. »Frau Marquardt sollte wissen, wo wir Claudia aufgegabelt haben.«

Sie war uns auch dankbar dafür. »Würden Sie den Laden wiederfinden?«

»Na ja, vielleicht«, antwortete ich. Dann fiel mir Bernhards Skizze ein. »Hast du die Wegbeschreibung schon weggeworfen?« fragte ich Irene.

»Ja, in den Papierkorb.«

»Dann muß sie noch drinliegen. Ich hole sie.«

Der Abmarsch verzögerte sich um weitere fünf Minuten, doch schließlich trabten wir davon. Zuerst in die St.-Anna-Kirche, einen mächtigen Bau aus der Zeit der Kreuzfahrer, der wohl nur deshalb die Jahrhunderte unbeschädigt überstanden hat, weil er entgegen seiner ursprünglichen Bestimmung siebenhundert Jahre lang eine Moschee gewesen ist. Es ist ja auch gar nicht so wichtig, ob man darin zu Gott oder zu Mohammed gebetet hat, der strengen Schönheit dieses romanischen Gebäudes tut das keinen Abbruch. Wenn ich ehrlich bin, dann hat mir diese Kirche von allen christlichen Stätten am besten gefallen, obwohl sie doch überhaupt nicht prunkvoll ist.

»Wir kommen jetzt zur ersten Station der Via Dolorosa, nämlich zu dem Ort, an dem Jesus von Pontius Pilatus zum Tode verurteilt worden ist«, dozierte Frau Marquardt, »allerdings ...«

»Ach, könnten wir wohl einen Moment anhalten?« Anneliese stellte ihre Tasche ab und begann darin herumzukramen. Schließlich hatte sie das Gesuchte gefunden. »Hier, Waltraud, nimm mal!« Zum Vorschein kamen zwei ovale Häkeldeckchen, wie man sie früher als Schoner auf die Polstermöbel legte. Meine Großmutter väterlicherseits besaß auch solche Dinger, übrigens zum ständigen Ärger meines Großvaters, der immer mit den Ärmelknöpfen daran hängengeblieben ist.

»So, es kann weitergehen«, kommandierte Anneliese, nachdem sie sich und ihrer Schwester ein Deckchen aufs Haupt gelegt hatte. Erst jetzt fiel mir auf, daß Elena eine schwarze Mantille trug und die Huber-Maria einen Tüllschal.

Auch Frau Terjung ging bedeckt, kleines Hütchen mit kurzem Schleier.

Statt der erwarteten Kirche befindet sich an der ersten Station der Via Dolorosa eine arabische Schule.

»Na, da kann i net beten«, sagte die Huber-Maria. Das tat sie erst bei der zweiten Station, wo ein Franziskanerkloster steht. An der dritten befindet sich eine Kapelle, an der vierten eine Kirche. Jeweils kurze Andacht derer, die das Bedürfnis danach hatten. Die meisten hatten es nicht.

Auf dem Weg zur fünften Station packte Elena das helle Entsetzen. Wir marschierten nämlich mitten hinein in den Basar. Und richtig, an einer Ecke, kaum erkennbar und genau gegenüber von einem Laden mit Handtuchhaltern und Klobrillen entdeckten wir ein Hinweisschild: Via Dolorosa.

Von nun an wurden wir nur noch vorwärts geschoben. Sammelpunkt war immer die nächste Kapelle, kaum auszumachen zwischen all den Krimskrams- und Trödelläden. Pilgergruppen zwängten sich durch das Menschengewimmel, eine Ordensfrau versuchte vergeblich, den Anschluß an ihre weiter vorne laufenden Mitschwestern zu finden, obwohl sie sich wenigstens an den wippenden Hauben orientieren konnte, ein Vorteil, den ich leider nicht hatte. Jedenfalls stand ich plötzlich allein da, soweit man inmitten einer Menschentraube allein sein kann. Ich sah kein Häkeldeckchen mehr, keine Mantille, nicht mal Frau Terjungs Hut, dafür Kopftücher in allen Farben und direkt vor mir einen dicken Mann, der mir erst auf die Füße trat, bevor er sich umdrehte. »'tschuldigung, äh ... Pardon.«

»Macht nichts«, sagte ich höflich, obwohl es mir doch etwas ausmachte, denn er trug solide Straßenschuhe und ich nur Sandalen ohne Strümpfe. »Suchen Sie jemanden?«

Er hatte sich nämlich auf einen Mauervorsprung gestellt und äugte aus fünfzig Zentimeter Höhe auf das Gewimmel. »Suchen tu ick schon lange, bloß finden kann ick keenen. Irjendwo is mir meen Verein abhanden jekommen.«

»Mir auch.«

»Is ja ooch keen Wunda bei det Jedrängel hier. Ick hab bloß mal in den Laden mit de T-Shirts jeguckt, und schon war'n se alle weg. Det wär ja nich weita schlimm, in't Hotel finde ick ooch alleene, aba nach die Besichtigung von die letzte Kirche jeht's noch weita. Mit'm Bus in die Wüste, abends erst zurück. Da wär ick ja nu jern mitjefahr'n.«

Das konnte ich ihm nicht verdenken. Ein kleiner Spaziergang barfuß durch weichen Sand mit viel Weite drum herum – im Moment nur eine schöne Fata Morgana. Die Realität dagegen bestand aus Kopfsteinpflaster, von dem man vor lauter Füßen kaum etwas sah, und aus Geschäften rechts und links, die nicht mal Devotionalien anboten. Zumindest das hätte man auf der Via Dolorosa doch erwarten können.

»Was halten Sie davon, wenn wir uns zur Grabeskirche vorarbeiten?« schlug ich dem immer noch auf seinem Stein herumturnenden Mann vor. »Soviel ich weiß, ist das die Endstation der Pilgerstraße. Da finden Sie Ihre Gruppe bestimmt, und meine wird wohl inzwischen auch angekommen sein.«

»Jrabeskirche?« Ächzend hüpfte der Dicke von dem Mäuerchen. »Is det dieser fürchterliche Kasten, wo die Straße bergauf jeht?«

»Keine Ahnung, ich bin noch nicht dagewesen.«

»Na, denn hab'n Se wat versäumt. So 'ne verschachtelte Kirche hab' ick noch nie jesehn. Da weeß man schon von außen nich, wie det allet zusammenjehört. Nu bin ick richtich neujierig, wie det drinnen aussieht. Ick jloobe, da valooft man sich.«

Darin hatte ich ja schon Übung. Trotzdem entschloß ich mich, die allzu belebte Via Dolorosa zu verlassen, um auf einer der parallel laufenden Gassen besser voranzukommen. Weiter oben würde ich auf einer Querstraße wieder auf den ursprünglichen Weg zurückgehen. Soweit die Theorie.

In der Praxis standen wir plötzlich vor dem Jaffa-Tor, zu dem wir gar nicht gewollt hatten, doch dann hatte mein Begleiter, wie ein Hündchen hinter mir hertrottend, die Erleuchtung. »Det kenn ick wieda! Nu müssen wa halbschräg nach links, da muß et sein.«

Und da war es auch, das riesige Bauwerk, halb Kirche mit Turm, halb Moschee mit Kuppeln, ein bißchen romanisch, ein bißchen gotisch, ein bißchen überhaupt kein Stil – hier ein eckiger Anbau, da ein Rundbogen, kleine Fenster, zum

Teil von Schießschartengröße –, das Ganze ähnelte mehr einer Festung als einer Kirche.

Während sich Herr Pimkow auf die Suche nach seiner Reisegesellschaft begab, hatte ich die Meinen sofort entdeckt. Allem Anschein nach waren sie eben erst angekommen, denn Menachem erzählte gerade Einzelheiten über die Entstehung des Bauwerks. Kaiser Konstantin (ich weiß bloß nicht mehr, welcher, es hat ja einige gegeben) hatte die römischen Tempel abreißen und würdigere Stätten errichten lassen, so auch eine Basilika, die allerdings im 12. Jahrhundert zerstört wurde. Dann kamen die Kreuzfahrer – natürlich, wer sonst?! – und bauten eine neue. Die wiederum fiel einem Feuer zum Opfer, woraufhin ein weiterer Rundbau entstand, an den immer wieder irgendwo etwas angebaut wurde.

Von zerstörten und neu errichteten Gotteshäusern hatten wir im Laufe unserer Fahrt schon genug gehört, doch die komplizierten Besitzverhältnisse dieser Grabeskirche waren ein Novum für uns.

Bisher war ich immer der Ansicht gewesen, eine Kirche sei Eigentum desjenigen, der ihren Bau veranlaßt hat – also der Kölner Dom der katholischen Kirche, die Westminster-Abtei der anglikanischen und so weiter. Die Jerusalemer Grabeskirche dagegen gehört verschiedenen Konfessionen, deren Anteile sogar in Prozentzahlen festgelegt sind. Den größten Teil beanspruchen die Griechisch-Orthodoxen, gefolgt von der römisch-katholischen Kirche. Ein paar Prozent haben auch die Armenier, die Kopten, die Syrer und die Abessinier. Vermißt habe ich nur die Protestanten, bis mir einfiel, daß es die damals ja noch gar nicht gegeben hat. Weil sich nun aber die Vertreter der einzelnen Konfessionen häufig in den Haaren liegen, oft nur wegen unbedeutender Kleinigkeiten, hat man vor über hundert Jahren die Schlüsselgewalt über diese Kirche in die Hände moslemischer Familien gelegt. Eine wahrhaft salomonische Entscheidung!

Über das Innere möchte ich mich lieber nicht äußern. Es gibt zu viele Kapellen, in die man hinauf-, und zu viele

Grabkammern, in die man hinuntersteigen muß, gar nicht zu reden von den unzähligen Altären, deren Ausgestaltung mit zum Teil indirekter Beleuchtung oder bunten Lichterketten doch sehr eigenartig wirkt. Nicht mal Elena fühlte sich angesprochen. »Das ist einfach zuviel des Guten.«

Die Huber-Maria kam auch wieder ins Schwimmen. »Schildle hätten's aufstellen müssen, wo man weiß, daß man vor dem richtigen Altar steht.« Die mitgebrachte Kerze spendete sie den Griechisch-Orthodoxen. Bei den Katholiken waren wir schon vorbei, und Maria glaubte nicht, daß sie den Altar wiederfinden würde.

Endlich draußen, sprach mir Ännchen zum erstenmal aus der Seele. »Des isch do drin wie bei uns of'm Stuagarder Weihnachtsmarkt, wo mä von Ständle zu Ständle geht und alles oguckt. Bloß des do koi Musisch do war.«

»Wo ist denn Menachem abgeblieben?« Seit seinem Vortrag über die Entstehung der Kirche hatte ich ihn nicht mehr gesehen.

»Der ist Kaffee trinken gegangen«, sagte Frau Marquardt, »und wenn es nach mir ginge, würde ich am liebsten das gleiche tun.« Ein sehr vernünftiger Vorschlag, gegen den auch niemand etwas einzuwenden hatte. »Dann treffen wir uns in einer Stunde wieder an dieser Stelle.«

»Wo kriege mä denn jetzt än Kaffee?«

Das allerdings fragte ich mich auch. Cafés, wie wir sie kennen, findet man in Jerusalem nur in der Neustadt, sonst gibt es die als »Bar« bezeichneten Etablissements, die zwar keine sind, bei Uneingeweihten jedoch falsche Vorstellungen erwecken. Das ist so ähnlich wie in Italien. Jede Pinte, in der eine Espressomaschine steht, heißt Bar.

Der Troß schwenkte nach links, weil Herr Terjung sich erinnerte, dort irgendwo Tische und Stühle gesehen zu haben, Irene zog mich nach rechts. »Ich hab da gestern etwas entdeckt. Wenn ich mich nicht sehr irre, ist das ein Restaurant gewesen.«

Wieder tauchten wir in ein Gewirr von Gäßchen, dann ging es eine Treppe hinauf, und dort, umgeben von uralten

Mauern und Blumenkübeln, standen auf einem Hof Tische mit bunten Sonnenschirmen.

Während wir auf unseren Tee und die Omeletts warteten, wollte Irene wissen, weshalb ich vorhin so plötzlich verschwunden gewesen sei.

»Ich war nicht verschwunden, ihr habt mich ganz einfach vergessen!«

Auf einmal lachte sie laut los. »Du hast richtig was versäumt! Heini hat jede Kapelle und jeden Gedenkstein auf der Via Dolorosa fotografiert; wie er das bei dem Gedränge geschafft hat, ist mir sowieso ein Rätsel. Jedenfalls ist er bei dem Versuch, den richtigen Blickwinkel zu finden, immer weiter rückwärts gegangen und schließlich in einem Berg von Kochtöpfen gelandet. Was dann kam, war die perfekte Demonstration einer Kettenreaktion. Die übereinandergetürmten Pötte kippten nach hinten gegen ein Regal mit Blechtellern, das knallte an ein Brett, auf dem lauter Kupferkannen standen, die sind natürlich alle quer durch den Laden gesegelt, und eine davon ist in einer großen Zinkwanne gelandet. Da lagen aber haufenweise Plastikfrösche drin, du kennst ja dieses Kinderspielzeug sicher auch, und die Dinger haben in der Wanne verrückt gespielt und sind überall herumgehüpft. Du kannst dir nicht vorstellen, was da losgewesen ist! Erst der Höllenkrach, dann der empörte Ladenbesitzer, der gleich nach der Polizei gebrüllt hat, Heini wie ein gestrandeter Maikäfer zwischen dem ganzen Blechkrempel und davor eine grölende Menschenmenge.«

»Ist viel kaputtgegangen?«

»Überhaupt nichts, war ja alles aus Metall. Ich könnte mir allerdings vorstellen, daß es Beulen gegeben hat. Heini hat auch eine. Mitten auf der Stirn! Zum Glück ist ihm nur ein Blechteller draufgeknallt!« Irene fing schon wieder an zu kichern. »Ännchen hat ihren Mann bereits im Gefängnis gesehen, aber Menachem hat die Sache wohl hinbiegen können. Jedenfalls hat Heini ein paar Scheine aus der Tasche gezogen, Ännchen hat aus lauter Dankbarkeit eine Vase gekauft, ein selten scheußliches Stück, und Gregor hat ohne Ende fotografiert.«

»Warum passiert so etwas immer dann, wenn ich nicht dabei bin?«

»Du hättest eben nicht auf Männerfang gehen dürfen. Oder wer war die Kugel, die vorhin neben dir hergerollt ist?«

»Auch ein Verlorengegangener. Wir haben uns bloß gemeinsam auf die Suche gemacht.«

Die Omeletts kamen, dazu zwei große Salatteller und ein Körbchen mit dem unerläßlichen Fladenbrot.

»Sitzen wir jetzt eigentlich in einem jüdischen oder in einem arabischen Lokal?«

»Keine Ahnung«, sagte Irene, »ist doch auch völlig wurscht. Mir schmeckt's.« Sie fing schon wieder an zu lachen. »Ist dir auch aufgefallen, daß in Betti mütterliche Instinkte erwacht sind? Ganz offensichtlich hat sie unseren Bonsai-Rambo unter ihre Fittiche genommen. Uwe hier und Uwe da. Paß auf, morgen früh schmiert sie ihm die Butterstullen.«

Am liebsten wäre ich in dieser stillen Oase noch ein Weilchen sitzen geblieben, doch Irene drängte zum Aufbruch. »Nach so viel Christentum freue ich mich jetzt richtig auf den moslemischen Teil des Tages.«

Der war aber noch gar nicht dran. Erst kam die Klagemauer. Und die war abgesperrt. Transportable Zäune riegelten das ganze Areal vor der Mauer ab. Innerhalb des großen Gevierts drängten sich Menschen um kleine weiß gedeckte Tische, und außerhalb des Zaunes standen noch mehr Leute, die meisten mit Fotoapparaten vor'm Gesicht.

»Was ist denn hier los?« wunderte sich Jens. »Picknick mitten in der Stadt?«

»Nein, Bar-Mizwa-Feier«, erläuterte Menachem. Das sei so etwas Ähnliches wie unsere Konfirmation, bei der die jungen Menschen in die Gemeinschaft der Erwachsenen aufgenommen werden.

Da standen sie nun vor den einzelnen Tischen, die etwa zwölfjährigen Kinder in ihren Sonntagsanzügen mit Gebetsschal und -riemen, neben sich ihren Rabbiner, drum herum die männliche Verwandtschaft – die weibliche muß draußen bleiben –, und beteten endlose hebräische Texte herunter. Man sah ihnen richtig die Erleichterung an, wenn sie es geschafft hatten, ohne hängenzubleiben.

»Wieso sind dort nur Jungs zu sehen?«

Bar-Mizwa sei eine Feier lediglich für Knaben, sagte Menachem. Das fand ich ungerecht. »Noch nie etwas von Gleichberechtigung gehört?«

Er grinste. »Als dieses Ritual festgelegt wurde, gab es noch keine Emanzipation.«

»Aber sonst habt ihr sie doch! Eure Mädchen müssen zum Militär, unsere nicht.«

»Wir leben auch immer im Krieg. Ihr nicht.«

Was soll man dem entgegenhalten?

Die unterschwellige Angst vor Ausschreitungen bekamen wir zu spüren, als wir über die Rampe auf den Tempelberg wollten. Auf halber Höhe hielten uns bewaffnete Soldaten an. Handtaschenkontrolle. Am längsten dauerte sie bei Betti, weil die immer eine halbe Apotheke mit sich herumschleppte, zum Teil in artfremden Behältnissen, und die mußten erst genau überprüft werden. Endlich durften wir passieren.

Der Felsendom. Hundertmal auf Fotos gesehen, kaum weniger häufig auf der Mattscheibe, doch was sind schon Abbildungen gegen das Original. Es ist zweifellos das schönste Bauwerk von Jerusalem. Dagegen mutet die El-Aqsa-Moschee direkt ärmlich an, zumindest von außen – ein zwar riesiger, doch schmuckloser rechteckiger Bau, der erst im Innern seine Schönheit entfaltet. Säulen trennen die einzelnen Schiffe, darüber erheben sich Arkaden, ergänzt von jahrhundertealten Mosaiken. Dicke Teppiche bedecken den Boden.

Vor dem Betreten der Moschee hatte es eine Debatte gegeben, ob man nun die Schuhe ausziehen müsse oder nicht. »Natürlich müssen wir«, hatte Irene gesagt. »Kein Moslem betritt eine Moschee mit Schuhen, also tun wir es auch nicht.«

»Awer mir senn doch koi Moslemische.«

»Trotzdem sollten wir die hiesigen Sitten respektieren.«

»Awer die Fieß brauche me net zu wäsche, oder? Moine senn sauber.«

Meine waren es nicht. Wenn man stundenlang mit offenen Schuhen herumläuft, nehmen die Füße mit der Zeit einen Farbton an, der sich vom Straßenbelag kaum unterscheidet. Allerdings hatte ich Hemmungen, meine dreckigen Beine in den Reinigungsbrunnen zu stecken, der doch wohl nur rituellen Fußwaschungen dient. »Laß es«, meinte Irene, »bis du in der Moschee bist, sieht man von deiner Waschorgie sowieso nichts mehr.«

Menachem war in seinem Element. Nach Besichtigung der beiden Bauwerke schleppte er uns auf dem Tempelberg von einer antiken Stätte zur nächsten, und es gibt eine Menge davon. Namen flogen uns um die Ohren (wer, um alles in der Welt, waren denn die Fatimiden???), Jahreszahlen, die man sowieso gleich wieder vergißt, Jebusiterkönig Arauna, Kalif Omar Abd-el-Malik ... alles schwappte an mir vorbei, während ich oben auf der Treppe stand und zum Ölberg hinüberschaute.

»Ich kann nicht mehr!« Irene ließ sich auf die oberste Stufe plumpsen und streckte die Beine weit von sich. »Das alles muß ich zu Hause mal in Ruhe nachlesen, jetzt ist mein Kopf zu. Eben bin ich mir wieder vorgekommen wie im Geschichtsunterricht, dabei habe ich mir schon damals keine Zahlen merken können. Ich erinnere mich bloß noch an die eine: Drei drei drei = bei Issos Keilerei.«

»Die Schlacht hat doch überhaupt nichts mit Jerusalem zu tun.«

»Weiß ich ja, aber es ist die einzige, die ich behalten habe.«

Es dauerte lange, bis Menachem merkte, daß er nur noch zwei Zuhörer hatte, nämlich Herrn Terjung und den Huber-Sepp. Alle anderen hockten im Schatten, verpflasterten ihre strapazierten Füße oder kühlten sie sogar in einem der Fußwaschbecken. Kopfschüttelnd beobachtete Irene das unheilige Treiben. »Halt ja den Mund!« warnte ich, »solange sie nicht darin baden ...«

Frau Marquardt rief ihre Herde zusammen und erläuterte das weitere Programm. Geplant war ein Ausflug zu einem Kloster, bei dessen Gründung auch wieder die Kreuzfahrer mitgemischt hatten, doch wer lieber in Jerusalem bleiben wolle, könne das selbstverständlich tun. An dem Kloster war niemand interessiert, an einem freien Nachmittag, den die meisten im Bett zu verbringen gedachten, alle. Mit individuellen Tips versehen, wo man essen, trinken, kaufen, besichtigen, baden oder sein Geld verspielen kann, wurden wir entlassen.

»Geht mit Gott, aber geht!« seufzte Frau Marquardt leise, nachdem sie der Huber-Maria den Weg zum Devotionalien-Geschäft erklärt hatte.

»Sie glauben wirklich, dort kriag i was Schönes für den Herrn Pfarrer? Dös Jordanwasser ist doch mehr für alle, aber i tät halt gern noch was Persönlich's mitbringe.«

Frau Marquardt nickte nur, dann zog sie uns zur Seite. »Ich bin vorhin bei dem Parfümladen gewesen, weil ich noch mal mit unserer Abtrünnigen reden wollte. Leider waren sämtliche Schotten dicht.«

Ich wunderte mich. »Gibt es denn hier keine geregelten Öffnungszeiten?«

Sie sah mich groß an. »Auf einem Basar???«

Na gut, mit den orientalischen Gepflogenheiten war ich wohl doch noch nicht so vertraut. »Was werden Sie denn mit Ihrem freien Nachmittag machen? Auch bummeln?«

»Du lieber Himmel, nein«, sagte sie lachend. »Erst werde ich mich zwei Stunden aufs Ohr legen, dann fahre ich zu Freunden nach Jericho.«

»Jericho? Kommen wir morgen nicht sowieso dorthin?«

»Deshalb ja. Da hat es gestern anscheinend wieder mal Probleme mit den Arabern gegeben. Jedenfalls ist das Militär in erhöhte Alarmbereitschaft versetzt worden. Nun will ich abchecken, ob wir uns überhaupt hinwagen können. Sollte die Luft bleihaltig geworden sein, müssen wir das Programm ändern.«

Ich empfahl ihr die Mitnahme einer kugelsicheren Weste und eines weißen Handtuchs, mit dem sie im Bedarfsfall ihre friedlichen Absichten signalisieren könnte.

»Ich miete einen Wagen mit arabischen Kennzeichen.«

»Es ist ja auch egal, ob Sie von einer israelischen oder einer palästinensischen Kugel getroffen werden, die Wirkung wird wohl die gleiche sein.«

»Bisher hat mich noch keine erwischt«, meinte sie gleichmütig. »Ich liebe zwar dieses Land, aber ich möchte nicht unbedingt hier begraben werden.«

Wir hatten uns schon verabschiedet, als mir noch etwas einfiel. »Eine Frage noch: Werden Sie am gemeinsamen Abendessen teilnehmen und im Hotelbett übernachten, oder sorgen Sie wieder für das morgige Gesprächsthema? Ich frage nicht aus Neugier, doch ich könnte mir vorstellen, daß Anneliese bei Ihrem Nichterscheinen für den Beerdigungskranz sammeln wird. Oder weiß niemand, was Sie vorhaben?«

»Das weiß wirklich keiner. Und Sie wissen es auch nicht!«

»Ich habe verstanden. Aber gesetzt den Fall, Ihnen passiert tatsächlich etwas?«

»Dann erfahren Sie es morgen in den Nachrichten.« Sie verschwand zwischen zwei Säulen und ließ uns etwas verwundert zurück.

»Bist du eigentlich sehr müde?« Sehnsüchtig sah Irene zum Felsendom hinüber.

Natürlich war ich nicht müde! Mir taten zwar die Füße weh, vorhin wäre ich auf der Bank beinahe eingeschlafen, mir war heiß, Durst hatte ich auch, doch meine unerschütterliche Freundin schien gegen körperliche Unzulänglichkeiten gefeit zu sein. »Na prima, dann schauen wir uns die Moschee jetzt noch mal in aller Ruhe an.«

»Du hast vorhin nicht aufgepaßt! Der Felsendom ist keine Moschee, sondern ein Heiligtum. Von dem Felsen in der Mitte ist Mohammed gen Himmel gefahren.«

»Der auch? Kannst du mir mal sagen, weshalb sie dazu alle einen Stein gebraucht haben?«

Später bummelten wir ohne Ziel durch die Altstadt, entdeckten malerische Winkel, blickten durch das geöffnete Fenster ins Innere einer Zahnarztpraxis, wo der bedauernswerte Patient mit einem fußbetriebenen Bohrer traktiert wurde, was in mir sofort Assoziationen zu Omis alter Singer-Nähmaschine weckte, kauften bei einem Händler Kaktusfrüchte, die man schälen muß, bevor man sie essen kann, die aber so viele feine Stacheln haben, daß man sie erst gar nicht schälen *kann,* weil man nicht weiß, wo man sie anfassen soll – und irgendwann landeten wir wieder auf dem Basar. Er zieht sich ja durch die ganze Altstadt.

Irene erhandelte drei Glückshändchen (und zahlte dafür weniger als ich für eine!), und dann steuerten wir ein arabisches Kaffeehaus an, das in drei Sprachen die Spezialität des Tages offerierte, nämlich selbstgemachte Kuchen.

»Welchen Tag meinen die wohl?« Zweifelnd musterte Irene das in allen Bonbonfarben schillernde Gebäck, von dem der Zuckerguß schon teilweise geschmolzen war. »Einerseits würde ich ja gern mal eins probieren, andererseits habe ich kein Bedürfnis nach einer intensiveren Bekanntschaft mit den hiesigen Zahnklempnern. Sitzen deine Plomben alle noch fest?«

Ich nickte, denn als leidgeprüfter Mensch war ich vor Antritt der Reise beim Zahnarzt gewesen. Noch nach zwanzig Jahren steckte mir mein damals total verpatzter Urlaub in den Knochen. In Italien war es gewesen, als ich gleich am zweiten Tag Zahnschmerzen bekommen hatte, die selbst nach Konsumierung sämtlicher Tablettenvorräte nicht aufhörten. Also ab in die nächste Praxis. Bedauerlicherweise hielten sich die deutschen Sprachkenntnisse des Arztes ungefähr die Waage mit meinen italienischen, genauer gesagt, ich verstand bloß Clinica und Alassio, konnte mit dente del giudizio nicht das Geringste anfangen, bekam schließlich einen Zettel in die Hand gedrückt und durfte wieder gehen. Der Zahn tat immer noch höllisch weh.

Mit Hilfe des Hotelportiers und meines Wörterbuchs entschlüsselte ich die geheimnisvolle Botschaft auf diesem Zettel. Danach handelte es sich bei meinen Beschwerden um einen querliegenden Weisheitszahn, der sich zwar jahrzehntelang nicht bemerkbar gemacht hatte, doch plötzlich rebellierte. Die sofortige Entfernung des Störenfrieds sei ratsam, übersteige jedoch die Fähigkeiten jenes Zahnarztes.

Ganz so wörtlich hatte es natürlich nicht auf dem Zettel gestanden, aber es war die einzig logische Schlußfolgerung gewesen. Der Portier hängte sich ans Telefon, vereinbarte für den kommenden Tag einen Termin und spendierte mir noch ein paar Pillen »por dormire«, wie er sagte. Geschlafen habe ich trotzdem nicht, fuhr am nächsten Vormittag mit dem Bus nach Alassio, wurde in der Zahnklinik eine Stunde lang von drei vermummten Gestalten verarztet, die mir erst einen gesunden Backenzahn zogen, bevor sie stückweise den revoltierenden Weisheitszahn entfernten. Für die Rückfahrt brauchte ich ein Taxi, für die restliche Urlaubszeit täglich fünf Tabletten, doch die permanenten Schmerzen hörten erst zu Hause auf, nachdem der letzte der beiden dringebliebenen Splitter endlich von allein herausgekommen war.

Inzwischen bin ich alle Weisheitszähne los und gehe trotzdem zweimal im Jahr zum Zahnarzt. Das Dumme an Erfahrungen ist, daß man aus ihnen meist Dinge lernt, die man gar nicht wissen wollte.

Im Bewußtsein eines intakten Gebisses bestellte ich zweimal Nana sowie einen grünen und einen hellvioletten Kuchen mit kandierten Kirschen obendrauf. Dann überließ ich es Irene, sie als erste zu probieren. Außer in der Glasur vermochte sie keinen Unterschied festzustellen. »Widerlich süß. Wonach es sonst noch schmeckt, kann ich nicht sagen. Beschwören würde ich es nicht, aber der grüne Kuchen hat im Geschmack eine gewisse Ähnlichkeit mit Lippenstift. Hier, probier mal!« Sie bestellte eine zweite Tasse Tee, weil sie die erste zum Nachspülen gebraucht hatte.

»Zumindest optisch gibt das Zeug einiges her. Mein Bäkker hat so was im Schaufenster stehen, allerdings ist das aus Plastik.« Vorsichtig schob ich mir ein Stück lila Kuchen in den Mund. Sofort hatte ich das Gefühl, auf einem parfümierten Schwamm herumzukauen. Wer mit normalen Geschmacksnerven ausgestattet ist, sollte auf arabischen Kuchen lieber verzichten.

Wir bekamen Gesellschaft. Ein Araber bat höflich, Platz nehmen zu dürfen. »Paß auf, gleich fängt er ein Gespräch an«, wisperte Irene, »und in fünf Minuten haben wir mindestens zwei Geheimtips, wo wir Teppiche und Bauchtänzerinnen besichtigen können, selbstredend ganz besonders günstig. Der sieht doch aus wie ein professioneller Schlepper.«

Das fand ich nun überhaupt nicht. Er machte im Gegenteil einen recht gepflegten Eindruck, war europäisch gekleidet und hätte eher hinter einen Bankschalter gepaßt als in eine zwielichtige Kaschemme. Trotzdem fing er ein Gespräch an. Nach den üblichen Präliminarien, woher wir kämen und ob wir zum erstenmal in Israel seien, wollte er wissen, ob wir schon im arabischen Teil des Landes gewesen seien und ob uns die überall vorhandene militärische Präsenz der Israelis aufgefallen sei.

Die Antwort darauf überließ ich Irene. Ihr Englisch ist wesentlich besser als meins, eine angelsächsische Schwiegertochter hatte ich seinerzeit noch nicht gehabt (seit ihrem Einzug in den Familienverband habe ich etliche Vokabeln dazugelernt), und überhaupt bewegten wir uns hier auf sehr unsicherem Boden, auf dem ich garantiert ausrutschen würde. Diplomatie ist nicht gerade meine Stärke.

Irene zog sich glänzend aus der Affäre. Sie ließ den Araber reden, warf nur gelegentlich eine Frage ein, betonte jedoch immer wieder, daß wir in Deutschland ja nur das erfahren, was die Medien bringen würden, und das sei viel zuwenig, um sich genauer informieren zu können.

Nach einer halben Stunde bedankte er sich für das interessante Gespräch, verabschiedete sich und ging.

»Es ist zum Heulen mit diesem Land«, seufzte Irene. »Seit ewigen Zeiten leben hier die Araber, zugegeben, mehr schlecht als recht, aber wenigstens unbehelligt. Plötzlich kommen die ersten Siedler, berufen sich auf die Bibel, die Thora oder weiß der Geier worauf noch, annektieren Land, immer mehr Einwanderer brauchen immer mehr Land, und dann kommt der Zeitpunkt, an dem es nicht mehr für alle reicht. Auf wessen Seite steht denn nun das Recht? Auf der Seite der Vertriebenen oder auf der der Juden, die seit Jahrhunderten in aller Welt verfolgt worden sind und nun endlich einen eigenen Staat haben wollen. Es ist doch einigermaßen logisch, daß sie dorthin gegangen sind, wohin schon Moses sein Volk geführt hat. Wenn man bedenkt ...«

»Hör auf, Irene! Hier sind politische und wirtschaftliche Interessen vorrangig, da spielt es nur noch eine untergeordnete Rolle, wer recht hat und wer nicht. Vielleicht kommt es in diesem Land einmal zu einer Verständigung zwischen beiden Völkern, doch wohl nie zu einem Frieden, solange es auf beiden Seiten Fanatiker gibt. Wir werden das Problem bestimmt nicht lösen. Komm, laß uns gehen, sonst kriegen wir beide uns noch in die Haare!«

Der Kellner winkte ab, als wir zahlen wollten. Das sei bereits erledigt. Von wem? Von dem Herrn an unserem Tisch. Ich legte ein Trinkgeld neben den kaum berührten Kuchen, dann zogen wir ab.

In den Basarstraßen, normalerweise um diese Tageszeit einem Ameisenhaufen ähnelnd, herrschte kaum Betrieb. Viele Läden waren schon geschlossen, fliegende Händler überhaupt nicht mehr zu sehen – sehr merkwürdig das Ganze. »Was ist denn hier los? Wissen die alle etwas, was wir nicht wissen?«

»Mir egal, aber wir sollten machen, daß wir hier herauskommen.« Irene ging jetzt schneller. »Die Ruhe ist mir nicht geheuer.«

Zwei Soldaten, Maschinenpistolen im Anschlag, traten aus einem Seitenweg. »What are you doing here? Make yourself scarce! Bomb alert!«

»Was??? Bombenalarm? Wo denn?«

»Yes.« Ungeduldig schob uns der eine vorwärts. »Go! Go!«

Wir rannten die Straße entlang und hatten schon fast die

Stadtmauer erreicht, als wir wieder angehalten wurden. Der kleine Platz, den wir noch hätten überqueren müssen, war von Soldaten abgesperrt. Außer uns standen noch einige Touristen ratlos herum. Ich wandte mich an einen Herrn, der sich offenbar schon länger hier aufhielt, denn er schoß ungerührt ein Foto nach dem anderen. »Wie geht's denn jetzt weiter?«

»Erst mal gar nicht«, sagte er gleichmütig. »Da drüben in der Tasche soll 'ne Bombe sein.«

Ich sah keine Tasche. Doch dann entdeckte ich neben einer verrammelten Bude ein abgestelltes Fahrrad, und daran hing tatsächlich eine Einkaufstasche. Sehr groß war sie nicht, aber ich hatte ja auch keine Ahnung, wie groß Bomben zu sein hatten. Heutzutage versteckt man die Dinger doch angeblich in Rasierapparaten und Taschenlampen.

»Gesetzt den Fall, dort ist wirklich eine Bombe, was geschieht damit? Soll die etwa hier entschärft werden?«

»Keine Ahnung.« Jetzt knipste er zur Abwechslung mal die Soldaten. »Die werden schon wissen, was sie machen müssen. So was kommt doch häufiger vor.«

Also warteten wir. Zehn Minuten. Zwanzig Minuten. »Sollen wir hier stehenbleiben, bis das Ding von allein explodiert?« murrte Irene. »Warum gehen wir nicht durch ein anderes Tor? Es wird ja nicht vor jedem eine Bombe liegen.«

»Dazu müßten wir ein Stück durch den Basar. Da wimmelt es aber von Militär. Das scheucht uns doch gleich wieder zurück.«

Endlich bewegte sich etwas, und das im wahrsten Sinne des Wortes. Ein seltsames Gefährt, kaum größer als ein Spielzeugpanzer, rollte langsam auf das verdächtige Fahrrad zu. Kurz davor blieb es stehen, Antennen wurden ausgefahren, ein leises Knattern war zu hören, sonst atemlose Stille. Zentimeterweise schob sich der ferngesteuerte »Panzer« vorwärts, stoppte immer wieder, rückte weiter voran, bis er unmittelbar vor der herabhängenden Tasche zum Stehen kam.

Wie gebannt starrte ich auf dieses merkwürdige Fahrzeug und wartete auf – ja, worauf eigentlich? Auf den Riesenknall? Auf herumfliegende Splitter? Auf zusammenstürzende Häuser? Vorsichtshalber zog ich Irene ein paar Meter zurück und brachte so ein Stück Mauer zwischen uns und diese verdächtige Handtasche.

Minutenlang geschah überhaupt nichts. Dann bewegte sich ein in eine Art Taucherglocke verpackter Soldat auf das Fahrrad zu, nahm die Tasche herunter, warf einen ersten Blick hinein und räumte sie Stück für Stück aus. Zum Vorschein kamen lauter harmlose Gegenstände, darunter ein Schlüsselbund, eine Papiertüte mit Zwiebeln und zwei Stück Seife jener Sorte, wie sie angeblich Filmstars immer benutzen. Keine Bombe.

Allgemeines Aufatmen. Nur der Mann mit dem Fotoapparat schien enttäuscht. »So'n bißchen hätte es ruhig knallen können. Wo bleibt jetzt die Pointe?«

Die vermeintliche Gefahr war diesmal keine gewesen, aber trotzdem dauerte es noch eine ganze Weile, bis der Alarm aufgehoben wurde und wir endlich die Altstadt verlassen durften.

»Jetzt haben wir mal hautnah erlebt, was sich stündlich in diesem Land abspielen kann«, sagte Irene nachdenklich. »Heute war es zum Glück blinder Alarm, aber weißt du, ob in der nächsten Straße nicht ein Auto genau in dem Augenblick in die Luft fliegt, wenn wir vorbeigehen?«

Ich nickte. »Eine deprimierende Vorstellung. Ich glaube, hier muß man eine gehörige Portion Fatalismus aufbringen, um leben und überleben zu können. Ich bewundere diese Menschen.«

An diesem Abend gingen wir früher schlafen als sonst. Das Erlebte hatte uns zu denken gegeben.

Frau Marquardts Fehlen beim abendlichen Gulasch war niemandem aufgefallen, weil sowieso die halbe Belegschaft nicht zum Essen erschienen war, und Kakerlake Naomi hatte sich auch noch nicht zur Ruhe begeben, als ich unter Mißachtung sonst üblicher Vorsichtsmaßnahmen die Badezimmertür aufriß. Das Vieh hockte unter dem Waschbecken, glotzte mich an und machte nicht die geringsten Anstalten zu verschwinden. »Hau ab!«

Naomi blieb sitzen. »Irene, dein Haustier scheint mich verwechselt zu haben. Ich werde den Verdacht nicht los, daß du es doch heimlich fütterst. Warum türmt es nicht endlich? Ich denke, die Biester sind so scheu?«

»Es hat sich eben an uns gewöhnt.«

Anscheinend war diese Vermutung falsch. Als nämlich meine Freundin in der Tür erschien, bereits im dunkelblauen Schlafanzug mit einer Ladung Creme im Gesicht, flitzte Naomi unter die Badewanne und kam trotz schmeichelnder Lockrufe nicht mehr zum Vorschein.

»Siehste, in *der* Aufmachung treibst du jeden in die Flucht! Ich wollte dich sowieso schon fragen, welchen Erfolg du dir von dieser gelben Paste versprichst.«

»Gar keinen«, kam es zurück. »Ich hab mir das Zeug in Florida gekauft, vermutlich in einem Anfall geistiger Umnachtung, als ich die ganzen auf Teenager getrimmten Altenheimbewohner gesehen habe. Jetzt muß ich den Kleister wenigstens aufbrauchen, er war nämlich höllisch teuer.«

»Bist du sicher, daß es sich nicht um irgendeinen obskuren Brotaufstrich handelt?« Farbe und Konsistenz hatten nämlich eine fatale Ähnlichkeit mit Erdnußbutter.

»Auf der Packungsbeilage stand etwas von ›Regenerations-Creme für die reifere Haut‹.«

»Reif?« Ich wagte einen kurzen Blick in den Spiegel. »Manchmal fühle ich mich schon überreif! Nach jedem Geburtstag brauche ich rund fünf Jahre, um mich an mein neues Alter zu gewöhnen.«

Sie krabbelte ins Bett. »Mach es doch wie ich! Ich zähle gar nicht mehr.«

»Hab ich schon versucht, klappt aber nicht. Rolf hat mal gesagt, Frauen würden Unmögliches verlangen. Ihre Männer sollen zwar ihr Alter vergessen, sich aber immer an ihre Geburtstage erinnern. Darauf würde ich gern verzichten. Leider hat mein Nachwuchs für beides ein ausgezeichnetes

Gedächtnis. Zu meinem Fünfzigsten hatte mir Sascha ein silbernes Feuerzeug geschenkt mit der Zusage, zum Sechzigsten bekäme ich eins in Gold. Jetzt fängt er schon an zu sparen.«

»Wird auch höchste Zeit«, meinte Irene trocken.

»Manchmal kannst du richtig ekelhaft sein!«

»Take it easy, oder weißt du nicht, daß wahre Jugend eine Eigenschaft ist, die man erst mit den Jahren erwirbt?«

»Dann bin ich noch nicht alt genug«, sagte ich beruhigt. »Mach das Licht aus! Wenn sonst schon nichts hilft, sollten wir es mal mit acht Stunden Schönheitsschlaf versuchen.«

11

So ausgeruht wie am nächsten Morgen waren wir schon lange nicht mehr gewesen. Entsprechend unternehmungslustig betraten wir den Frühstücksraum – natürlich Hand in Hand –, in dem Frau Marquardt gerade Freiwillige für einen Fußmarsch suchte. Wer Lust habe, könne mit ihr durch's Wadi el-Kelt wandern, angeblich ein unvergeßliches Erlebnis, und später werde man mit dem Rest der Gruppe wieder zusammenstoßen.

In Jericho.

»Sollä mä bis do no etwa laafe?«

Natürlich nicht. Wir würden alle zusammen bis zum Wadi fahren, und erst dort werde man sich trennen.

»Was isch des überhaupt, än Wadi?«

»Das ist ein ausgetrocknetes Flußbett«, sagte ich sofort. Immerhin hatte ich so zwischen zwölf und vierzehn meine Karl-May-Phase gehabt, hatte mich – zumindest theoretisch – in den Rocky Mountains besser ausgekannt als in der oberrheinischen Tiefebene und wußte deshalb auch, was ein Wadi ist. Es soll also niemand sagen, Karl May sei nicht bildend!

»Na, Herrschaften, wer von Ihnen hat denn sportliche Ambitionen?«

Offenbar niemand, denn alle schwiegen. Vorsichtshalber sah ich Irene an, doch die schüttelte den Kopf. »Feigling!« raunte ich ihr zu.

»Selber einer!« kam es halblaut zurück. »Du hast dich ja auch nicht gemeldet.«

»Das hat seinen guten Grund. Wenn ich sportlich werde,

geht immer was schief. Meine Nachbarin hat mich mal mitgeschleppt zum Aerobic-Training, so nach dem Motto: Einmal pro Woche Muskelkater ist gesund. War ja auch ganz lustig, aber nach der dritten Stunde habe ich das Training wegen einer gebrochenen Zehe wieder aufgegeben.«

»Ach nee! Davon hast du nie etwas erzählt. Ist sie wenigstens wieder richtig zusammengewachsen?«

»Keine Ahnung. Es ist ja nicht meine gewesen.«

»Will denn wirklich niemand mitkommen?« hakte Frau Marquardt nach.

Ein Finger hob sich. Es war der von Betti. »Wie lange werden wir unterwegs sein?«

»Ungefähr zwei Stunden.«

»Dann komme ich mit. Und du auch, Uwe!« bestimmte sie kategorisch. »Ein bißchen Abwechslung tut dir gut.«

Der sitzengelassene Uwe sah aber gar nicht so aus, als ob er Abwechslung brauchte. Die hatte er vermutlich schon in der vergangenen Nacht gehabt, als er mit den Yuppies losgezogen war. So grunzte er nur ein »Hab keine Lust« in sein Müsli, wurde jedoch sofort von Betti abgeschmettert. »Wenn ich mit meinen zweiundfünfzig Jahren vor einem kleinen Spaziergang nicht zurückscheue, dann wirst du das wohl auch noch schaffen.«

Nun fühlte sich Herr Terjung an seiner Ehre gepackt. Selbstverständlich würde er sich anschließen, desgleichen seine Gattin. Sein schmerzlicher Gesichtsausdruck sagte mir, daß die Gattin von diesem Vorschlag nicht angetan war. Fußtritte ans Schienbein können ziemlich weh tun. Ich weiß das, weil wir zu Hause des öfteren Skat spielen.

Als wir eine halbe Stunde später in den Bus kletterten, hatte sich die Zahl der Wüstenwanderer verdoppelt. Als letzter hatte sich noch Heini gemeldet, obwohl Ännchen entschieden dagegen war. »Du fährsch mit mir! Des dät noch fehle, daß du äm End än Hitzschlag kriegsch, und i ko sehe, wie i di donn hoimbring.«

Zum erstenmal widersetzte sich Heini. »Ich habe schon

als Kind davon geträumt, einmal durch die Sahara zu fahren, doch da werde ich wohl nie hinkommen.«

»Wüschde isch Wüschde, und mir fahre jo a durch.«

»Ich will aber laufen!« beharrte Heini.

Die wiederauferstandene, Pfefferminztee trinkende und Zwieback kauende Hanni klinkte sich ganz aus. Es gehe ihr zwar schon besser, aber sie wolle sich doch noch etwas schonen. Der Gustl solle ruhig mitfahren. Der Gustl wollte aber nicht. So wünschten wir der Rekonvaleszentin weiterhin gute Besserung und versprachen als Mitbringsel eigenhändig gepflückte Orangen. Jericho war eine Oase, und da Karl May seinen Kara Ben Nemsi Efendi in Oasen immer frische Datteln essen ließ, würde wohl auch anderes Obst dort wachsen. Inschallah!

Nein, die Sahara war es nicht, durch die wir rollten, die ist nämlich weiß. Glaube ich wenigstens, denn ich kenne sie nur aus neuntausend Meter Höhe. Die Judäische Wüste dagegen ist braun, an manchen Stellen sogar dunkelbraun, und hin und wieder sind da schwarze Beduinenzelte, angepflockte Kamele und winkende dunkelhäutige Kinder. Gäbe es nicht die moderne Straße, fühlte man sich um Jahrtausende zurückversetzt. So haben die Menschen wahrscheinlich schon zu Christus' Zeiten gelebt.

Im Bus kreisten die Wasserflaschen. Anneliese behauptete, sie spüre schon lauter Sand auf der Zunge, und was denn passieren würde, wenn wir hier eine Panne hätten und liegenbleiben würden: »Ich habe noch nirgends ein Notruf-Telefon gesehen.«

Vielleicht ist es ja nur mir aufgefallen, doch das Getuschel zwischen Frau Marquardt und unserem Chauffeur erschien mir im nachhinein verdächtig. Plötzlich steckten wir nämlich fest. Shimon hatte drei Räder des Busses in den Sand gesetzt. Sehr tief hatten sie sich nicht eingegraben, doch offenbar gelang es ihm nicht, sie wieder rauszubekommen. Seufzend stellte er den Motor ab.

»Alles aussteigen!« befahl Frau Marquardt. »Jetzt müssen wir schieben.«

»Setz erscht doin Hütle auf, sunsch kriegsch noch än Sunnestich!« Aus ihrer Tasche holte Ännchen ein Babyhütchen aus hellblauem Leinen und stülpte es über Heinis Glatze.

Die Männer, allesamt Autofahrer und natürlich Experten bei jeder Art von Panne, umrundeten den Bus, wobei sie die verschiedenen Möglichkeiten erörterten, das Gefährt wieder flottzumachen. Ich hätte mich durchaus auch als Fachmann bezeichnen können, doch mich hatte seinerzeit ein Traktor aus dem Graben gezogen, und mit so was war hier kaum zu rechnen. Also hielt ich lieber den Mund.

»Schieben nützt gar nichts«, konstatierte Herr Terjung, »die Räder müssen ausgegraben werden.«

»Womit denn? Wir haben doch kein Werkzeug dabei.«

»Haben wir!« Unter dem Sitz zog Shimon einen noch sehr neu aussehenden Klappspaten hervor. »Bei Fahrten durch die Wüste ist eine Schaufel genauso wichtig wie Wasser.«

»Matten sollten wir zum Drunterlegen haben«, meldete sich Uwe zu Wort. »Jacken und Hemden gehen aber auch.« Zum Beweis zog er sein T-Shirt über den Kopf und stopfte es unter den rechten Hinterreifen. »Los, Leute, seid nicht so zimperlich! Runter mit den Klamotten!«

»Am besten wäre eine Seilwinde«, sagte Heini, sah aber ein, daß sie hier nicht viel nützen würde.

»Selbst wenn Frau Irene eines ihrer Pflänzchen opfern würde, können wir nicht warten, bis aus dem Ableger ein Baum gewachsen ist«, bemerkte Gregor ganz richtig.

Jens schippte schon. Am Vorderrad. Der Huber-Sepp buddelte hinten. Mit bloßen Händen. Anneliese trank bereits zum drittenmal aus ihrer Flasche. Waltraut protestierte. »Nicht soviel! Nimm nur einen Schluck! Wer weiß, wie nötig wir das Wasser noch brauchen werden.«

Frau Terjung kippte ihre Pumps aus; sie war vom rechten Wege abgekommen und in den Sand geraten. Mit *den* Schuhen wollte sie durch das Wadi laufen?

Jens wischte sich den Schweiß von der Stirn. »Ist das eine Affenhitze!«

»Lieber Schweißtropfen als gar keine Perlen«, ulkte Gregor, doch damit hatte er ins Fettnäpfchen getreten. Jens warf ihm den Spaten vor die Füße. »Du bist dran!«

»Wieso ich? Soll doch Shimon auch mal was tun. Schließlich hat er uns ja hier reingekarrt.«

Der hatte sich allerdings hinter der aufgeklappten Motorhaube versteckt, wo er an irgendwelchen Drähten herumfummelte.

»Wir sollten eine Art Graben schräg zur Straße ziehen.« Uwe schritt die vorgesehene Strecke ab. »Das sind ungefähr acht Meter.«

»Meine Güte«, sagte Frau Conrads halblaut, »je länger Männer etwas überlegen, desto dümmer wird es gewöhnlich. Warum schieben sie den Bus nicht einfach an? Mit einem Rad steht er doch noch auf der Straße.«

Zu dieser Ansicht war wohl auch Shimon gekommen. Er klappte die Motorhaube zu und schwang sich auf seinen Sitz, nicht ohne uns vorher instruiert zu haben, daß wir uns nach Anlassen des Motors kräftig ins Zeug legen müßten. »Zuuu-gleich!« kommandierte Menachem. Der Motor jaulte auf, die Männer schoben, ich auch, aber nicht so besonders viel, und dann hatte der Wagen auch schon wieder festen Boden unter den Rädern.

»Na also, warum nicht gleich so?« sagte Frau Conrads befriedigt.

Eine knappe Viertelstunde hatte das ganze Unternehmen gedauert, doch als wir am Ziel angekommen waren, hatten wir nach Ansicht aller Beteiligten stundenlang in der glühenden Sonne gestanden und den Bus nur mit letzter Kraft flottmachen können. Abends erzählte mir Frau Marquardt, daß die ganze Sache ein abgekartetes Spiel gewesen sei. »Mit dem Begriff Wüste verbindet doch jeder abenteuerliche Vorstellungen. Jetzt können sie zu Hause wenigstens erzählen, daß sie beinahe verdurstet wären und die Geier schon ihre Kreise gezogen hätten.«

Gesehen hatte ich allerdings keine. »Inszenieren Sie so was jedesmal?«

»Nö, das kommt auf die jeweilige Gruppe an. Die hier hatte ein bißchen gelangweilt ausgeschaut. Danach ist sie ja auch wieder recht munter geworden. Aber wehe, wenn Sie das weitersagen!«

»Sehe ich so aus?«

Wadi el-Kelt. Als Flußbett kaum zu erkennen. Nicht mal Menachem konnte sagen, wann hier zum letztenmal Wasser geflossen war. Es staubte schon beim bloßen Hingucken.

»Was ist denn so besonderes daran, wenn wir hier durchlaufen?« Frau Terjung wechselte ihre eleganten Pumps gegen weniger elegante Turnschuhe aus. »Lohnt sich das denn überhaupt?«

Frau Marquardt bejahte. Schon das St.-Georgs-Kloster, 480 gegründet und in den Felsen hineingebaut, sei sehenswert. Nun wollte auch die Huber-Maria mit. Ein Kloster sei ja etwas Christliches, und hier so mitten in der Wüste ...

Joseph schritt ein. »Nix da, du bleibst! Da gibt's an Berg, und nachher fallst noch abi!«

»Müssen wir etwa klettern?« Von dieser Aussicht schien Frau Terjung wenig begeistert.

»Nicht klettern, es geht nur manchmal ein bißchen bergauf.« Frau Marquardt sammelte die Wanderlustigen um sich und zählte ab. »Eins, zwei, drei ... acht, neun, zehn. Wir treffen uns in zwei Stunden am Ortseingang.«

Der Troß zog los. Wir Übriggebliebenen kletterten wieder in den Bus und ließen uns von Menachem erzählen, was uns erwartete. Reste von Winterpalästen der Omajjaden-Kalifen (wer sind denn die nun schon wieder gewesen???), die Elishaquelle und der älteste Turm der Menschheit. Überhaupt gelte Jericho als älteste Stadt der Erde. Sogar Kleopatra sei schon hiergewesen, denn als die Römer im Jahre 63 Jericho erobert hatten, habe Marc Anton seiner Gattin dieses hübsche Fleckchen Erde geschenkt.

»Siehste«, sagte Irene zu mir, »die heutigen Männer sind auch nicht mehr das, was sie mal waren. Da schenkt der Kerl seiner Frau eine ganze Stadt, und ich schlage mich seit zwei Jahren mit dem Berliner Senat wegen acht Quadratmeter

Garten herum, die mir angeblich nicht gehören.« Und dann, etwas lauter: »Haben wir denn auch ein bißchen Zeit, durch die Stadt zu laufen? Nichts gegen Altertümer, doch in einer Oase muß es eine ungeheure Pflanzenvielfalt geben.«

Menachem überging den Einwurf und erläuterte statt dessen die Sache mit den Posaunen, deren Klängen bekanntlich die Stadtmauern zum Opfer gefallen sein sollen. Heutzutage würde dazu wohl ein Konzert von den Rolling Stones genügen.

An der Stadtgrenze von Jericho erwarteten uns bewaffnete Soldaten. Hineinfahren? Leider unmöglich, Ausnahmezustand. Wenn wir unbedingt wollten, dann nur bis zum nächsten Parkplatz dreihundert Meter weiter vorne, der sei bewacht. Das Restaurant gleich links sei auch ungefährlich, Früchte könne man an den Ständen neben der Straße kaufen, doch alles andere sei off limits.

Da standen beziehungsweise saßen wir nun, vor uns die in allen Grüntönen leuchtende Oase, und durften nicht hinein. Unter den mißtrauischen Blicken der Soldaten fuhr Shimon zu dem angegebenen Parkplatz.

»Was sollen wir denn jetzt die ganze Zeit machen?« jammerte Waltraud.

»Erst mal Orangensaft trinken.« Irene hatte bereits einen Stand mit der obligatorischen Saftpresse entdeckt. »Der schmeckt hier bestimmt noch besser als woanders.« Mit dem zweiten Becher in der Hand, malerisch an einen Maulbeerbaum gelehnt, fing sie an zu lachen. »Wetten, daß unsere Wandervögel ein kleines Vermögen dafür geben würden, wenn sie jetzt auch so was hätten?«

»Moin Hoini ned. Der hot zwei Flasche Wasser däbei.«

»Ja, lauwarmes.«

Mit gluckernden Bäuchen inspizierten wir das Obstangebot. Ich bin schon immer begeistert, wenn ich in dem Einkaufszentrum vor den Toren Heilbronns durch die riesige Obst- und Gemüseabteilung spaziere. Da gibt es Mini-Bananen aus Kenia, Carambolas aus Südamerika, Litchis aus China, Kaki-Pflaumen von sonstwoher – alles stückweise und nur zu Mondpreisen erhältlich. Und hier hingen und lagen fast die gleichen Früchte stapelweise und kosteten umgerechnet Pfennige. Ganze Bananenstauden baumelten an dicken Haken, Körbe mit frischen Feigen und Datteln, zu Bergen getürmte Orangen, Pampelmusen, Limetten, Tomaten in allen Größen, Melonen, runde und ovale, dazwischen erntefrisches Gemüse und obendrüber, an langen Strippen aufgereiht, büschelweise Kräuter. Frisches Basilikum? Aber natürlich, eine ganze Handvoll, wenn ich will. Rosmarin? Selbstverständlich, genügen zwanzig Stengel? Vielleicht sind es ja auch mehr.

»Was willst du denn mit dem ganzen Zeug?« Irene verfolgte meinen Kaufrausch mit gelindem Entsetzen.

»Weiß ich noch nicht. Zu Hause zahle ich für ein Tütchen vertrockneten Kerbelstaub zwei Mark, und hier kann ich eimerweise frischen kaufen. Für 'n Trinkgeld.«

»Wozu hast du eigentlich einen Garten?«

»Das habe ich mich auch schon oft gefragt.« Ich orderte noch ein Büschel Oregano. »Für Schnecken, Maulwürfe, runterfallende Birkenblätter und reinfallende Bälle von nebenan. Da ist noch nie auch nur ein Petersilienstengel aus dem Boden gekommen.«

»Versuch's mal im Blumentopf!« empfahl sie.

Ich kaufte noch ein paar andere Kräutlein, deren Namen mir aus Kochrezepten in Erinnerung waren, die ich aber noch nie ausprobiert hatte, weil mir immer die dazugehörigen Gewürze gefehlt hatten.

»Jetzt haben wir endlich den Parfümgestank aus unserem Zimmer raus, und nun kommst du mit dem ganzen Grünzeug an.« Kopfschüttelnd musterte sie den Inhalt meiner Tüte. »Du willst das doch hoffentlich nicht mit nach Hause nehmen?«

»Natürlich. Und ich brauche es nicht mal täglich zu gießen.« Woraufhin sie den Mund hielt. Ihre Basttasche mit den zahllosen Ablegern hatten wir in den letzten Tagen zwar nicht herumschleppen müssen, aber sie stand unübersehbar im Zimmer und meistens im Weg. Normalerweise wurde das Gemüse ins Badezimmer verbannt, doch im Hinblick auf Naomi und ihre nicht geklärten Freßgewohnheiten hatte Irene die Tasche umquartiert. Im übrigen hatte sie ja auch zugeschlagen. Wann sie jemals das ganze Obst essen wollte, das sie sich hatte einpacken lassen, mochte der Himmel wissen.

Doch nicht nur wir beide waren Opfer dieser Warenvielfalt geworden, nein, alle schleppten an einer mehr oder weniger großen Obsttüte, als wir vor der als ungefährlich bezeichneten Kneipe zusammentrafen. Die ganze Situation erinnerte mich ein bißchen an Nizza, wo jeder Tourist den Blumenmarkt besucht und fast jeder mit zwei bis fünf Sträußen langstieliger Nelken zurückkommt. Sie sind ja so billig! Nach kurzer Zeit riecht es im Bus wie in einem Begräbnis-Institut, und später im Hotel werden die Blumen auf Rasierpinselgröße gestutzt, damit sie in die Zahnputzgläser passen.

Im Innern hielt das Restaurant nicht einmal das, was es von außen ohnehin kaum versprochen hatte: Plastikmobiliar und eine Theke, auf der in Glasbehältern bunte Säfte blubberten. Ein müde vor sich hin kreisender Ventilator verteilte die feucht-schwüle Luft.

»Nee, da bleibe ich lieber draußen.« Gleich an der Tür kehrte Irene wieder um. »Mal sehen, ob einer von den Obstverkäufern englisch spricht.«

Sie mußte wohl einen gefunden haben, denn sie kam nicht zurück. Sofort nutzte Ännchen die Gelegenheit zu einem Interview. Sie trennte sich von den Lodenschwestern und setzte sich zu mir. »I derf doch, gell? Do äm Fenschter isch's doch ä bißle kühler.« Sie nippte an ihrem Pfefferkuchenkaffee und eröffnete das Gespräch mit einer harmlosen Frage. »Ihr Freindin schwätzt wohl gut englisch?«

»O ja, wesentlich besser als ich.«

»Des haw i mä denkt. Wisse Sie, i konn jo gar koins. Wie i zur Schul gonge bin, hewe mä des noch ned g'lernt. Awer moi Bernd, dä konn. Drum isch er jo a nach Amerika g'fahre.« Sie stärkte sich mit einem weiteren Schluck Kaffee und ging zum Angriff über. »Was i Sie scho immer frage wollt, senn Sie eigendlich verheirat?« Ihr Blick streifte meine unberingten Hände.

Nun hätte ich ihr ja sagen können, daß mir mein Trauring während der dritten Schwangerschaft zu eng geworden war, ich ihn vom Juwelier hatte aufsägen lassen, weggelegt und nie wieder gefunden hatte. Doch das ging Ännchen nichts an. So erklärte ich ihr nur, daß ich in der Tat verheiratet sei.

»Des hädd i net gedacht.«

»Nein? Warum denn nicht?«

Nun kam sie ins Stottern. »Weil ... ja, Sie sehe gar ned verheirat aus. Warum isch'n Ihr Monn ned mitkumme?«

»Einer muß ja auf die Kinder aufpassen.«

Ännchen stellte ihre Tasse so heftig zurück, daß ihr Inhalt überschwappte. »Sie häwä Kinder?«

»Natürlich. Fünf.«

»Des glaab i ned.«

»Dann lassen Sie's eben bleiben.«

Aber genau das wollte sie ja nicht. »Häwä Sie Bilder däbei?«

»Nein, ich trage nie ein Fotoalbum mit mir herum.«

Ich weiß nicht mehr, wer damit angefangen hatte, doch eines Morgens kreisten am Frühstückstisch die Konterfeis eines schlafenden Säuglings, von dem außer seinem Schnuller nicht viel zu sehen gewesen war. Daraufhin zog jeder Fotos aus der Tasche, und wir mußten zwischen Cornflakes und Rührei Kinder aller Altersstufen begucken, gefolgt von Außenaufnahmen diverser Häuser nebst Gartenanlagen mit Öko-Teich. Welche Fotos zu wem gehörten, blieb unklar. Nur das von Bernd war leicht zu identifizieren. Er hatte so wenig Haare wie Heini.

Ännchen bohrte weiter. »Isch Ihr Freindin a verheirat?«

»Sie war es.«

»Ach. Wohl g'schiede?«

Die Antwort darauf wollte ich aus begreiflichen Gründen

gern umgehen, deshalb bestellte ich erst einmal eine weitere Tasse Tee. Dann lenkte ich das Gespräch in andere Bahnen. »Wie hat Ihnen denn die Reise bisher gefallen? Haben wir nicht schon unwahrscheinlich viel gesehen?«

»Doch, doch«, antwortete sie nickend, übrigens wenig überzeugend, »awer es isch so viel Kapudds däbei. Wir senn jo scho ämol in Italien gwest, wo mä äm Vesuv Pompeji besichtige konn. Diese Ruine do find i awer viel besser g'macht wie die hier in Israel.«

Volltreffer! Wenn man neugierig ist, sollte man auf intelligente Weise neugierig sein. Anders ausgedrückt: Man muß lernen, nur solche Fragen zu stellen, die sein Gegenüber auch beantworten kann. Also noch mal von vorn. »Was hat Ihnen denn bis jetzt am besten gefallen?«

»Wie moin Hoini in die Kochtöpf roig'stürzt isch.« Sie wollte sich vor Lachen ausschütten.

Nun reichte es mir, doch wie konnte ich Ännchen loswerden, ohne sie vor den Kopf zu stoßen? Zwar hatte sie davor ohnehin ein Brett, aber man ist ja ein höflicher Mensch. So entschuldigte ich mich unter dem Vorwand, mich um meine Freundin kümmern zu müssen. »Sie ist schon so verdächtig lange weg.«

»Ha, ihr wäd doch nix bassiert soi, wo es doch hier so gefährlich isch.« Klang das nicht ein bißchen sensationslüstern?

Von Irene war weit und breit nichts zu sehen. Ich befragte die Obsthändler, von denen die meisten mich nicht verstanden und die anderen mich wohl nicht verstehen wollten. Einer grinste verhalten.

Jetzt bekam ich es doch mit der Angst. Irene ist zwar eine sehr resolute Person, doch was nützt alle Courage, wenn man von einer Horde kriegswütiger Araber verschleppt ...

»Huhu!« Aus einem Seitenweg tauchte ein roter Punkt auf, begleitet von einem weißen. Der rote winkte, ich konnte nur nicht ausmachen, ob ich hinlaufen oder lieber stehenbleiben sollte. Mutig bin ich nicht, also blieb ich stehen, bis Irene mich fast erreicht hatte. Sehr herzlich verabschiedete sie sich von ihrem Begleiter, kriegte eine Tüte in die Hand gedrückt und kam endlich auf mich zu.

»Findest du nicht, daß deine Fraternisierungsversuche etwas zu weit gehen? Ich zerbreche mir den Kopf, wie ich unseren Exminister Wischnewski von deiner Geiselhaft verständigen kann, damit er diplomatische Schritte einleitet, und dabei ziehst du seelenruhig mit einem Araber durch die Gegend. Bist du eigentlich total bescheuert?«

»Nee, bloß geschäftstüchtig. Guck mal, was ich hier habe.« Sie ließ mich in die Tüte sehen.

»Etwas überalterte Mohrrüben. Na und?«

»Das sind keine Mohrrüben, du Ignorantin, das sind Blumenzwiebeln. Wenn ich Glück habe, werden daraus herrlich leuchtende Blüten. Achmed hat den ganzen Garten voll damit.«

»So, hat er tatsächlich? Ich kann mich noch gut an die Zeit erinnern, als Wilfried mich mit seinem Aquarium ködern wollte und Regina sich unbedingt die Plattensammlung ihres damaligen Schwarms ansehen sollte. Woher hat dieser Achmed denn gewußt, welches deine Achillesferse ist?«

»Du bist ein Idiot!« meinte sie ärgerlich, und dann, schon wieder versöhnlicher: »Wir haben uns nur ein bißchen unterhalten, so das Übliche, woher ich komme, was ich mache und so weiter, und da bin ich zwangsläufig bei den Blumenzwiebeln gelandet. Woraufhin dieser Mensch mir erzählt, daß er auch welche hat, und zwar eigenhändig gezogene. Er würde gern welche holen und sie mir mitgeben. Vielleicht könnten wir ja ins Geschäft kommen. Oder ob ich nicht lieber selbst mitgehen und mir ansehen wolle, was aus den Dingern rauskommt. In seinem Garten würden sie gerade blühen.«

»Da bist du einfach so mitgetigert?«

»Warum denn nicht? Es war ja nicht weit weg. Wenn ich geschrien hätte, hättet ihr mich hören müssen.«

»Vorausgesetzt, jemand hätte darauf geachtet. Die hocken doch alle da drüben in der Kaschemme und zählen die Fliegen an den Wänden.«

Meine Besorgnis konnte sie nicht verstehen. »Ihr seid einfach zu ängstlich. Wie soll man denn Land und Leute kennenlernen, wenn man sich zu sehr abschottet? Achmed hat mich mit seiner Frau bekannt gemacht und mit seinem Sohn, ein wonniges Kerlchen mit ganz großen dunklen Augen. Ich mußte Tee trinken und höllisch scharfe Fleischbällchen essen – Felafel heißen die, muß ich mir merken –, und die ganze Zeit haben wir uns über Gott und die Welt unterhalten. Nur nicht über Politik, weil ich gleich gesagt habe, daß ich davon zuwenig verstehe. Was mich so beeindruckt, ist die Gastfreundschaft bei diesen Menschen. Würdest du denn einen Araber gleich in dein Haus bitten, wenn er dich auf der Straße anspricht?«

»Wohl kaum«, mußte ich zugeben. »Das kriegt bloß Sascha fertig.«

»Im Ernst?«

»Na ja, es ist schon eine Weile her«, sagte ich. »Er war damals vier Jahre alt und gerade aus Italien zurückgekommen, wo ich ihn bis zu Steffis Geburt bei meiner Mutter untergestellt hatte. In dem halben Jahr hatte er fließend italienisch gelernt, und als kurz darauf bei uns die halbe Straße aufgebuddelt wurde, hat Sascha die ganze Baukolonne kurzerhand zum Mittagessen eingeladen. Bis auf den Kapo waren alle Italiener. Sechs Mann.«

»Und was haste gekocht? Spaghetti?« fragte sie lachend.

»Denkste, ich wollte mich blamieren? Bratkartoffeln und Spiegeleier hat es gegeben. Von beidem hatte ich noch genug im Haus gehabt.«

Seine kosmopolitischen Anwandlungen hat Sascha ja auch beibehalten, sonst hätte ich jetzt keine englische Schwiegertochter.

Niemand bemerkte uns, als wir wieder das Restaurant betraten, denn inzwischen waren die Wüstenwanderer eingetroffen. In allen Stadien der psychischen und physischen Erschöpfung hockten sie auf den Stühlen und kippten literweise Flüssigkeit in sich hinein. Betti kühlte ihre Füße in einer Plastikschüssel mit Wasser, Heini hatte sich um seine

Glatze ein nasses Handtuch gewickelt, und Frau Terjung trug noch immer Turnschuhe – ein Zeichen dafür, daß sie sich noch nicht genügend regeneriert hatte. Anscheinend hatte es sich wohl doch nicht nur um einen harmlosen Spaziergang gehandelt. Sehr steil sei der Weg gewesen und schmal, nicht mal richtig gesichert und links immer den Abgrund vor Augen. »Zu trinken hat's auch nichts gegeben, keinen Klosterkeller mit selbstgebrautem Bier, wie es sich für ein anständiges Kloster gehört«, witzelte Herr Terjung. »Wir haben ja nicht mal einen Mönch gesehen.«

Irene blinzelte mir zu. Nein, anscheinend hatten wir wirklich nichts versäumt. Bis heute bin ich den Verdacht nicht losgeworden, daß Frau Marquardt diese Exkursion absichtlich ins Programm genommen hatte, denn sie mußte ja schon vorher über die gespannte Lage in Jericho Bescheid gewußt haben. Weshalb sonst war sie gestern hergefahren? Diese müde herumhängenden Wanderer sahen nicht so aus, als ob sie auf eine intensivere Erkundung der Oase noch großen Wert legten.

»Ich glaube, wir sollten jetzt erst einmal etwas essen«, schlug sie vor. »Dabei können wir uns ein bißchen erholen, und später besuchen wir den Herodes-Palast.«

»Aber erst sehr viel später«, kam es aus einer Ecke.

Wir wurden in den Nebenraum gebeten, wo schon zu einer Tafel zusammengeschobene gedeckte Tische auf uns warteten. Das kulinarische Angebot erschöpfte sich außer in Hummus und Tahina in zwei weiteren Gerichten mit unaussprechlichen Namen, doch wer wollte, konnte auch etwas mit Hühnern bekommen. Wir wollten alle. In Anbetracht der Zeitspanne, die zwischen Bestellung und Servieren des Menüs lag, darf man getrost annehmen, daß zumindest ein Teil der Hühner erst eingefangen und geschlachtet werden mußte. Aber wir hatten ja genügend Zeit und nun auch genügend Gelegenheit, Spekulationen über die uns heute abend zu erwartende »Überraschung« anzustellen. Menachem hatte sie angekündigt, war jedoch zu weiteren Informationen nicht bereit gewesen. Sonst sei es ja keine Überraschung mehr.

»Vielleicht ein Konzertabend?« Frau Terjung hatte sich ohnehin schon beklagt, daß der kulturelle Aspekt zu kurz käme. Das philharmonische Orchester von Jerusalem genieße doch einen ausgezeichneten Ruf.

»Dann schon lieber Bauchtänzerinnen«, feixte Robert. »Die sind auch Kultur.«

Nachdem wir vom Fackelzug über den Ölberg bis zum nächtlichen Bad im Jordan alle Möglichkeiten durchgespielt hatten, kam das Essen – und danach die große Müdigkeit, die nicht mal der Kaffee vertreiben konnte, den auch ich bestellt hatte, obwohl er mir noch immer nicht schmeckte.

Bevor wir endgültig einschliefen, rief Frau Marquardt zum Aufbruch. Alberto mußte erst geweckt werden und murmelte, noch im Halbschlaf, er habe schon genug Ruinen gesehen, und die in Spanien seien sowieso viel schöner. Wo denn, bitte sehr, die nächste Kirche stehe, da sei es wenigstens kühl.

Die Sonne knallte erbarmungslos vom Himmel, als wir uns wieder auf den Weg machten. Stadtauswärts natürlich, rein durften wir ja nicht. Zum Glück liegt der anvisierte Palast außerhalb. Auf einem Berg. Sehr hoch ist er nicht, doch bei achtundzwanzig Grad erscheint einem jeder Hügel wie der Mont Blanc.

»... Viel Steine gab's und wenig Brot«, rezitierte Anneliese mal wieder, während wir aufwärts stapften und ich mir überlegte, aus welchem Gedicht das wohl stammte. »Ha'm wir das nicht auch mal gelernt, Irene?«

»Als Kaiser Rotbart lobesam ins heil'ge Land gezogen kam ...«, begann sie, wurde jedoch sofort von Anneliese unterbrochen. »Richtig! Ich habe nur den Anfang nicht mehr gewußt.«

Als wir endlich oben waren, hatte sie gerade mit der letzten Strophe angefangen. Die mußten wir uns noch anhören, dann durfte Menachem weitermachen. »Dieser Palast wurde von Herodes als Sommersitz erbaut, während die berühmten Winterpaläste der Omajjaden, die wir leider nicht besuchen können, erst siebenhundert Jahre später entstanden sind, also zur Zeit von Kalif Hisham Ibn Abd el-Malik. Die Überreste sind ein Zeugnis der hohen Kultur ...«

»Hadschi Halef Omar Ben Hadschi Abul Abbas Ibn Hadschi Dawuhd al Gossara.«

Irene hatte entschieden zuviel Sonne abgekriegt. Unauffällig zog ich sie zur Seite. »Komm, wir setzen uns rüber in den Schatten. Ich weiß zwar nicht, wie sich ein Sonnenstich auswirkt, aber mir scheint, du hast einen!«

»Quatsch! Ich habe bloß wissen wollen, ob ich diesen blöden Namen noch runterleiern kann. Weißt du nicht mehr, wie wir ihn damals so lange geübt haben, bis wir ihn im Schlaf konnten?«

Schon wieder Karl May! »In Jericho ist der aber nie gewesen.«

»Der ist überhaupt nirgendwo gewesen.«

»Ich rede nicht von Karl May, sondern von Hadschi Halef Omar.«

»Der auch nicht.«

Du liebe Zeit, meine normalerweise recht standfeste Freundin würde doch wohl nicht von dem einen Glas Karmel-Wein beschwipst sein? Aber ich hatte sie ja gewarnt. No alcohol before sundown! Alte Tropenweisheit. »Du blamierst die ganze Innung!«

»Wieso denn? Die lauschen doch alle andächtig, was Kalif Hashim Ibn – wie hieß der Kerl? Na ja, was der hier alles gebaut hat. Sogar ein Badehaus. Schade, daß das auch kaputt ist. Ein paar Runden durch den Pool wären jetzt genau das richtige!«

Menachem hatte seinen Vortrag beendet, und der Troß zog weiter, um nunmehr die Einzelheiten zu besichtigen. Zum Beispiel die Mauern mit den erstaunlich gut erhaltenen Säulen und die Ornamente, vor fünfzig Jahren aus dem Sand gebuddelt und später so hingestellt, daß man sie gut fotografieren kann. Wie groß der Palast einmal gewesen ist, läßt sich nur erahnen. Wenigstens gab es damals keinen Dienstbotenmangel, zumal Herodes doch wohl Sklaven gehabt hatte, die – abgesehen vom Anschaffungspreis – auf Dauer recht kostengünstig gewesen waren und auch noch keine Sozialversicherung gebraucht hatten.

Nach dem obligatorischen Gruppenfoto stiefelten wir wieder abwärts. Schnell noch ein Glas Saft, nein, besser zwei, und dann ab in den Bus. Diesmal blieben wir nicht im Sand stecken, was auch zwecklos gewesen wäre, denn zum Anschieben hätte Shimon niemanden wach bekommen. Alles schlief.

Es war kurz vor fünf, als wir in Jerusalem eintrafen, doch selbst Irene äußerte mit keinem Wort den Wunsch, ein letztes Mal durch die Stadt zu bummeln. »Ich hau mich jetzt aufs Ohr.«

Ich auch. Schließlich muß ich für die orientalische Nacht Kräfte sammeln.«

»Abend, mein liebes Kind, nur Abend. Gib dich also keinen falschen Hoffnungen hin.«

Die angekündigte Überraschung bestand darin, daß wir heute nicht im hoteleigenen Restaurant essen würden, sondern woanders, nämlich in einem »echt arabischen«, mit allem, was dazugehört. Es blieb der Phantasie jedes einzelnen überlassen, was er als dazugehörig erwartete. Mir schwanten in erster Linie niedrige Tische und Kissen auf dem Boden, woran europäische Bandscheiben nicht gewöhnt sind. »Ob wir auch mit den Finger essen müssen?«

»Solange ich sie mir dabei nicht verbrenne, ist mir das egal«, sagte Irene. Empfehlenswert sei allerdings, alte Kleider anzuziehen.

»Wehe dir! Die kommen doch bestimmt alle wieder in Taft und Seide.«

»Laß sie doch. Wo *wir* sind, ist vorn. Basta!«

Bevor ich ins Bett kroch, versteckte ich die noch halbvolle Flasche hinter der Gardine. Bisher hatten wir nur den weißen Karmel-Wein getrunken, doch der war alle, und der rote schien Irene nicht zu bekommen.

Ihre Prophezeiung traf zu. Ausgeschlafen und feingemacht, versammelten wir uns in der Halle, um uns in das arabische Nachtleben zu stürzen. Das begann schon zwei Straßenecken weiter vor einem Haus, das sich von den rechts und links danebenstehenden in keiner Weise unterschied. Fachkundig musterte Robert die Fassade. »Im ersten Stock brennt rotes Licht. Wenn wir nicht Damen dabei hätten, würde ich sagen, das ist ein Puff.«

Natürlich war es kein Puff, sondern ein Restaurant, das meine Vorstellungen von arabischem Ambiente endlich erfüllte. Von der in Hufeisenform gedeckten Tafel bis zu den rings an den Wänden stehenden Plüschbänken war alles rot. Mich erinnerten sie gleich wieder an meine Großmutter väterlicherseits, die im Wohnzimmer rund um ihren Kachelofen auch solche Sitzgelegenheiten hatte. Im Sommer wurden die Bänke abgebaut, und im Winter, wenn der Ofen so richtig schön bullerte, durfte ich nie darauf sitzen, weil das angeblich ungesund und nur bei Rheuma heilsam war.

Der Wandschmuck dieses Etablissements bestand aus riesigen Bildern, aber keinen gemalten, sondern gewebten – in Fachkreisen auch Gobelins genannt. Auf einem Teppich waren bepackte Kamele zu sehen, auf einem anderen halbnackte Männer, die bis zu den Augen vermummten Tänzerinnen zuschauten. Ein drittes Bild zeigte einen knienden Araber mit halberhobenen Händen, neben sich einen liegenden Mann, wobei offenblieb, ob der nun tot war oder bloß schlief. Folglich ließ sich auch die Frage nicht beantworten, was es mit dem anderen Mann auf sich hatte. Hatte ihn der Muezzin zum Gebet gerufen, oder hatte er gerade seinen Kumpel umgebracht?

Bei dem Gobelin an der gegenüberliegenden Wand mußte es sich um ein importiertes Kunstwerk handeln, denn Löwen und Tiger findet man in Israel normalerweise nicht.

Nachdem geklärt war, wer wo und vor allem neben wem sitzen würde, schoben wir uns der Reihe nach in die Bänke. Irene als letzte. »Bevor die weinselige Verbrüderung anfängt, können wir uns wenigstens unauffällig verdrücken.«

Da saßen wir nun wie Hühner auf der Stange und warteten auf das, was kommen würde. Es kam in Gestalt zweier phantasievoll gekleideter Kellner, die wissen wollten, was die Herrschaften zu trinken wünschten. Einhellige Antwort: »Bier!«

Nun bin ich absolut kein Biertrinker, komme bestenfalls auf zwei Liter pro Jahr, vorausgesetzt, wir haben einen warmen Sommer und schmeißen öfter mal den Gartengrill an, doch hier wurde ich einfach überstimmt. Mein Ruf nach Mineralwasser verhallte ungehört. Dabei hat mir Sascha mal erklärt, Kenner würden zu einem guten Essen niemals Alkohol trinken, denn damit würden sie den Geschmack des jeweiligen Gerichts beeinträchtigen. Als gelernter Restaurantfachmann muß er das schließlich wissen.

»Aber wann trinkt man denn die sündhaft teuren Weine, die ihr immer auf eurer Karte habt?« hatte ich ihn gefragt.

»Zwischen den einzelnen Gängen.«

Wahrscheinlich trifft diese Regel nur auf jene Gourmet-Tempel zu, in denen man drei Stunden beim Essen sitzt und hinterher ebenso viele Hundertmarkscheine auf den Tisch legt – ohne Getränke und ohne Trinkgeld.

Zurück zum arabischen Abend. Die Getränkefrage war also geklärt, um die Zusammenstellung eines Menüs brauchten wir uns nicht zu kümmern, das hatte Menachem schon gestern abgeklärt. So bekamen wir statt Schafsaugen und Stierhoden (nachzulesen bei Karl May!) ein ganz normales Essen mit Lamm und diversen Gemüsen, ein bißchen schärfer gewürzt als üblich, doch als typisch arabisch hätte ich es nicht eingeordnet. Ich muß jedoch zugeben, daß ich auch nicht weiß, was Araber gewöhnlich essen.

Es gab Teller und richtiges Besteck, nicht mal abgenagte Knochen konnten wir auf den Boden werfen, weil keine übrigblieben, und der später georderte Wein wurde nicht aus einem getrockneten Kuhmagen in die Gläser gegossen, sondern kam in normalen Karaffen auf den Tisch. Sehr enttäuschend das Ganze!

Als wir beim Kaffee angelangt waren, auf den die meisten zugunsten eines süßlichen Schnapses verzichtet hatten, wurde die Stimmung zusehends lockerer. Uwe hatte sich wohl vorgenommen, seine Wut über die entschwundene Claudia in Alkohol zu ersäufen, jedenfalls hielt er den Getränkekellner ständig auf Trab. Betti mißbilligte diese Art von Frustabbau. »Laß das, Uwe, das bringt doch nichts! Morgen hast du bloß wieder einen Kater!«

»Na und? Ist doch meine Sache, nich? Du hast mir gar nichts zu sagen. Oder bist du meine Mutter? Nein, biste nich. Wärste wohl gerne, was?« Seine Stimme wurde immer weinerlicher. »Ich habe schon eine Mama, und die sitzt jetzt ganz allein zu Hause ... Hat sie das nötig? Ich wollte ja gar nich wegfahrn, Claudia wollte, und nu isse fort, und meine Mama is ganz allein, und ich bin ganz allein ...« Der Rest ging in einem Tränenausbruch unter.

Betti zerschmolz vor Mitleid, hatte aber zuwenig Erfahrung im Umgang mit alkoholisierten Jammerlappen. Über die verfügte Gregor. Er zog den weinerlichen Knaben aus dem Verkehr, indem er ihn zurück zum Hotel brachte und ins Bett steckte.

Eigentlich hätten wir anderen jetzt auch gehen können. Gesättigt und je nach Aufnahmekapazität mehr oder weniger gut abgefüllt, hatten sich dieselben Grüppchen gebildet wie sonst auch, nur hieß es heute nicht »Geselliges Beisammensein« sondern »Arabischer Abend«. Arabisch klang jedoch nur noch die Hintergrundmusik, sehr gewöhnungsbedürftig und streckenweise ähnlich melodisch wie früher das Flötenspiel meines Nachwuchses.

Gregor kam zurück, und ihm zu Ehren wurde die Musik plötzlich lauter. Nein, wohl doch nicht seinetwegen, denn nach ihm schwebte eine Blondine in den Raum mit obenrum wenig an, sah man mal von der Tüllgardine ab, die ihr Gesicht bis zur Nasenspitze verhüllte. Die nahm sie aber auch noch ab, und zum Vorschein kam ein recht hübsches rundes Gesicht mit blauen Augen und Grübchen am Kinn.

Beifall von allen Seiten, untermalt von vielen Aaahhs und Ooohhs. Menachem stand auf, begrüßte formvollendet den Gast und stellte ihn als Suleika vor, erst unlängst dem Harem eines Wüstenscheichs entkommen und immer noch auf der Flucht vor Verfolgern. Noch kein Ungläubiger habe sie beim Tanzen bewundern dürfen, doch heute abend würde sie zum erstenmal ...

»Glaubt er wirklich, wir nehmen ihm das Gesülze ab?« wollte Irene von mir wissen. »Die hat in ihrem ganzen Leben noch keinen Scheich gesehen. Suleika stammt wahrscheinlich aus Hannover oder Wanne-Eickel und hat gerade einen Bauchtanzkursus hinter sich. Derartige Schulen schießen doch zur Zeit wie Pilze aus dem Boden. Bei mir in der Nähe gibt es auch eine.«

»Ist doch egal, woher sie kommt. Das Ganze ist ein netter Gag, weiter nichts.«

Suleika ließ noch einen Schleier fallen, und nun konnten wir sie in voller Schönheit vom vorne geschlitzten Rock bis zum knappen Oberteil einschließlich Glasrubin im Bauchnabel bewundern. Goldkettchen klirrten an Armen und Beinen, die Haarflut wurde von einer Art Diadem gebändigt. Ich hatte nicht halb so prächtig ausgesehen, als ich vor zwei Jahrzehnten bei einem dörflichen Faschingsfest als Haremsdame herumgelaufen war.

Dann begann Suleika zu tanzen. Vermutlich hätte jeder Experte fernöstlicher Bräuche resignierend die Augen geschlossen, doch wir befanden uns ja im Nahen Osten, und als Fachmann durfte sich wohl niemand von uns bezeichnen. Wenigstens wackelte der Bauch vorschriftsmäßig, er zitterte sogar, und ich wartete nur auf den Augenblick, da des Nabels Zier rausfallen und sämtliche Männer unter die Tische kriechen würden, um das Juwel zu suchen. Gregor schien ähnliches zu bewegen. »Wie hat sie den Klunker bloß festgemacht?«

»Mit Sekundenkleber«, vermutete ich.

»Glaube ich nicht. Damit kriegt sie ihn nämlich nicht wieder runter, ohne die Haut mit abzureißen.«

»Dann vielleicht mit einem Druckknopf. Wenn sie jeden Abend zum erstenmal vor Ungläubigen tanzt, würde sich ein kleiner chirurgischer Eingriff schon rentiert haben.«

Eine Beantwortung dieser Frage erhofften wir uns später

von Menachem, denn Suleikas Darbietung näherte sich dem Höhepunkt. Sie verfiel in epileptische Zuckungen, der Bauch vibrierte wie ein Lkw im Leerlauf, die Musik wurde immer schriller, und dann war auch schon alles vorbei. Suleika nahm den enthusiastischen Beifall entgegen, überhörte die Rufe nach einer Zugabe und – nein, jetzt schwebte sie nicht mehr, sie schlich vielmehr zur Tür hinaus.

Menachem wurde um Vermittlung gebeten. Man dürfe die Dame doch sicher zu einem Glas Wein einladen, in allen Ehren natürlich, und später werde man sie nach Hause begleiten wegen der möglichen Verfolger. Dieses Angebot kam von Robert.

Suleika ließ sich nicht lange bitten. Beinahe hätten wir sie nicht erkannt, als sie in Jeans und Sweatshirt, die Locken in einem Pferdeschwanz gebändigt, zurückkam. Im übrigen hieß sie Joanne, stammte aus Wisconsin, war angeblich Studentin, und Bauchtanz machte sie just for fun – einschließlich kostenlosem Abendessen und der zu erwartenden freiwilligen Spende, zu hinterlegen im Körbchen neben der Tür.

Als die nächste Batterie Flaschen auf dem Tisch abgeladen wurde und Alberto vergeblich versuchte, Heini die politischen Ziele der baskischen ETA zu erklären, während Elena für Betti die Zutaten einer echten spanischen Paella aufzählte, meinte Irene: »Ich glaube, jetzt sollten wir langsam verschwinden.«

»Langsam?«

Gregor bot sich als Begleitschutz an. »Das ist wirklich nicht nötig«, sagte ich höflich. »Bis zum Hotel sind es kaum fünfhundert Meter, die schaffen wir schon allein.«

»Ich will doch auch weg«, flüsterte er zurück. »Und so geht es am besten.«

»Na, dann los!«

Aber so einfach war das nicht. Betti hatte ihre Augen überall. »Sie wollen uns doch nicht etwa schon verlassen, jetzt, wo es so gemütlich ist?«

Ich war gerade im Begriff, etwas von »ein bißchen frisch

machen« zu faseln, als Anneliese herablassend meinte: »Reisende soll man nicht aufhalten.«

»Verliebte schon gar nicht«, gluckste Waltraud, die auch schon mehr getankt hatte, als ihr guttat. »Na, dann schlaft mal schön, ihr beiden Hübschen«, rief sie uns noch kichernd hinterher.

»Dämliche Gans!« schimpfte ich vor der Tür, aber Gregor lachte nur. »Seid doch froh, daß sie nicht mit großen geistigen Gaben gesegnet ist, sonst wäre euer Spielchen schon längst aufgeflogen. Ich habe ja auch eine Weile gebraucht, bis ich dahintergekommen bin.«

Ich markierte die Ahnungslose. »Welches Spiel?«

»Hat Frau Marquardt etwa was verraten?« Irene weiß immer gleich, wenn sie verloren hat.

»Kein Wort«, beteuerte Gregor, »nur macht ihr das manchmal ein bißchen zu auffällig. Echte Lesben benehmen sich anders.«

»Woher wollen Sie das denn wissen?«

»Weil ich selbst schwul bin!«

12

»Wenn wir morgen sowieso noch mal hier übernachten, weshalb lassen wir das Gepäck nicht einfach da?« Ich stand vor dem geöffneten Koffer und versuchte die unbegreiflicherweise auf das Doppelte ihres ursprünglichen Volumens aufgeblähte Garderobe hineinzustopfen. »Eine Tasche mit Nachthemd, Waschzeug und zwei T-Shirts sollte doch genügen.«

»Hast du eine Tasche? Siehste! Ich auch nicht und noch viel weniger saubere Klamotten.«

»Von sauber habe ich ja gar nichts gesagt.« Parallel zur abendlichen Schönheitspflege hatten wir zwar mal unsere hausfraulichen Tugenden aktiviert und »kleine Wäsche« veranstaltet, doch weder mit Toilettenseife noch mit Shampoo hatten wir die porentiefe Reinheit erzielt, von der Frau Klementine immer so schwärmt. *Eine* saubere Bluse besaß ich noch, doch die brauchte ich für den Rückflug.

»Ist dir eigentlich klar, daß wir übermorgen schon wieder zu Hause sind?«

»Ja, leider«, sagte Irene, ihre Ableger bewässernd, denn die wollte sie dem Hotelportier in Obhut geben. »Aber hast du auch schon mal daran gedacht, daß heute in vier Wochen Heiligabend ist? Ich weiß nicht, warum, doch Weihnachten kommt immer so plötzlich!«

»Dann kannst du dich ja nachher in Bethlehem darauf einstimmen.«

So lange brauchte sie gar nicht zu warten. Schon bei der letzten Tasse Kaffee am Frühstückstisch zog Elena das Neue Testament aus der Tasche und las die Weihnachtsgeschichte vor, »damit auch diejenigen, denen manchmal das nötige Verständnis fehlt, daran erinnert werden, was sich in Bethlehem zugetragen hat.«

Das galt in erster Linie uns beiden. Also saßen wir mit ergebener Miene und artig gefalteten Händen vor den leergegessenen Tellern und versuchten uns den Stall vorzustellen, der ja gar keiner gewesen war, sondern eine Grotte.

»Amen«, sagte Elena und klappte das Buch zu.

»Jetzt hat sie's uns aber gegeben!« meinte Irene, den Koffer zum Bus schleppend. »Also unterlaß heute alle despektierlichen Bemerkungen.«

»Wieso ich? *Du* hast doch den Fußabdruck ...«

»Stimmt, aber der ist einfach zuviel gewesen!«

Bis auf Claudia waren wir wieder komplett. Hanni, inzwischen genesen, behauptete zwar, noch immer Gummibeine zu haben, doch längere Fußmärsche waren heute ohnedies nicht vorgesehen. Anneliese bot sogar einen Platztausch an. Ganz vorne, gleich hinter dem Fahrer, seien die Erschütterungen des Busses am wenigsten zu spüren. Die Patientin lehnte dankend ab, sie wolle lieber hinten sitzen, wo sie sich zwischendurch auch mal hinlegen könne.

Ich rätselte noch, ob das nur ein Vorwand war, um unsere abgeschottete Zweisamkeit besser beobachten zu können, als sie mir zuflüsterte: »Uns geht das dumme Gequassel da vorne schon lange auf den Geist. Wir hatten bloß noch keinen plausiblen Grund gefunden, die Plätze zu wechseln. Es stört Sie doch hoffentlich nicht?«

Doch, wir fühlten uns gestört, aber nur so lange, bis wir Gustl sagen hörten: »Ich möchte zu gern wissen, weshalb die beiden Schwestern überhaupt verreisen. Tapetenwechsel? Die wechseln doch bloß ihre Meinungen und Vorurteile.«

Wüste. Gleich hinter Jerusalem fängt sie an und zieht sich runter bis nach Ägypten. In Israel heißt sie Negev, in Ägypten Sinai. Der Sand ist derselbe.

Nach Bethlehem ist es nicht weit. Frau Marquardt schaffte es kaum, dem mehr oder weniger aufmerksam lauschenden

Publikum die obligatorischen Daten zu vermitteln. Danach hatte Kaiser Augustus bereits 7 v. Chr. die Volkszählung angeordnet. Tatsächlich? Selbst wenn man berücksichtigt, daß sich die Kommunikationsmöglichkeiten vor zweitausend Jahren auf reitende Boten beschränkt hatten und die mit der Gesamtorganisation befaßten Beamten vielleicht schon damals nicht so besonders schnell gewesen waren, drängt sich einem doch die Frage auf, wieso Maria und Joseph offenbar mehrere Jahre gebraucht haben, um von Nazareth nach Bethlehem zu reisen. Aber das waren schon wieder ketzerische Überlegungen, und Irene verbot mir strikt, sie laut zu äußern.

Frau Marquardt war inzwischen bei Kaiser Konstantin angekommen, der dreihundert Jahre später an der Geburtsstätte eine Basilika bauen ließ und damit den Fremdenverkehr ins Leben rief. Damals hieß er noch Pilgerzug. Dann kamen – wie üblich – die Kreuzfahrer und nach ihnen die Türken. Im 18. Jahrhundert begann auch hier, genau wie bei der Grabeskirche in Jerusalem, der Streit zwischen den einzelnen Konfessionen um den Besitz der Geburtskirche. Sie zanken sich bis heute.

Bevor wir im Kielwasser anderer Touristenbusse in die Stadt hineinfuhren, hielten wir bei der Engelskapelle. Sie beschirmt eine Höhle, in der damals die Hirten Unterschlupf gesucht hatten, wenn das Wetter mal nicht so schön gewesen war wie heute. Dort soll ihnen auch der Engel erschienen sein.

Nun ist es nicht ganz leicht, sich weite Felder mit Schaf- oder Ziegenherden vorzustellen, wenn man zwischen lauter Wohnhäusern steht; auch Bethlehem hat inzwischen seine Grüne-Witwen-Ghettos. Zum Glück hatten wir schon etliche Kilometer Wüste hinter uns, denn wenn man sich die grün denkt statt braun und mit ein paar hundert Vierbeinern bevölkert, kann man die damaligen Gegebenheiten doch ein bißchen realisieren.

Bethlehem ist eine Großstadt, die überwiegend vom Fremdenverkehr lebt und trotzdem nicht genug Parkplätze hat. Erst auf dem dritten fand Shimon eine Lücke, und das auch nur, weil gerade ein anderer Bus mit Ordensfrauen abfuhr.

Der Weg zur Geburtskirche ist ganz leicht zu finden, man muß nur den Souvenirgeschäften folgen. Immer wieder zog der Huber-Sepp seine Frau mit sanfter Gewalt von den Auslagen weg. Warum nur hatte sie für den Herrn Pfarrer schon in Jerusalem das kleine Kruzifix gekauft, wo es doch hier viel schönere gab. Und erst die herrlichen Madonnen! Von ganz groß in Gips bis zu ganz klein als Medaillon um den Hals zu hängen. Oder vielleicht wäre das Bild von der Geburtskirche noch schöner gewesen, echt Öl mit Goldrahmen. »Dös nehme mir trotzdem mit, gell, Joseph? Dös kimmt dahoam an die Wand vom Herrgottswinkel.«

Joseph genehmigte den Ankauf des Kunstwerks, wollte aber bis zum Rückweg damit warten.

Die Geburtskirche betritt man durch das Tor der Demut, das heißt, man muß je nach Körpergröße nur den Kopf einziehen oder taschenmesserartig zusammenklappen. Die größten Schwierigkeiten hatte Gregor mit seinem Gardemaß von einsachtundneunzig. Zuerst bewunderten wir die wirklich sehr beeindruckenden Säulen der Basilika und die herrlichen Bodenmosaike. Als vor etlichen Jahren in der Nähe des Kölner Doms ein Mosaik ausgegraben wurde, überschlugen sich die Medien vor Begeisterung; wer nicht allzuweit entfernt wohnte, fuhr hin und bestaunte die ersten freigelegten Steinchen. Heute kann man das Kunstwerk nur von einer meterhohen Empore aus betrachten. In Israel darf man zwar auch nicht darüberlaufen, doch man steht immer direkt davor. Zugegeben, die Israelis haben mehr Mosaikböden zum Vorzeigen als wir; vielleicht sind sie deshalb nicht so pingelig.

Das rote Licht an Heinis Kamera erlosch, immer ein Zeichen dafür, daß wir weitergehen konnten, treppab zu den Grotten. Eine davon ist die des Sophronius Eusebius Hieronymus, jenes Kirchenvaters, der im 4. Jahrhundert vom damaligen Papst den Auftrag erhalten hatte, die lateinische

Bibel neu zu bearbeiten. Da er als einer der bedeutendsten Gelehrten seiner Zeit gegolten und vor seinem Tod lange in Bethlehem gelebt hatte, wurde ihm sein letzter Wunsch erfüllt, nämlich da begraben zu werden, wo Jesus geboren sein soll. Dort ruhte er auch, bis die Kreuzfahrer kamen. Die waren ganz anderer Meinung gewesen, hatten seine Gebeine wieder ausgegraben und nach Rom gebracht. Jetzt liegt Hieronymus in Santa Maria Maggiore, wo er bestimmt nicht hingewollt hatte. Von ewiger Ruhe kann auch keine Rede mehr sein, die Kirche steht nämlich zwischen zwei äußerst belebten Straßen.

Die Geburtsgrotte fanden wir auch noch. Ein silberner Stern kennzeichnet die Stelle, wo Jesus geboren sein soll. Es ist schon bemerkenswert, daß man noch nach Hunderten von Jahren – er wurde erst 1717 angebracht – genau den Platz wußte, wo … Nein, nicht schon wieder! Irene zuckte nur leicht mit den Schultern, als ich sie fragend ansah. Sie hatte wohl auch ihre gewissen Zweifel. Die Fragwürdigkeit der zentimetergenauen Ortsangaben erörterten wir erst später und kamen zu dem Schluß, daß man schon sehr gläubig sein muß, um alles als Wahrheit hinzunehmen.

Es mußte aber schon andere Skeptiker gegeben haben, denn 1847 wurde der Stern von den Griechen entfernt. Damit waren nun wieder die Türken nicht einverstanden gewesen, doch erst auf Druck ihrer Regierung kam der Stern an seinen alten Platz zurück.

Daß der silberne Zankapfel einer der Gründe für den späteren Krimkrieg gewesen sein soll, halte ich schlichtweg für ein Gerücht. Völkerschlacht wegen einer zwei Quadratmeter großen Bodenplatte?

Den Souvenirjägern billigte Frau Marquardt zwanzig Minuten zu. Wer weder an Arafat-Tüchern noch an einem Holzhäuschen mit Krippe, Ochs und Eselein interessiert sei, könne ja schon langsam zum Parkplatz gehen. Sie selbst werde mit den anderen in Kürze da sein.

Auf dem Weg dorthin kam uns ein reichlich genervter

Shimon entgegen. »Do bleibst!« rief die Huber-Maria sofort. »I muß mei Tascherl ham, do is mei Geld drin für's Bildle, was i no kaufe will.«

»Die Tasche bekommen Sie, sobald ich meinen Bus gefunden habe.«

»Wie? Ist der geklaut worden?« fragte Gregor erstaunt.

»Bestimmt nicht«, kam es kleinlaut zurück. »Ich finde bloß den Parkplatz nicht mehr. Sonst halte ich immer auf einem anderen.«

»Bis dahin ist es zu spät zum Einkaufe«, jammerte Maria.

Irene nahm die Sache in die Hand. »Was kostet denn das Bild?«

Das wußte die Maria nicht mehr so genau, aber arg teuer sei es nicht gewesen.

»Hat jemand genug Geld dabei? Wenn nicht, müssen wir zusammenlegen.«

Herr Terjung konnte mit vierzig Schekel aufwarten und notfalls drei Kreditkarten, Gregor hatte auch noch zwei Scheine in der Tasche. Mit dem, was Irene und ich fanden, kam genügend zusammen, um den Ankauf auch eines etwas größeren Ölgemäldes zu ermöglichen. Maria bedankte sich überschwenglich und wird uns wohl in ihr Abendgebet eingeschlossen haben.

Wir anderen machten uns auf die Suche nach dem Bus, von dem ich nur wußte, daß er blau war. »Steht da irgendwas drauf?«

Gar nichts, bedauerte Shimon, doch an der Windschutzscheibe hänge ein Wuscheltier. Das hatten wir bald gefunden. Leider baumelte es an einem weinroten Bus.

Jetzt übernahm Herr Terjung die Führung. »Ich weiß genau, daß wir zweimal links abgebogen sind.« Folglich schwenkten wir nach rechts. Das war falsch, denn da gab es keine Andenkenläden. Shimon glaubte sich zu erinnern, daß hinter dem Parkplatz eine Kirche gewesen sei, und erntete lautes Gelächter. »Hättste dir nicht was anderes merken können?«

Der dritte Wuschel war endlich der richtige. Wir fanden

ihn auch nur deshalb, weil sich der Rest unserer Gruppe um den abgeschlossenen Bus verteilt hatte und nach seinem verschwundenen Fahrer Ausschau hielt. Heini hatte sogar sein Fernglas herausgeholt. Entdeckt hat er uns trotzdem nicht, er stand auf der falschen Seite.

Das nächste Ziel hieß Hebron. In die Stadt durften wir zwar hineinfahren, jedoch nicht aussteigen. Zu riskant. Die offene Feindseligkeit zwischen Juden und Arabern mache nicht einmal mehr vor Touristen halt, erklärte Menachem, weshalb es wohl besser sei, gleich weiterzufahren.

»Isaak und Jakob und Abraham und Rebekka ...«

»Was ist mit denen?«

»Moment mal, ich kriege sie noch zusammen.« Irene lehnte sich zurück und schloß die Augen. Das tut sie immer, wenn sie nachdenkt. Manchmal ist sie darüber auch schon eingeschlafen.

»Jetzt hab ich's. Sarah und Lea!«

»Ja und?« Doch dann ahnte ich, weshalb sie die ganzen Namen herunterleierte. »Wirst du etwa noch mal Oma???« Aller guten Dinge sind drei, zweimal hatte sie es schon zu großmütterlichen Würden gebracht. »Das sind zwar wunderschöne biblische Namen, doch Abraham würde ich meinen Enkel trotzdem nicht nennen«, überlegte ich laut. »Isaak auch nicht. Stell dir mal vor, wie der arme Kerl in der Schule gehänselt würde. Aber Lea ist hübsch. Vielleicht wird's ja ein Mädchen.«

Nun war sie es, die mich verdutzt ansah. »Du sitzt mal wieder im völlig falschen Zug. Abraham und die anderen sind hier begraben.«

»Wo?«

»In Hebron.«

Egal, wir waren sowieso schon wieder draußen aus der Stadt.

»Weißt du wenigstens, wer Isaak gewesen ist?« forschte sie nach.

»Jawohl, das war Abrahams Sohn!« Er kommt nämlich oft im Kreuzworträtsel vor. Und die anderen gehörten auch zur

Familie. Hoffte ich wenigstens, ganz sicher war ich mir nicht.

Shimon kurvte schon wieder auf einen Parkplatz. Nanu? Keine Synagoge zu sehen, keine Moschee, nicht mal eine Kapelle, nur ein langgestreckter Betonschuppen, der wie eine Fabrikhalle aussah. »Gibt es hier auch schon Autobahnkirchen?« Ich war mal an einer vorbeigekommen, die große Ähnlichkeit mit einem Container gehabt hatte, und hätte ich nicht das Hinweisschild gesehen, dann hätte ich mich vermutlich nur gewundert, weshalb man Asylbewerber mitten in die Pampa setzt.

Doch das hier war wirklich eine Fabrik, und zwar eine Glasbläserei. Endlich mal etwas anderes! Mit Juhu stürmten wir in die Halle, und als wir nach einer guten halben Stunde wieder herauskamen, waren wir alle mehr oder weniger pleite. Wie wir unsere Ausbeute heil nach Hause bringen würden, war eine Frage, über die sich zu diesem Zeitpunkt noch niemand den Kopf zerbrach.

Mir hatten es am meisten die Vasen angetan. Nicht nur, daß sie ganz moderne Formen hatten, es gab sie auch in allen Farben. Am besten gefielen mir die blauen und die burgunderroten; wenn man sie gegen das Licht hielt, schimmerten sie wie Edelsteine. Glaube ich wenigstens, einen anderthalb Kilo schweren Rubin habe ich noch nie gesehen.

Irene deckte sich mit Kerzenleuchtern ein. Grüne hatte sie noch nicht, also gleich vier Stück bitte, und einen von den roten. Oder doch zwei? Einer allein sieht immer aus wie gewollt und nicht gekonnt. Und dann entdeckte sie die blauen Körbe, besser gesagt, die Körbe mit den blauen Anhängseln. Hauchdünne Kugeln in allen Größen, tropfenförmige Gebilde, aneinandergefügte Stäbchen, wie Windharfen klingelnd, ovale Formen, Glöckchen – in jedem Korb lagen andere Figuren. Irene erbat sich einen Pappkarton und packte ein. Hinterher ging der Deckel nicht mehr zu. »In diesem Jahr spendiere ich mir eine Weißtanne. Kein Lametta, nur Kerzen und diesen blauen Krimskrams. Kannst du dir das vorstellen?«

Doch, das konnte ich. Aber genausogut konnte ich mir vorstellen, daß unter dem Baum außer abgefallenen Nadeln nichts weiter liegen würde. In Berlin ist es anders als bei uns auf dem Land, wo man den Förster persönlich kennt. Für eine mickrige Fichte zahlt man dort ein kleines Vermögen, für ein zweieinhalb Meter hohes Edelgewächs ein großes.

»Man gönnt sich ja sonst nichts«, verteidigte Irene ihren Wunschtraum. »Weder habe ich mir in Jerusalem die Seide gekauft noch die Kette, und das Kamel habe ich auch nicht bestiegen. Irgend etwas muß ich doch mitnehmen dürfen.«

»Und was ist mit den Ablegern?«

»Die zählen nicht, die waren gratis.«

Wieviel sie am Ende für die ganzen Spielereien gezahlt hat, weiß ich nicht und will's auch lieber nicht wissen, ich fand schon die Vasen ziemlich teuer. Die Folgekosten sind noch höher. Osterglocken und Tulpen bekommt man relativ preiswert, allerdings nur im Frühling. Aber wo kriegt man im Winter gelbe Blumen her? Die sehen in der blauen Vase nämlich am schönsten aus. Rosa und weiß geht auch noch, nur kann ich Nelken nicht ausstehen, und Lilien gehören auf den Friedhof, wo man sie ja auch meistens findet.

Noch im Bus ging die erste Schale zu Bruch. Verena hatte das Zeitungspapierknäuel vom Sitz gefegt, ohne zu ahnen, daß Waltraud es soeben dort abgelegt hatte. Die nächsten Scherben gab es vor dem Schnellimbiß.

Zu fast jeder Reisegruppe gehören immer zwei oder drei Personen, die ohne geregelte Nahrungszufuhr ihr baldiges Ableben befürchten. Zwar haben sie ausgiebig gefrühstückt, tragen auch stets eine eiserne Ration in Form von Keksen und/oder Obst mit sich herum, gar nicht zu reden von zwei bis vier Tafeln Schokolade, doch ab zwölf Uhr mittags schreien sie nach richtiger Nahrung, und eine halbe Stunde später behaupten sie, die ersten Anzeichen eines Hungerödems zu spüren. Außerdem werden sie zusehends mürrischer, so daß im Interesse der Mitreisenden die nächste Raststätte auch die beste ist. Was in den seltensten Fällen stimmt.

Bei uns gehörte Heini zu den ewig Hungrigen. Und

Ännchen, angeblich nur auf das Wohlbefinden ihres Mannes bedacht und trotzdem ständig kauend. Sie stand auch als erste auf, es knackte verdächtig, dann waren aus dem schönen grünen Obstteller vier kleine geworden. Ännchen hatte ihn unter ihren Sitz geschoben und war draufgetreten.

»Nur gud, daß i glei zwei gäkaaft hab. Jetzt kriegt doi Schwester zu Weihnachde ewe doch den silberne Bilderrohme, wo ma die Fraa Gutzeit zum Gäbordsdag g'schenkt hot. Du weisch doch, Hoini, den wo wir koi bassendes Foto däfor hewe.«

Der Schnellimbiß hielt, was er versprach, denn wir brauchten nicht auf das Essen zu warten. Es wartete schon auf uns. Und das bereits ziemlich lange. Die Salatblätter waren welk geworden, das Gemüse lauwarm, und was sonst noch geboten wurde, sah auch nicht viel besser aus. Doch wir hatten ja Irenes Obsttüte aus Jericho, deren Inhalt wir redlich mit Hanni und Gustl teilten. Er verfügte sogar über das nötige Handwerkszeug, um den Kaktusfrüchten beizukommen.

»Tragen Sie diese Wundertasche immer mit sich herum?«

»Erst, seitdem ich Verena den Splitter aus dem Fuß gezogen und Frau Terjungs Absatz repariert habe.« Er reichte mir ein sorgfältig geschältes oranges Bällchen. »Gar nicht zu reden von Roberts Sonnenbrille. Ohne diese verspiegelten Scheuklappen fühlt er sich ja nicht angezogen.«

Vollgepumpt mit Vitaminen und entschlossen, die Wüste nunmehr schlafend zu durchqueren, kletterten wir wieder in den Bus. Frau Marquardt zählte. Seitdem wir Betti einmal zurückgelassen und ihr Fehlen erst nach zehn Kilometern bemerkt hatten, baute sich unsere Reiseleiterin immer neben der Tür auf und kontrollierte die Einsteigenden. »Dreiundzwanzig, vierundzwanzig – da fehlt doch schon wieder einer!«

Kurze Überprüfung der bereits belegten Sitze. Niemand vermißte seinen Nachbarn. »Sie haben sich bestimmt verzählt«, meinte Waltraud und fing von vorn an. Sie kam auch bloß bis vierundzwanzig. »Haben Sie sich denn selbst mitgerechnet?«

»Ich bin ja hier«, sagte Frau Marquardt trocken.

»Und Menachem?«

»Was gibt's?« tönte es von draußen, wo der Gesuchte noch mit Shimon palaverte.

Frau Marquardt hatte gerade angefangen, uns namentlich aufzurufen, als Verena sich meldete. »Gregor ist noch nicht da.«

Der Schuldige war ermittelt, jetzt mußte er nur noch gefunden werden. Das schaffte eine Ziege. Sie stöberte ihn hinter einem Busch auf, wo sie ungeachtet des menschlichen Hindernisses zwischen dessen ausgestreckten Beinen nach Futter suchte. Wir hörten einen Schrei, dann tauchte Gregor, barfuß über die Steine hoppelnd, endlich auf.

»Ich hab nix gehört«, entschuldigte er sich. »Gestern abend hab ich eine Schlaftablette genommen, die wirkt wohl immer noch. Habt ihr mich lange gesucht?« Er schlappte noch mal zurück, um seine Schuhe zu holen.

»Wer schläft, sündigt nicht.« Die Sprichwörter gingen Anneliese langsam aus; wir hatten sie schon bei Wiederholungen ertappt.

Gregor war noch immer nicht startklar. »Gibt's hier ein Aborthäusl?«

Menachem begleitete ihn. Es soll ja bereits vorgekommen sein, daß jemand auf der Klobrille eingeschlafen ist.

Restauriert und halbwegs wieder munter, entschloß sich Gregor, nunmehr auch im hinteren Teil des Busses Platz zu nehmen. Seinen Abgang begleitete Betti mit den Worten: »Wir sind Ihnen wohl nicht mehr gut genug?« Und Anneliese sagte spitz: »Gleich zu gleich gesellt sich gern.«

Ich grübelte noch über den Sinn dieser Bemerkung, als Gregor schon seine Habseligkeiten neben uns verstaute.

»Kooperative Hektik ersetzt geistige Windstille! Die drei Trutschen da vorn sollte man in der Wüste zurücklassen!«

Vermutlich hätte das nicht viel genützt. Schon Walt Disney hatte vor einigen Jahrzehnten bewiesen, daß »die Wüste lebt«, allerdings hatte er kriechendes und krabbelndes Getier gemeint; die Bewohner des Negev bewegen sich jedoch auf zwei Beinen vorwärts und heißen Beduinen. Wenn sie vier Beine haben, machen sie »mäh«, oder sie meckern, dann sind es Ziegen. Kamele (vierbeinige) gibt es ebenfalls, nur haben die in der Wüste einen noch hochnäsigeren Blick als die anderen und würden sich nie herablassen, einiger Touristen wegen auch nur den Kopf zu drehen. Die Beduinen übrigens auch nicht. Allenfalls ihre Kinder, malerisch zerlumpt und als begehrte Fotoobjekte gegen Bestechungen in Form von Geld oder Schokolade noch nicht gefeit. Frau Marquardt hatte uns zwar gebeten, den natürlichen Stolz der Beduinen zu respektieren und die Kameras im Bus zu lassen, doch Heini fühlte sich nicht angesprochen. »Ich gehe ja gar nicht hin«, sagte er, »die zoome ich mir ran!« Erst als Gustl ihm dummerweise dauernd vor die Linse geriet, gab er auf.

Immer noch Wüste. Mal hügelig, mal bretteben. Sand und Sonne, Sonne und Sand, letzterer in Form einer Staubwolke hinter uns her winkend. Am Horizont plötzlich eine Fata Morgana. Häuser. Kein einzeln stehendes Haus mit Coca-Cola-Reklame, wie es durstigen Wüstenwanderern zuweilen erscheint, sondern viele Häuser, kleinere und auch größere. Eine Stadt? Mitten in der Wüste? Wo kriegen die Wasser her?

Schon Abraham und Isaak seien mit ihren Herden hiergewesen, erzählte Frau Marquardt, doch erst um 1900 herum hätten die Türken ...

Schon wieder die beiden! Trotzdem bleibe ich dabei: Isaak ist kein passender Name für ein Berliner Enkelkind!

»... zum Teil schon seßhaft geworden und nicht mehr nomadisierende Viehzüchter. Früher trafen sie sich jeden Donnerstag vor den Toren der Stadt auf dem Beduinenmarkt. Den Markt gibt es immer noch, jetzt allerdings für Touristen. Arabische Händler verkaufen Sitzkissen, Messingteller, Kupfervasen und selbstgefertigten Schmuck.«

Daran war Verena interessiert. Sie erhoffte sich Anregungen für ihre eigenen Erzeugnisse. »Die hat sie auch nötig«, meinte Hanni in Anspielung auf die manchmal recht seltsamen Kreationen, mit denen Verena ihre Schlabberkleider aufwertete. Mich erinnerten sie immer an verknotetes Lametta, aber ich bin ja auch keine Kunstgewerblerin.

Zum Mitnehmen waren die Vasen zu schwer und die Messingschalen zu häßlich, und so ein ledernes Sitzkissen, Überbleibsel aus der späten Nierentisch-Ära, hatte ich erst unlängst zum Sperrmüll gestellt.

»Hier müßtest du doch etwas für deine Mädchen finden.« Irene wühlte bereits in Silberdraht und -ketten. »Wie gefallen dir die Ohrringe?« Sie hielt etwas fünf Zentimeter Langes in die Höhe.

»Überhaupt nicht. Außerdem tragen die Zwillinge nur Mini-Perlen. Steffi haßt Ohrringe. Ich auch.«

»Stimmt«, sagte sie nach kurzem Überlegen, »ich habe dich noch nie mit Clips gesehen. Warum eigentlich nicht?«

»Weil ich mit den Dingern immer ausschaue wie eine vom horizontalen Gewerbe.«

»Die sind jünger!« erwiderte meine Freundin. Dann feilschte sie um eine Kette, deren Anhängsel an eine kleine Geldbombe erinnerte, behauptete kühn, genau das gleiche Exemplar in Jerusalem zum halben Preis gesehen zu haben, bekam sie für ein Drittel und schenkte sie abends Verena, weil sie ihr dann doch nicht mehr gefiel. Meinen Vorschlag, sie auch an den Weihnachtsbaum zu hängen, hatte sie abgelehnt.

Außer der Tatsache, eine moderne Großstadt zu sein, hatte Be'er Sheva nichts Besonderes zu bieten. Oder doch. Der Baustil paßt sich hervorragend der Wüstenlandschaft an. Man sollte die Architekten mal an Spaniens Küsten schikken, bevor die alle restlos verschandelt sind.

Wieder hinein in die Wüste. Im Verhältnis zur Sahara ist der Negev gar nicht so groß, und trotzdem nahm er kein Ende. »Weißt du, wie viele Quadratkilometer dieser Sandkasten hat?«

Keine Antwort. Irene schlief. Gustl und Hanni ebenfalls.

Hinter mir schnarchte Gregor. Bevor ich selbst eindöste, hoffte ich nur, daß Shimon von der so abrupt ausgebrochenen Schlafkrankheit nicht auch angesteckt würde.

Aufgeweckt wurde ich durch das euphorische Geheul diverser Katzen, die offenbar über eine Flasche Baldrian hergefallen waren. Richtig wach, merkte ich endlich, daß Shimon das Radio auf volle Lautstärke gedreht und wohl einen arabischen Sender erwischt hatte. Der Erfolg war durchschlagend. »Stell sofort das Gejaule ab!« war noch die gemäßigte Form des fünfundzwanzigstimmigen Protests.

»Ich habe immer geglaubt, deine Geigenübungen seien nicht zu überbieten.« Diese nicht gerade schmeichelhafte Bemerkung sollte wohl nur Susanne Terjung hören, doch das Radio war verstummt, und nun vernahmen wir sie alle.

»Ach, wie interessant«, sagte Anneliese sofort. »Sie spielen Geige? Ein herrliches Instrument.«

Wenn man's kann! Nicht umsonst hatten wir mal Wand an Wand mit einem Geigenkünstler gewohnt. Solange er flotte Weisen für das nachmittägliche Kurkonzert geübt hatte, ließ sich das Gefiedel noch ertragen; schlimm war es erst geworden, wenn er komponierte. Eine moderne Oper sollte es werden, denn seine damalige Gespielin hatte gerade mit Gesangsunterricht begonnen. Da die Dame den Komponisten nach einem halben Jahr vor die Tür gesetzt hatte, ist es wohl diesem Umstand zu verdanken, daß das bedeutende Werk nie fertig geworden ist.

»Wie lange spielen Sie denn schon?« bohrte Anneliese weiter. »Nur für den Hausgebrauch, oder planen Sie auch öffentliche Konzerte?«

Susanne war Mitte Vierzig, also in einem Alter, in dem Solisten umgekehrt zu ihrem steigenden Einkommen die Zahl ihrer Auftritte allmählich vermindern. Die Frage schien Frau Terjung auch etwas peinlich zu sein. »Ich spiele nur zu meinem Vergnügen.«

»Wenn sie Geige spielt, kocht sie wenigstens nicht.« Das waren Herrn Terjungs letzte Worte nicht nur in dieser Angelegenheit, sondern für den Rest des Tages. Seine Frau redete nicht mehr mit ihm, und kaum im Hotel angekommen, verzog sich Harald mit einer Flasche Hochprozentigem aufs Zimmer, aus dem er erst am nächsten Morgen ziemlich verkatert wieder auftauchte. Betti hatte umsonst auf der Lauer gelegen, der erwartete Ehekrach hatte wegen Volltrunkenheit des männlichen Parts nicht stattgefunden.

Noch einmal würden wir in einem Kibbuz übernachten, in der Nähe von Arad, hatte Frau Marquardt gesagt, also beinahe mitten in der Wüste. Und bitte sparsam mit dem kostbaren Wasser umgehen, vielleicht sogar auf die morgendliche Dusche verzichten, die könnten wir beim Bad im Toten Meer nachholen. Möglichst früh schlafen gehen sollten wir auch, denn wir würden bereits um fünf Uhr geweckt werden. Warum? Um den Sonnenaufgang zu erleben.

»So früh geht die doch noch gar nicht auf«, sagte Jens nach einem Blick auf seine Uhr. Er trug nämlich einen sehr komplizierten Chronometer am Arm, mit dem er nicht nur auf hundert Meter Wassertiefe zu gehen vermochte, was ohnehin kein normaler Mensch tut, sondern auch alle möglichen Daten ermitteln konnte, die vielleicht für Börsenmakler oder Piloten nützlich sind, sonst aber niemanden interessieren. Als ich ihn mal nach der Uhrzeit gefragt hatte, weil meine Zwiebel (noch mit Rädchen zum Aufziehen!) stehengeblieben war, hatte Jens erst mehrere Knöpfchen drücken müssen. Er hatte noch die Konstellation der Mondphasen über Hawaii eingestellt gehabt oder etwas ähnlich Wissenswertes.

Was an einem Sonnenaufgang in der Wüste so besonders sein sollte, konnte ich mir zwar nicht vorstellen, aber wenn wir dazu mitten in der Nacht aus den Betten gescheucht wurden, mußte wohl doch etwas dran sein.

»Kriege mä denn scho so frieh ebbes zum Friehstick?«

Das werde sie noch abklären, versprach Frau Marquardt, vermutlich bekämen wir Lunchpakete mit, dann fände das Frühstück in Form eines Picknicks auf der Masada statt.

»Uf dä ... wo?«

Seitdem sich sogar Hollywood dieser Festung angenommen und einen Monumentalschinken über den heldenhaften Widerstand der Zeloten gegen die Römer gedreht hatte, setzte Frau Marquardt wohl voraus, daß alle Anwesenden über die damalige Tragödie im Bilde waren. Waren sie aber nicht. Zumindest Ännchen hatte noch nie etwas davon gehört und forderte Einzelheiten.

»Das überlasse ich Menachem.« Er bekam das Mikrofon in die Hand gedrückt und schilderte sehr eindrucksvoll den Untergang der Juden, die sich im 1. Jahrhundert gegen die römischen Besatzer erhoben hatten. Der Aufstand war blutig niedergeschlagen worden, doch ein kleines Häuflein Entschlossener hatte sich auf die Masada zurückgezogen, der letzten Bastion, die ihnen noch geblieben war.

Ursprünglich hatte Herodes diese Festung für sich bauen lassen – vermeintlich uneinnehmbar auf dem 440 m hohen Berg. Um etwaigen Belagerungen standhalten zu können, ließ er Zisternen anlegen und Vorratskammern einrichten, so daß sich die späteren Flüchtlinge in ihrem Exil sicher fühlen konnten. Von oben beherrschten sie die Ebene, und an dem steil abfallenden Felsen kam sowieso keiner hinauf.

Das hatte auch Flavius Silva einsehen müssen, Befehlshaber der 10. römischen Legion und mit dem Auftrag anmarschiert, Masada um jeden Preis zu zerstören. Vier Jahre lang haben die Belagerer und ihre jüdischen Sklaven gebraucht, um die berühmte Rampe zu bauen. Hatten die Zeloten anfangs noch versucht, die Arbeiter durch Steinwürfe und siedendes Öl zu behindern, so konnten sie doch bald den Zeitpunkt ihrer endgültigen Niederlage absehen und entschieden sich für den Freitod. Die letzte Rede von El 'Azar, dem Führer der Zeloten, ist sogar überliefert. »... Laßt uns sterben, ohne von unseren Feinden versklavt worden zu sein, und diese Welt als freie Menschen zusammen mit unseren Frauen und Kindern verlassen.«

Als die Römer schließlich die Festung stürmten, fanden sie neunhundertachtzig Tote und ein paar überlebende Frauen, die sich vor dem Massenselbstmord versteckt hatten.

Soweit die Historie. Die Gegenwart besteht aus einer Touristen-Attraktion, die natürlich auf unserem Programm nicht fehlte. Deshalb sollten wir auch oben auf der Masada zugucken, wie die Sonne über dem Toten Meer aufgeht – ein unvergeßlicher Anblick, der uns für das frühe Aufstehen hinreichend entschädigen würde.

Was mich anbelangt, so gibt es kaum etwas, das mir ein Aus-dem-Bett-geworfen-werden mitten in der Nacht schmackhaft machen könnte, allenfalls ein Flugzeug mit Kurs Äquator. Auf keinen Fall jedoch eine Bergbesteigung, noch dazu im Dunkeln. »Da brauchen wir ja Taschenlampen.«

Die seien überflüssig, entgegnete Menachem, wenn wir mit dem Aufstieg begännen, dämmere es bereits.

»Isses da oben nicht saumäßig kalt?« forschte ich weiter. Eine Sonne, die erst aufgehen muß, kann logischerweise noch nicht wärmen, und ebenso logisch ist es auf Berggipfeln immer windig. Unten bewegt sich kein Blatt, oben pfeift der Wind. Dazu ein leerer Magen, gar nicht zu reden vom Nichtausgeschlafensein – und das alles nur, um über Trümmer zu stolpern und die Sonne aufgehen zu sehen? Nein, danke! »Muß ich da unbedingt mit?«

Durchaus nicht, meinte Frau Marquardt, sie sähe nur gewisse Schwierigkeiten, wieder zur Gruppe zu stoßen. Einen Linienverkehr zur Masada gebe es nicht, und zu Fuß sei es wohl doch ein bißchen zu weit, immer quer durch die Wüste.

Das klang gar nicht gut.

»Wenn Sie sich den Aufstieg ersparen wollen, können Sie natürlich im Bus warten. Wir kommen ja wieder runter.«

Das klang schon besser. Die Rückbank bot einen ganz passablen Ersatz für ein Bett.

»Mach nicht so'n Hermann! Natürlich kommst du mit, und wenn ich dich eigenhändig den Berg raufschieben muß!« entschied Irene.

Bei diesem diktatorischen Ton ist jeder Widerstand zwecklos, das weiß ich aus Erfahrung. Sie kann nämlich verflixt hartnäckig sein. Zum Beispiel bei der Frage, ob wir selber kochen oder lieber essen gehen sollen. Da steht sie dann vor dem geöffneten Kühlschrank, findet eine Pappschachtel mit elf frischen Champignons, zieht ein paar Scheiben Schinken heraus, ein Rest Käse ist auch noch da, Sahne sowieso – also genug, um mit der Packung Wildreis und ein bißchen Phantasie etwas zusammenzubrutzeln. Sie beschließt jedoch, auf Pilze keinen Appetit zu haben, Reis gab's erst vorgestern, und überhaupt wird das alles viel zu kalorienreich. »Wir gehen essen! Zum Chinesen!«

Die Hongkong-Ente hat natürlich kaum Kalorien, die mit Honig überbackene Banane zum Dessert noch weniger, und die Rechnung will ich lieber gar nicht erst erwähnen.

Ich fand mich also damit ab, morgen auf diesen vertrackten Berg klettern zu müssen. Hollarodiöh!

13

Der Wecker bimmelte, als ich gerade erst eingeschlafen war. Zumindest kam es mir so vor. »Schmeiß das Ding endlich an die Wand! Das orientiert sich doch am Kalender und nicht an der Uhrzeit!« Ich zog die Decke über den Kopf, nicht bereit, auch nur einen Fuß aus dem Bett zu strecken. Da klingelte das Telefon, und das stand auf meiner Seite. Erst rutschte mir der Hörer aus der Hand, dann fiel der ganze Apparat runter, doch das freundliche »Good morning, this is your wake up-call!« war trotzdem nicht zu überhören. Die Stimme klang widerlich munter.

Irene hatte genausowenig Lust zum Aufstehen wie ich. Wir grunzten uns nur gegenseitig an, krochen schließlich aus den Betten und begannen mit dem, was man morgens so tut. Ich wollte gerade die Dusche aufdrehen, als sie mich anbrüllte: »Baden verboten! Waschen sollst du dich im Toten Meer!«

»Darf ich mir wenigstens die Zähne putzen und meinen Waschlappen befeuchten? Wir leben schließlich nicht zur Zeit von Louis vierzehn. Die haben sich bloß parfümiert.«

Schweigend deutete sie auf die Flasche mit dem Orangenblütenwässerchen. Obwohl ich sie schon in zwei Plastiktüten gesteckt und mit Gummibändern umwickelt hatte, verströmte sie immer noch einen sehr intensiven Geruch. Sogar der Kofferinhalt hatte so viel davon abgekriegt, daß ich mir wie ein wandelnder Apfelsinenbaum vorkam.

Ein paar Liter von dem kostbaren Leitungswasser haben

wir aber doch verbraucht; Stöpsel ins Becken und dann Katzenwäsche wie einst als Zehnjährige, wenn man wenigstens so tun mußte, als ob. Omi hatte bei mir immer nachgeprüft, ob die Seife naß war. Später habe ich meine eigenen Kontrollgänge auch noch auf die Handtücher ausgedehnt. Im Gegensatz zu ihm selbst hatten die von Sascha häufig getropft, doch seine Behauptung, sie seien ihm ins Waschbecken gerutscht, habe ich nie beweiskräftig widerlegen können.

Die anderen hatten sich schon in der Halle verteilt, als wir zu ihnen stießen. Wer keinen Stuhl mehr gefunden hatte, hockte auf seinem Koffer. Der Speisesaal war abgeschlossen, also kein Frühstück. Auch von der Rezeptionsdame mit ihrer penetrant fröhlichen Stimme war nichts zu sehen. Wahrscheinlich war sie wieder schlafen gegangen. Oder doch nicht? Von weiter hinten, wo ich die Küche vermutete, hörte man Tellerklappern.

»Jetzt gibt's doch Friehstick. I hab mä scho gedenkt, daß die uns ned so oifach gehe losse. Wir hewe doch für des Esse bezahlt.«

Das bekamen wir ja auch, und zwar in Form von Papiertüten. Sie wurden gleich in den Bus gebracht, woraus ich schloß, daß wir ihren Inhalt lieber erst dann inspizieren sollten, wenn Reklamationen zwecklos sein würden.

»Will jemand Kaffee?« Frau Marquardt winkte mit zwei Fünfliterkannen, die unentdeckt auf einem Beistelltischchen irgendwo in einer Ecke gestanden hatten.

»Aber klar!« – »Immer!« – »Gibt's keinen Tee?« – »Her damit, vielleicht werde ich danach endlich wach!« – »Ist das koffeinfreier?«

Menachem erschien mit einem Tablett voll Tassen. »Zukker ist da, Milch habe ich nicht gefunden.«

Die hätte das Gebräu auch nicht genießbarer gemacht. Offenbar hatte man die beiden Isolierkannen schon gestern abend gefüllt, denn der Kaffee war lauwarm und schmeckte grauenvoll.

»Er erinnert mich ein bißchen an Muckefuck.« Frau Conrads schob ihre Tasse zur Seite. »Den habe ich aber schon damals so gut wie nie getrunken.«

»Mucke was?«

Sie lächelte. »Muckefuck. So wurde der Ersatzkaffee genannt, den wir während des Krieges und auch lange danach bekamen. Seien Sie froh, Gregor, daß Sie ihn nicht mehr kennengelernt haben. Woraus er bestanden hat, kann ich Ihnen nicht sagen, er schmeckte nach jeder Zuteilungsperiode anders.«

»War er tatsächlich so schlimm?« Als damals Elfjährige hatte ich mehr auf künstlicher Brause gestanden als auf Bohnenkaffee, aber ich kann mich noch gut an gelegentliche Seufzer von Omi erinnern, die abwechselnd ein Königreich oder ihre Wochenration Brotmarken für eine Tasse »richtigen« Kaffee zu geben bereit gewesen war.

»Noch schlimmer!« sagte Frau Conrads.

Schließlich verließen wir die gastliche Stätte, um endlich der aufgehenden Sonne entgegenzufahren.

»Im Frühtau zu Berge wir ziehn, fallera ...«, begann Anneliese. Wenigstens einen von uns hatte die schwarze Brühe munter gemacht.

Dösend hingen wir in den Sitzen, als der Bus plötzlich langsam fuhr und dann stehenblieb. Doch nicht etwa eine echte Panne? Nein, wir hielten nur auf einer kleinen Anhöhe und sollten alle mal nach vorne gucken. »Wenn es hell wäre, könnten Sie jetzt einen ersten Blick auf die Wüstenfestung werfen. Wir sind zwar noch ungefähr zehn Kilometer entfernt, doch schon von hier aus wirkt die Masada einfach grandios!«

Dabei war überhaupt nichts zu sehen. Rabenschwarze Finsternis rundherum und sonst nichts als Sand, soweit die Scheinwerfer reichten. »Nette Gegend«, meinte denn auch Gustl. »Wecken Sie uns lieber, wenn wir was sehen *können* und nicht, wenn wir würden!«

Zehn Kilometer Wegstrecke sind zum Schlafen zu kurz. Das fand auch Anneliese und zog noch einmal im Frühtau zu Berge. Waltraud fiel ein, Betti ebenfalls, und zuletzt sang sogar Susanne mit. Es klang recht dünn, hielt uns aber wach. So waren wir halbwegs munter, als Shimon auf den großen, jetzt noch menschenleeren Parkplatz fuhr.

»Vergessen Sie Ihre Lunchpakete nicht!« erinnerte Frau Marquardt.

»Nun müssen wir die dämlichen Tüten auch noch den Berg raufschleppen«, moserte Jens. »Hat überhaupt mal jemand nachgesehen, was da eigentlich drin ist?«

Niemand hatte. »Mit Kaviardosen und Gänseleberpastete brauchst du gar nicht zu rechnen«, rief Gustl. »Du wirst dir schon keinen Bruch heben.«

In der hereinbrechenden Dämmerung konnten wir nun wenigstens die Umrisse des Berges erkennen und einen Teil der Rampe, die es zu besteigen galt. »Ganz schön steil«, meinte Irene denn auch, während Herr Terjung zusammen mit Gustl statische Berechnungen anstellte und zu dem Schluß kam, daß es schon vor zweitausend Jahren bemerkenswert gute Mathematiker gegeben hatte. »Irgendwie müssen die den Weg doch abgestützt haben, sonst wäre ihnen ja seitwärts alles abgerutscht.«

Mir egal! Wenn diese verflixte Rampe so lange gehalten hatte, würde sie nicht gerade heute zusammenbrechen.

Je weiter wir aufwärts stiegen, desto schweigsamer wurden wir. »... achtundneunzig, neunundneunzig, hundert!« Keuchend blieb Waltraud neben mir stehen. »Ein Viertel haben wir hinter uns.«

Ich sah zurück »Das sind knapp fünfzig Meter, also bestenfalls ein Neuntel. Das dicke Ende kommt erst noch!«

Alberto und der Huber-Sepp waren schon oben, als wir noch auf halber Höhe herumkraxelten, doch geschafft haben wir es alle.

Als erstes sah ich die Sonne, schon ein ganzes Stück über dem Horizont aufgestiegen, als zweites das Tote Meer und als drittes Steine, überall Steine, die von den bis auf die Grundmauern zerfallenen Gebäuden stammten. Sie erinnerten mich an die Keller zerbombter Häuser, wie ich sie in Berlin zu Tausenden gesehen hatte.

»Jetzt sind wir doch ein bißchen zu spät dran«, stellte Frau Marquardt bedauernd fest, »die Sonne ist schon da. Ich hoffe trotzdem, daß Sie den Aufstieg nicht bereuen. Ist der Blick von hier oben nicht einmalig schön?«

Das war er wirklich. Rechts und links von uns ragten Bergstümpfe empor, die alle aussahen, als hätte ihnen ein Riese die Gipfel abgeschlagen. Unzählige Höhlen durchlöcherten die schroffen rotgrauen Felswände.

»Mei, is dös schön hier heroben.« Richtig andächtig klang Sepps Stimme. »Da hat sich der Herodes den besten Platz vom ganzen Land ausg'sucht.«

Unter Menachems fachkundiger Führung begannen wir mit dem Rundgang, stolperten über Steine, wischten uns den Sand aus den Augen, denn inzwischen hatte der Wind eingesetzt, ließen uns erklären, welchem Zweck die noch erstaunlich gut erhaltenen langgestreckten Steinhäuser gedient (es waren Vorratsschuppen gewesen) und wo einmal die Paläste gestanden hatten. Und da zwischen all den Ruinen unverhofft ein modernes Gebäude. 00 stand dran.

Die eigentliche Festung hatte sich an der Nordspitze des Plateaus befunden, an einem Punkt, von dem aus man den besten Blick über Inland und Küste hat. Kein Feind hätte sich unbemerkt nähern können. Und trotzdem waren sie gekommen, nicht einzeln, sondern eine ganze Heerschar. Sieht man genau hin, kann man tief unten sogar noch die quadratischen Überreste ehemaliger römischer Lager ausmachen.

»Wie mögen sich die Eingeschlossenen hier oben gefühlt haben, wenn sie hilflos zusehen mußten, wie die Rampe immer weiter in die Höhe wuchs? Sie haben sich doch ausrechnen können, wann die ersten Römer über die Mauer klettern würden.«

»Wie hast du dich denn gefühlt, liebe Irene, als du im Keller gesessen und im Radio gehört hast, daß die Russen immer näher rücken?«

»Ganz mies.«

»Siehste!«

Und dann der Schrei! »Neeeiiin!!! Das darf doch nicht wahr sein!«

»Jetzt ist jemand runtergefallen«, vermutete ich sofort, und im selben Augenblick hörte man Elena rufen: »Alberto, bist du noch da?«

»Ja, hier!« kam es zurück.

Wir stürzten alle in die Richtung der Schreie. »Das muß irgendwo da drüben gewesen sein«, behauptete Waltraud und stürmte zur Rampe.

»Schwerhörig ist sie auch noch«, brummte Gregor. »Das Gebrüll kam doch von rechts, also von der Meerseite.«

So ähnlich mußte es sich angehört haben, als die Vorhut der römischen Belagerer die Festung erstürmte. Ungeachtet kleinerer Hindernisse in Form von zentnerschweren Steinen rannten beziehungsweise stolperten wir über das Plateau, bis wir die vermeintliche Unglücksstelle erreicht hatten. Da stand Robert und polierte seelenruhig seine Sonnenbrille. »Warum rennt ihr denn so? Ist was passiert?«

Wieder brachen die niederen Instinkte bei mir durch. Ich hätte den Kerl umbringen können! »*Sie* haben doch alles zusammengeschrien!«

»Ach so, deshalb. Na, dann guckt mal alle da runter!«

Ich tat es und sah außer dem in der Sonne glitzernden Meer nur einen Pfad, der sich in abenteuerlichen Windungen abwärts schlängelte. »Was soll denn hier so Sehenswertes sein?«

»Weiter rechts!« befahl Robert ungeduldig.

Da hing nur eine Strippe, die in einem Haus endete.

»Ich werd verrückt, 'ne Drahtseilbahn! Und uns scheuchen sie über die verdammte Rampe hoch. Das hätten wir wirklich bequemer haben können.« Mit Mordlust im Blick sah sich Hanni um. »Den meuchel ich jetzt! Menachem!!!«

Ganz unschuldig schaute er aus, als er sich den massiven Vorwürfen stellte. Erstens sei die Bahn erst ab neun Uhr in Betrieb, also viel zu spät, um den Sonnenaufgang zu erleben.

»Die ist ja längst dagewesen, als wir endlich hier raufgekeucht waren!« schimpfte ich.

Zweitens sei der erste Eindruck der Masada viel imponierender, wenn man zu Fuß raufsteigt. Das fand ich nun überhaupt nicht. Ich hatte genug damit zu tun gehabt, wieder zu Atem zu kommen.

Und drittens sei so ein bißchen Frühsport sehr appetitanregend, das würden wir schon merken, wenn wir jetzt frühstücken.

Damit hatte er das Stichwort gegeben! Plötzlich hatten wir alle Hunger.

Wer öfter mal ein Picknick macht, weiß, daß der ideale Platz für so ein Freiluftessen immer noch ein Stück weiter vorn liegt, weshalb wir auch dreimal umgezogen sind. Erst war es zu windig, an der nächsten Stelle zu kalt, weil die Sonne noch nicht hinkam, Betti wollte beim Kauen aufs Meer gucken und ich eine Mauer zum Anlehnen haben.

Alberto bestand auf einem gemeinsamen Tischgebet. Es war ziemlich lang und improvisiert. Wir gedachten der mutigen Zeloten und sogar der Römer, die ja auch nur ihre Pflicht getan hatten, bedankten uns für das bevorstehende Mahl und auch gleich noch für den glücklichen Verlauf der Reise. »Amen«, sagte Alberto. »Amen«, echoten wir. Sofort begannen die Tüten zu rascheln.

»Ich komme mir vor wie am Nikolausabend.« Irene zog eine Paprikaschote heraus. »Da weiß man auch nie, was im Stiefel steckt.«

Für den Inhalt von Lunchpaketen scheint es internationale Regeln zu geben, und die besagen, daß immer ein Hühnerbein dabei sein muß. Unerläßlich sind auch das hartgekochte Ei sowie der Vitaminstoß in Form von Obst. Da in Israel keins wächst, wurden wir mit Tomaten und Oliven versorgt. Plastikverschweißte Brotscheiben, eine Ecke Streichkäse und ein Stückchen Butter in Stanniolpapier ergänzten das lukullische Mahl. Als Dessert gab es einen Joghurt. Runterspülen mußten wir das Ganze mit Seven-up aus der Dose.

»Hat jemand ein Messer dabei?« Mit den Fingern läßt sich selbst aufgeweichte Butter nur schwer auf Brotscheiben verteilen.

Außer Menachem und Gustl war niemand bewaffnet. Taschenmesser sind nun mal aus der Mode gekommen. Als es endlich bei mir war, hatte ich das Frühstück bereits beendet. Dabei besitze ich ja selber eins. Die Miniaturausgabe des bekannten Schweizer Messers hängt an meinem Autoschlüssel, nur hat es mehr dekorativen als praktischen Wert. Ich habe damit nicht mal die kleine Schraube an meinem Feuerzeug aufgekriegt.

Im übrigen hatte ich das Messer gar nicht dabei. Es hing zu Hause am Schlüsselbrett. Daß es längst in der Hosentasche eines Zwillings steckte, konnte ich ja nicht wissen.

Die Seilbahn hatte die ersten Touristen auf den Berg gebaggert. Sie sahen beneidenswert ausgeschlafen aus. »Jetzt sollten wir verschwinden. Bald treten sich die Besucher hier oben gegenseitig auf die Füße.« Frau Marquardt stopfte ihre Abfälle in die Tüte zurück. »Bitte nichts liegenlassen, unten gibt es Mülltonnen!«

Überflüssige Mahnung, wir kamen schließlich aus Deutschland, wo die Recyclingbewegung schon besser funktionierte, als ihren Erfindern lieb war.

»Wer gut zu Fuß und schwindelfrei ist, kann mit mir den Schlangenpfad hinuntergehen«, schlug Frau Marquardt vor, »die anderen nehmen die Seilbahn.«

Betti hatte nur etwas von Schlange gehört. »Sind die giftig?«

»Was soll giftig sein?«

»Na, die Schlangen.«

Es dauerte einen Moment, bis bei Frau Marquardt der Groschen gefallen war, doch dann lachte sie laut los. »Der Weg heißt Schlangenpfad, weil er sich in Serpentinen abwärts windet, nicht, weil es dort Schlangen gibt.«

»Wenn aber nun doch . . .?«

»Nehmen Sie lieber den bequemeren Weg.«

»Meinen Sie die Rampe?«

»Nein!!!« Noch ein Wort von ihr, und Frau Marquardt wäre aus der Haut gefahren. »Nicht über die Rampe! Der Bus wartet schon auf der anderen Seite.«

»Ach, Sie meinen die Seilbahn?« Endlich hatte Betti begriffen. »Damit wollte ich sowieso fahren.«

Auch ich stand vor einer schwierigen Entscheidung. Hier dieser steile Trampelpfad ohne Geländer, und da das dünne Seil mit dem Käfig dran, der gerade wieder so bedrohlich über dem Abgrund schaukelte. »Läufst du oder fährst du?«

Irene zögerte noch einen Moment, dann hatte sie sich entschieden. »In der Bahn habe ich nur vier Minuten Angst, auf diesem Maultierpfad mindestens zwanzig.«

Ich war mir noch immer nicht schlüssig geworden, als Menachem auf uns zukam. »Wollen Sie hier oben überwintern?«

»Ist diese Gondel schon mal abgestürzt?«

»Soviel ich weiß, nein. Sie bleibt bloß ab und zu mal hängen.«

»Und was geschieht dann?«

»Das weiß ich nicht, aber Todesfälle hat es noch nie gegeben.«

Es gab auch diesmal keinen, doch aufgeatmet habe ich erst, nachdem die Kabine unten angekommen war. Zu den ausgesprochenen Feiglingen gehöre ich wirklich nicht, aber ich bin ungern Situationen ausgesetzt, die ich nicht beeinflussen kann. Hängt man in so einer Gondel zwischen Himmel und Erde fest, bleibt einem nichts anderes übrig als zu warten, bis man rausgeholt wird. Kentert man mit einem Ruderboot, hat man wenigstens die Möglichkeit zu schwimmen!

»Nun können Sie sich etwas erholen und die Fahrt entlang des Toten Meeres genießen«, versprach Frau Marquardt, als endlich der letzte Schlangenpfadwanderer japsend in den Bus gestiegen war. »Wir befinden uns jetzt dreihundertsechsundneunzig Meter unter dem Meeresspiegel, also am tiefsten Punkt der Erde.«

Sie schwieg, bis wir ob dieser Tatsache genug gestaunt hatten, dann fuhr sie fort: »Das Meer ist achtzig Kilometer lang und achtzehn Kilometer breit. Sein Salzgehalt beträgt ungefähr dreiunddreißig Prozent. Das Mittelmeer hat dreieinhalb Prozent.«

Wieder staunten wir, denn das wurde offensichtlich von uns erwartet. Und dann kam von Gustl die dämlichste Frage, die ich jemals gehört habe: »Menachem, warum wird das Tote Meer eigentlich nicht begraben?«

Keine Miene hatte er dabei verzogen, er wartete im Gegenteil todernst auf eine Antwort. Bekommen hat er sie nie, weil wir immer noch lachten, als Shimon auf der Suche nach einem schattigen Parkplatz die Palmen neben der Straße inspizierte.

En Gedi ist die größte Oase am Toten Meer und fest in kommerziellen Händen. In Deutschland hätte man diesem Ort schon längst die Bezeichnung »Bad« verliehen, denn gebadet wird hier das ganze Jahr über, weil es so gesund sein soll. Sieht man mal von dem einen Drittel Salz ab, das fürchterlich juckt, sobald man aus dem Wasser kommt, so enthält das Meer auch noch Magnesium, Kalzium, Natrium und Brom. In Form von Pillen oder Sprudeltabletten kriegt man das Zeug auch in der Apotheke, doch das ist vermutlich längst nicht so wirkungsvoll, wie wenn man darin badet. Außerdem darf man den Schlamm nicht vergessen, der ist nämlich auch sehr gesund.

Am Strand, der im Gegensatz zu mir bekannten Stränden nicht weiß ist, sondern dunkelbraun, fielen mir als erstes zwei nicht mehr ganz junge Frauen auf, die sich gegenseitig den feuchten Sand auf den Körper klatschten und sich zum Trocknen in die Sonne setzten. Nach fünf Minuten sahen sie aus wie grob behauene Statuen.

»Ob ich das auch mal versuche?« überlegte Irene laut. »Wie war das doch noch mit den Raupen? Die verpuppen sich, und wenn sie aus dem Kokon schlüpfen, sind sie wunderschöne Schmetterlinge.«

»Aus dir wird keiner mehr«, dämpfte ich ihren Optimismus. »Rheuma haste noch nicht, und die Falten kriegste mit der Pampe auch nicht weg. Also kannst du dir die Schlammschlacht sparen.«

Waltraud steckte schon bis zu den Schenkeln in dem braunen Kleister. Sie litt unter Krampfadern und war der Meinung, wenn der Sand nicht helfen würde, so wäre er zumindest nicht schädlich.

»Willst du dich nicht endlich mal entblättern?«

Dazu hatte ich überhaupt keine Lust mehr. Von nahem sah das Meer alles andere als einladend aus – eine dunkelgraue Brühe, die nicht mehr glitzerte, sondern ohne jede Bewegung einfach nur dalag. Kein bißchen Dünung, keine Wellen, nur eine glatte bleifarbene Fläche. »Das ist kein Meer, das ist eine überdimensionale Jauchegrube!«

Es half nichts, ich mußte trotzdem hinein. Irene bestand darauf. Kaum bis zu den Knien drin, klammerte sich Ännchen an mir fest. »I kumm nimmä hoch!«

Bei dem Versuch, sie wieder auf die Beine zu stellen, verlor ich das Gleichgewicht und platschte in voller Länge ins Wasser. Im selben Augenblick hatte ich das Gefühl, in ein Rudel Feuerquallen gestürzt zu sein. Mein ganzer Körper brannte, doch dann konzentrierte sich der Schmerz auf vier Stellen am rechten Bein. Na klar, die kleinen Schürfwunden, Andenken an den Spurt quer über die Masada, als ich etwas zu knapp an der Mauer vorbeigeschossen war. In grauer Vorzeit soll eine beliebte Folter darin bestanden haben, den Delinquenten Salz in offene Wunden zu streuen, aber so etwas tut man sich ja nicht freiwillig an! Daß Ännchen noch immer auf allen vieren herumkroch, war mir egal, bloß raus aus dieser Salzlake! Irene, Fotoapparat vorm Gesicht, protestierte. »Du legst dich sofort wieder hin! Ich habe doch noch gar nicht draufgedrückt.«

»Dazu wirst du auch keine Gelegenheit mehr haben!«

»Hier wird nicht gekniffen!« Ehe ich mich's versah, hatte Gustl schon meine Hand gepackt und zog mich hinter sich her.

»Nein, nicht!!! Das brennt so!« Zu spät, ich lag schon

wieder drin. Diesmal hatte ich sogar einen Spritzer ins Auge bekommen. Automatisch fuhr ich mit dem Finger durch. Danach brannte es noch mehr. Ich drehte mich auf den Rücken, und tatsächlich – ich ging nicht unter, sondern dümpelte an der Oberfläche wie die Badeente in der Wanne.

Neben mir trieb Betti vorbei. »Wollen Sie die auch mal haben?« Sie reichte eine völlig durchweichte Zeitung herüber.

»Was soll ich damit?«

»Na, für's Foto.«

Richtig! Im Toten Meer hat man sich Zeitung lesend ablichten zu lassen als Beweis dafür, daß man dort gewesen ist. Ich hab mal versucht, die gleiche Aufnahme am Indischen Ozean zu türken, aber das hat nicht geklappt.

Fünf Bilder hat Irene geknipst, eins sogar als Nahaufnahme, damit man auch das Triefauge ganz deutlich sieht und die runde Erhöhung, die in der Körpermitte aus dem Wasser ragt, dann durfte ich endlich wieder an Land und sofort unter die Süßwasserdusche. Desinfiziert waren die Wunden bestimmt, gebrannt haben sie noch Stunden danach.

Liegestühle muß man bezahlen, der Schirm kostet extra, nur die Sonne ist gratis. Also heroischer Verzicht auf Bequemlichkeit, statt dessen Kopf auf einen Stein gebettet, den Rest in den Sand gelegt. War nicht sehr effektiv.

»Ich hab Durst«, sagte Irene. Kein Wunder bei so viel Salz drumherum.

»Na gut, gehen wir was trinken.«

Besucher, die sich nur stundenweise in En Gedi aufhalten, brauchen keine Kurtaxe zu zahlen, die wird ihnen auf andere Weise abgeknöpft, zum Beispiel in Form von Getränkepreisen. Und trotzdem hockte die halbe Busbelegschaft im Restaurant und kippte Bier in sich hinein. Vor Uwe standen schon drei Flaschen, die vierte zog ihm Betti gerade vor der Nase weg.

»Alle sehen, wenn ich besoffen bin, aber keiner sieht, wenn ich Durst habe«, lallte er.

»Du hast genug!« bestimmte Betti. »Alkohol macht gleichgültig.«

»Is mir doch egal.«

Ännchen räumte den neben ihr stehenden Stuhl leer. »Hocket Se sich doch ä bißle zu uns.«

»Nein, danke«, sagte Irene sofort, »wir wollen uns noch den Ort ansehen. Hier soll es einen sehr schönen Naturschutzpark geben.«

»Park ist immer gut«, witzelte Anneliese, »besonders, wenn's dunkel ist.«

Na warte, du dumme Nuß, heute abend wird dir hoffentlich das alberne Grinsen vergehen!

Vorbei an Luxushotels, kleinen Pensionen und teuren Geschäften bummelten wir durch ein paar Straßen, kauften Ansichtskarten, buddelten einen Ableger aus, tranken in einem kleinen Eiscafé richtigen Cappuccino, und als ich auf die Uhr sah, hätten wir schon vor einer Viertelstunde am Bus sein müssen. »Jetzt aber dalli!«

Menachem lachte nur, als er uns heranspurten sah. Die anderen empfingen uns mit vorwurfsvollen Blicken. »Entschuldigung, wir haben nicht auf die Uhr gesehen.«

»Sicher hatten sie was Besseres zu tun!« Schon wieder Anneliese.

Frau Marquardt scheuchte uns in den Bus. Qmran wartete, und nach Jerusalem mußten wir ja auch noch zurück.

Jetzt glitzerte das Meer wieder. Es bot einen phantastischen Kontrast zu den Felsformationen auf der anderen Straßenseite. Hier die schroffen Wände, von Höhlen durchlöchert wie ein Schweizer Käse, und dort die silbrig schimmernde Wasserfläche – ein unvergeßliches Bild, das uns kilometerweit begleitete.

Noch einmal stapften wir durch Ruinen, nämlich durch die Überreste einer Essener-Siedlung, die sogar schon ein eigenes Wasserversorgungssystem mit Badeanlagen gehabt hatte. Neu ist die Aussichtsplattform, von der aus man einen Blick auf die Höhlen werfen kann, in denen die berühmten Tonkrüge mit den Handschriften gefunden worden waren.

Wie jemand an diesem glatten Gestein herumklettern konnte, ohne nach den ersten Metern abzurutschen, ist mir bis heute ein Rätsel.

Wieder im Bus, setzte ein ungewohntes Treiben ein. Der offizielle Teil dieser Reise war abgehakt, wir hatten alles besichtigt, was nach der Meinung unserer Reiseleitung sehenswert gewesen war, und nun begann der private Teil.

Zunächst einmal wurden Adressen getauscht. Jens und Robert sicherten einen Besuch bei Architektens zu, sie seien ja öfter mal in Bremen. Die Huber-Maria lud Elena und Alberto für den nächsten Sommer ein, sie hätten genügend Platz, und die Gegend rundherum sei so richtig was zum Erholen. Anneliese wollte von Heini Fotos haben und ich welche von Gregor. Oft genug hatte ich ihn beobachtet, wie er einzelne Mitglieder unserer Gruppe aufs Korn genommen hatte.

»Scheen war's ja und arg interessant, aba dahoim isch es doch am beschte, gell, Hoini? Am meischte freu i mi auf unser Esse. Glei morgen mach i än Roschtbrate mit viel Zwiebbel und dazu Spätzle, aba handg'schabte.«

Damit hatte Ännchen die niederen Instinkte geweckt. Plötzlich kamen Wünsche hoch nach Schweinshaxe, Schinken und Mainzer Käse, im Anblick der Wüste, durch die wir gerade fuhren, etwas abartige Vorstellungen. Trotzdem hätte ich jetzt auch nichts gegen ein Butterbrot mit Leberwurst einzuwenden gehabt. Mir knurrte ganz fürchterlich der Magen.

Das mußte wohl bis nach vorn gedrungen sein. »Heute abend essen wir à la carte«, sagte Frau Marquardt, »und hinterher werden wir uns noch ein bißchen zusammensetzen, um die Reise ausklingen zu lassen. Morgen können Sie etwas länger schlafen, aber bitte nicht zu lange« – das galt wieder uns beiden –, »denn wir müssen spätestens um elf in Tel Aviv am Flughafen sein. Shimon wird uns um halb zehn abholen.«

Ein letzter Blick auf Jerusalem, in dem die ersten Lichter aufflammten, im Kriechtempo durch die Stadt, dann Halt vor dem schon vertrauten Hotel. Und wer kam heulend aus der Tür geschossen?

Uwe begriff gar nicht richtig, wer da so unverhofft lachend und weinend an seinem Hals hing. Er hatte noch mit den Nachwirkungen des Biers zu kämpfen.

»Ich war ja so ein Idiot, Uwe«, schluchzte die immer noch in das härene Nachthemd gehüllte Claudia. »Ich weiß auch nicht, was ich mir dabei gedacht habe. Am liebsten wäre ich hinterhergefahren, aber ich habe kein Geld mehr, und jetzt will ich bloß noch nach Hause. Magst du mich überhaupt noch, Uwe? Uwe, sag doch was!«

Uwe sagte gar nichts. Ungläubig glubschte er das Mädchen an, schüttelte ein paarmal den Kopf und rülpste. Dann endlich schien ihm aufzugehen, wer da vor ihm stand. »Wo kommst du denn her?«

»Das ist eine lange Geschichte, die erzähle ich dir, wenn wir allein sind.« Sie streifte uns alle mit einem ungeduldigen Blick, denn wir standen um das Pärchen herum und hätten die lange Geschichte auch gern gehört.

»Uwe! Sag endlich was!«

»Was denn?«

»Irgendwas!« Sie lockerte die Umklammerung und schüttelte ihn. »Uwe!!! Sag was!«

Erst blinzelte er uns an, die wir noch immer einen erwartungsvollen Halbkreis bildeten, dann schob er Claudia vor sich her. »Komm erst mal weg hier.« In gebührendem Abstand folgte der Troß und sah zu, wie der Fahrstuhl mit den beiden nach oben fuhr. Offenbar hatte Claudia schon das gemeinsame Zimmer bezogen.

Betti tupfte sich eine Träne aus dem Auge. »Der Uwe hat mir ja so leid getan. Sonst trinkt er nie, hat er gesagt, das war alles nur wegen der Claudia. Die hat ihn gar nicht verdient.«

»Ich komme mir vor wie in einer Fernsehschnulze«, sagte Irene, nachdem sie unseren Schlüssel geholt und festgestellt hatte, daß wir doch nicht unser altes Zimmer haben würden, »alles verziehen, alles vergessen!«

»Abwarten, vielleicht kriegen sie sich ja doch noch in die Wolle. Wo sind eigentlich unsere Koffer?«

»Die werden gleich gebracht.«

Ich wollte mir gerade die Hände waschen, als aus dem gegenüberliegenden Zimmer ein markerschütternder Schrei ertönte, unverkennbar von Betti. Wir sahen uns beide an. »Naomi!!!«

14

Das Heilige Land, in dem wir zehn Tage lang herumgezogen waren, hatte auch weniger gläubige Gemüter friedlich gestimmt. Das Ehepaar Terjung saß wieder einträchtig nebeneinander, was möglicherweise dem hübschen Brilli an Susannes kleinem Finger zu verdanken war, Claudia strahlte ihren Uwe an, und sogar Betti war des Lobes voll über ihre Zimmergenossin. Hatte sie doch mutig den Aschenbecher über das gräßliche Tier im Bad gestülpt, einen Bogen Papier darunter geschoben und auf diese Weise den unliebsamen Mitbewohner aus dem Fenster befördert. Hoffentlich hatte Naomi den Sturz vom dritten Stock überlebt.

So saßen wir in schönster Eintracht an der Tafel und harrten der Dinge, die da kommen sollten. Neben jedem Platz lag eine Speisekarte, in hebräisch zwar, aber mit lateinischen Buchstaben, also zumindest lesbar.

»Was es ist, weiß ich nicht, aber es hört sich interessant an. Ich nehme mal Kapît, Tzaláchat – das klingt nach Salat – und vielleicht noch Meltzarit. Mal sehen, was da aufgefahren wird.«

Menachem verschluckte sich beinahe an seinem Bier, als er meine Menüzusammenstellung hörte. »Vielleicht sollten Sie Ihre Serviette mal ganz auseinanderfalten.«

Wieso Serviette? Bei dem geschickt zusammengelegten Papierbogen hatte ich gar nicht bemerkt, daß nicht nur die eine Seite bedruckt war, sondern die ganze Fläche. Die vermeintliche Speisekarte war lediglich ein Miniwörterbuch mit ein paar Standardbegriffen. Jetzt hätte ich mir doch beinahe einen Teller samt Teelöffel bestellt, garniert mit einer Kellnerin. Sehr blamabel!

Die richtigen Karten kamen aber auch noch. Wenig später schwelgten wir entweder in Kalbsschnitzel, Hühnerfrikassee oder Felafel, den von Irene so gelobten Fleischklößchen. Ihr Verzehr durch Touristen wird von Gastronomen sicher gern gesehen, denn sie fördern den Getränkeumsatz. Trotzdem kann ich sie nur empfehlen!

Noch im Zimmer hatten wir beide überlegt, ob überhaupt, und falls ja, auf welche Weise wir unsere Mitreisenden über unseren völlig normalen Lebenswandel aufklären sollten. »Weißt du, eigentlich ist es mir wurscht, was die paar Klatschmäuler von uns denken. Seitdem ich Ännchen dummerweise von meinem fünffachen Nachwuchs erzählt habe, nimmt mir doch sowieso niemand mehr die Lesbe ab.«

»Mir bestimmt! Dann habe ich dich eben verführt.« Irene schien die Sache immer noch einen Heidenspaß zu machen. »Warum grinst du so blöd?«

»Weil ich mir die Verführung gerade vorzustellen versuche.«

Eine Weile alberten wir noch herum, dann entschieden wir, es einfach darauf ankommen zu lassen. Sollte sich eine passende Gelegenheit ergeben, würden wir sie nutzen, falls nicht, würden wir es bleibenlassen.

Nach dem Essen zogen wir geschlossen in die Bar. Menachem hatte sie für den Abend requiriert, woraufhin der Barkeeper sofort Verstärkung holte; solchem Andrang sah er sich wohl nicht gewachsen.

Die unerläßlichen Reden begannen. Frau Marquardt bedankte sich für die Aufmerksamkeit, die Disziplin und den guten Zusammenhalt der Gruppe, Menachem bedankte sich, weil wir überhaupt gekommen waren, und dann bedankte sich Herr Terjung im Namen aller für die ausgezeichnete Reiseleitung. Doch diese wohlgesetzten Worte waren gar nichts gegen das Poem, verfaßt von Anneliese und Waltraud, vorgetragen im Duett. Von Menschlichkeit war die Rede und von stets bereit, von Sand und helfender

Hand, von Bethlehem und Menachem (Betonung auf der ersten Silbe), aber als sich ganz zum Schluß noch sehr apart auf Marquardt reimte, brauchte ich mein Taschentuch.

Errötend, doch sichtlich geschmeichelt, nahmen die beiden Damen den aufbrandenden Beifall entgegen. Sie hatten ihn redlich verdient.

Im Hintergrund knallten Korken. Der Barkeeper goß die vor ihm aufgereihten Gläser voll, die Meltzarít verteilte sie. Als jeder eins in der Hand hielt, obwohl niemand Sekt bestellt hatte, stand Uwe auf. »Ich habe auch noch was zu sagen.«

Man hätte die sprichwörtliche Nadel zu Boden fallen hören können, so still war es geworden. »Ja, also ihr habt ja alle mitgekriegt, was mit mir und der Claudia losgewesen ist, aber das ist nun vorbei. Da haben wir uns gedacht, wo wir schon mal hier sind in diesem Land, daß wir uns da auch verloben könnten. Und das wollen wir jetzt tun.« Er zog ein Etui aus seiner Hemdentasche. »Nun gib doch mal deine Hand her!«

Claudia stand auf, und unter allgemeinem Jubel steckte Uwe ihr einen Ring an den Finger. Wo hatte er den bloß so schnell aufgetrieben?

Betti gratulierte als erste. Nein, wie glücklich habe sich doch alles noch gefügt, Gottes Segen auf den weiteren Lebensweg, und wie edelmütig von Uwe, seiner Claudia zu verzeihen. »Wo ist sie denn gewesen?«

Gregor fotografierte das Brautpaar unter besonderer Berücksichtigung des Juwels und sicherte eine Vergrößerung 18 x 24 zu. Heini filmte. Er werde den beiden einen Zusammenschnitt der ganzen Reise kopieren mit der Verlobung als Höhepunkt, versprach er.

»Und du schenkst ihnen dein Buch«, schlug Irene vor.

»Welches Buch?«

»Na, irgendwann wirst du diese Reise doch verwerten.« Und dann, etwas lauter: »Glauben Sie nicht auch, Frau Marquardt, daß wir uns alle mal in einem Buch von meiner Freundin wiederfinden werden?«

Sofort fing sie den Ball auf. »Das will ich doch stark hoffen. Neugierig bin ich nur, wer besser darin wegkommt, die Israelis oder wir.«

»Wer schreibt hier Bücher über uns?« Jens hatte nur die Hälfte mitgekriegt.

»Damit muß man rechnen, wenn eine Autorin unter uns ist«, sagte Frau Marquardt.

»Wer soll denn das sein?«

So hatte ich mir die »Aufklärung« allerdings nicht vorgestellt. Zum Glück bemerkte Frau Marquardt, wie wenig begeistert ich von der ganzen Situation war. Sie stand auf. »Darf ich noch ein paar Worte sagen? Danke.« Sie zwinkerte mir zu, bevor sie weitersprach. »Wenn man ganz vorn im Bus sitzt, hört man viel von dem, was weiter hinten geredet wird. Deshalb weiß ich, daß Sie sich häufig über unsere beiden Berlinerinnen den Kopf zerbrochen haben. Mir ist auch nicht entgangen, welche Gerüchte im Umlauf sind. Zum Glück oder auch zu Ihrer aller Pech haben die beiden das ebenfalls gemerkt und den Spieß einfach umgedreht, indem sie die Rollen gespielt haben, die Sie ihnen unterschieben wollten.«

Leises Gemurmel setzte ein, erste Dementis waren zu hören. Frau Marquardt fuhr fort: »Ich kenne Frau Evelyn seit vielen Jahren, beruflich und privat, ich war Gast bei ihr, kenne ihren Mann und ihre Kinder und kann Ihnen versichern, daß sie sehr glücklich verheiratet ist. Daß zwei Frauen, die seit ihrer gemeinsamen Schulzeit befreundet sind, zusammen verreisen, sollte also nicht automatisch zu völlig falschen Rückschlüssen führen!«

Sie trank den bereits lauwarm gewordenen Sekt aus und legte noch einmal los: »Da wir gerade beim Thema sind, möchte ich noch etwas in eigener Sache sagen. Wie Sie vielleicht wissen, bin ich nicht zum erstenmal in Israel. Schon seit meinem ersten Besuch liebe ich dieses Land und nicht zuletzt seine Bewohner, seien es nun Juden oder Araber. Ich habe viele Freunde hier, und wenn ich Freunde sage, dann meine ich nicht nur Männer, sondern in erster

Linie ihre Familien. Einige von Ihnen haben es mir verübelt, daß ich mich ein paarmal abends beurlaubt habe. Ich bin Ihnen zwar keine Rechenschaft schuldig, doch wenn Sie das von mir denken, was ich vermute, dann haben Sie sich gründlich geirrt. Ich lebe nämlich in Deutschland, und dort gibt es jemanden, zu dem ich morgen sehr gern zurückkehre. So, und jetzt können wir zum gemütlichen Teil übergehen.« Sie setzte sich und bestellte einen Kognak. »Einen doppelten, bitte!«

So viele Unschuldsbeteuerungen, wie jetzt auf uns einprasselten, hatte ich noch nie auf einmal gehört. Wie seien wir denn nur auf den Gedanken gekommen, daß man in uns etwas anderes gesehen habe als Schulfreundinnen? Zugegeben, man habe sich gewundert, daß wir uns häufig abgesondert hätten, aber Geselligkeit liege eben nicht jedem, das sei ja zu verstehen. »Der eine interessiert sich für Kultur und der andere für Blumen«, sagte Frau Terjung etwas herablassend. »Chacun à son goût.«

»Apropos Kultur. Wer schreibt denn hier nun angeblich Bücher?«

Warum mußte dieser Kerl noch mal davon anfangen? Niemand hätte mehr daran gedacht, wenn Jens nicht nachgehakt hätte.

»Richtig«, fiel nun auch Betti wieder ein, »wer ist die große Unbekannte?« Sie sah uns der Reihe nach an, dann strahlte sie über das ganze Gesicht. »Ich glaube, ich weiß es! Schriftsteller wohnen doch immer im Grünen, in der Schweiz oder am Starnberger See. Sie brauchen die Natur um sich herum, viel frische Luft ... Verena, geben Sie's zu, Sie sind es!«

»Bloß, weil ich bei offenem Fenster schlafe?«

»Nein, auch wegen Ihrer künstlerischen Ader. Wer so herrliche Seidentücher malt, kann bestimmt auch noch was anderes. Von einer Verena Reutter habe ich zwar noch nichts gelesen, aber wer kennt schon alle Schriftsteller? Es gibt doch so viele.«

»Ehrenwort, ich gehöre nicht dazu«, beteuerte Verena.

»Gehen wir mal systematisch vor.« Gregor musterte jede einzelne von uns. »Wir wissen, daß der Unbekannte eine Sie ist und anscheinend schon ein Buch veröffentlicht hat, vielleicht sogar mehrere. Ich habe keine Ahnung, wie lange man dazu braucht, würde aber sagen, daß wir Hanni und Claudia aufgrund ihres jugendlichen Alters ausklammern können.«

Das war sehr diplomatisch ausgedrückt, denn Claudia hatte bestimmt keine literarischen Ambitionen.

»Bleiben also noch zehn Damen übrig«, nahm Gregor den Faden wieder auf. »Frau Anneliese ist Krankenschwester, ein Beruf, der kaum Zeit für eine Nebenbeschäftigung läßt. Doch Frau Waltraut könnte es sein; immerhin hat sie eine poetische Ader. Denken wir doch nur an das hübsche Gedicht von vorhin.«

»Ach, das mache ich nur so zum Vergnügen«, wehrte diese verschämt ab, »da müssen Sie schon woanders suchen.«

»Wie ist es mit Ihnen, Frau Elena? Vielleicht schreiben Sie spanische Bücher?«

»Weder deutsche noch spanische«, sagte Alberto sofort, »meine Frau nimmt ungern einen Stift zur Hand. Sogar die Weihnachtskarten muß ich immer schreiben.«

»Wieder eine weniger«, hakte Gregor seine imaginäre Namensliste ab. »Wer bleibt denn noch übrig? Frau Susanne?«

Die verbat sich derartige Verdächtigungen. Sie lese zwar Bücher, würde jedoch nie auf den Gedanken kommen, eins zu schreiben. »Das wäre mir viel zuviel Arbeit.«

»Frau Maria brauchen wir wohl nicht erst zu fragen, obwohl es ja schon eine Bäuerin gegeben hat, deren Bestseller sogar verfilmt worden ist, doch das wird eine Ausnahme gewesen sein. Und Frau Wimmerle? Wäre sie die Gesuchte, hätte sie es längst zugegeben.«

Heini nickte bestätigend. »Meine Frau kann bloß reden.«

»Wen also haben wir noch? Ich tippe auf Frau Conrads. Als Studienrätin dürfte sie im Laufe ihrer Tätigkeit nicht nur genug Stoff für mehrere Bücher gesammelt haben, sondern auch die Voraussetzungen mitbringen, ihre Erlebnisse in Worte zu fassen. Angeklagte, gestehen Sie!«

»Ich bekenne mich nicht schuldig«, kam es prompt zurück. »Ihre Vermutung empfinde ich als äußerst schmeichelhaft, doch leider trifft sie nicht zu.«

»Nicht?« Jetzt sah Gregor doch etwas verblüfft aus. »Ich war mir ganz sicher.«

»Denk doch mal an das Nächstliegende«, rief Gustl. »Unsere Reiseleiterin! Warum soll sie nicht …?«

»Weil sie vorhin gesagt hat, daß sie gespannt ist, wer in dem künftigen Buch besser wegkommt, Touristen oder Einheimische.« Gregor entwickelte tatsächlich kriminalistische Fähigkeiten, jedenfalls konnte er kombinieren. Ob er am Ende Polizeifotograf war?

»Zu wem hat sie das gesagt?« wollte Jens wissen.

»Ich glaube, zu Frau Irene.«

»Na also, dann haben wir doch die große Unbekannte!« Schon während der ganzen Befragung hatte Irene sich amüsiert, doch jetzt bekam sie einen regelrechten Lachanfall. »Die einzigen Texte, die ich je veröffentlicht habe, sind die Einleitungen zu meinen Blumenzwiebel-Katalogen gewesen«, sagte sie glucksend, »jeweils eine Schreibmaschinenseite lang, und darüber brüte ich manchmal drei Wochen. Die Vorstellung, ich sollte ein ganzes Buch schreiben, ist einfach absurd.«

Das allerdings stimmt. Briefe von Irene haben Seltenheitswert. Es langt höchstens mal zu einer Karte anläßlich eines außergewöhnlichen Ereignisses, ansonsten bevorzugt sie telefonische Kommunikation, die bis zu einer Stunde dauern kann. Und das mit Vorliebe zu einer Tageszeit, wenn normale Menschen entweder schon im Bett liegen oder auf dem Weg dorthin sind und mit Zahnpastaschaum im Mund zum Hörer stürzen.

»Dann bleibt nur noch eine übrig!« Gregor sah mich durchdringend an. »Sie!«

»Na endlich!« Irene gab einen tiefen Seufzer von sich. »Hat ja lange genug gedauert.«

Allgemeines »Ahh« und »Ohh«, untermalt von: »Ha no, des hätt' i ned gedenkt, daß i ämol ä richdige Schriftstellerin kennelern.« – »Was schreiben Sie denn? Liebesromane? Die lese ich am liebsten.« – »Den Namen habe ich aber noch nie gehört.«

Mir blieb nichts anderes übrig, als mich den Fragen zu stellen. Ja, ich schreibe unter einem Pseudonym, nein, keine Liebesromane, ja, ich habe schon mehrere Bücher veröffentlicht, ja, die Titel würde ich noch nennen, später vielleicht (»Des isch doch ganz äbbes anners, wenn man den kennt, wo des Buch geschribbe hat«), nein, ich weiß nicht, ob ich auch eins über diese Reise schreiben werde, nein, keine Ahnung, ob Bücher von mir am Münchner Flughafen erhältlich sind, falls ja, würde ich gerne etwas hineinschreiben, nein, Autogrammkarten besitze ich nicht, wozu auch, ich bin ja kein Filmstar ... Ich kam mir vor wie bei meiner ersten Pressekonferenz, als ich – noch ungeübt im Umgang mit Journalisten – alles erzählte, was sie wissen wollten, und hinterher die erstaunlichsten Dinge über mich las, von denen nicht ein Wort gestimmt hatte. Normalerweise sind ein Durchschnittsgesicht und ein Pseudonym ausreichend, wenn man von seinem »Zweitberuf« nichts verlauten lassen will, doch dann müssen eventuelle Mitwisser auch den Mund halten. Genau das hatte Frau Marquardt nicht getan. In Gedanken wetzte ich schon das Messer!

Endlich beruhigten sich die Gemüter. Der Sekt war alle, die nächste Runde wurde bestellt.

Irene lächelte nur, als ich mich wieder zu ihr setzte. »Du wirst mit einer erheblichen Umsatzsteigerung rechnen können.«

»Halb so wild, ich kenne das doch. Übermorgen denken sie schon gar nicht mehr daran, und nächste Woche, wenn sie bei Karstadt durch die Buchabteilung laufen, haben sie meinen Namen längst vergessen. Mich ärgert sowieso, daß die ganze Sache hochgekommen ist. Sollte ich tatsächlich mal diese Reise verwursten, und sollte jemandem aus der Gruppe ein Exemplar in die Hände fallen, weiß er doch, wer dahintersteckt. Ich wäre lieber anonym geblieben. Entweder darf ich nicht die Wahrheit sagen, oder ich kriege mindestens zwei Prozesse an den Hals.«

»Von Waltraud und Anneliese?«

»Nee, von Ännchen und Irene!«

Oben im Zimmer räsonierte ich weiter. Unter dem wenig originellen Vorwand, Kopfschmerzen zu haben, hatte ich mich verdrückt, und Irene war mir kurze Zeit später gefolgt.

»Feigling!« schimpfte sie. »Allmählich wirst du doch an derartige Auftritte gewöhnt sein.«

»Bin ich ja auch, und trotzdem komme ich mir jedesmal albern vor und in eine Rolle gedrängt, die mir überhaupt nicht liegt. Du weißt doch, daß ich von Natur aus schüchtern bin.«

»Selbstbewußtsein kann man lernen.«

»Das versuche ich ja immer, nur hält es nicht lange vor. Mir fehlt eben dein schauspielerisches Talent.«

»Du sollst Selbstbewußtsein haben und nicht spielen!«

»Woher denn? Als Nur-Hausfrau kann man kaum welches entwickeln, und als ich mit der Schreiberei angefangen und sogar Erfolg hatte, war's zu spät dazu.«

»Das klingt ja beinahe nach Minderwertigkeitskomplexen.«

»Die habe ich sowieso, seitdem mir mein gesamter Nachwuchs über den Kopf gewachsen ist. Die sind nämlich alle größer als ich.«

»Länger«, verbesserte sie sofort, »nicht größer!«

Es klopfte. »Ja, bitte«, rief ich, froh über die Unterbrechung. Anneliese schob sich zaghaft ins Zimmer, bewaffnet mit einem Tablettenröhrchen. »Ich habe mir gedacht, daß Sie vielleicht nichts dabeihaben, und da wollte ich ...«

Mir war sofort klar, daß es sich bei diesem Angebot nur um einen Vorwand handelte, denn welcher vernünftige Mensch verreist ohne seine private Notapotheke? Trotzdem bedankte ich mich höflich und wartete auf das, was zweifellos noch kommen würde.

»Ja, also was ich noch sagen wollte«, fuhr sie fort, »ich habe mich vorhin richtig geschämt.« Sie nestelte ihr Taschentuch heraus und wischte sich damit über die Augen. »Weil ... ich bin nämlich diejenige gewesen, die so ein paar dumme Bemerkungen fallengelassen hat. Eigentlich nur aus Spaß und weil man jetzt immer soviel liest über die ... äh, na ja, über diese unnormalen Freundschaften, auch bei ganz prominenten Leuten, von denen man so was ja nie gedacht hätte. Da habe ich eben geglaubt, Sie sind auch solche.«

»Solche was?« fragte Irene hinterhältig.

»Äh, nun ja, eben solche lesbischen Frauen.«

Endlich hatte sie das verpönte Wort über die Lippen gebracht. Das mußte ihr ziemlich schwergefallen sein. »Dafür wollte ich mich noch einmal entschuldigen. Und dann wollte ich Sie auch noch bitten, daß Sie in Ihrem Buch nichts davon erzählen.« Jetzt tropften die Tränen schon auf ihre Spitzenbluse. »Ich verspreche Ihnen auch, daß ich alle Ihre Bücher kaufen werde.«

Wenn das kein Grund für milde Nachsicht war! Ich versicherte der heulenden Anneliese, daß mir jegliche Rachegelüste fernlägen und ich sie ganz bestimmt nicht an den Pranger stellen würde. Halbwegs beruhigt zog sie von dannen.

»Du glaubst doch wohl nicht im Ernst, daß sie auch meint, was sie eben geschluchzt hat.« Nachdrücklich schloß Irene die Tür. »Die hat doch bloß Angst, du könntest ihre Reputation als Oberschwester ins Wanken bringen.«

»Manche Menschen haben wirklich eine merkwürdige Vorstellung von den Arbeitsmethoden eines Autors.«

Deshalb, liebe Anneliese, die Sie in Wirklichkeit ganz anders heißen und auch woanders wohnen: Sollte Ihnen dieses Buch in die Hände fallen, dann werden nur Sie selbst sich wiedererkennen! Aber eine kleine Strafe muß schließlich sein!

Irene war schon eingeschlafen, als ich noch an die Decke starrte und die letzten zehn Tage Revue passieren ließ. Hatte diese Reise gehalten, was ich mir von ihr versprochen hatte? Im großen und ganzen, ja. Ich hatte ein faszinierendes Land kennengelernt mit seinen Gegensätzen, mit seinen Schönheiten und seinen negativen Seiten. Zwar hätte ich lieber ein paar Kirchen weniger besichtigt und statt dessen ein paar Stunden mehr Freizeit gehabt, doch was nicht war, könnte immer noch werden. Vielleicht werde ich noch einmal mit Rolf herkommen, vorausgesetzt, er läßt seinen Aquarellblock zu Hause, oder mit den Zwillingen, wenn sie sich für Israel unter anderen Aspekten interessieren, als im Erdkundeunterricht verlangt wurde. Ein bißchen kannte ich jetzt das Land, und Mietautos kriegt man relativ preiswert.

Auch Irene war auf ihre Kosten gekommen. Sie hatte nicht nur fünf komplette Filme verknipst, von denen mindestens drei exotischen Gewächsen vorbehalten gewesen waren, sie hatte sogar noch ein sehr befriedigendes Gespräch mit ihrem Zwiebellieferanten gehabt, zwar bloß per Strippe und auch nur dank Menachems Hilfe, der bereitwillig alles übersetzt hatte, was ihm von zwei Seiten ins Ohr gebrüllt worden war, aber nun waren sämtliche Unklarheiten beseitigt. Die Rhizomen der Oncocyclus Susiana bringen tatsächlich nur schwärzliche Blüten hervor, die gewünschten rosafarbenen heißen ganz anders. Im kommenden Katalog werden sie aufgenommen, dann wird auch Frau Meyer-Sinderfeld zufriedengestellt sein.

Am nächsten Morgen ein letztes Mal Oliven zum Frühstück, Abschiednehmen von Jerusalem und ein nochmaliges Staunen über die abenteuerlichen Konstruktionen, mit denen Stromleitungen installiert werden. In zum Teil wirren Knäueln hängen sie über den Straßen und hätten hierzulande mindestens vier verschiedene Behörden auf den Plan gerufen. Doch Israel lebt nun mal von Improvisationen, seit Jahrzehnten schon, und seine Bewohner haben sich daran gewöhnt.

Auf dem Flugplatz das gleiche Theater wie in München.

Hat man uns ein Päckchen unbekannten Inhalts ...? Nein, man hat nicht. Hatten wir Kontakte zu palästinensischen Bewohnern gehabt? Nein, wir hatten nicht. Auch keinen Brief entgegengenommen mit der Bitte, ihn in Deutschland aufzugeben? Was denn bitte sehr in jener Tasche sei?

Nur dem offenbar vertrauenswürdigen Eindruck von Menachem und seiner Beredsamkeit hatte Irene es zu verdanken, daß sie ihre Ableger nicht einzeln ausbuddeln und die Blumenerde auf den Tisch kippen mußte. Eine Touristin, die statt eines halben Basars nur vermickerte Pflänzchen als Souvenir mitnahm, war dem Zöllner wohl noch nicht untergekommen.

»Sei froh, daß der deine arabischen Blumenzwiebeln nicht entdeckt hat. Wenn du ihm gesagt hättest, von wem du sie bekommen hast, hätte er vermutlich jede einzelne Knolle aufgeschnitten.« Plötzlich kam mir ein Gedanke. »Was ist, wenn in den Dingern wirklich was drinsteckt?«

»Hat dich auch schon die Terroristen-Hysterie gepackt? Sei ganz beruhigt, ich habe mir jede Zwiebel aus einem großen Korb selbst herausgesucht.«

Die Maschine, in die wir nach Identifizierung unserer Koffer klettern durften, war womöglich noch älter als jene, mit der wir hergekommen waren, aber sie brachte uns trotzdem nach München. Die halbstündige Verspätung war nicht etwa auf das ehrwürdige Alter unseres Vogels zurückzuführen, sondern auf den Gegenwind. Runter durften wir auch nicht gleich. Das Fliegen hat ja zweifellos seine Vorteile, aber hat schon mal jemand zwanzig Minuten lang um einen Omnibusbahnhof kreisen müssen?

»Du hast es gut«, sagte ich zu Irene, als wir endlich wieder Boden unter den Füßen hatten, »du brauchst bloß ins nächste Flugzeug und eine Stunde später ins Taxi zu steigen, dann bist du zu Hause. Und was blüht mir? Eine halbe Tagesreise! Wenn ich Glück habe, schaffe ich es bis Mitternacht. Ich habe mir schon überlegt, ob ich mir einen Mietwagen nehme.«

Den brauchte ich nicht. Neben dem Ausgang standen mit

erwartungsvollen Gesichtern die Zwillinge. »Gott sei Dank, Mami, daß du wieder da bist«, begrüßte mich Nicole. »Bei uns geht alles drunter und drüber. Steffi hat nämlich ...«

Was Steffi hatte, interessierte mich im Moment herzlich wenig. Ich war heilfroh, daß mit den Zwillingen bestimmt auch ein Auto gekommen war und ich auf die Dienste der Bundesbahn verzichten konnte. Außerdem mußte ich erst einmal meine Freundin verabschieden.

»... einfach abgehauen!« vervollständigte Nicki ihren Satz, von dem ich ohnehin nichts verstanden hatte.

»Das könnt ihr mir nachher erzählen. Jetzt besinnt euch erst einmal auf die simpelsten Höflichkeitsregeln!«

»Tschuldigung. Guten Tag, Irene«, sagte Katja artig, »ich habe dich gar nicht bemerkt.«

»Dann brauchst du dringend eine Brille«, meinte Irene ungerührt, denn bei ihrer nicht gerade schlanken Taille ist sie einfach nicht zu übersehen.

Gemeinsam brachten wir sie zum Check-in nach Berlin. »Tschüs, mein Mädchen.« Sie umarmte mich herzlich. »Es war schön mit dir zusammen, und die Nilfahrt machen wir auch noch. – Halt! Halt! Die Tasche gehört zum Handgepäck!« Hinter ihrem Koffer schaukelten bereits die Ableger davon, und nur dem beherzten Zugreifen des Angestellten verdankten es die Gewächse, daß sie heute ein von vielen Besuchern bewundertes Dasein in Irenes Garten fristen. Einige Stengel haben den Klimawechsel nicht überlebt, doch die anderen hat er nicht gestört, und zum Überwintern dürfen sie immer ins Treibhaus.

»Also noch mal von vorn!« begann Nicki, den Gepäckwagen zum Parkhaus schiebend. »Zwischen Steffi und Horst Hermann ist es aus. Seit einer Woche wohnt sie wieder zu Hause, weiß aber nicht, wohin sie mit ihren Möbeln soll, und Papi hat gesagt, ihm ist das wurscht, seinetwegen kann sie die Sachen zerhacken, und er hat ja schon damals vorhergesehen, daß die Sache nicht gutgehen kann, und überhaupt sollst du erst mal zurückkommen.«

»Ach ja, noch etwas«, ergänzte Katja den Bericht zur Lage

der Nation. »Sven liegt im Krankenhaus. Nichts Schlimmes, nur zur Beobachtung. Er hat was am Rücken.«

»Habt ihr noch mehr Hiobsbotschaften?«

»Nein«, sagte Nicki. »Papis Unfall ist ja glimpflich abgegangen, er war Gott sei Dank angeschnallt. Die neue Tür ist schon drin, sie muß bloß noch lackiert werden. Und nun erzähl doch mal, wie hat es dir denn in Israel gefallen?«

15

Das Schönste am Urlaub ist, daß er – im Gegensatz zur Bräune – so lange vorhält. Wenn man im November Ferien gemacht hat, kriegt man erst im Dezember seine Dias, im Januar die Kreditkarten-Abrechnung und im Februar endlich die Brille, die man im Flugzeug liegengelassen hatte. Sie wurde mir genau an dem Tag zugeschickt, an dem Steffi mir eröffnete, sie habe für uns beide eine Reise gebucht, und zwar auf die Malediven.

»Was soll ich denn auf den Malediven?«

»Tauchen lernen!«

»Jetzt bist du total übergeschnappt!«

Die Hiobsbotschaften, mit denen mich die Zwillinge bei meiner Rückkehr überfallen hatten, hatten sich bei näherer Betrachtung als »halb so schlimm« herausgestellt. An seinem Unfall war Rolf schuldlos gewesen, ein über die Vorfahrtsregeln nur unzulänglich informierter Autofahrer war ihm in die Beifahrertür gebrettert und mußte für den Schaden aufkommen. Svens fünfte Bandscheibe von oben hatte sich verklemmt und ihm neben einem Aufenthalt in der hiesigen orthopädischen Klinik einen Genesungsurlaub bis zum Jahresende eingebracht, nur unterbrochen von täglich einer Stunde Gymnastik bei einer sehr hübschen und sehr jugendlichen Therapeutin. Und Steffi hatte sich zum elftenmal entschlossen, es mit Horst Hermann doch noch mal zu versuchen. Die Abstände, in denen sie abends samt Übernachtungsköfferchen vor der Tür stand, waren seit dem Sommer zwar immer kürzer geworden (und die Asyldauer immer länger), doch zur endgültigen Trennung hatte es auch nach dem zehnten Krach noch nicht gereicht. Zur Zeit pendelte sie zwischen zwei Wohnungen, fühlte sich in keiner zu Hause und überlegte schon seit Tagen, ob sie sich nicht endlich eine eigene suchen sollte. Darüber wollte sie nun ganz gründlich nachdenken, aber das könne sie nur, wenn sie möglichst weit weg sei. Am besten gleich neuntausend Kilometer.

»Daran hindert dich doch niemand.«

»Natürlich nicht. Aber allein ist das langweilig, und du hast in diesem Jahr doch auch noch keinen Urlaub gehabt.«

»Das Jahr hat ja gerade erst angefangen. Weshalb muß ich da schon wieder verreisen?«

Diese Frage schien über Steffis Horizont zu gehen. »Du sollst ja nicht müssen, sondern du darfst wollen. Hast du nicht selbst gesagt, dein Israel-Trip sei ganz schön anstrengend gewesen? Nun erhol dich endlich davon! Ob du deinen Jahresurlaub jetzt nimmst oder später, ist doch egal.«

Offenbar meinte sie es tatsächlich ernst. »Wie stellst du dir das überhaupt vor? Ich kann doch nicht schon wieder abhauen und Papi den Kochkünsten der Zwillinge überlassen. Ich weiß ja, daß sich ihr Repertoire inzwischen um Blumenkohlauflauf, Frikadellen und Kaiserschmarrn erweitert hat, aber das genügt noch immer nicht.«

»Määm, die Zwillinge sind achtzehn!!! Mit dem, was sie schon kochen können, ist die Verpflegung für eine Woche sichergestellt. In den Faschingsferien fahren sie zum Skilaufen, und Papi will zu Onkel Felix nach Düsseldorf. Karneval am Rhein! Um den brauchst du dir also keine Sorgen zu machen. Wenn die drei zurückkommen, sind wir auch wieder da.«

Sie trabte davon und holte den Küchenkalender. »Heute haben wir Mittwoch, den 4., Rosenmontag ist am 23., und am 27. kommen wir zurück. Die Mädchen trudeln erst zwei Tage später ein. Also wo liegt das Problem?«

»In der Tür!«

???

»Mit der du mir ins Haus gefallen bist. Mir geht das alles

zu schnell. Mein Verantwortungsbewußtsein – du kannst es auch mit Gluckenkomplex umschreiben – verbietet mir diese Reise, mein Bankkonto sowieso ...«

»Glaube ich nicht«, unterbrach Steffi meine sorgfältig formulierten Argumente. »Das ist ein Last-minute-Angebot, und deshalb mußte ich mich auch so schnell entscheiden.«

»Also schön, finanziell könnte ich das vielleicht noch verkraften, aber moralisch nicht.«

»So, kannste nicht? Wegen deiner Gluckenmentalität. Und was ist mit mir? Gehöre ich nicht mehr zu deinen Küken? Wenn jetzt einer seelischen Beistand braucht, dann bin ich es. Schließlich stehe ich vor der entscheidendsten Frage meines Lebens! Falls ich nicht schleunigst Abstand gewinne und mal mit jemandem reden kann, heirate ich Horst Hermann am Ende doch noch. Dabei will ich das gar nicht.«

Ich auch nicht! Horst Hermann war zwar ein recht umgänglicher Mensch und durchaus sympathisch, aber für Steffi einfach zu alt. Zu Beginn ihrer Beziehung hatte sie das nicht wahrhaben wollen, jetzt schien sie wohl selbst dahintergekommen zu sein. »Müssen wir die Überlegungen unbedingt auf einer Malediven-Insel anstellen?«

»Auf Mallorca ist es noch zu kalt«, bekam ich zur Antwort.

Im übrigen hatte sie das Terrain schon vorbereitet. Ihrem Vater paßte es ganz gut in den Kram, daß ich meine »Will-Reise« jetzt schon antreten würde, dann könnte er wenigstens mit ruhigem Gewissen im Sommer nach Schottland zum Angeln fahren. Das sei auch der Grund, weshalb er sich mit Freund Felix treffen wolle. Man müsse die Reiseroute festlegen und Informationen einholen. Die wenig arbeitsintensive Zeit des Düsseldorfer Karnevals sei dazu am besten geeignet. Das jedenfalls habe Felix behauptet.

Sven war, wohlversehen mit ärztlichen Ratschlägen und der Telefonnummer seiner Therapeutin, in seine Gartenbau-Firma zurückgekehrt, während Sascha irgendwo in der Karibik betuchten Kreuzfahrt-Passagieren Hummer und

Mangoparfait servierte. Die beiden brauchten also keine Betreuung mehr.

Den Zwillingen war sowieso alles egal. Ihre Halbjahreszeugnisse waren zu ihrer (und unserer!) Überraschung besser ausgefallen als befürchtet, und das Abitur war noch in weiter Ferne (»Hast du eine Ahnung, Määm, wie lang ein Jahr ist?«). Im Augenblick interessierte sie nur, ob die Skikanten noch geschliffen werden mußten und wieviel Taschengeld ihr Vater rausrücken würde.

»Wie kann man bloß auf so 'ne öde Insel wollen, wo überhaupt nichts los ist«, meinte Katja abschätzig. »Wie groß ist die? Dreihundertvierzig Meter lang und hundertzwanzig breit? Hat man früher nicht Lebenslängliche auf derartige Atolle verbannt?«

Was wußte *ich* eigentlich über die Malediven? Nur, daß sie im Indischen Ozean liegen, irgendwo südwestlich von Thailand, aus vielen kleinen Inselchen bestehen und immer herhalten müssen, wenn einem in der Fernsehwerbung der Bacardi-Rum schmackhaft gemacht werden soll. Da sieht man dann ein Stück weißen Strand, dahinter hellgrünes Wasser, eine darüberhängende schief gewachsene Palme und drumherum gebräunte, mit winzigen Bikinis bekleidete junge Mädchen, die an ihren Gläsern nuckeln.

Vom Bikini mal ganz abgesehen, würde ich auch sonst nicht in solch eine Umgebung passen. Auf den Malediven pflegt man dem Tauchsport zu frönen, das ist bekannt. Wer es nicht darauf anlegt, daß ihm Schwimmhäute wachsen, läßt gelegentlich einen Tauchgang ausfallen und übt sich im Surfen. Das sind diese Bügelbretter mit aufsteckbarem Segel, auf denen man so elegant übers Wasser schwebt. Sofern man's kann. Ungeübte dagegen sind pausenlos damit beschäftigt, das Segel aus dem Wasser zu ziehen, und wenn sie's geschafft haben, fallen sie auf der anderen Seite selbst rein. Besonders hartnäckige Neulinge erkennt man sofort an den blauen Flecken, gleichmäßig auf beiden Beinen verteilt.

Wem seine heilen Knochen lieber sind, der geht schnorcheln. Dazu braucht man nur Flossen, die man sich zweckmäßigerweise erst dann anzieht, wenn man schon bis zu den Knien im Wasser steht. Versuche, mit diesen Entenfüßen über den Strand zu laufen, führen bei etwaigen Zuschauern zu Heiterkeitsausbrüchen.

Ebenfalls erforderlich sind eine überdimensionale Brille, im Fachjargon Maske genannt, sowie ein gebogenes Plastikrohr zum Atmen, der Schnorchel. Sinn des ganzen Unternehmens ist es, bäuchlings auf dem Wasser zu liegen, sich mittels sanfter Flossenschläge vorwärts zu bewegen und durch die bei Untrainierten ewig beschlagene Maske die Unterwasserwelt zu besichtigen. Beachten sollte man allerdings, daß der Schnorchel immer oben rausguckt. Tut er das nicht, hat man den Mund voll Salzwasser und taucht spukkend und japsend schnell wieder auf. Ganz Geübte gehen sogar mehrere Meter in die Tiefe und blasen hinterher den vollgelaufenen Schnorchel aus. Wie sie das machen, weiß ich nicht, bei mir hat das nie geklappt.

Für sportliche Menschen reicht dieses Freizeitangebot aus; unsportliche, wie ich nun mal einer bin, müssen sehen, wie sie sich beschäftigen. Genaugenommen können sie sich bloß erholen. Dagegen ist im Prinzip nichts einzuwenden, nur hat man nach vier Tagen reiner Erholung und zwei ausgelesenen Wälzern ziemlich schnell die Nase voll. Spätestens dann muß man sich entscheiden, ob man versuchen soll, einen Platz in einem früheren Flieger Richtung Heimat zu kriegen, oder ob man sportlich werden soll. Die dritte Möglichkeit, sich schon gleich nach dem Frühstück an die Bar zu setzen und der Reihe nach die exotischen Getränke durchzuprobieren, wird auf die Dauer zu teuer.

Von dem, was mich auf dem mir unbekannten Eiland mit dem unaussprechlichen Namen erwartete, wußte ich zum Glück noch nichts, als ich den gerade erst verstauten Koffer wieder vorholte und mit Shorts, kurzärmeligen Blusen und Badesachen vollpackte. Zwei Tage vor dem Abflug kontrollierte ich noch meine Pinnwand, Sammelbecken für Telefonnummern, Rechnungen, Geburtstagsdaten und haufenweise Zettel, zum Teil mit dem roten Vermerk »Umgehend erledigen!«. Manche waren schon zwei Monate alt.

Ganz versteckt, weil bereits im September hingehängt, entdeckte ich eine Notiz: 10. 2. Lesung in M. Heute hatten wir den 9. 2., und übermorgen ging der Flieger! Mein erster Gedanke, der Zettel würde schon seit einem Jahr dort hängen, ich hätte nur vergessen, ihn wegzuwerfen, wurde sofort von dem zweiten Gedanken verdrängt: In M. war ich noch niemals gewesen.

Ich stürzte zum Telefon. Steffi, zur Zeit mal wieder bei Horst Hermann logierend, hatte schon Urlaub und würde wohl zu Hause sein.

»Ich wollte dich auch gerade anrufen«, legte sie los, bevor ich überhaupt zu Wort gekommen war. »Kannst du bei der Bank noch ein paar Dollar einwechseln? Trinkgeld für Kofferträger und so weiter, du weißt schon.«

»Wahrscheinlich brauche ich gar keinen, weil ich nämlich nicht mitkommen kann.«

Pause. Und dann: »Hat sich diesmal Nicki was getan?«

Eine naheliegende Vermutung. Nicht nur Steffi selbst hatte mir schon zwei Kurztrips vermasselt, weil sie sich einmal den Arm gebrochen und das zweitemal einen Bänderriß zugezogen hatte. Zum Klassentreffen hatte ich damals auch nicht fahren können, denn Rolf war einen Tag vorher mit Blinddarmentzündung ins Krankenhaus gekommen, und Katja hatte ihren Tanzstunden-Abschlußball als Zuschauerin auf zwei Stühlen miterlebt. Den anderen hatte sie für ihr Gipsbein gebraucht.

»Nein, bis jetzt sind alle noch gesund, aber ich habe morgen abend eine Lesung in M.«

»Absagen!« befahl Steffi sofort.

»Geht nicht. Jedenfalls nicht so kurzfristig.«

»Warum denn nicht? Deine geschwollene Backe oder was immer du dir als Ausrede einfallen läßt, sieht man doch am Telefon nicht.«

»Das mache ich nicht, das ist unfair. Außerdem steht der

Termin seit September fest, da kann ich nicht vierundzwanzig Stunden vorher einen Rückzieher machen.«

»Laß mich mal überlegen«, sagte sie. »Irgendwie kriegen wir das auch noch auf die Reihe. Wann fängt denn das Spektakel an?«

»Abends um acht.«

»Kein Problem. Bis M. sind es ungefähr siebzig Kilometer, also brauchst du keine Übernachtung. Ich fahre dich. Sofern es in der Nähe keine Eisdiele gibt, höre ich mir sogar dein Gelaber an, und danach gondeln wir gemütlich nach Hause. Deine Vorliebe für nächtliche Autofahrten sind mir ja hinreichend bekannt. Einverstanden?« Und ob! Eine Frage hatte sie allerdings noch. »Wieso ist dir der Termin erst heute eingefallen? Hat sich die Buchladentante in der Zwischenzeit nicht mal gemeldet?«

Das allerdings hatte mich auch gewundert. Ein weiteres Telefongespräch klärte die Lage. Zweimal habe man bereits versucht, mich zu erreichen, nur sei wohl immer eine meiner Töchter am Apparat gewesen. Habe sie denn nicht ausgerichtet, daß man um einen Rückruf gebeten habe? Da sei nämlich noch was. Die örtliche Presse sei an einem Interview interessiert, und ob ich nicht vielleicht schon um halb sechs in M. sein könne?

Auf die zwei Stunden kam es nun auch nicht mehr an. Ich erklärte mein Einverständnis, informierte Steffi über die Programmänderung und wartete auf die Heimkehr der Zwillinge. Katja gab sofort zu, daß da »neulich mal jemand für dich angerufen« habe, und Nicki konnte sich ebenfalls erinnern. »Das war, als du bei Frau Bettin zum Kaffeetrinken warst. Nachher bin ich nicht mehr dagewesen, und später habe ich das irgendwie vergessen.«

»Nach zwölf Jahren Schulbesuch sollte man eigentlich erwarten können, daß ihr in der Lage seid, ein Telefongespräch anzunehmen und in Stichworten schriftlich zu fixieren.«

»Ja, das sollte man wirklich«, bestätigte sie, womit die Angelegenheit erledigt war.

Die meisten Menschen kennen Interviews nur vom Bildschirm her, wenn genervten Politikern beim Verlassen des Plenarsaals ein halbes Dutzend Mikrofone vors Gesicht gehalten werden, in die sie dann viele Worte mit wenig Inhalt stammeln. Einem solchen Überfall brauchte ich zum Glück nicht standzuhalten, doch es gibt ja auch noch die ganz persönlichen Interviews, und bei denen ist man vor Überraschungen nie sicher.

Sofern sich die verkaufte Auflage ihrer Bücher mit deren Herstellungskosten in etwa die Waage hält und vielleicht sogar Gewinn erzielt, werden Autoren von ihren Verlagen zu Lesungen animiert, in der Hoffnung, die daran interessierten Zuhörer bringen zur anschließenden Autogrammstunde nicht nur bereits vier Jahre alte und schon etwas zerlesene Exemplare mit, sondern erwerben auch das neueste Werk des Autors.

Hat er sich zu einer derartigen Veranstaltung bereit gefunden, wird die Lokalpresse über Zeit und Ort dieses kulturellen Ereignisses informiert mit dem Zusatz, der Autor stehe selbstverständlich zu einem persönlichen Gespräch zur Verfügung. In der Regel erfährt der Betroffene von dem geplanten Interview erst dann etwas, wenn er nach drei Stunden Autofahrt endlich sein Hotel gefunden hat und zusammen mit dem Zimmerschlüssel die Nachricht bekommt, daß er bitte Frau Müller vom *Heimatboten* anrufen möchte. Als höflicher Mensch tut er das auch, woraufhin ihm Frau Müller erklärt, sie habe eigentlich gar keine Zeit, und wenn, dann höchstens so gegen 16 Uhr, und ob das gehe. Doch, das lasse sich einrichten, bestätigt der Autor. Daß er bis zur abendlichen Lesung sowieso nichts zu tun hat, sagt er natürlich nicht.

Pünktlich zur verabredeten Zeit sitzt der Autor – in diesem Fall also eine Autorin – im angegebenen Café. Zwar kennt sie ihre künftige Gesprächspartnerin nicht, doch die wird sich durch einen *Heimatboten*, den sie in der Hand trägt, ausweisen.

Nach zehn Minuten tritt eine etwas zu rothaarige Dame

durch die Tür, schreitet erst zur Kuchentheke und dann in Richtung Tische. Die Zeitung hat sie zusammengefaltet unter den Arm geklemmt. Die Autorin hebt zaghaft die Hand, wird bemerkt – alles in Ordnung.

Das einleitende Gespräch über das regnerische Wetter wird von der Bedienung unterbrochen. Zwei Kännchen Kaffee bitte und den Kuchen für Frau Müller.

Bei Käsesahnetorte geht es dann richtig los. »Sie müssen schon entschuldigen, aber bis heute hatte ich noch nie etwas von Ihnen gehört und schon gar nicht gelesen.«

Die Autorin versichert glaubhaft, daß das keineswegs eine Bildungslücke sei. Frau Müller nimmt einen Schluck Kaffee. »Was für Bücher schreiben Sie überhaupt?«

Die Autorin beginnt sich zu wundern, weiß sie doch genau, daß die recht rührige PR-Abteilung ihres Verlags auch der Redaktion vom *Heimatboten* eine Pressemappe zugeschickt hat, aus der alles vermeintlich Wichtige über die Autorin und deren Werk ersichtlich ist. Trotzdem erklärt sie ihrem Gegenüber geduldig, daß sie heitere Bücher schreibe, und zwar über die eigene Familie.

Frau Müller nimmt das nicht bloß zur Kenntnis, sie notiert es sogar auf einem mitgebrachten Zettel von Notizblockgröße. »Ich schreibe mir nur das Wichtigste auf, alles andere behalte ich auch so.«

Der Kuchen ist alle, Frau Müller schiebt den Teller zur Seite und fragt weiter: »Sind Sie eigentlich verheiratet?«

Jetzt verschlägt es der Autorin doch die Sprache. Da hat sie nun schon ein halbes Dutzend Bücher über ihre Sippe geschrieben und ihre Leser mit detaillierten Schilderungen über die Aufzucht ihres fünffachen Nachwuchses strapaziert, und nun wird sie tatsächlich gefragt, ob sie denn auch einen Ehemann habe.

Zugegeben, sie trägt keinen Trauring, doch daraus Rückschlüsse auf ein Single-Dasein zu ziehen, erscheint denn doch ein bißchen zu gewagt. Also bestätigt sie, daß sie seit neunundzwanzig Jahren einen Mann und darüber hinaus auch fünf Kinder habe.

Frau Müller nimmt das überrascht zur Kenntnis. Zwar sei sie selbst auch verehelicht, sogar mit einem Künstler, nur Kinder habe sie nicht. Aber sie sei viermalige Tante, weil nämlich ihre Schwester ...

Es folgt eine viertelstündige Erläuterung der Familienverhältnisse von Frau Müller, denn außer der Schwester gibt es noch einen angeheirateten Schwager mit ebenfalls drei Nachkommen, von denen der älteste in die Fußstapfen des Onkels trete. Besagter Onkel, nämlich der Gatte von Frau Müller, betreibe eine Galerie. Sogar recht erfolgreich, denn erst unlängst habe er eine Ausstellung des Malers Y arrangiert. Auch der sehr begabte Nachwuchskünstler Z habe schon seine Werke präsentiert, und demnächst werde ...

Die Autorin vernimmt Namen, die sie noch nie gehört hat, sieht zwischendurch verstohlen auf die Uhr, winkt schließlich der Bedienung und bestellt ein weiteres Kännchen Kaffee. Nein, lieber zwei, Frau Müller möchte auch noch eins. Außerdem will sie wissen, aus welcher Gegend die Autorin komme, da sie jeglichen Dialekteinschlag vermissen lasse.

Der Befragten war jedoch schon nach den ersten Sätzen klargeworden, daß die Interviewerin an der Spree aufgewachsen sein mußte, also dort, wo auch die Autorin Kindheit und Jugend verlebt hat. Soll sie es sagen? Sie tut es und bereut es sofort. Frau Müller kommt aus Spandau, hat bis vor zwei Jahren in Berlin gewohnt, und erst als ihr Mann die Galerie ...

Die Autorin erfährt Details über Wohnungssuche, Umzug und Integrationsschwierigkeiten und bemüht sich vergeblich, das Gespräch in die ursprünglich vorgesehene Richtung zu lenken. Schließlich resigniert sie.

Frau Müller ist inzwischen zu einer ausführlichen Schilderung ihrer Mitbewohner übergegangen und beendet ihren Monolog mit der Frage: »Wo waren wir eigentlich stehengeblieben?«

»Bei der Nachbarin mit den zwei Katzen.«

»Nein, ich meine doch bei Ihnen.« Sie wirft einen Blick auf

ihren Zettel. »Sie sind also verheiratet, haben fünf Kinder und schreiben Bücher. Seit wann?«

Auch das steht ausführlich in besagter Pressemappe, doch die Autorin, froh, sich endlich wieder auf vertrautem Terrain zu bewegen, antwortet bereitwillig. Im übrigen hat Frau Müller keine weiteren Fragen. »Ich habe da so etwas zugeschickt bekommen, hatte allerdings noch keine Zeit, hineinzusehen. Da steht ja sicher alles drin, was ich wissen möchte, nicht wahr? Jetzt muß ich nämlich weg. Hat mich sehr gefreut, Sie kennenzulernen.« Sie steht auf, sieht sich suchend nach der Kellnerin um, akzeptiert dankend die Einladung, gibt der leicht gefrusteten Autorin die Hand und enteilt.

Die Autorin begleicht die Rechnung, läßt sich eine Quittung geben, weil sie die später beim Verlag einreichen muß, und als sie gehen will, bemerkt sie den liegengebliebenen Notizzettel. Beim Hinausgehen wirft sie ihn in den Papierkorb.

Einige Wochen später erhält sie vom Verlag ein Exemplar des *Heimatboten*. Die Seite mit dem Interview ist rot angekreuzt. Verblüfft liest sie, daß sie ein drahtiger Typ sei, etwa der Kategorie Sportlehrerin zuzuordnen, und außerdem sehr männlich gekleidet.

Abgesehen davon, daß sich ihre sportlichen Aktivitäten auf gelegentliches Radfahren zum Bäcker beschränken (samstags gibt es frische Brötchen zum Frühstück), wundert sich die Autorin über ihr vermeintlich maskulines Aussehen. Ihre Vorliebe für Hosen teilt sie mit Millionen anderer Geschlechtsgenossinnen, eine Bluse ist ein ausschließlich weibliches Kleidungsstück, und einen Blazer hat wohl so ziemlich jede Frau im Schrank hängen. Frau Müller hatte ja auch einen getragen, einen roten, passend zu den gemusterten pfirsichfarbenen Leggings und dem graugrünen Schlabberhemd, aber in diesem Outfit hätte wenigstens niemand gewagt, sie als maskulin zu bezeichnen.

Das Interview kannte die Autorin bereits. Es war fast wörtlich aus der Pressemappe abgeschrieben.

Der Ehrlichkeit halber muß ich jedoch zugeben, daß sich die meisten Journalisten auf ein solches Gespräch gut vorbereiten und es manchmal sogar schaffen, durch geschickte Fragen mehr private Informationen herauszuholen, als man eigentlich zu geben bereit gewesen war.

Steffi haßt Öffentlichkeitsarbeit. Stellt sie sich wirklich mal als Chauffeur zur Verfügung, dann nur unter der Bedingung, nicht in Erscheinung treten zu müssen. Folglich hatte sie das recht einseitige Interview auch nur aus der Ferne mitgekriegt. Vergraben hinter Zeitschriften und einem riesigen Eisbecher, hatte sie zwar hin und wieder zu unserem Tisch herübergelinst, meine verstohlenen Zeichen, mich doch endlich loszueisen, jedoch standhaft ignoriert. »Warum hätte ich denn sollen? Ihr habt euch doch blendend unterhalten!«

16

Um einundzwanzig Uhr sollte der Flieger starten, um halb zehn ging er endlich hoch, um halb zwölf gab es Abendessen, um zwei, als ich etwas eingedöst war, flimmerte ein alberner französischer Film über die Bildschirme, und um vier waren wir immer noch mehr als tausend Meilen vom Zielort entfernt. Dank der Monitore wird man ja laufend über Flughöhe, Außentemperatur und den jeweiligen Standort seines Vogels informiert. Um halb fünf ging die Sonne auf, um halb sechs gab es Frühstück, kurz vor sieben betraten wir maledivischen Boden. Die Uhr im Terminal zeigte drei Minuten nach elf. Male-Zeit.

Nach Paß- und aufwendiger Zollkontrolle – die Einfuhr von Alkohol, Harpunen und pornografischer Lektüre, wozu auch Illustrierte mit Bikinimädchen auf dem Titelblatt gehören, ist streng verboten – wurden wir zum Hafen eskortiert und den jeweiligen Dhonis zugeteilt. Das ist ein rundherum offenes Schiffchen mit Bänken an den Seiten und einem Sonnensegel obendrüber. Angetrieben wird es von einem recht geräuschvollen Dieselmotor. Der einheimische Steuermann betätigt das Ruder mit den Füßen, weil er die Hände für die Pumpe braucht. Ob damit der Sprit zum Motor oder das Wasser aus dem Kielraum befördert wird, blieb unklar.

Anderthalb Stunden lang tuckerten wir gemütlich über das spiegelglatte Meer, als endlich »unsere« Insel auftauchte mit dem vorschriftsmäßig weißen Sand und dem grünen Wasser drum herum. Bis wir dort waren, verging noch mal eine halbe Stunde.

In tropischen Ländern werden neue Gäste traditionell mit

einem farbenprächtigen Getränk begrüßt. Das hier war rosa, passend zu den gleichzeitig verteilten Zetteln, auf denen man über so wichtige Dinge wie Essenszeiten, Höhe der Trinkgelder und das Nacktbadeverbot informiert wird. Unsere Mitreisenden waren samt Schlüssel und Handgepäck bereits in ihre Unterkünfte gezogen, während wir noch auf den Manager warten sollten. Er müsse nur sein Telefonat beenden, wurde uns mehr mimisch als akustisch mitgeteilt.

Auf den Malediven spricht man Divehi, ein Idiom, das irgendwo zwischen Arabisch, Suaheli und Balinesisch angesiedelt sein muß. Da ich alle drei Sprachen nicht beherrsche, habe ich unseren Roomboy bis zum letzten Tag nicht verstanden. Es ist nämlich Glücksache, ob man einen Angestellten erwischt, der englisch spricht. Die wenigsten können es, und wenn, dann nur einige Brocken. Die Kommunikation klappt jedoch per Zeichensprache recht gut, und wenn die nicht ausreicht, kann man, je nach Talent, immer noch auf Papier und Bleistift ausweichen. Als ich um einen Adapter für die Steckdose bat, schaute sich der Roomboy mein Gemälde lange an, nickte schließlich und brachte ein nagelneues Feuerzeug.

Der Manager, des Englischen recht gut mächtig, kam mit allen Zeichen des Bedauerns auf uns zu, orderte vorsichtshalber ein weiteres Erfrischungsgetränk und teilte uns mit, daß der für uns vorgesehene Bungalow erst am nächsten Tag frei werde und wir mit einem Ausweichquartier vorliebnehmen müßten. Nur bis morgen, aber es gehe nun mal nicht anders, doch gleich nach dem Frühstück ...

»Warum hat der wegen der einen Nacht bloß so ein Theater gemacht?« wunderte sich Steffi, als wir, Schuhe in der Hand, hinter einem Einheimischen durch den Sand trabten. Wenig später wußten wir's!

So ungefähr müssen unsere Altvordern gehaust haben, kurz nachdem sie das Höhlenstadium hinter sich gebracht hatten. Ein mit dunklem, binsenähnlichem Material verkleideter Raum, zwei winzige Fenster, durch die dank des grünen Gestrüpps davor kaum Licht fiel, an der Wand eine flackernde Neonröhre, die kurz darauf endgültig ihren Geist aufgab, am Kopfende des Doppelbettes eine Leselampe, offenbar maledivischer Heimwerkerkunst zuzuordnen, denn ihr Schirm bestand aus Baumrinde und schluckte den größten Teil des ohnehin kümmerlichen Lichtstrahls. Der Ventilator an der Decke funktionierte nur auf Stufe drei.

Das angrenzende Bad war noch anheimelnder. Neben der Toilette ein wackliges Gestänge (wohl nicht umsonst lag der Schlauch mit dem Duschkopf auf dem Boden), auf der anderen Seite ein Waschbecken von Vogeltränkengröße und darüber eine Art Apothekerschränkchen, das halb aus der Wand fiel, als ich die Tür zu öffnen versuchte.

»Eine reizende Behausung«, stellte Stefanie fest, während sie ihren Koffer aufs Bett wuchtete. Das hätte sie lieber nicht tun sollen, denn es klapperte verdächtig, und dann sanken Koffer samt Matratze bis auf den Sandboden. Eine Inspektion des fraglichen Bereichs offenbarte die geniale Konstruktion der Betten: Einzelne Leisten unterschiedlicher Stärke waren einfach zwischen das Bettgestell geschoben und mit der Matratze bedeckt worden. Unruhige Schläfer mußten damit rechnen, daß sich im Laufe der Nacht die Bretter verschoben oder sogar, wie eben passiert, herausfielen.

»Ist ja nur bis morgen«, sagte Steffi, als mir der Kofferschlüssel runterfiel und ich warten mußte, bis sie die Taschenlampe herausgekramt hatte; die normalen Lichtquellen hatten sich als nicht ausreichend erwiesen.

»Morgen sieht das ganz anders aus«, tröstete ich meine Tochter, die bibbernd unter der Dusche stand und vergeblich auf warmes Wasser wartete; es kam nur ein kalter bräunlicher Strahl heraus, der fürchterlich nach Schwefel stank.

»Ab morgen schlafen wir in richtigen Betten«, versuchte ich mir einzureden, als ich abends die Bretter zurechtrückte, bevor ich mich vorsichtig darauf niederließ. Daß ich trotzdem gut geschlafen habe, mußte wohl an dem vorangegangenen Nachtflug gelegen haben.

Kurz vor dem Mittagessen durften wir umziehen. Schon bei unserem gestrigen Rundgang hatten wir die auf der anderen Inselseite gelegenen Bungalows mit ihren großen Fensterfronten, den Blumenrabatten vor der Terrasse und den sorgfältig geharkten Wegen bewundert. Das Innere übertraf unsere kühnsten Erwartungen. Weiße Fliesen statt Sandboden, Rattanmöbel, eine leise surrende Klimaanlage, Kühlschrank und überall Lampen. Dahinter das großzügig konzipierte Bad mit einer Tür zu einem ummauerten Innenhof, wo Wäscheleinen gespannt waren und sich eine zusätzliche Außendusche befand. Wirklich sehr nobel das Ganze!

Als erstes inspizierte Steffi den Kühlschrank und warf sämtliche Bierdosen sowie die niedlichen kleinen Fläschchen mit ihrem hochprozentigen Inhalt hinaus. Statt dessen orderte sie beim Roomboy Fruchtsäfte, deren Sortiment hauptsächlich aus Guavensaft bestand. Man muß sich daran gewöhnen. Erstaunt war ich nur über die Wodkaflasche, die plötzlich im Kühlschrank lag und vorher nicht dagewesen war. Stefanies Grinsen war Antwort genug.

»Wie hast du die denn durch den Zoll gekriegt?«

»Im Tauchrucksack! Du glaubst gar nicht, was man da alles verstecken kann!« Zum Beweis zog sie aus der einen Flosse ein Glas mit ihrer geliebten Schokoladenpaste, aus der anderen zwei kleine Salamiwürste, in die Füßlinge – ebenfalls ein unerläßliches Taucherutensil – hatte sie Vollkornbrot gestopft sowie ein Glas Bienenhonig.

»Spätestens nach acht Tagen hast du die ewig gleiche Marmelade dick, das Weißbrot sowieso, Wurst gibt's nicht, und Alkohol ist viel zu teuer.«

»Willst du dich etwa hier im stillen Kämmerlein besaufen?«

»Blödsinn! Aber wenn man abends in der Bar hockt, schmeckt ein Schuß Wodka im Tonicwater sicher ganz gut.«

»Du wirst mir doch nicht erzählen wollen, daß du so einfach mit der Flasche unterm Arm in die Bar spazierst?«

»Natürlich nicht. Das macht man ganz anders.«

Verblüfft sah ich zu, wie sie die einzeln verpackten Kalziumtabletten, Vorbeugung gegen Sonnenallergie, aus dem großen Röhrchen schüttete und in die Schublade legte. »Diese Hülsen sind die beste Tarnung für eingeschmuggelten Alkohol. Ich weiß, wovon ich rede!«

Das war anzunehmen, denn vor zwei Jahren war sie zusammen mit Horst Hermann schon einmal auf den Malediven gewesen, allerdings auf einer anderen Insel. Es gibt ja nur zwölfhundert und ein paar mehr.

Steffis Voraussicht verdient höchstes Lob. Bei mir dauerte es bloß fünf Tage, dann konnte ich die gelbe Marmelade nicht mehr sehen und griff dankbar zum Honig. Brot und Wurst wußte ich in der zweiten Woche zu schätzen, wenn das Mittagessen mal wieder aus Fisch mit Reis bestanden hatte und es am Abend Reis mit Fisch geben würde.

Eins muß man nämlich festhalten, und wohlmeinende Reiseführer weisen sogar darauf hin: Gourmets sollten um die Malediven einen Bogen machen! Nichts gegen Fisch, zumal er garantiert nicht von Käpt'n Iglo stammt, aber an sechs Tagen in der Woche mittags und abends Gräten auf dem Tellerrand ist nicht jedermanns Sache. Hin und wieder variiert die Reisbeilage mit Nudeln, eine Kombination, die jedem europäischen Küchenchef die Haare zu Berge stehen ließe, und die Vitaminspritze in Form von Krautsalat unterscheidet sich eigentlich nur in der Farbe – mal weiß, mal gelb, mal grün, mal rosa.

Jeden Freitag gab es lauwarmen Fischcurry – nicht wegen der Abwechslung, sondern weil man das Zeug schon vorher fertig machen und später aufwärmen kann. Der Freitag ist nämlich der moslemische Sonntag. Von der Kellnerbrigade hatte nur eine Notbesetzung Dienst, weshalb Selfservice angesagt war. Warum man zu diesem Zweck das Büfett *vor* dem Speisesaal aufgebaut hatte, wo vom Ozean herüber immer ein mehr oder weniger heftiger Wind wehte, habe ich nie begriffen. Da steht man am Ende einer Schlange, und ist man bis zu den großen offenen Schüsseln vorgerückt, sind die warmen Gerichte kalt und die kalten welk geworden.

Es soll auch Inseln mit hervorragender Küche geben, aber das sind vermutlich jene Eilande, auf die man das kleine Schwarze mitnehmen und vor der Abreise seinen Schmuck aus dem Tresor holen muß. Da machte ich dann doch lieber Abstriche beim Essen (es war mein erster Urlaub, bei dem ich *nicht* zugenommen habe!!!), wenn ich es in Freizeitkleidung einnehmen darf.

Von nun an herrschte bei uns ein minuziös geregelter Tagesablauf, der morgens zwanzig nach sieben mit dem Weckergebimmel begann. Und jedesmal die gleiche Frage: schwimmen oder duschen? Bis zum Meer waren es genau siebzehn Schritte, bis zur Dusche sechs. Außerdem war sie warm! Shorts und T-Shirts an, ab zum Frühstück, immerhin ein Marsch von genau dreihundertvierunddreißig Schritten.

»Ob wir's heute mal wieder mit einem gekochten Ei versuchen?«

»Hat ja doch keinen Zweck«, entgegnete Steffi. »Bei den Drei-Minuten-Eiern ist das Eiweiß noch flüssig, und das Vier-Minuten-Ei vorgestern war steinhart.«

»Dann bestellen wir jetzt welche mit dreieinhalb Minuten Kochzeit.«

»Glaubst du, die haben in der Küche eine Uhr mit Sekundenzeiger?«

Es blieb also bei Spiegelei mit Käse für Steffi und bei Toast mit Marmelade für mich.

Um diese frühe Stunde pflegen sich nur Taucher im Speisesaal einzufinden, unschwer an der blassen Hautfarbe zu erkennen. Ich war also völlig fehl am Platz. Andererseits frühstücke ich ungern allein. Ein letztes Zögern, ob es nicht doch noch für eine weitere Tasse Kaffee reicht – nein, es reicht nicht, das Boot legt Punkt halb neun ab, und die Tauchbasis befindet sich in entgegengesetzter Richtung am anderen Ende der Insel. Weil ich nichts Besseres zu tun habe, begleite ich meine Tochter und staune jedesmal über die schweißtreibenden Prozeduren, denen sich ein Taucher unterziehen muß. Wie kann man sich nur freiwillig in dieses hautenge Futteral quälen und darüber noch das Monstrum von Weste ziehen, an dem alles mögliche hängt und baumelt? Und was das alles kostet!!! Eine einfache Golfausrüstung kann auch nicht viel teurer sein. Für diesen nach nichts aussehenden kleinen Computer, der außer der Wettervorhersage alles für ein Überleben unter Wasser Wichtige anzeigt, haben wir vor Weihnachten zusammengelegt, sonst hätte Steffi sich den nie leisten können.

Die Flaschen werden an Bord gehievt, die wie Marsmännchen kostümierten Taucher steigen hinterher, der Kahn legt ab. Bis zwölf habe ich Freizeit.

Kurzer Abstecher zur Boutique wegen der Briefmarken, gestern waren keine dagewesen. Der Laden ist noch geschlossen. Auch egal. Ob die Daheimgebliebenen ihre Karten einen Tag früher oder später erhalten, spielt keine Rolle (sie bekamen sie erst, als wir wieder zu Hause waren). Kurzer Plausch mit dem Gärtner, der herabgefallene Blätter vom Weg harkt. Nicht sehr ergiebig, er kann kein Englisch, freut sich aber, daß jemand mit ihm redet. Ich stecke ihm ein paar Dollar in die Hemdentasche und gehe weiter. Er kommt hinterhergelaufen und drückt mir eine kleine bunte Muschel in die Hand. Gärtner kriegen wohl selten ein Trinkgeld. Später wundert sich Steffi, daß wir immer frische Blumen im Zimmer haben.

Ein bißchen schwimmen, ein bißchen lesen, ein nochmaliger Versuch, die Luftmatratze aufzupumpen, aber kaum ist die Luft drin, ist sie auch schon wieder draußen. Vielleicht sollte man nicht bei jedem Sonderangebot gleich zugreifen!

So ein Vormittag kann sich ganz schön in die Länge ziehen. Da sind auch keine Nachbarn, mit denen man wenigstens mal übers Wetter reden könnte, obwohl es da nichts zu reden gibt. Jeden Tag scheint die Sonne neun Stunden lang vom postkartenblauen Himmel herunter.

Im Bungalow rechts neben uns wohnen Engländer. Er sitzt meistens auf der Terrasse, Pfeife im Mund und Buch vor der Nase, sie hockt unter einem Schirm am Strand und löst Kreuzworträtsel. Nachmittags treffen sie sich mit einem anderen englischen Paar im Coffeeshop zum Bridge. Abends erscheinen sie als einzige korrekt angezogen im Speisesaal, wo sie sich zwischen all den anderen salopp gekleideten Gästen wie Paradiesvögel ausnehmen.

Der linke Bungalow gehört zwei Schwestern, irgendwo zwischen vierzig und fünfzig, aber sehr sportlich die beiden. Gleich nach dem Frühstück ziehen sie los in langen Baumwollhosen und T-Shirts, Socken an den Füßen, Flossen und Schnorchel unter dem Arm. Zwei Stunden später kommen sie triefend zurück. Das Hausriff liegt auf der anderen Seite, doch offenbar halten sie es für unzüchtig, die nassen Sachen auszuziehen und nur im Badeanzug über die Insel zu laufen.

Dafür gibt es andere, die so etwas lieber bleiben lassen sollten. Den Tüpfelhirsch zum Beispiel, neunzehn Jahre jung, neunzig Kilo schwer, aber mit einer Vorliebe für gelbe Tangas. Zum Essen erscheint er meist in großgepunkteten Hemden mit ebensolchen Leggings.

Neptun ist auch einer von denen, für die die Bademode der Jahrhundertwende vorteilhafter gewesen wäre als die heutigen Modelle. Daß er überhaupt eins trägt, sieht man nur von hinten, vorne hängt der Bauch drüber. Seinen Namen verdankte er einem sich täglich wiederholenden Ritual, bevor er, zwar ohne Dreizack, sonst aber einem Tiefseetaucher gleich gekleidet, ins Wasser steigt.

Neptun kommt aus seinem Bungalow, eingezwängt in einen dunkelblauen Trockentauchanzug mit Kopfhaube, wie man ihn für winterliche Baggerseen braucht, aber nicht für achtundzwanzig Grad warmes Wasser. Mit erhobenem Finger prüft er die Windrichtung – es ist sowieso immer dieselbe –, dann setzt er sich auf die Terrasse und zieht die Flossen an. Seine Maske hat er schon auf, desgleichen markiert ein mittelschwerer Bleigurt die nur zu erahnende Mitte seines Körpers. Er steckt den Schnorchel in den Mund, kontrolliert das an seiner Wade befestigte Messer, greift zu der bereitliegenden Unterwasserkamera, einem unförmigen Gehäuse mit zwei riesigen Scheinwerfern an jeder Seite, und watschelt schwerfällig zum Strand. Kaum hat er mit den Füßen Wasserberührung, läßt er sich nach vorne fallen, wobei er die Arme mit der Kamera nach oben streckt, während der Bauch regelmäßig über den Meeresboden schrappt. Und dann wird losgepaddelt.

Bis zum letzten Tag haben wir uns den Kopf zerbrochen, *was*, um alles in der Welt, Neptun eigentlich fotografiert hat. Sicher, es gab in Ufernähe noch einige lebende Korallen, doch die konnte man im Vorbeigehen besichtigen, denn an diesen Stellen ging einem das Wasser nur bis zu den Knien. Das Hausriff dagegen lag auf der anderen Seite, und bis dorthin ist Neptun nie gekommen. Dafür ist es *mir* zum Verhängnis geworden.

Wenn Steffi kurz vor dem Mittagessen von ihrer Tauchfahrt zurückkam und sich nach dem Essen im klimatisierten Zimmer von beiden Anstrengungen erholt hatte, war es mit *meiner* Erholung vorbei. »Jetzt joggen wir einmal um die Insel!« hieß es, oder »Zum Laufen ist es heute zu heiß, wir schwimmen einfach drumherum.«

Zu heiß war es immer, Langstreckenschwimmen ist nicht mein Fall, also machte ich ihr den Vorschlag, ich könnte es doch auch mal mit Schnorcheln versuchen.

Sofort trabte sie davon und kam mit den für ein solches Unternehmen notwendigen Utensilien zurück. Jede Tauchbasis verleiht sie (und verdient nicht schlecht daran!).

Als erstes lernte ich, daß man in die Maske spucken und die unappetitliche Brühe verreiben muß, bevor man sie wieder abspült. Daß man nach dieser Prozedur eine bessere Sicht hat, halte ich für ein Gerücht.

»Jetzt legst du dich einfach auf den Bauch, Hände an die Hosennaht, und bewegst ruhig und gleichmäßig die Flossen!« befahl meine Lehrerin. Ich tat es und ging prompt unter.

»Du sollst keine Schwimmbewegungen machen, sondern paddeln! Also noch mal!«

Ich paddelte und hatte nach wenigen Sekunden einen Krampf im rechten Bein. »Wie kann man sich bloß so dämlich anstellen«, schimpfte sie, nachdem sie mich in die Vertikale gehievt hatte. »Du bewegst dich, als würdest du radfahren. Du darfst die Knie nur ein kleines bißchen anwinkeln. Und laß endlich den Kopf unten, wozu hast du denn den Schnorchel?«

»Das weiß ich auch nicht«, prustete ich, die Plastikröhre ausspuckend, »oder kannst du mir mal erklären, weshalb ich bei jedem Atemzug den Mund voll Wasser habe? Vielleicht ist das Ding porös?«

Sie probierte es selber aus. »Da ist alles in Ordnung.« Allerdings war mir dabei aufgefallen, daß Steffi das Mundstück vor die Zähne geschoben, während ich es komplett in den Mund gesteckt hatte. Das sagte ich natürlich nicht.

Der nächste Versuch klappte besser. Vermutlich hätte mich noch jede Meeresschnecke überrundet, aber nach einer Viertelstunde Strampelei war Steffi zufrieden. »Jetzt gehen wir mal zum Riff rüber.«

Besagtes Riff erreichte man über eine Mole, an deren Ende eine Steintreppe ins Meer führte. Bei Flut wurden die untersten Stufen überspült und waren entsprechend glitschig. Mehr rutschend als abwärtssteigend bewältigte ich das Hindernis und plumpste ins Wasser. Jetzt mußte ich sehen, wie ich klarkam. Ich hatte keinen Grund mehr unter den Füßen, fing automatisch mit normalen Schwimmbewegungen an, wobei sich die Flossen als äußerst hinderlich erwiesen, soff ab, kam japsend wieder hoch, besann mich auf die mir eben noch eingetrichterten Anweisungen und paddelte los. Steffi hatte erst abgewartet, ob nicht vielleicht doch Rettungsmaßnahmen eingeleitet werden mußten, dann sprang sie ebenfalls ins Wasser. An der Hand zog sie mich hinterher und deutete schließlich nach unten. Da sah ich zum erstenmal ein bißchen von dem, was Taucher immer wieder in die Tiefe treibt: bunte Korallen, die sich in der leichten Strömung wiegten, kleine Fische, blau, neongelb, orange. Ein ganzes Aquarium tummelte sich dicht unter mir und war trotzdem unerreichbar. Mindestens sechs Meter lang hätte der Schnorchel sein müssen! Da tat sich eine Welt auf, von deren Schönheit ich nichts geahnt hatte.

Nach einer halben Stunde trieb mich Steffi aus dem Wasser, obwohl ich noch gar keine Lust dazu hatte. Das Riff war lang, ich hatte noch nicht einmal die Hälfte davon gesehen, aber jetzt wußte ich wenigstens, womit ich mich vormittags beschäftigen konnte.

Vielleicht sollte ich noch erwähnen, daß ich die folgende Nacht auf dem Bauch liegend verbracht und in Gedanken jene Physikstunde rekapituliert hatte, in der die Reflexion von Sonnenstrahlen auf eine spiegelnde Fläche behandelt worden war!

Und dann lernte ich Reinhard kennen. Ich filmte gerade, gebückt und langsam rückwärts gehend, eine buntschillernde Eidechse, als ich auf dem normalerweise hindernisfreien Weg gegen etwas Weiches stieß. Ich drehte mich um und stellte fest, daß sich das Hindernis aus genau dem gleichen Grund auf dieselbe unübliche Art vorwärts bewegte, nur hatte es einen Einsiedlerkrebs im Visier.

»Nu isser weg!« sagte das Hindernis, bevor es sich zu seiner vollen Länge hochschraubte. Vor mir stand ein Indianer! Zwar kein direkter Nachkomme von Winnetou, denn der hatte keinen grauen Lockenkopf gehabt und schon gar keinen Vollbart, seine Haare hatte er mit einem bestickten Stirnband gebändigt und nicht mit einem zusammengeknoteten Frotteelappen, aber die Hautfarbe stimmte.

Nach Begutachtung der Kameras und dem bei Hobbyfilmern üblichen Erfahrungsaustausch über Brennweiten, Restlichtverstärker und ähnlichem Fachchinesisch erzählte Winnetou, daß er seit einer Woche auf der Insel sei, noch zwei vor sich habe und sich entsetzlich langweile. Seine Frau liege den halben Tag in der Sonne, die andere Hälfte verbringe sie beim Kartenspielen. »Imma unta dieselbe Palme und imma mit denselben Weibsbildern. Warum die hier rumsitzen und nich in Monte Carlo, mag der Deibel wissen. Da isset doch ooch warm. Wie isset, komm Se mit uff'n

Kaffee? Ick war jrade uff'm Weg dahin, aba denn is mir der Krebs dazwischenjekommen.«

Warum nicht? Ich hatte den ins Meer gebauten, zur Hälfte auf Stelzen stehenden Coffeeshop ohnehin mal filmen wollen. »Ick muß mir bloß noch wat überziehn.«

Sein Bungalow lag weiter vorn. Im Vorübergehen pflückte er sein T-Shirt von einem Busch, streifte es über und sah nun, abgesehen vom Stirnband, gar nicht mehr wie ein Indianer aus. Reinhard Fink heiße er, Fink wie Meise, komme aus Berlin und habe eigentlich nach Bali gewollt. »Nich wegen der Meechen, det Alter habe ick nu wirklich hinter mir, sondern wejen der Tempel und der janzen Kultur.« Das alles habe ihm schon in Mexiko so gut gefallen und letztes Jahr in Tibet, »aba meine Elli hat jesacht, diesmal will se sich wieda erholen. Nu erholt se sich, und ick langweile mich zu Tode.«

»Haben Sie es denn schon mal mit Schnorcheln versucht?«

»Und ob! Macht ja ooch Spaß, is aba bloß 'ne halbe Sache. Wenn ick det allet so von oben sehe, möchte ick runta, bloß wenn man keene Kiemen hat oder wenigstens 'ne Lunge wie'n Elefant, denn jeht det nu mal nich.«

In diesem Moment mußte mich wohl der Hafer gestochen haben. »Am Schwarzen Brett habe ich gelesen, daß morgen mittag Schnuppertauchen angesagt ist. Ob wir da einfach mal mitmachen?«

Reinhard zögerte keinen Augenblick. »Na klar. Vorausjesetzt, die schmeißen uns nich wejen Überschreitung der Altersjrenze raus. Wir sind doch beede Vorkriegsjeneration, oder irre ick mich da?«

Er irrte sich nicht, auch wenn er zwei Jahre jünger war als ich.

Tauchlehrer Conny, sichtlich erfreut über zwei potentielle Schüler, denn außer uns beiden war niemand erschienen, zerstreute unsere Bedenken. »Ich kenne welche, die fangen erst mit siebzig an, und bis dahin habt ihr doch noch eine Weile Zeit.«

In Taucherkreisen pflegt man sich grundsätzlich zu duzen, wobei weder Lebensalter noch Bekanntschaftsgrad eine Rolle spielen. Oft weiß man bei der Abreise gar nicht, wie Margit oder Jürgen, mit denen man jeden Tag zusammengewesen ist, eigentlich mit Nachnamen heißen.

»Dann kommt mal mit!« Wir folgten Conny zur Kostümprobe in die Baracke. Erst die vierte Tarierweste, unter Tauchern einfach Jacket genannt, paßte halbwegs, die anderen waren alle zu groß gewesen. Bei Reinhard saß gleich die erste wie maßgeschneidert. Anscheinend hat man als Taucher ein gewisses Körpervolumen mitzubringen.

»Das hier ist die Flasche«, erläuterte Conny, eins von diesen gelben Ungetümen auf den Tisch wuchtend, »und das ist der Lungenautomat.« Er holte ein tintenfischähnliches Gebilde mit etwas Metall obendrauf, an dem diverse schwarze Schläuche baumelten. An den Schlauchenden hingen auch wieder Apparaturen, und als ich die sah, wollte ich die ganze Sache gleich aufstecken. Bei meinem sehr gering entwickelten technischen Verständnis würde ich nie damit klarkommen!

»Den Lungenautomat schraubt man hier oben an die Flasche«, erläuterte Conny und tat es. »Seht genau zu, das müßt ihr nachher selber machen.« Ich sah zu und drehte das Ding später auch prompt verkehrt herum daran. Das klingt zwar idiotisch, geht aber ganz einfach.

Dann folgten die theoretischen Unterweisungen. Wir lernten, daß man nie allein tauchen soll. Man hat einen Partner, Body genannt, der einen ständig im Auge behält – umgekehrt natürlich auch –, damit er bei Notfällen sofort zur Stelle sein kann. Vielleicht hat man ja vergessen, vor Beginn des Tauchgangs das Ventil der Flasche aufzudrehen, dann kriegt man unten keine Luft. Reinhard tat mir jetzt schon leid. Im Falle eines technischen Defekts hätte ich bei ihm erheblich mehr Überlebenschancen als er bei mir. Ingenieure sind bei etwaigen Pannen bestimmt besser vorbereitet.

Zum Schluß erfuhren wir noch, welchem Zweck die Schläuche dienen. An einem hängt das Mundstück, am zweiten ein Ersatz dafür und am dritten der Zähler für den Luftverbrauch. Der ist wichtig! Wenn man nämlich nicht ab und zu mal draufguckt, kann es passieren, daß die Flasche leer ist, während man noch in zwanzig Meter Tiefe hängt. Dann muß man ganz schnell zu seinem Body und sich an seinen Reserveschlauch hängen. Da sich ein Schnuppertauchgang jedoch in wesentlich flacheren Gewässern abspielt, war zumindest heute mit einem solchen Notfall kaum zu rechnen.

Nun waren wir für das große Abenteuer gerüstet. Conny überantwortete uns seinem einheimischen Gehilfen, der Achmed hieß und dank einer in Hamburg wohnenden Freundin, die er schon mehrmals besucht hatte, nahezu fließend deutsch sprach. Seine erste Frage lautete denn auch: »Habt ihr deutsche Zeitungen mitgebracht?« Hatten wir natürlich nicht, doch wir sicherten ihm die Überreste unserer Reiselektüre zu.

»Müssen wir die Flaschen etwa bis zum Steg selber schleppen?« Die Dinger sind höllisch schwer, dabei breche ich ja schon unter dem Gewicht eines Sprudelkastens zusammen.

Nein, das mußten wir nicht, ein paar Flaschen stünden bereits am Einstieg.

Bisher hatte ich Taucher immer nur in voller Montur gesehen, mit der sie einen sehr professionellen Eindruck gemacht hatten, doch als ich jetzt hinter Reinhard über die Mole stapfte, kam ich mir ziemlich lächerlich vor. Badeanzug, ein altes T-Shirt drüber, dann dieses orangefarbene Jacket, aber Arme und Beine nackt. Da fehlte doch was?

Einen Anzug brauchten wir nicht, jedenfalls *noch* nicht, erklärte Achmed auf meinen Protest hin. Oben sei das Wasser ja warm, und sollten wir uns zu einem Tauchkurs entschließen, würde für's erste eine einfache lange Hose ausreichen.

Diesmal schraubte ich alles richtig zusammen, kriegte die

Flasche auch in die an der Weste befindliche Halterung, quälte mich erneut in das Jacket und wäre beim Aufstehen rückwärts hingeknallt, hätte Reinhard mich nicht im letzten Augenblick festgehalten. Mit diesem Zentnergewicht auf dem Rücken sollte ich die glitschige Treppe runter? Nie!!!

Achmed sah das ein. Also Jacke wieder aus und erst auf der letzten Stufe angezogen. Reinhard leistete Hilfestellung. Dann ab ins Wasser, doch nicht bis auf den Grund. Wie soll das denn funktionieren? Man sackt doch ab wie ein Stein. Moment mal, hatte Conny nicht etwas von Jacket aufblasen gesagt? Wo war noch mal dieser verflixte Knopf? Ach ja, gleich hier neben der Schulter. Ich drückte drauf und schoß wie eine Rakete nach oben. Wenigstens hat's geklappt, jetzt mußte ich bloß wissen, wie ich wieder runterkam. Ich erinnerte mich an die beiden Strippen, die wie bei Anorakkapuzen vom Kragen herabhängen, zog daran, und tatsächlich wurde die Luft wieder hinausgeblasen. Tolle Sache! Mit einem Plumps landete ich neben Reinhard.

Da man unter Wasser nicht reden kann, verständigt man sich durch Zeichen. Die wichtigsten hatten wir gelernt, und so deuteten wir Achmeds Winken auch gleich als Aufforderung, ihm zu folgen. Er brachte uns zu einem Drahtseil, das am Riff verankert war. Daran sollten wir entlangschwimmen, um uns eventuell festhalten zu können, doch das wurde gar nicht nötig. Hatte ich mich noch anfangs auf das reine Atmen konzentriert und stoßweise Luftblasen nach oben geblubbert, so vergaß ich schon nach wenigen Minuten, daß ich ja an irgendwelchen Apparaturen hing, und atmete ganz normal. Ich war nur noch fasziniert von dem, was ich sah. Erst schreckte ich zurück, als Achmed meine Hand nahm und zu einer Koralle führte, doch dann berührte ich sie und merkte, daß sie sich ganz weich anfühlte, beinahe wie Samt. Und die Fische! Blau-gelb gestreifte, rote, dann wieder welche mit Zebramuster, über mir ein Schwarm leuchtend blauer, und mittendrin zwei große gelbe. Ach nein, das waren Flossen von einem Schnorchler. Kannte ich die nicht? Den dazugehörigen Badeanzug hatte ich doch auch schon mal gesehen! Wer hatte da gepetzt? Ich hatte Steffi absichtlich nichts von meiner Mutprobe erzählt. Normalerweise müßte sie jetzt ihr Mittagsschläfchen halten. Na warte, wenn ich den Verräter erwische!

Viel zu schnell brachte uns Achmed wieder zurück, aber diese Kostprobe hatte gereicht. Noch in der aufgeblasenen Weste hängend und zur Treppe paddelnd, versicherten wir uns gegenseitig, daß wir auf den Geschmack gekommen seien und selbstverständlich den Tauchkurs mitmachen würden. Was sollten wir da noch groß lernen müssen? Wir konnten doch schon alles, das hatten wir ja eben bewiesen.

Sogar Steffi war voll des Lobes. »Als mir Conny erzählt hat, daß du heute hier unten rumgurken würdest, hab ich das gar nicht glauben wollen. Aber für'n Newcomer hast du das erstaunlich gut hingekriegt. Ich habe dich ja die ganze Zeit von oben beobachtet.« Sie warf einen Blick auf meinen Finimeter, bevor sie den von Reinhard kontrollierte. »Alle Achtung, du hast viel weniger Luft gebraucht als dein Body.«

»Wie lange waren wir eigentlich unten?« Das Zeitgefühl hatte ich völlig verloren.

»Fast vierzig Minuten.«

»Mir isset vorjekommen wie 'ne Viertelstunde«, bestätigte Reinhard. »Wat is nu, melden wir uns jleich an?«

Von nun an waren wir beide beschäftigt. Wenn wir nicht im Coffeeshop saßen, wohin man zwecks Hebung des Getränkeumsatzes den theoretischen Unterricht verlegt hatte, saßen wir am Strand und paukten das, was wir gelernt hatten: Wann man wie lange in welcher Tiefe bleiben darf, wieviel Bar Druck lasten in soundso viel Metern ... und das mir, die ich in Physik immer eine Niete gewesen war und nur dank meiner intelligenteren Banknachbarin die Schulzeit überlebt hatte.

Nach dem Mittagessen, wenn die übrigen Gäste je nach Mentalität ihr frugales Mahl am Strand oder im abgedunkelten Zimmer verdauten, wurden wir ins Wasser gescheucht, um vor Ort das zu praktizieren, was an Land immer einwandfrei geklappt hatte. Maske ausblasen zum Beispiel, eine unerläßliche Übung, weil die unter Wasser doch mal verrutschen kann. Zu diesem Zweck drückt man sie oben an die Stirn, holt tief Luft und bläst sie durch die Nase aus.

Normalerweise ist das Wasser dann draußen und die Sicht wieder klar. Den physikalischen Vorgang habe ich nie begriffen, und geklappt hat es sowieso erst beim achtenmal. Die anderen hatten den Bogen schon viel früher herausgehabt.

Unsere Anfängergruppe hatte sich nämlich um drei weitere Schüler vergrößert. Christina war dazugekommen, die nur ihrem Taucherfreund zuliebe den Kurs mitmachte und für das ganze Unternehmen wenig Begeisterung zeigte, sowie Silke und Patrick, zwei angehende Mediziner, die immer in grünen Operationskitteln antraten. Jetzt wußte ich wenigstens, weshalb die Krankenhauskosten permanent steigen! Meine knallrote lange Hose, wenig kleidsam, doch unter Wasser sofort zu erkennen, hatte ich mir nämlich selbst kaufen müssen. Inzwischen schimmert sie in allen Farben, denn dank des praktischen Gummizugs in der Taille wird sie von jedem Familienmitglied benutzt, das mal wieder seine Wohnung renoviert.

Manchmal, wenn die Strömung besonders stark war, hingen wir wie die Bettlaken vom Weißen Riesen am Seil, mehr damit beschäftigt, uns festzuhalten, als die geforderten Übungen zu machen. Ich hatte mir die ganze Sache weniger anstrengend vorgestellt, biß jedoch die Zähne zusammen, denn die Blamage, auf halbem Weg schlappzumachen, wollte ich mir nicht einhandeln. Außerdem durften wir am Ende jeder Lektion noch ein bißchen am Riff entlangtauchen, was vermutlich aus psychologischen Gründen geschah. Sollte nämlich ein Schüler doch abtrünnig werden wollen, weil er im wahrsten Sinne des Wortes die Nase voll hatte, dann gab er diesen Vorsatz ganz schnell wieder auf. Die schönsten Riffe und die interessantesten Fische findet man nämlich erst in zwanzig Meter Tiefe.

Doch dann kam das Aus für mich. Bisher hatten wir uns in verhältnismäßig flachem Wasser getummelt, jetzt sollten wir zum erstenmal weiter runter. Bei sechs Metern vermißte ich das Knacken im Ohr, bei sieben Metern fing es auf der rechten Seite an weh zu tun, bei acht Metern schmerzte es höllisch, und weiter versuchte ich es gar nicht erst.

Conny brachte mich sofort nach oben. »Was ist denn los mit dir?«

»Ich kriege den Druckausgleich nicht hin.« Ich nahm das Mundstück heraus und zog die Brille nach unten. (Die in Filmaufnahmen immer so dekorativ auf die Stirn geschobene Maske ist nämlich völlig verkehrt; sie muß im Gegenteil um den Hals baumeln, da kann sie nie von einer Welle weggespült werden!)

»Hast du etwa Schnupfen?« wollte Conny wissen.

»Ach wo, keine Spur. Es ist ja auch nur das rechte Ohr.«

»Hm, klingt nicht so gut. Machte dir das schon öfter Beschwerden?«

Ich versicherte ihm, daß ich noch nie Probleme gehabt und nach Ansicht meiner Nachkommen ein besseres Gehör habe, als für sie gut sei.

»Laß es uns noch mal versuchen! Es gibt da so einige Tricks ...«

Sie halfen alle nichts. Bei sieben Metern war Schluß, und während die anderen unter mir herumschwammen, paddelte ich obendrüber und mußte dauernd die Maske ausblasen, weil mir immer wieder Tränen in die Augen stiegen.

Die späteren Beileidsbekundungen halfen mir genausowenig wie die guten Ratschläge. »Wahrscheinlich brauchte man nur das Ohr gründlich durchzuspülen«, vermutete Patrick, doch weder gab es auf der Insel die erforderlichen Instrumente noch eine kompetente Fachkraft. Der Herr stud. med. war erst im dritten Semester.

»Ich habe Tropfen dabei, vielleicht nützen die was«, versuchte Steffi mich zu trösten. Sie bedauerte das Desaster beinahe noch mehr als ich, hatte sie doch erwartet, ich würde die nächste Ausfahrt bereits mitmachen können.

»Hier, nimm die mal!« Sie drückte mir ein Fläschchen in die Hand.

»Was ist das für ein Zeug?«

»Für die Ohren. Irgendwo muß auch noch der Waschzettel sein.« Suchend durchwühlte sie ihren Koffer.

»Laß mal, da steht sowieso nichts Brauchbares drin. Du kennst doch diesen Standardspruch: Bei Risiken und Nebenwirkungen essen Sie die Packungsbeilage und erschlagen Ihren Arzt oder Apotheker! Ich träufle mir garantiert nicht eine obskure Flüssigkeit ins Ohr, die bei großzügiger Auslegung der Indikation auch bei Darmbeschwerden und Hühneraugen helfen könnte.«

Reinhard war es, der mir den vernünftigsten Rat gab. »Laß man, Meechen, uffjeschoben is ja nich uffjehoben. Zu Hause jehste zum Arzt, läßt dir die Ohren durchpusten, und wenn der sonst nischt findet, versuchste det Janze noch mal. Tauchschulen jibt's ooch in Deutschland wie Sand am Meer. Det meiste kannste doch sowieso schon.«

»Es ist aber ein Unterschied, ob ich den Kurs hier durchziehe, wo es was zu sehen gibt, oder ob ich im Hallenbad Kacheln zählen muß.«

Dafür hatte er Verständnis. »Denn kommste eben im nächsten Jahr noch mal her. Is doch 'n triftijer Jrund, schon wejen der Kosten. Bei Conny kriegste bestimmt Rabatt.«

Fünf Tage hatten wir nur noch vor uns. Seit meiner Taucherei war die Zeit wie im Flug vergangen.

»Ich habe meine restlichen Ausfahrten gestrichen und statt dessen für morgen den Insel-Trip gebucht.« Steffi hängte ihren Latex-Anzug auf die Wäscheleine zum Trocknen und schmiß die übrige Ausrüstung in die Badewanne, wo sie erst einmal gründlich wässern sollte. Salzwasser ist gut für Heringe, empfindlichere Materialien nehmen es auf die Dauer übel.

»Was versprichst du dir von diesem Islandhopping; eine Insel sieht doch wie die andere aus, entweder rund oder oval.«

»Na wennschon. Bötchen fahren macht doch Spaß. Außerdem steht auch der Besuch einer Einheimischeninsel auf dem Programm, und auf so eine kommt man normalerweise nie rauf.«

Mir war natürlich klar, daß dieses Unternehmen ein gutgemeinter Versuch war, mich meine Enttäuschung vergessen zu lassen. »Also schön, gehen wir morgen auf große Fahrt.«

Die begann gleich nach dem Frühstück. Als wir uns auf dem Anlegesteg sammelten, entdeckte ich Reinhard. »Nanu? Bist du aus Solidarität mit mir ausgestiegen, oder hast du keinen neuen Body gefunden?«

»Weder noch. Der Kahn is kaputt. Ausjerechnet heute, wo uns die Profis zum erstenmal mitjenommen hätten. Nu mußte ich mir 'ne andere Beschäftigung suchen. Hoppen wir eben mal über die Islands.«

Ich suchte seine Angetraute, die wir inzwischen auch kennengelernt hatten. Sie war einen Kopf kleiner als Reinhard, einen halben Zentner leichter und ziemlich farblos. Mit allen hausfraulichen Tugenden ausgestattet und immer bereit, ihre Kenntnisse von Möbelpflege oder dem richtigen Einkochen von Kürbissen weiterzugeben, hatte sie für andere Interessen wohl zuwenig Zeit gehabt, denn Reinhards geistigen Höhenflügen vermochte sie selten zu folgen. Mit ihm konnte man über alles reden. Über russische Wirtschaftspolitik, weil er häufig geschäftlich dort zu tun hatte, über die verschiedenen Eröffnungen beim Schach, über die Sternbilder der südlichen Hemisphäre, über Malerei ... Ich weiß jetzt sogar, wie man Regenwürmer züchtet.

»Warum ist deine Frau nicht mitgekommen?« Wir hatten abgelegt, doch Elli hatte ich unter den zwei Dutzend Vergnügungssüchtigen nicht entdeckt.

»Die is immer jleich seekrank«, sagte Reinhard lachend. »Der wird schon schlecht, wenn sie vor'm Jlas Wasser sitzt.«

Bis zur ersten Insel brauchten wir eine knappe Stunde. An den Namen kann ich mich nicht mehr erinnern, irgend etwas mit ... fushi am Ende. Zu Fuß umrundet hatten wir das Eiland in knapp zehn Minuten, weitere zehn verbrachten wir in der Boutique, die aber auch nichts anderes zu bieten hatte als unsere, die restlichen dreißig Minuten vertrödelten wir im Coffeeshop – auf Stelzen ins Meer gebaut. Das kannten wir ebenfalls.

Die Dhonis sind die Omnibusse der Malediven. Sie halten den Verkehr zwischen den Inseln aufrecht, sie transportieren Urlauber, Baumaterial, Taucher, Müll oder auch mal lebende Ziegen, sie dienen den Fischern als Arbeitsplatz und manchen Hotelangestellten als Schlafzimmer. Irgendwo am Horizont sieht man immer welche herumtuckern.

Deshalb wunderte ich mich auch, daß man unser Dhoni auf der Einheimischeninsel offenbar sofort als Touristenboot ausgemacht hatte, denn als wir anlegten, waren die nötigen Vorbereitungen zum Empfang bereits getroffen. Gleich am Ende des Stegs waren Tische aufgebaut mit allen Herrlichkeiten, die ein Sammlerherz erfreut: geschnitzte Elefanten, made in Kenia, Muschelketten aus China, Armbanduhren aus der Schweiz und jede Menge T-Shirts, die allesamt aus Taiwan kommen. Aus der einheimischen Produktion stammen lediglich die Patchwork-Hosen, zusammengenäht aus bunten Flicken. Man bekommt sie überall. Sie sehen ja ganz lustig aus, wiegen kaum etwas und schützen abends gegen Mücken, doch man sollte sie nicht mit nach Hause nehmen. Nach der ersten Wäsche gehen entweder die Nähte kaputt oder es sind Löcher drin. Steffi hat die Überreste zum Autopolieren benutzt.

Nachdem wir heroisch den Souvenirhändlern widerstanden hatten, konnten wir die Insel besichtigen. Hütten aus Korallensandstein mit Palmenblattdächern, wellblechgedeckte Häuschen aus Beton, kleine Gemüsegärten, eine Moschee, nebendran der Friedhof (»männliche« Gräber werden durch einen oben spitz zulaufenden Stein gekennzeichnet, »weibliche« Steine sind oben abgerundet), eine Bootswerft, die Platz für maximal zwei Schiffchen hatte, und eine Trockenanlage für Thunfische, deren sehr intensiver Geruch über die ganze Insel zog. Auf Holzgestellen dörren die zerlegten Fische in der Sonne, bis sie auf halbe

Größe geschrumpft sind. Dann werden sie nach Japan exportiert. Guten Appetit!

Sogar der Inselshop war mehr auf Touristen zugeschnitten als auf den Bedarf der Bewohner. Das Schild neben dem Eingang verhieß in vier Sprachen: »Kalte Getränke«. Auch wenn es drinnen Reis, Nudeln und Zucker gab, so bestand der größte Teil des Sortiments aus T-Shirts, importierten Zigaretten (eine Stange zu elf Dollar, dabei hatte ich mir in diesem Urlaub wieder mal das Rauchen abgewöhnen wollen!) und ähnlich nützlichen Dingen. Ich kaufte ein paar Dosen Guavensaft, obwohl ich noch immer nicht wußte, wie diese Frucht eigentlich aussieht, Steffi wollte Cola, Reinhard Bier.

»No beer!« bekam er zur Antwort. Bekanntlich verbietet der Koran den Genuß von Alkohol, und die Möglichkeit, weniger gläubige Moslems könnten doch mal den Laden stürmen, war wohl nicht auszuschließen. Vielleicht sollten sie auch nur nicht in Versuchung geführt werden. Reinhard mußte sich mit Saft begnügen, und ich gab die Geschichte zum besten, die wir vor wenigen Tagen erlebt hatten.

Es war beim Abendessen gewesen, als unser normalerweise etwas muffliger Kellner ständig um unseren Tisch herumschlich, den Salzstreuer in Reichweite schob, statt der üblichen Tasse Tee gleich eine ganze Kanne brachte – kurz, er benahm sich recht seltsam. Schließlich rückte er mit der Sprache heraus: Ob er mich nach dem Essen mal treffen könnte. Allein. So gegen neun Uhr. Am besten vor unserem Bungalow, und welche Nummer der denn habe.

»Of course, but why?«

Das werde er mir dann schon sagen, meinte er und verschwand. Kaum war er weg, als Steffi losgluckste. »Ich kann mir ja denken, daß bei den Burschen der sexuelle Notstand herrscht. Sie kommen wochenlang nicht von der Insel runter, haben ständig halbnackte Frauen um sich, die aber unerreichbar sind, und abreagieren können sie sich bestenfalls unter der kalten Dusche. Kein Wunder, daß sie auf dumme Gedanken kommen. Ich verstehe nur nicht, wieso der Knabe ausgerechnet dich ausgeguckt hat.« Sie wischte sich die Tränen aus den Augen. »Na ja, vielleicht steht er auf ältere Semester.«

Das mit dem älteren Semester hatte ich widerspruchslos geschluckt, weil es nun mal stimmte, Steffis Rückschlüsse auf das vereinbarte Rendezvous gingen doch etwas zu weit. »Ich habe zwar keine Ahnung, was er will, aber garantiert nicht das, was du vermutest. Der Junge ist doch kaum zwanzig!«

»Eben drum! Schon mal was von Ödipus-Komplex gehört?« Sie stand auf. »Jedenfalls werde ich in Reichweite bleiben. Ich glaube eigentlich auch nicht, daß er unlautere Absichten hat, aber kann man's wissen?«

Kaum zwei Minuten hatte ich auf der Terrasse gesessen – Steffi wachte hinter der angelehnten Tür –, als Muhammed auch schon auftauchte. Nachdem er sich vergewissert hatte, daß außer mir niemand zu sehen war, kam er vorsichtig näher. In der Hand hielt er fünf einzelne Dollarscheine. »Can you buy me five tins with beer?«

Also das war's! Bier wollte er haben, und da er auf regulärem Wege keins bekommen würde, versuchte er es auf diese Weise. Zuerst hatte ich Skrupel; er war nun mal ein Moslem und hätte keinen Tropfen Alkohol anrühren dürfen, doch dann erzählte er, daß seine Familie am äußersten Atoll der Malediven lebe, drei Tagereisen entfernt, und er nur einmal im Jahr nach Hause komme. Eine Freundin habe er nicht, die Mädchen in Male seien alle vergeben, also bleibe doch nur der Alkohol.

Ich fragte ihn, was denn wohl Mohammed von seiner Einstellung gehalten hätte.

Der hätte gar nicht mitreden können, bekam ich zur Antwort, er habe genug Frauen gehabt. Und überhaupt würden fast alle Angestellten trinken, heimlich natürlich, es sei nur schwer, an Bier heranzukommen. Wenn der Boß davon erfahre, seien sie ihren Job los. Ich sähe allerdings nicht so aus, als ob ich ihn verraten würde. Offenbar setzte er bei älteren Semestern das nötige Verständnis voraus.

Ich sicherte ihm die erbetene Lieferung zu, ja, noch heute abend. Natürlich würde ich vorsichtig sein, wenn ich die Dosen in dem Busch da vorne verstecke, und seine Dollar könne er behalten.

Der Barkeeper hob erstaunt die Augenbrauen, als ich fünf Dosen Bier orderte, kannte er mich doch nur als Konsument von Säften (von den heimlichen Wodka-Injektionen bekam er ja nichts mit) oder mal eines Camparis. Bier hatte ich noch nie getrunken. Doch als ich zwei Tage später die nächste Ladung holte, zwinkerte er mir zu. »Your waiter is Muhammed?«

Unnötig zu erwähnen, daß wir von diesem Tag an einen exzellenten Service genossen und die einzigen Gäste waren, deren angebrochene Mineralwasserflasche nicht auf dem Tisch stehenblieb, wo sie warm wurde, sondern erst bei unserem Kommen aus dem Kühlschrank geholt wurde.

Reinhard lachte nur, als ich ihm die Story erzählt hatte. »Da biste ja noch jut dran, ick muß gleich zwee Kunden versorjen. Bei mir säuft ooch noch der Roomboy.«

Noch einmal mußten wir uns an den Marktständen vorbeischieben, Augen geradeaus und Ohren zugeklappt, dann hatten wir das rettende Boot erreicht. Bis zur nächsten Insel dauerte die Fahrt etwas länger, dafür sollte es dort eine schöne Badebucht sowie eine Grillanlage geben, dank derer wir ein warmes Mittagessen bekommen würden. Die nötigen Zutaten in Schüsseln und Töpfen lagerten in der Mitte des Dhonis, abgedeckt mit Alufolie.

»Ick weeß zwar nich, wat drin is, aba denken kann ick's mir. Fisch mit Reis. Woll'n wir wetten?«

Die Wette hätte er verloren. Es gab Nudeln. Rosa Nudeln. Und natürlich gegrillten Fisch.

»Ick hab mir schon den Kopp zerbrochen, warum die hier in det Nudelwasser immer Ketchup kippen.« Wenig begeistert stocherte er auf seinem Teller herum. »Jetzt weeß ick et. Damit man die Spaghetti vom Kohlsalat unterscheiden kann.«

Halbwegs gesättigt, suchten wir uns eine schattenspendende Palme, zu faul, bis zum Restaurant zu laufen, und tranken statt Kaffee Guavensaft.

»Wat ick dich schon immer mal fragen wollte«, wandte sich Reinhard an Stefanie, »wieso biste eijentlich so janz alleene mit deiner Mutter hier? Meine Tochter is det letztemal mit uns verreist, als sie siebzehn war. Haste denn keenen Freund?«

Schweigend malte Steffi mit den Füßen Kringel in den Sand.

»Ick will ja nich indiskret sein, aber so 'n patentet Mädel wie du looft doch nich solo durch's Leben.«

»Tut sie ja auch nicht«, sagte ich. »Zur Zeit versucht sie nur, nicht zu heiraten.«

Reinhard nickte verstehend. »Recht hat se! Überleg dir det jründlich, Meechen, hinterher isset meistens zu spät. Ihr habt det heutzutage doch viel besser als wir, Ehe uff Probe und so weiter. Wenn wir damals mehr wollten als bloß Händchen halten, denn mußten wir jleich uff's Standesamt. Und die Pille hat's ooch noch nich jejeben.«

Allem Anschein nach war Stefanie noch immer zu keinem Entschluß gekommen, was Horst Hermann betraf. Nicht *einmal* hatte sie dieses Thema angeschnitten, obwohl es doch angeblich der einzige Grund gewesen war, weshalb sie herkommen wollte. Ob ich mal den Anfang machen sollte? Wäre vielleicht ganz gut, nur nicht gerade jetzt. Außerdem fing der Koch an, mit einem Holzknüppel Dellen in den leeren Nudeltopf zu hämmern, offenbar das Zeichen zum Sammeln. Wir mußten ja noch zur Italiener-Insel.

Schon vor Beginn der Fahrt waren uns kulinarische Köstlichkeiten in Aussicht gestellt worden, als da wären Cappuccino, Espresso, verschiedene Kuchensorten und vor allem Eis – Dinge also, die es auf unserer Insel nicht gab, von denen wir aber schwärmten, wenn mal wieder die niederen Instinkte durchbrachen. Während der letzten Tage war das häufiger der Fall gewesen.

Italiener-Insel heißt sie, weil sie nur in italienischen Reisekatalogen geführt und folglich auch nur von Italienern besucht wird. Ausflügler werden zwar geduldet, weil sie wieder verschwinden, sind jedoch nicht sonderlich beliebt. Das bekamen wir auch gleich zu spüren, als wir mit Hallo den Coffeeshop stürmten.

Der Bilderbuch-Italiener hinter dem Tresen hob bedauernd die Arme. Leider sei die Espresso-Maschine defekt, und leider leider sei auch kein Gelati mehr da. Erst morgen komme mit dem Versorgungsschiff frisches Eispulver. »Mi dispiace molto!«

Wenigstens Kuchen gab es noch. Was für welchen er denn habe, wollte ich von dem Barmenschen wissen, mühsam meine italienischen Sprachkenntnisse zusammensuchend.

Es seien gemischte, bekam ich zur Antwort, manche seien von heute, manche von gestern und manche von vorgestern. Woraufhin wir lieber verzichteten und ich zwei Packungen Kekse kaufte, die so entsetzlich krümelten, daß sie nur noch als Fischfutter taugten. Sie mußten aus dem vorigen Jahrzehnt stammen.

Rechtzeitig zum Abendessen kamen wir auf unsere Insel zurück. Es gab Fisch mit Reis und Krautsalat. Diesmal war er gelb, weil mit Ananas angereichert. Egal, wie sehr man insgeheim über das Essen meckert, wenn der Kellner fragt, wie es geschmeckt habe, sagt man doch immer wieder: »Danke, gut.«

17

Schon bald nach unserer Ankunft waren mir die vielen mandeläugigen Gäste aufgefallen, die immer rudelweise über die Insel schwärmten, alles fotografierten, was ihnen vor die Linse kam, und nach wenigen Tagen wieder verschwanden. Ich hatte sie für Japaner gehalten, es waren jedoch Taiwaner.

Nun ist es für uns Europäer ohnehin schwer, die asiatischen Rassen auseinanderzuhalten. Wenn ich die Zwillinge während ihres Studiums in Heidelberg besuchte, schleppten sie mich häufig in die Fußgängerzone. »Komm, wir gehen mal die Hauptstraße rauf und runter, Schaufenster und Japaner gucken.« Ab und zu waren auch Chinesen darunter gewesen und mit Sicherheit Besucher aus Taiwan, Sri Lanka oder anderen fernöstlichen Ländern. Ich hab sie nie unterscheiden können.

Steffi war es, die mich auf das seltsame Gebaren der Drei-Tage-Gäste aufmerksam machte. »Da muß wieder ein neuer Schub gekommen sein. Schau mal zum Klostuhl rüber!«

Der weiße Plastikhocker am Ende der kleinen Mole hieß so, weil jeder, der darauf Platz nahm, sich automatisch nach vorn beugte, um die zwischen den Steinen herumspazierenden Krabben zu beobachten. Ab sechs Uhr abends war das Reinhards Stammplatz. Er wollte mal einen richtig kitschig-schönen Sonnenuntergang filmen. Gelungen ist es ihm nie, denn der Planet war immer schon vorher hinter einer schmalen Wolkenbank verschwunden.

Besagter Klostuhl gehörte zu den Lieblingsmotiven der

Taiwaner. Da sie nur in Größenordnungen von fünf Personen an aufwärts in Erscheinung traten, stürmten sie, sobald sie den Hocker entdeckt hatten, geschlossen die Mole entlang. Der erste nahm Platz, der zweite knipste, danach wurden die Positionen getauscht, klick und noch mal klick, dann waren die nächsten beiden dran. Es muß Hunderte Fotos geben aus immer demselben Blickwinkel: ein Hocker, darauf ein grinsendes Geschöpf und dahinter nichts als eine unbewegte Wasserfläche.

Am zweiten Tag, wenn sie bis zum eingezäunten Küchenkräutergarten wirklich alles fotografiert hatten, was nicht wie eine Palme aussah, stiegen sie ins Meer. Aber nicht etwa vorne am Riff, nein, hinten in der kleinen Bucht, wo das Wasser nur Planschbeckentiefe erreichte. Da standen sie dann, angetan mit Shorts und T-Shirt, um den Hals die aufgeblasene Schwimmweste, und knipsten, was das Zeug hielt. Die abgestorbene Koralle und die graue Seegurke, die sich von dem hellen Sand kaum abhebt, die Minifischlein, sofern sich mal welche in das flache Wasser verirrt hatten, und natürlich die Insel, diesmal vom Meer aus gesehen.

»Die Schwimmwesten müssen ein Geschenk der Fluggesellschaft sein«, vermutete Steffi. »Oder ist dir noch nicht aufgefallen, daß alle das gleiche Modell tragen?«

Darauf hatte ich noch nicht geachtet. Ich fragte mich nur immer wieder, weshalb unsere fernöstlichen Besucher nie ohne diese grünen Westen ins knietiefe Wasser stiegen. Die ganz besonders Vorsichtigen hatten nicht mal auf den Ballon verzichtet, der im Notfall den Rettern signalisiert, wo sie die Schiffbrüchigen aufzusammeln haben.

»Ich kann mir nicht helfen, aber die haben doch alle einen an der Waffel!« kommentierte Steffi das absonderliche Treiben. Manchmal waren sie etwas lästig, wenn sie wieder mal in Heuschreckenformation kichernd über die Insel zogen, aber ansonsten hielten wir sie für harmlos.

Das änderte sich erst, als unsere englischen Nachbarn zum erstenmal das Wort an uns richteten. Sie hatten gesehen, wie ein Taiwaner eine noch lebende Koralle aus dem Meer geholt und zum Trocknen auf seine Terrasse gelegt hatte. Das sei doch streng verboten, und was sie denn jetzt machen sollten?

Ich empfahl ihnen, zunächst einmal mit dem Übeltäter zu reden, und wenn das nichts nütze, könne man mit dem Manager drohen. Auf dem rosa Zettel mit den Betriebsanleitungen war – gleich unter dem Nacktbadeverbot – zu lesen gewesen, daß das Mitnehmen von Muscheln, Korallen und so weiter aus dem Meer mit hohen Geldstrafen belegt werde. Deshalb lautet auch das erste Gebot für Taucher: Du darfst alles ansehen, vieles anfassen, aber nichts nach oben bringen.

Am selben Nachmittag kam Reinhard mit allen Anzeichen der Empörung von seiner Schnorchelstunde zurück. »Ick hab jedacht, det darf doch nicht wahr sein, wie ick det Schlitzauge da am Haifischbecken sitzen seh! Hält der Kerl doch 'ne Angel rein! Wenn Conny nicht dazwischenjejangen wäre, ick jloobe, ick hätte dem Knilch eene jescheuert.«

Bei dem »Haifischbecken« handelte es sich um ein gar nicht mal so kleines, vom Meer abgetrenntes Areal, in dem neben zwei jungen Ammenhaien noch einiges andere Getier herumschwamm, unter anderem eine Wasserschildkröte und ein paar Exemplare besonders schöner Tropenfische. Jeder, der mal da reingeschaut hatte – vor allem die Nichttaucher –, konnte zu Hause mit gutem Gewissen erzählen, daß er nicht nur Haie und Stachelrochen, sondern sogar eine Muräne gesehen habe.

Abends in der Bar erzählte der Surflehrer, er habe auf dem Steg eine große Muschel gefunden, die dort jemand abgelegt habe. »Verdächtigen will ich niemanden, aber achtet mal ein bißchen auf unsere Überflieger. Die wenigsten Asiaten haben Ehrfurcht vor der Natur.«

Und wie wir auf sie achteten! Einmal sah ich Stefanie einen Taiwaner zusammenstauchen, bevor sie ihn wieder ins Wasser scheuchte. Er zog auch brav ab.

»Den habe ich beobachtet, wie er eine Seegurke rausgeholt hat. Jetzt soll er sie zurückbringen. Die Dinger liegen zwar haufenweise hier rum, aber morgen nimmt er eine Koralle und übermorgen einen Seestern. Guck mal, da hinten latscht er immer noch.« Sie deutete auf die grüne Schwimmweste, die in dreißig Meter Entfernung durchs Wasser stakste. »So weit hätte er wirklich nicht zu gehen brauchen.«

»Langsam kann ick die Leute von Greenpeace vastehn«, sagte Reinhard, nachdem er einen ganzen Pulk Neugieriger von der Mole vertrieben hatte, wo sie mit Stöcken auf die Krabben losgegangen waren. »Ick krieje 'n richtijen Haß uff die Brüder. Ohrfeigen könnte ick mich, det ick den Angler bloß anjebrüllt und nicht jleich koppüber in det Haifischbecken jeschmissen habe!«

Seine Strafe hat er trotzdem noch bekommen. Er hatte sich etwas zu intensiv mit einem Rotfeuerfisch beschäftigt. Bis zum Abend war die Neuigkeit herum, und als der Delinquent mit dick verbundener Hand den Speisesaal betrat, wurde er mit lebhaftem Beifall empfangen. Leider hat er nicht begriffen, weshalb.

»Morgen schippern wir nach Male«, teilte mir Steffi so ganz nebenbei mit, als ich gerade festgestellt hatte, daß ich nur noch zwei saubere T-Shirts besaß. Der Hotelwäscherei traute ich nicht so ganz über den Weg; Stefanies Jeans waren zwar fleckenfrei zurückgebracht worden, aber mit Bügelfalten! »Es wird Zeit, daß wir nach Hause kommen.«

»Eben. Und deshalb müssen wir vorher noch nach Male.«

Male ist die Hauptstadt der Malediven, befindet sich auf der gleichnamigen Insel, ist kleiner als Monaco und nicht ganz so voll. Das liegt aber nur daran, daß es keine Hochhäuser gibt. Das höchste Gebäude ist die Moschee.

»Die letzten drei Tage will ich noch genießen! Was soll ich in Male?«

»Die nötige Prestigebräune hast du doch, jetzt tu mal was für die Bildung«, konterte Steffi und leierte die »Reisetips von A-Z«, Ausgabe Malediven, herunter. »Male ist der wirtschaftliche und kulturelle Anlaufpunkt aller neunzehn Atolle. Das Islamische Zentrum ...«

»Der kulturelle Aspekt interessiert dich doch nicht die Bohne. Sei wenigstens ehrlich und gib zu, daß du bloß einkaufen willst.«

»Na wennschon! In Male ist alles viel billiger als hier auf den Inseln. Tauchklamotten soll man sogar wesentlich preiswerter kriegen als in Deutschland. Ein neues Jacket brauche ich sowieso, warum also nicht das Angenehme mit dem Nützlichen verbinden? Du machst in Kultur, und ich gehe shoppen.«

»Hast du überhaupt noch genug Geld?«

»Nein«, gestand sie kleinlaut. »Du hast doch hoffentlich deine Kreditkarte mit?«

Ein weiterer Grund, auf diesen Ausflug zu verzichten! Steffi sah das anders. »Jetzt ist es sowieso zu spät, ich habe uns nämlich schon eingetragen.«

An ihre spontanen Entschlüsse werde ich mich wohl nie gewöhnen. Für einen Hund entscheidet sie sich genauso schnell wie für ein Paar Schuhe, ein Auto kauft sie innerhalb von zehn Minuten, und deshalb habe ich auch immer Angst, sie würde mal von einer Urlaubsreise mit einem Trauring am Finger zurückkommen.

Apropos Trauring – das »beratende Gespräch« hatte inzwischen stattgefunden, gestern abend auf der Terrasse bei Mondschein und Guavensaft.

»Eigentlich sollte ich jetzt nicht mit *dir* hier sitzen, sondern mit meinem Lover«, hatte sie gesagt. »Sieh dir bloß mal diesen Sternenhimmel an! Da bleibt einem doch gar nichts anderes übrig, als romantisch zu werden.«

»Dann hättest du Horst Hermann mitnehmen müssen.«

»Er wollte ja, aber ich nicht. Wie soll ich denn über eine Trennung nachdenken können, wenn er neben mir im Bett liegt?«

Das allerdings war ein unwiderlegbares Argument, selbst unter Berücksichtigung der Tatsache, daß die Betten in unserem Bungalow einen halben Meter weit auseinanderstanden. »Ihr lebt jetzt seit über vier Jahren zusammen, seid schon beinahe ein altes Ehepaar und ...«

»Das ist es ja gerade«, unterbrach sie mich. »Da kommt nichts mehr rüber. Wir bewegen uns in eingefahrenen Gleisen. Ganz am Anfang hat er mich auf ein Podest gestellt, und jetzt erwartet er, daß ich es abstaube. Von wegen Arbeitsteilung! Wenn er mal den Aschenbecher auskippt, tut er so, als hätte er die ganze Wohnung geputzt.«

»Dafür kocht er doch«, erinnerte ich sie eingedenk ihrer mangelhaften Fähigkeiten auf diesem Gebiet.

»Stimmt, aber frag lieber nicht, wie.« Doch nach einer kleinen Pause räumte sie ein: »Allerdings kann er immer noch besser kochen als ich. Aber darum geht es ja gar nicht. Ich langweile mich ganz einfach mit ihm. Ich brauche jemanden, der gesprächig ist, mich auch mal aufmuntert, wenn ich mich hängenlasse, amüsant sein kann und nicht dreimal in der Woche zum Basketballtraining geht.«

»Was dir vorschwebt, ist kein Mann, sondern ein Fernsehapparat.« Das war mir einfach so herausgerutscht, doch Steffi schien es gar nicht gehört zu haben; sie strickte weiter an ihrem Idealbild. »Du und Papi, ihr seid doch das ideale Ehepaar.«

»Daran haben wir auch fünfundzwanzig Jahre lang gearbeitet«, sagte ich sofort.

»Ihr streitet euch selten, habt die gleichen Interessen ...«

»Das stimmt nicht! Ich verstehe weder etwas vom Angeln noch vom Fußball, ich hasse Schweinepfötchen mit Sauerkraut, Urlaub im Gebirge, Orangenmarmelade, wenn dein Vater am Steuer sitzt, seine fossilen Textilien, denk bloß mal an die grüne Strickjacke, seine Lachsalven bei Mickymaus-Filmen ...«

»Das sind doch alles bloß Kleinigkeiten«, unterbrach sie mich kichernd. »Aber sonst stimmt es doch bei euch.«

»Der Alltag besteht nun mal aus aneinandergereihten

Kleinigkeiten«, dozierte ich, »und ein vollkommener Ehemann kann allenfalls Adam gewesen sein, weil Eva keine Vergleichsmöglichkeit gehabt hatte. Inzwischen gibt es zu viel Anschauungsmaterial.«

»Deshalb will Horst Hermann ja auch, daß wir uns endlich verloben.«

Jetzt staunte ich wirklich. »Ist denn das heutzutage überhaupt noch in? Zu meiner Zeit bedeutete Verlobung so was Ähnliches wie ›sicherstellen und weitersuchen‹. Deshalb habe ich mich damals gar nicht erst darauf eingelassen.«

»Und? Hast du's bereut?«

Darüber mußte ich erst einmal nachdenken. »Doch, habe ich! Es gibt nämlich in diesem Leben zwei Dinge, auf die kein Mensch richtig vorbereitet ist: Zwillinge!«

Ein viertes Kind hatten wir uns ja gewünscht, am liebsten ein Mädchen, damit das Gleichgewicht im Familienverband wieder hergestellt sein würde, doch als man mir dann zwei kleine Schreihälse in den Arm legte, hatte ich ein paar Stunden lang bedauert, damals nicht doch den Zahnarzt geheiratet zu haben. In dessen Stammbaum waren niemals Zwillinge vorgekommen.

(Um etwaigen Protesten gleich vorzubeugen: Ohne den »Mengenrabatt« Katja hätte unserem Clan ein prägendes Mitglied gefehlt. Sie ist unsere Frohnatur).

Bis weit nach Mitternacht haben wir auf der Terrasse gesessen, Steffi redend, ich – meistens! – zuhörend, doch der Lösung ihres Problems war sie keinen Schritt näher gekommen. »Er will, daß wir die Hochzeitsreise auf die Bahamas machen, und ich will gar nicht heiraten. So einfach ist das.«

»Na also! Dann erklär ihm das endlich, such dir eine eigene Wohnung, und warte, bis dir der Richtige über den Weg läuft.«

»Ich glaube, du hast recht«, sagte sie gähnend. »Das werde ich tun.«

Und deshalb hatten wir nun um die halbe Welt reisen müssen? Soweit ich mich erinnerte, hatte ich ihr diesen

Vorschlag schon vor vier Wochen zu Hause am Eßzimmertisch gemacht!

Ich begann Gläser und Dosen wegzuräumen. Einmal hatten wir sie über Nacht draußen stehenlassen und am nächsten Morgen eine Ameisenkarawane vorgefunden. Steffi suchte nach einem Behältnis für den überquellenden Aschenbecher, fand keins, kippte den Inhalt schließlich in eine Papiertüte und deponierte sie auf der Terrasse. Dann konnten wir endlich schlafen gehen.

»Woher weiß man eigentlich mit Sicherheit, daß der Mann, den man schließlich heiratet, auch noch nach zwanzig Jahren der Richtige ist?« Im Nachthemd, den Mund voll Zahnpasta, setzte sich Steffi auf mein Bett. »Oder kannst du mir sagen, weshalb es so viele Scheidungen gibt?«

Heiliger Himmel, hörte sie denn nie damit auf? Ich war hundemüde und wollte endlich meine Ruhe haben. »Verliebtsein und Ehe sind so verschieden wie die Bilder in einem Samenkatalog und das, was dann aufgeht.«

Ich knipste die Nachttischlampe aus und drehte mich zur Seite, aber Steffis Gemurmel bekam ich doch noch mit.

»Meinst du das ganz allgemein oder speziell auf unseren Garten bezogen?«

Male. Um zwei Uhr wurden wir am Dhonihafen ausgeladen, um halb sechs sollten wir uns ebendort wieder einfinden. Für eine Stadtbesichtigung würde die Zeit ausreichen, hatte man uns versichert, die Insel sei ja nicht so groß. Deshalb wunderte ich mich auch über die vielen Autos. Unentwegt hupend, scheuchten sie die noch zahlreicheren Mopedfahrer zur Seite, die ihrerseits wieder die Radfahrer bedrängten. Fußgänger waren in der Minderzahl. Und das in einem Gebiet von etwas mehr als zwei Quadratkilometern!

»Wo fangen wir denn nun an?« fragte ich Steffi, nachdem wir im Eiltempo die Straße überquert hatten und trotzdem beinahe unter die Räder gekommen wären. In Male fährt man nämlich auch auf der verkehrten Seite!

»Gehen wir zuerst zur Moschee, dann haben wir sie hinter uns«, sagte meine Tochter, für die Besuche »sehenswerter Gemäuer« lediglich zu den Pflichtübungen gehören.

Dieses alles überragende Bauwerk war leicht zu finden. »Was meinst du, Määm«, überlegte sie laut beim Anblick der glänzenden goldenen Kuppel, »ob die Mullahs regelmäßig einen Trupp Arbeiter mit Sidolinflaschen da raufschicken? Normalerweise müßte die doch längst stumpf sein, die sieht aber aus wie frisch poliert.«

»Erwartest du jetzt wirklich eine sachkundige Antwort von mir?«

»Nee«, kam es sofort zurück, »du putzt ja nicht mal den Eiswürfelbehälter. Da sind immer noch die Fingerabdrücke von Silvester drauf.«

Nachdem wir die Moschee von außen umrundet hatten, wollten wir hinein. Daran wurden wir von einem bärtigen Mann gehindert. Warum dürfen wir nicht …? Mißbilligend deutete er auf unsere Beine, die zwar bis zum Knie züchtig bedeckt waren, sich weiter unten jedoch in schamloser Nacktheit zeigten.

»Dann eben nicht!« schimpfte Steffi und schlüpfte wieder in ihre Schuhe, die sie bereits ausgezogen hatte. Man ist ja halbwegs mit den islamischen Sitten vertraut.

Wie aus dem Boden gewachsen, stand plötzlich ein Jüngling neben uns. Über dem Arm hatte er ein Sortiment Tücher hängen, und ehe wir überhaupt wußten, was er von uns wollte, hatte er schon zwei zu unseren T-Shirts passende Farbtöne herausgesucht und hielt sie uns auffordernd entgegen.

»Du willst die doch hoffentlich nicht kaufen?«

Das hatte ich auch gar nicht vor. Wenn die Besichtigung der Moschee nur mit verhüllten Beinen gestattet ist, hat man das zu respektieren, doch deshalb gleich diese tischdeckengroßen Tücher für teures Geld kaufen? Kommt nicht in Frage!

Das wollte ich dem Knaben gerade auf englisch verklickern, als er mich unterbrach. »Nix kaufen, nur nehmen für Besuch von Moschee.« Im Handumdrehen hatte er mir das Tuch um die Taille gewickelt.

»Frag erst nach der Leihgebühr«, warnte Steffi.

»Nix Geld, kostet nix.« Abwehrend streckte er beide Arme von sich, woraufhin die gesamte Kollektion erst einmal zu Boden fiel. Steffi half beim Aufsammeln. »Aber nachher du kommen in meine Shop«, bestimmte er. »Ich habe alles. T-Shirt, Hosen, Schmuck und viele anderes. Hier du hast mein Adresse.« Aus der Hemdentasche fischte er ein Bündel Visitenkarten heraus und drückte mir eine davon in die Hand.

»Was wird aus den Tüchern?« Inzwischen hatte sich Steffi auch vorschriftsmäßig verhüllt, zweifelte jedoch immer noch an der kostenlosen Leihgabe.

»Ich hier warten, dann wir gehen in meine Shop.«

»Zumindest ist das mal eine originelle Art von Kundenfang«, sagte sie grinsend, während wir die Stufen zur Moschee hinaufschritten. Im Innern war es angenehm kühl, doch wenn man ein Weilchen dort stehenblieb, wo keine Teppiche auf den Marmorböden lagen, bekam man kalte Füße. »Ich friere«, sagte Steffi denn auch nach kurzer Zeit. »Laß uns gehen. Sooo besonders toll finde ich die Moschee gar nicht, da habe ich in Tunesien viel kostbarere gesehen. Die in Mombasa hat auch mehr hergemacht.«

Damit hatte sie zweifellos recht. Wir warfen durch die Fenster noch einen Blick in die im Erdgeschoß liegenden Schulklassen, wo – nach Geschlechtern getrennt – Kinder über den Koran gebeugt im Chor Unverständliches herunterleierten, dann steuerten wir den Ausgang an. Davor stand wieder der Bärtige. Er versperrte zwar nicht direkt die Tür, doch um hinauszukommen, hätten wir uns vorbeidrängeln müssen. »Was will der von uns?«

»Bakschisch«, sagte Steffi lakonisch.

»Wofür denn bloß?« Trotzdem suchte ich in meiner Tasche nach Kleingeld, fand aber nur eine Zehndollarnote.

»Das ist zuviel«, protestierte Steffi sofort, »oder hast du schon mal siebzehn Mark in einen Klingelbeutel geworfen? Wart mal, irgendwo muß ich noch etwas von dem Spielgeld haben.« Aus der Hosentasche zog sie eine Handvoll zerknüllter Scheine, maledivische Rufiyaa, Überbleibsel von unserer Inseltour. Der Türsteher wollte sie aber gar nicht annehmen. »It's only a contribution for the school«, sagte Steffi. Daraufhin grinste er freundlich und steckte das Geld ein. Als Spende für die Schule wurde es akzeptiert.

Der Tuchverleiher war beschäftigt. Eine ganze Touristengruppe stand um ihn herum und ließ sich einkleiden. Wir gaben unsere Tücher zurück und sicherten den späteren Besuch seines Shops zu. »Du haben mein Adresse?« Ich zeigte ihm die Visitenkarte, woraufhin er befriedigt nickte und bei der Gelegenheit auch gleich neue verteilte. Das Lockvogelgeschäft schien zu florieren.

Leider hatte der eifrige Jüngling nicht bedacht, daß es in Male so gut wie keine Straßenschilder gibt und erst recht keine Hausnummern. Wir haben seinen Shop nicht gefunden.

Nach Besichtigung des prunkvollen Präsidentenpalastes – nur von außen – und des wunderschönen kleinen Sultanparks, der leider durch eine riesige Satelliten-Antenne verschandelt wird, hatten wir nach Ansicht meiner Tochter genug für die Kultur getan. Sie wollte raus aus der Sonne und rein in die Geschäfte. »Reinhard hat mich übrigens beauftragt, ein neues Stirnband zu besorgen. Seinen Frotteelappen hat er schon zweimal zusammengeknotet, aber nun ist er endgültig kaputt.«

»Wo sollen wir denn hier so etwas auftreiben?« Ich hatte ihn mal gefragt, weshalb er ständig mit diesem Indianerkopfschmuck herumlaufe, zumal der sein Äußeres nicht gerade verschöne.

»Wejen dem Transpirieren«, hatte er gesagt, »aba det is ja viel zu vornehm ausjedrückt. Bei der Hitze hier schwitze ick wie 'n Affe, und wenn ick mir da nich wat um den Kopp wickle, looft mir der Schweiß dauernd in die Oogen. Frottee is am besten.«

»Vorhin habe ich einen Laden mit Stoffballen gesehen«, erinnerte sich Steffi, während wir, immer die Schattenseite suchend, durch die Hauptgeschäftsstraße schlichen. »Ich weiß nur nicht mehr, wo.«

Nun gibt es in Male bloß drei oder vier breite Straßen, alles andere sind Gassen und Gäßchen, also konnte es nicht so schwer sein, diesen Stoffladen zu finden. Das war auch kein Problem, dies wurde es erst, als wir dem Inhaber zu erklären versuchten, was genau wir wollten. Seine Sprachkenntnisse beschränkten sich auf einen einzigen Satz: »I speak no english.« Durchaus begreiflich. Welcher Tourist kauft schon wild gemusterte Baumwoll- oder bonbonfarbene Tüllstoffe? Also versuchten wir es mit der bewährten Zeichensprache, die dann aber auch versagte. Als Steffi durch kreisende Bewegungen um Kopf und Stirn ihren Wunsch zu verdeutlichen suchte, nickte der Mann verstehend, verschwand im Hintergrund und kam mit einer Pappschachtel voll Babyhütchen zurück. Steffi schüttelte den Kopf, woraufhin er einen weiteren Karton holte. Diesmal waren es Baseballkappen. Auch wieder falsch.

Inzwischen hatte ich das Stoffsortiment etwas näher in Augenschein genommen und inmitten all des Bunten einen Ballen mit weißem Flanell entdeckt. »Guck mal, Steffi, das müßte doch auch gehen?«

»Macht man daraus nicht Unterhosen für Frauen über sechzig?« Zweifelnd befühlte sie das Material, erklärte sich jedoch mit dem Erwerb einverstanden. Nun kam die nächste Schwierigkeit. Der Verkäufer, froh, uns endlich zufriedenstellen zu können, rückte mit einem Maßband an. »Only a little bit.« Steffi deutete eine Breite von etwa zwanzig Zentimetern an und erntete ein verständnisloses Kopfschütteln. Da griff sie kurzerhand zur Schere, säbelte die entsprechende Menge herunter und drückte sie dem Mann in die Hand. »How much?«

Einen halben Dollar wollte er haben, bevor er den Stoffstreifen sorgfältig einwickelte und zusätzlich in eine Plastiktüte steckte. Wahrscheinlich wird er sich noch lange den

Kopf zerbrochen haben, was wohl jemand mit zwanzig Zentimetern Unterhosenflanell anfangen kann.

Nächste Station Tauchshop. Dort brauchten wir eine halbe Stunde, bis Stefanie die in Frage kommenden Jackets durchprobiert, und weitere fünfzehn Minuten, bis sie den Preis um etliche Dollar heruntergehandelt hatte. »In Deutschland kostet dieses Teil über tausend Mark«, sagte sie vorwurfsvoll, als ich nur zögernd mein Plastikgeld herausrückte. »Keine Angst, du kriegst es ja wieder. So viel habe ich gerade noch auf dem Konto.«

Jetzt hatten wir schon zwei Tüten zu tragen. Wenig später waren es vier. Steffi hatte den T-Shirts nicht widerstehen können.

Wahrscheinlich bilden sie die Haupteinnahmequelle maledivischer Souvenirhändler, zumal die Hemden erstaunlich preiswert sind. Da sich über Geschmack bekanntlich nicht streiten läßt, reichen die aufgedruckten Motive vom orangeroten Sonnenuntergang quer über die ganze Brust bis zur kleinen Palme links oben mit dem dezenten Aufdruck: Maledives. Wer trotz des reichhaltigen Angebots an Schwertfischen, Haien, Seesternen und sonstigen Getiers noch immer nicht das richtige gefunden hat, kann sich sein T-Shirt auch nach eigener Wahl bemalen lassen. Ähnlich wie hierzulande ein Musterbuch für Tapeten, bekommt man in den einschlägigen Geschäften einen dicken Wälzer vorgelegt, in dem nun wirklich alle nur denkbaren Schablonen enthalten sind. Auf Wunsch werden sie auch beliebig zusammengestellt, und dann kommen so seltsame Kunstwerke heraus wie der Rochen mit Maske und Schnorchel oder der Hai, aus dessen aufgesperrtem Maul eine Sauerstoffflasche ragt.

»Sollten wir für die Zwillinge nicht auch T-Shirts mitnehmen?« Steffi hatte sich für ein Hemd mit Seeanemonen entschieden, liebäugelte aber noch mit einem zweiten, auf dem sich ein halbes Aquarium tummelte.

»Du glaubst doch wohl nicht im Ernst, daß die Mädchen so was anziehen? Bei denen gilt doch schon quergestreift als extravagant. Zur Zeit stehen sie modisch irgendwo zwischen Gouvernante und Direktionssekretärin, aber mit zunehmendem Alter gibt sich das wieder. Denk bloß mal an deinen Vater! Wenn der sein Hawaiihemd anzieht, brauch ich 'ne Sonnenbrille.«

»Dann hab ich was für ihn!« Aus dem vor ihr liegenden Stapel zog sie ein T-Shirt heraus, auf dem die Umrisse eines Mannes im Liegestuhl zu sehen waren, neben ihm eine Batterie Flaschen und über sich eine strahlende Sonne. »The art of doing nothing« stand darunter, auf gut deutsch also: Die Kunst des Nichtstuns. »Das kann er in Schottland tragen, wenn er neben seiner Angel sitzt.«

Für die Zwillinge fanden wir doch noch etwas, nämlich wunderschöne flauschige Badetücher. Sie gefielen mir so gut, daß ich für mich auch eins kaufte. Einziger Nachteil: Sie hatten alle das gleiche Muster. Inzwischen ist eins verschwunden, und nach übereinstimmender Aussage der Mädchen kann das nur meins gewesen sein.

Bepackt wie Lastesel, standen wir wieder in der Sonne und machten uns auf die Suche nach einem Café. Ungefähr fünfundfünfzigtausend Einwohner hat Male, doch ihren Kaffee trinken sie alle zu Hause. Es gibt zwar ein Fischrestaurant am Hafen und eine Art Biergarten, in dem man aber keins kriegt, nur Cafés findet man nicht. Dafür landeten wir vor dem Fischmarkt, angesiedelt in einer rundherum offenen Halle. »Nein, nicht schon wieder Fisch!« rief Steffi entsetzt und machte auf dem Absatz kehrt. »Ich hole mir jetzt in einem Laden was zu trinken, hocke mich auf die Bank da drüben und warte, bis unser Kahn kommt. Mir reicht es!«

Daß die Bank da drüben in der prallen Sonne stand, hatte sie übersehen. Deshalb verzogen wir uns auf den feudalen überdachten Anlegesteg, der zur Meerseite hin mit Kordeln abgesperrt war und auch sonst recht unbenutzt aussah. Wir hatten vorhin beim Aussteigen ja auch erst über zwei andere Dhonis balancieren müssen, bevor wir das sichere Ufer betreten konnten.

Ich hatte mich gerade auf das Geländer geschwungen, als ich auch schon wieder heruntergescheucht wurde. Ein baumlanger Malediver machte mir unmißverständlich klar, daß ich hier nichts zu suchen hätte. Im Weggehen sah ich noch, wie er ein Tuch aus der Tasche zog und sorgfältig über die Stelle wischte, die ich mit meinem Hinterteil entweiht hatte. Wie hätte ich denn auch wissen können, daß dieser Steg lediglich dem Präsidenten vorbehalten war?

Nach und nach trudelten die anderen Ausflügler ein, ähnlich bepackt und ähnlich erschöpft wie wir. Nein, den Eisladen hatten wir nicht gesehen, leider, und das Geschäft mit der italienischen Nobelmarken-Kollektion auch nicht, doch dafür hatte Jürgen den Tauchshop nicht gefunden. Stolz präsentierte Stefanie ihr Jacket.

»Was hast du dafür bezahlt? Bloß dreihundert Dollar? Das glaube ich nicht.« Einen Kassenzettel konnte sie leider nicht vorweisen, weil sie keinen bekommen hatte. War es etwa möglich, daß es für die Malediver kein Finanzamt, keine Betriebsprüfer und vielleicht gar keine Steuern gibt? Das sollte man schleunigst mal klären. Monaco ist eh schon zu voll, und die Malediven sind sowieso viel schöner!

Das erste, was mir beim Betreten unseres Dhonis auffiel, waren die in der Mitte gestapelten Säcke, mindestens ein Dutzend. »Was mag da drin sein?«

»Reis«, sagte Steffi. »Morgen treffen neue Gäste ein.«

Während der Rückfahrt kam ich mit Frau Burmeester ins Gespräch. Schon mehrmals hatte ich sie vor einer dieser primitiven Hütten sitzen sehen und mich darüber gewundert, denn sie hatte nie den Eindruck gemacht, als würde sie sich dort wohl fühlen – ganz im Gegensatz zu den anderen Höhlenbewohnern, die »das einfache Leben und die Verbundenheit mit der Natur« den Luxusschuppen auf der anderen Inselseite vorzogen. Wahrscheinlich handelte es sich bei ihnen um ehemalige Camper, die im Umgang mit Ameisen und sonstigem Getier schon bestens trainiert waren.

Diese Verbundenheit mit der Natur erlebten sie nämlich in erster Linie mit Ratten, aus begreiflichen Gründen in »Palmhörnchen« umbenannt. Sie haben allerdings mit den hiesigen Ratten nichts (mehr) gemein. Ihre vor Jahrhunderten eingeschleppten Vorfahren hatten sich auf vegetarische Kost umstellen müssen, Kokosnüsse wohl am bekömmlichsten gefunden und waren aus Gründen der Bequemlichkeit gleich auf den Palmen geblieben. Wie sie aussehen, weiß ich nicht, ich habe nie eins zu Gesicht bekommen, nur gehört habe ich sie. Erst in der Nacht werden die Viecher munter, doch da sie möglicherweise noch nicht die Geschicklichkeit von Affen erreicht haben, benutzen sie bei ihren Ausflügen von Baum zu Baum auch mal Dächer als Zwischenstation. Zum Glück hatte ich in der ersten Nacht noch nichts von der Existenz dieser Spezies gewußt, war aber mehrere Male wach geworden, weil auf dem Dach etwas scharrte und knisterte. Ich hatte es auf einen Ast geschoben. Schließlich ragte das Grünzeug schon fast ins Fenster herein.

»Natürlich wäre ich viel lieber in einen der modernen Bungalows gegangen«, erzählte Frau Burmeester, »doch als Single hat man da keine Chance. Nicht mal gegen doppelten Aufpreis. An die verschiedenen Unbequemlichkeiten in der Hütte habe ich mich ja gewöhnt, damals im Luftschutzkeller ist es viel schlimmer gewesen, nur die Betten sind eine Katastrophe. Zu Hause wird mein erster Gang der zum Orthopäden sein.«

»Mich würde am meisten die kalte Dusche stören«, sagte ich eingedenk Steffis bibbernd vorgebrachter Selbstbeschwörung. »D-das ist g-g-g-gesund, d-das h-hat schon P-P-P-Pastor K-Kneipp g-g-gesagt, d-das b-b-belebt den K-Kreislauf, d-d-das ist g-g-gesund ... Scheiße! Das ist überhaupt nicht gesund, das ist bloß kalt! Gibt mir ganz schnell das Handtuch!«

Frau Burmeester nickte. »Stimmt, das kostet Überwindung, aber diese Schwefelbrühe tu' ich mir nicht auch noch an. Zum Duschen gehe ich immer zu den Kindern rüber, die sind zu zweit und wohnen vornehm.«

Es stellte sich heraus, daß Frau Burmeester die Mutter von Tauchschüler Patrick war und demnächst Schwiegermutter von Silke sein würde. Das Angebot, ihre Höhle gegen den komfortableren Bungalow zu tauschen, hatte sie edelmütig abgelehnt. »Das ist doch der erste gemeinsame Urlaub für die Kinder, und den sollen sie auch genießen. Ich brauche ja nur an die Betten zu denken!«

Es gibt eben viel selbstlosere Mütter als mich. Wäre ich in der gleichen Situation gewesen, hätte ich mit Sicherheit getauscht!

»Vor allem stört mich, daß es überall knirscht«, fuhr Frau Burmeester fort. »Wenn man im Innern der Hütte etwas sehen will, muß man die Tür auflassen, aber dann wirbelt der Wind den ganzen Sand auf. Was man auch anfaßt, alles ist mit einer feinen Staubschicht bedeckt. Doch am meisten freue ich mich auf mein trockenes Bett zu Hause.«

Wieso das? Bei einem Unwetter traute ich den Palmblattdächern nicht allzuviel Haltbarkeit zu, aber es war doch noch kein Tropfen Regen gefallen. »Ist Ihr Dach undicht?«

»Das glaube ich nicht, denn bisher hat sich noch kein Palmhörnchen durchgenagt, obwohl sie fast jede Nacht da oben Familienfeste veranstalten. Nein, die ganze Bettwäsche ist klamm, jedes Handtuch, einfach alles. Was ich abends anziehen will, muß ich mittags erst mal in die Sonne hängen. Ob die hohe Luftfeuchtigkeit schuld daran ist oder die Tatsache, daß in diese Höhlen nie ein Sonnenstrahl fällt, weiß ich nicht, aber eins weiß ich mit Sicherheit: Im nächsten Urlaub fahre ich wieder nach Lanzarote.«

Um möglichen Beschwerden empörter Hotelmanager vorzubeugen: Palmhörnchen kriegt man so gut wie nie zu Gesicht, es ist auch noch niemand auf eins draufgetreten, feuchte Bettwäsche ist nicht die Norm, Fisch mit Reis ebenfalls nicht, woanders gibt es auch mal Kartoffeln, und überhaupt entschädigen einen Sonne, Sand, Meer und die herrliche Unterwasserwelt für alle etwaigen Unzulänglichkeiten. Darüber hinaus habe ich anhand des letztjährigen Reisekatalogs festgestellt, daß »unsere« Insel von Grund auf renoviert worden ist, zwei Sterne mehr bekommen hat und nun doppelt soviel kostet.

18

Mein letzter Urlaubstag wäre auch beinahe der letzte Tag meines Lebens geworden, und schuld daran war Reinhard.

Ich war auf dem Weg zu der kleinen Lagune, um Ferdinand das Frühstück zu bringen. Ferdinand war nicht etwa ein in Ehren ergrauter Inselbewohner, der sein Gnadenbrot bekam, sondern ein Fisch. Sogar ein recht großer. Von Ichthyologen wird er als Lactophrys quadricornis bezeichnet, Taucher nennen ihn Kofferfisch, bei Steffi heißt er Samsonite. Der Name Ferdinand stammt von mir; mich erinnerte sein Gesichtsausdruck immer an einen Silvesterkarpfen. Ferdinand liebte ungetoastetes Weißbrot und holte sich jeden Morgen seine Ration ab. Er fraß sogar aus der Hand.

Diesmal war er allerdings nicht zu sehen. Statt dessen sah ich einen schwitzenden Reinhard, der mit Hilfe eines Einheimischen ein kleines Segelboot auftakelte. »Wie isset? Kommste mit?«

»Wohin?«

»Einfach so'n bißchen rumschippern. Wir können ja uff die Italiener-Insel zuhalten, vielleicht ham die heute Eis.«

Nun habe ich zwar nicht die geringste Ahnung vom Segeln, tu es aber trotzdem gerne, solange ich nicht mit dem Hintern über der Bordkante hängen und irgendwelche Strippen festhalten muß. Doch als Galionsfigur mache ich mich recht gut, ganz vorne am Bug außer Reichweite des Großbaums. Das ist die Stange, die man immer an den Kopf kriegt, wenn man nicht aufpaßt.

»Kannst du überhaupt segeln?« Reinhard war auf vielen

Gebieten bewandert, daß auch die christliche Seefahrt dazugehörte, hatte ich nicht gewußt.

»Du stellst vielleicht dußlige Fragen«, brummte er denn auch. »Gloobste, die würden mir det Boot jeben, wenn ick denen nich meinen Schein jezeigt hätte? Ick hab ja selber 'n Kahn uff'm Wannsee liejen, der is sogar 'n bißchen jrößer.«

»Der Wannsee?«

»Quatsch, meine LADY natürlich. Aba wenn de bange bist, denn bleibste eben da.«

Angst hatte ich nicht, wovor denn auch? Allenfalls vor einer Flaute, denn die leichte Brise kräuselte kaum die Wellen. »Bei dem bißchen Wind kommst du doch gar nicht erst bis zum Außenriff.«

»Draußen weht's stärker.« Ein letztes Mal überprüfte er die Takelage, dann nickte er befriedigt. »Klar zum Ablegen. Also, wat is jetzt? Willste oder willste nich?«

Eigentlich wollte ich ganz gern, doch ... »Ich muß noch Koffer packen.«

»Denkste etwa, ick will mich bei den Spaghettibrüdern häuslich einrichten? Bis zum Mittagessen sind wir zurück.«

Also gut, warum auch nicht? »Ich ziehe mich nur schnell um und sage Stefanie Bescheid.«

»Is in Ordnung. Ick muß ooch noch mal fort. Wat zu trinken holen. Salzwasser macht immer so durstig.« Im Weggehen drehte er sich noch einmal um. »Wenn Steffi Lust hat, kann se ja mitkommen. Platz is da.«

Steffi wollte aber nicht. »Bring mir eine Portion Eis mit!« rief sie mir aus dem Liegestuhl hinterher.

»Haha!«

Zum Segeln trägt man weiße Hosen und ein ebensolches Hemd. Beides hatte ich, aber beides war dreckig. Na wennschon, wir würden ja nicht in St. Tropez an Land gehen. Auf den dekorativ über die Schulter gelegten weißen Pullover kann man in diesen Breitengraden ohnedies verzichten. Also Badeanzug an, T-Shirt drüber, der Griff zu Handtuch, Sonnenöl und -brille, dann war ich gerüstet.

Reinhard lud gerade Sprudelflaschen ins Boot. Eine viertelvolle Whiskypulle war auch dabei. »Det is doch viel sinnvoller als die umjekehrte Methode, nämlich Boote in Flaschen zu stecken! So, und nu setz dich mal vorne hin, wo du am wenigsten im Weg bist.«

Ich tat wie befohlen, der Einheimische löste das Halteseil, schob das Boot an, und dann segelten wir im Zeitlupentempo los.

»Schwimmen geht schneller«, unkte ich, als wir nach fünf Minuten noch immer in der Lagune herumdümpelten, bekam jedoch nur ein unwilliges Brummen zur Antwort.

Endlich waren wir aus dieser Badewanne heraus, der Wind wurde stärker, das Boot nahm Fahrt auf, und ich legte mich zufrieden auf die Planken. Ab morgen würde es keine Sonne mehr für mich geben, drei Grad minus herrsche in Deutschland, hatten die Neuankömmlinge gesagt, und jeden Tag Schneeregen.

»Weißt du überhaupt, wo die Italiener-Insel liegt?« erkundigte ich mich vorsichtig, nachdem wir schon das zweite Eiland passiert und Reinhard keine Anstalten gemacht hatte, seinen Kurs zu ändern.

»Die nächste müßte es sein.«

Doch dann ging alles ganz schnell. Der schmalen Wolkenbank dicht über dem Horizont hatte ich so lange keine Beachtung geschenkt, bis die sich plötzlich auftürmte und mit beängstigender Geschwindigkeit direkt auf uns zukam. »Die sieht aber gar nicht gut aus«, wagte ich zu sagen, wohl wissend, daß ambitionierte Segler zu Sturmwolken ein anderes Verhältnis haben als Landeier, wie ich eins bin. Mein Skipper meinte denn auch nur: »Kann sein, det wir'n bißchen naß werden.«

Das war ich sowieso schon. Die Wellen waren höher geworden und spritzten über den Bug. Schleunigst verließ ich meinen luftigen Platz und kroch auf allen vieren an Reinhards Seite. »Meinst du nicht, wir sollten umkehren?«

»Det hab ick ja vor.« Er hantierte bereits an den Strippen. »Leg dich mal janz flach hin, damit du nich über Bord jehst, wenn der Kahn krängt.«

»Ist das gefährlich?« Warum können Segler nie in verständlichen Begriffen reden?

»Jefährlich wird's bloß, wenn du den Kopp nich einziehst.« Im selben Moment kam dieser Holzbalken angeschossen, das Boot legte sich schräg, ein Wasserschwall brach über mir zusammen, ich schnappte nach Luft, sah aber noch, wie sich der Mast aus der Schieflage langsam wieder aufrichtete. Das war auch so ungefähr das einzige, was noch zu sehen war. Der Himmel hatte seine Schleusen geöffnet und kippte den Regen eimerweise herunter. Ich kam mir vor wie in einer Autowaschanlage. Ohne Auto!

»Mach dich mal nützlich!« Mit einem Fußtritt beförderte Reinhard den kleinen Eimer zu mir herüber. Den hatte ich als provisorischen Sektkühler betrachtet, weil die im Fernsehen auch immer eiskalte Flaschen entkorken, sobald sie Anker geworfen haben. »Was soll ich mit dem Kübel?«

»Wasser schöpfen, was sonst.«

Eine blödsinnige Tätigkeit. Was ich auf der einen Seite rauskippte, spülte die nächste Welle auf der anderen Seite wieder rein. Heute abend würde ich Muskelkater haben, vorausgesetzt, ich wäre dann noch am Leben. Im Augenblick fühlte ich mich wie der fliegende Holländer, der ja auch bei Nacht und Nebel über die stürmischen Meere segeln mußte. Nur hatte er immer schon vorher gewußt, daß er nie absaufen würde. Wagner läßt grüßen!

Sehen konnten wir noch immer nichts. Der Regen hatte etwas nachgelassen, dafür hatte der Wind zugenommen. Reinhard bekam alle Hände voll zu tun. Weil die offenbar nicht ausreichten, hatte er sogar ein Stück Seil zwischen die Zähne geklemmt.

Plötzlich hörten wir ganz in der Nähe Motorengeräusch, und gleich darauf tauchte schemenhaft eins dieser schnellen Flitzer auf. Der hier flitzte allerdings gar nicht, vielmehr tastete er sich langsam mit gedrosseltem Antrieb vorwärts. Am Heck wehte eine kleine deutsche Flagge. »Where do you come from?« brüllte jemand zu uns herüber.

»Frag lieber, wo wir hinwollen«, schrie Reinhard zurück,

plötzlich des Hochdeutschen mächtig. »Wie weit reicht die Regenfront?«

»Keine Ahnung. Wir sind von links reingefahren und wollen nach Male. Wißt ihr, wo es langgeht?«

Reinhard überlegte kurz. »Ost zu Nord, ungefähr ein halb Grad Ost.«

»Komm mir doch nicht technisch, Mann«, jammerte die Geisterstimme, »zeig mir bloß die Richtung!«

»Und so was düst hier mit 'nem Speedboot durch die Geographie«, knurrte Reinhard wütend. »Soll er doch in der Badewanne mit seinen Holzschiffchen spielen!« Und dann, wieder laut: »Weißt du wenigstens, was eine Uhr ist? Ja? Dann halte dich in Richtung zwei Uhr, das müßte hinkommen.«

»Hätten uns die nicht ins Schlepp nehmen können?« Das Motorengeräusch war leiser geworden und schließlich verstummt.

»Abschleppen lassen? Von diesen Süßwassermatrosen? Zu denen würde ich nicht mal in ein Ruderboot steigen! Außerdem wird die Sicht schon wieder besser.« Reinhard deutete nach vorn, wo die Wolken nicht mehr schwarz, sondern nur noch dunkelgrau aussahen.

»Woher weißt *du* eigentlich, daß wir auf Heimatkurs liegen und nicht im Ari-Atoll landen oder noch weiter weg?«

»Schon mal was von Kompaß gehört?«

O ja. Mit so einem Ding waren wir seinerzeit in Ostpreußen grüppchenweise durch die Rominter Heide gescheucht worden, hatten uns ausnahmslos verlaufen und nur dank einiger Waldarbeiter den vorgegebenen Treffpunkt gefunden. Das Ganze hatte sich »Geländemarsch« genannt und sollte uns im Umgang mit Kompaß und Karte schulen. Ich komme allerdings noch heute damit nicht klar.

Weitere Fragen an den Skipper verkniff ich mir, zumal er auch keinen Wert auf meine unqualifizierten Bemerkungen legte. Gefordert wurde ich erst wieder, als es an die letzte Etappe ging.

»Da drüben liegt unsere Insel«, behauptete er, obwohl er

doch auch nicht mehr sehen konnte als ich, nämlich gar nichts außer einer grauen Regenwand. Dafür wurde es hinter uns wieder heller.

»Jetzt müssen wir bloß noch die Einfahrt durchs Riff finden.« Wie er das schaffen wollte, war mir rätselhaft. Ihm anscheinend auch. »Der Einheimische vom Tauchboot orientiert sich immer an der Regenwasserzisterne.«

»Und was macht er, wenn die nicht zu sehen ist?«

»Dann fährt er gar nicht erst raus.«

Eine Viertelstunde kreuzten wir draußen vor dem Riff, starrten ins Wasser, obwohl ich gar nicht so genau wußte, wonach ich eigentlich suchen sollte, dann hatte Reinhard die offene Stelle gefunden. »So, jetzt setz dich mal ans Ruder!«

»Wer? – Ich???«

»Siehst du sonst noch jemanden?« Er warf mir einen Blick zu, der alles das zum Ausdruck brachte, was er aus Höflichkeit nicht aussprach. »Ruder nennt man das Ding unterhalb der Wasseroberfläche, und dieser Holzgriff hier ist die Ruderpinne. Damit bewegt man das Ruder und steuert das Boot. Kapiert?«

»Sooo dämlich bin ich nun auch wieder nicht.«

»Dann setz dich endlich hier hin!« Er drückte mich auf die Bretter – pardon, auf die Planken – und führte meine Hand zur Ruderpinne. »Genauso, wie sie jetzt steht, hältst du sie fest, ganz egal, was passiert. Ist das klar?«

Das war klar, doch was sollte jetzt noch passieren? Wir waren ja fast zu Hause.

Reinhard turnte zur Mitte, fummelte wieder am Segel herum und rief plötzlich: »Ruder etwas mehr backbord!«

Galt das mir? Wenn ja, wo, bitte sehr, war backbord? »Rechts oder links?«

»Links! Links!« An der Bordwand knirschte es verdächtig. »Du bist zu weit! Geh wieder etwas nach steuerbord!«

Wenn backbord links bedeutete, mußte steuerbord logischerweise rechts sein. »Nicht so weit! Zurück!!! Ja, so ist es gut. Und jetzt genau mittschiffs halten!«

Was ist mitschiffs?

In diesem Augenblick brachen die ersten Sonnenstrahlen durch, nur ein paar hundert Meter vor uns tauchte wie von unsichtbaren Kräften hochgeschoben die Insel auf, die Wolken verschwanden hinter den Palmen, und dann segelten wir auch schon in die Lagune hinein.

»Na, wie ham wir det jemacht?« frohlockte Reinhard, als das Boot sanft an den Steg glitt. »Nu kannste dich ooch wieder auspellen.« Er befreite mich von der Schwimmweste, lehnte jedoch meine Hilfe bei den unerläßlichen Aufräumungsarbeiten ab und schickte mich weg. »Jeh erst mal heiß duschen, zieh dir wat Trocknet an, und denn kommste in den Coffeeshop. Ick spendier dir'n Grog zum Aufwärmen.«

»Die wissen hier doch gar nicht, was das ist. Wer trinkt schon so was bei dreißig Grad im Schatten?«

»Ooch wieda wahr«, sagte er lachend. »Na, denn kriegste eben Rum mit Tee.«

Ohne einen trockenen Faden am Leib und trotz der Sonne wie Wackelpudding bibbernd, lief ich zum Bungalow.

»Gut, daß du kommst, ich kriege den blöden Reißverschluß nicht zu.« Auf der Terrasse packte Steffi ihren Tauchrucksack, wobei die Bezeichnung »packen« nicht stimmt. Sie kniete vielmehr auf dem Ding, vergeblich bemüht, die Ärmel vom Jacket auch noch hineinzustopfen. »Verstehe ich gar nicht, vorher ist es doch auch gegangen. Hilf mal mit! Ich drücke jetzt drauf, und du ziehst, ja? Wieso bist du überhaupt schon zurück? Habt ihr auch was von dem Unwetter abgekriegt? Du mußt fester ziehen!«

Jetzt reichte es mir. »Ich muß gar nichts! Was ich brauche, ist eine heiße Dusche, ich bin nämlich total durchgefroren.«

»Bei der Hitze?«

»Dir scheint entgangen zu sein, daß ich etwas naß geworden bin.«

Als ich die Tür öffnete, schlug mir eiskalte Luft entgegen. Normalerweise schalteten wir die Klimaanlage erst dann ein, wenn wir zum Abendessen gingen, tagsüber braucht man sie selten, aber jetzt lief sie auf vollen Touren. Oben drüber drehte sich zusätzlich der Ventilator. »Bist du verrückt geworden?«

»Weißt du eine bessere Methode, die ganzen Klamotten trocken zu kriegen?« Steffi steckte den Kopf durch die Tür. »Ich war in der Tauchbasis, als es zu regnen anfing, aber bis ich hergesprintet war, hat alles schon getrieft.«

Erst jetzt fiel mir die quer durch das Zimmer gespannte Wäscheleine auf, an der Handtücher, Badeanzüge und drei T-Shirts wedelten.

»Wir können das Zeug doch nicht feucht in die Koffer packen.«

Ich rannte durch den Eiskeller ins Bad, riß mir die nassen Sachen herunter und drehte die Dusche auf. Endlich Wärme!

Steffi kam hinterher. »Jetzt war ich so stolz auf meine geniale Konstruktion, und du würdigst sie nicht mal.«

»Die ist nicht genial, die ist einfach idiotisch. Warum hängst du nicht alles wieder draußen auf?«

»Weil es in spätestens fünf Minuten erneut gießt. Sieh dir doch den Himmel an!«

Das konnte ich nicht, weil ich mich immer noch mit schönem heißem Wasser berieseln ließ. Langsam taute ich auf.

»Conny hat gesagt, bei Mondwechsel ändert sich vorübergehend das Wetter. Jetzt haben wir Neumond, und prompt regnet es. Siehste, es geht schon wieder los.«

Ich drehte den Wasserhahn zu und hörte es trotzdem noch plätschern. »Also gut, du hast recht gehabt. Wenigstens fällt mir jetzt der Abschied nicht so schwer. Kannst du mir mal was zum Anziehen holen? In den Gefrierschrank nebenan gehe ich so nicht. Aber was Langes!«

»Wir haben immer noch achtundzwanzig Grad«, warnte Steffi, als sie ihre Malediven-Hose und eine langärmlige Bluse brachte. »Du wirst dich totschwitzen.«

Danach saßen wir auf der Terrasse und guckten zu, wie sich die Rinnsale auf den Wegen in Bäche verwandelten und aus den Pfützen kleine Teiche wurden. Kurze Zeit später war alles vorbei. Die Sonne kam durch, über den Teichen bildeten sich Dampfwolken, was nicht im Boden versickerte, wurde von den Sonnenstrahlen aufgesogen. Nur aus der Dachtraufe tropfte es immer noch in den darunter stehenden halbverrosteten Blecheimer. Was oben reinlief, kam an der Seite wieder heraus.

»Begreifst du jetzt, weshalb ich die ganzen Sachen im Zimmer aufgehängt habe?« trumpfte Steffi auf. Wir quälten uns immer noch mit dem Rucksack herum und hatten den Reißverschluß bis auf die letzten Zentimeter geschlossen. Die gingen wirklich nicht mehr zu.

»Ich hole Reinhard, der hat mehr Kraft.«

Das war anzunehmen, doch Reinhard saß im Coffeeshop und wartete auf seinen Schiffsjungen. »Komm, Steffi, wir gehen was trinken. Wenn ich meinen Skipper richtig einschätze, dann säuft er jetzt seine Whiskyflasche leer. Auf dem Kahn hat er ja keine Zeit dazu gehabt.«

Unterwegs gab ich eine dramatische Schilderung unseres Segeltörns, nur mußte ich wohl ein bißchen zu sehr übertrieben haben, denn Steffi wurde trotz ihrer Bräune richtig blaß. Wütend ging sie auf Reinhard los, der vor seinem Bier saß und uns fröhlich zuwinkte. Elli war auch da.

»Was hast du dir eigentlich dabei gedacht?« fauchte Steffi ihn an. »Beinahe hättest du meine Mutter auf dem Gewissen gehabt! Warum seid ihr nicht früher umgekehrt oder habt wenigstens eine andere Insel angefahren, es liegen doch genug herum!«

»Nu mal janz ruhig, Meechen, reg dich erst mal ab!« Reinhard winkte dem Kellner. »Bringen Sie der jungen Dame einen Bananenshake mit einem Schuß Baldrian. Habt ihr nicht? Ach, du weeßt janich, wat det is? Na, denn eben ohne.«

»Ich lasse mich nicht bestechen«, schimpfte die junge Dame, obwohl sie einem Bananenshake nie widerstehen kann und auch gar keinen Versuch unternahm, die Bestellung rückgängig zu machen. »Ich will jetzt wissen, weshalb du meine Mutter in Lebensgefahr gebracht hast.«

»Setz dich erst mal hin«, meinte Reinhard. »Siehste, so is det schon besser. Und denn laß dir sagen, det nich eene Minute lang Jefahr bestanden hat. Janz schön windig war's und ooch ziemlich naß, aba doch nich jefährlich. Da hab ick uff der Ostsee schon janz andere Wetter erlebt. Ick ärjere mich ooch schon seit 'ner halben Stunde, det wir nich einfach weiterjesejelt sind. Ick hätte wissen müssen, det die Rejenwand nich so jroß is. Isse hier unten ja nie.«

Steffi war noch immer nicht beruhigt. »Dann erklär mir doch, warum ihr nicht auf einer anderen Insel den Sturm abgewartet habt.«

»Denn wär'n wir morjen 'ne Schlagzeile in der Bildzeitung jewesen«, sagte er gemütlich. »Det Riff von unserer Insel kenne ick und weeß, wo man durchkommt, aba doch nich von den anderen. Ohne Sicht wär'n wir jarantiert ruffjebrettert, und denn jute Nacht, Marie.«

Im stillen hatte ich mich ja auch gewundert, weshalb wir nicht woanders Schutz gesucht hatten, sondern umgekehrt waren. Nun wußte ich es. »Warum hast du mir eigentlich nicht erzählt, daß du schon auf der Ostsee rumgeschippert bist? Dann hätte ich vorhin etwas weniger Angst gehabt. Ich dachte, deine nautischen Erfahrungen beschränken sich auf den Wannsee.«

»Haste mich etwa danach jefragt?«

Bis jetzt hatte Elli noch kein Wort gesagt, doch nun machte sie endlich mal den Mund auf. »Wenn wir von einem dreiwöchigen Urlaub zurückkommen, brauche ich immer vier Wochen zum Erholen. Vielleicht wißt ihr jetzt, warum.«

Das einzig Angenehme am Februar ist, daß er nicht so lange dauert. Normalerweise. In diesem Jahr hätte er ruhig ein paar Tage mehr haben können. Die Koffer standen gepackt neben der Tür, Trinkgelder waren verteilt, die beiden letzten Ansichtskarten hatten wir auch noch geschrieben. Jetzt saßen wir auf der Mole, ich auf dem Klostuhl, Steffi zu meinen

Füßen, schauten übers Meer und hörten dem leisen Glucksen der Wellen zu.

»Diese Abende werde ich am meisten vermissen«, sagte sie wehmütig, »die warme Luft, das Meer, den Wind in den Palmen, dieses Weit-weg-von-allem-Sein ... Wenn ich mir vorstelle, daß ich übermorgen wieder das Eis von der Windschutzscheibe kratzen muß ...«

»Apropos Auto«, unterbrach ich sie, »wer holt uns eigentlich ab?«

»Papi wahrscheinlich. Oder die Zwillinge. Irgendwer wird schon da sein. Ich mag gar nicht daran denken.«

Dann fing es wieder an zu tröpfeln, und sofort schlug ihre Abschiedsstimmung um. »Scheißwetter! Wird Zeit, daß wir wegkommen«, keuchte sie, während wir unter das schützende Dach rannten. »Wer weiß, ob das nicht schon der Monsunregen ist. Conny hat zwar nein gesagt, aber der muß ja Berufsoptimist sein.«

Im Laufe der Nacht wurde ich mehrmals wach, weil es immer wieder in den Blecheimer plätscherte, und zu unserer Henkersmahlzeit liefen wir unter einem Regenschirm, den eine mitleidige Seele auf der Terrasse deponiert hatte. Wahrscheinlich der Kellner, der sein Trinkgeld noch einmal in Form von Bierdosen bekommen hatte.

Reinhard hatte extra seinen Wecker gestellt, um mit uns zusammen zu frühstücken. »Det wird da draußen janz schön schaukeln, aba seefest biste ja, det haste jestern bewiesen.«

»Da bin ich mir gar nicht so sicher.« Gestern hatte ich einfach zuwenig Zeit und zuviel Angst gehabt, um auf meinen rebellierenden Magen zu achten, doch heute würde ich weder Wasser schöpfen noch diesen Holzknüppel umklammern müssen, ich würde also ungehindert über der Reling hängen können.

»Und denk dran, immer in Lee kotzen!« erinnerte er mich, während wir zum Dhoni gingen.

»Wo ist Lee?«

»Ick seh schon, dir fehlen die simpelsten Jrundbejriffe.«

Er reichte uns das Handgepäck aufs Boot und trat zurück, als der Motor angeworfen wurde. »Wenn du mal wieder in Berlin bist, rufste an, klar? Denn jehn wir uff'n Wannsee. Mit'm Tauchen hat's ja nu nich jeklappt, aba vielleicht kann ick dir det Segeln beibringen. Also denn, tschüs ihr beeden, und juten Flug.«

Das Dhoni war schon etliche Meter vom Steg entfernt, als Steffi wissen wollte, ob ich denn überhaupt Reinhards Adresse habe. Doch, die hatte er mir gegeben, nur lag sie jetzt im Bungalow neben dem Zimmerschlüssel. Und den hatte ich vergessen zur Rezeption zu bringen.

»Wo ... wohnst ... du???« brüllte Steffi aus Leibeskräften.

»Berlin ... .fonbuch«, kam es abgerissen zurück. »Fink wie Meise.«

Ein letztes Winken, dann machten wir, daß wir unters Dach kamen. Es regnete schon wieder.

Es regnete während der ganzen Überfahrt, es regnete, als wir anlegten, und als die ersten Neuankömmlinge aus dem Terminal strömten, regnete es immer noch.

»Da fliegen wir neun Stunden in dieser Ölsardinenbüchse nach Süden, und nun das – Regen!« schimpfte ein bleichgesichtiger Jüngling, der in Erwartung des Reisekatalogwetters schon Shorts und Badelatschen trug. »Da hätte ich auch zu Hause bleiben können.« Er musterte Steffi von oben bis unten. »Wovon bist du denn so braun geworden? Oder hast du hier überwintert?«

Sie verbreitete Zweckoptimismus. »Bis du auf deiner Insel bist, ist der Himmel wieder klar. Das geht hier ganz schnell. Gestern hatten wir strahlenden Sonnenschein.«

Wie lange, hatte sie allerdings nicht gesagt.

Ich werde nie begreifen, weshalb man bei Charterflügen Stunden vor dem Start einchecken muß, um dann herumzusitzen und zu warten, bis sie einen in die Maschine lassen. Auf großen Flughäfen hat das noch einen gewissen Reiz, weil man etwas sieht, und seien es auch nur die sündhaft teuren Schaufensterauslagen. Die dazugehörigen Geschäfte sind sowieso meistens leer. Oder man kann in einem der zahlreichen Restaurants für neun Mark ein Kännchen Kaffee trinken, tassenweise gibt es ihn nicht. Man kann's aber auch bleiben lassen und sich statt dessen in einen dieser Stahlrohrsessel setzen und beobachten, wer da so vorbeiflaniert.

In Male kann man das alles nicht, weil man gar nicht erst dorthin kommt. Man wird nämlich nach Hulule gebracht. Das Schönste an dieser Insel ist ihr Name. Außer dem Abfertigungsgebäude und einigen Lagerschuppen findet man nur noch ein einziges Restaurant, das ständig überfüllt ist. Egal, ob man ankommt oder abreist, man muß warten, und so wartet man in eben diesem Etablissement, denn da gibt es wenigstens Stühle.

Ansonsten besteht Hulule aus einer künstlich aufgeschütteten Rollbahn, die auf beiden Seiten sowie vorne und hinten im Meer endet. Dank moderner Technik kann man neuerdings auf den Monitoren in der Maschine Start und Landung seines Fliegers verfolgen, doch in Hulule sollte man lieber darauf verzichten. Das Ende der Piste kommt immer näher, gleich dahinter ist nur noch Wasser zu sehen, der Vogel rollt noch viel zu langsam, der kommt nie rechtzeitig hoch, jetzt sind es bloß noch zweihundert Meter, nun mach doch endlich, heb ab – und während man schon nach der Schwimmweste greift, hört das Gerumpel auf, und die Maschine fliegt tatsächlich.

Umgekehrt ist es genauso. Man sieht die Landebahn, die von oben furchtbar kurz und furchtbar schmal wirkt, rechts und links Meer, hinten auch, der Pilot muß ganz vorne aufsetzen, sonst bleibt ihm nicht genug Platz zum Ausrollen. Woanders ist hintendran wenigstens noch ein Kartoffelacker. Und trotzdem hat es auf Hulule noch nie einen Unfall gegeben.

Nachdem wir unsere drei Wartestunden abgesessen hatten, eine davon im überhitzten Transitraum, räumte das Putzmännergeschwader die Maschine. Wir durften einsteigen. Beim Marsch über das Flugfeld knallte die Sonne vom plötzlich wieder wolkenlosen Himmel.

»Jetzt hätte es ruhig noch eine halbe Stunde länger regnen können«, maulte Steffi und sprach mir aus der Seele. »Nachher kann's uns ja egal sein.«

Wenig später ein letzter Blick von oben. Wie grüne Eierkuchen schwimmen die Inseln im Wasser, kreisrund mit einem knusprigen hellen Rand drum herum – auf der Landkarte nur winzige Pünktchen und doch so traumhaft schön.

Kurz vor Frankfurt gab der Pilot die aktuellen Wetterdaten durch. Demnach bewegten sich die Temperaturen um den Nullpunkt, es herrschte leichtes Schneetreiben, weiter südlich war mit Nebel zu rechnen. Wenigstens wünschte er uns eine gute Heimfahrt.

Weshalb mein Koffer stets zu den letzten gehört, die über das Band rollen, habe ich bis heute nicht ergründen können, jedenfalls warteten wir immer noch, als auch die Maschine aus Istanbul gelandet war und nun verschnürte Pappkartons und seltsam geformte Stoffballen auf dem Band erschienen.

Irgendwo dazwischen schaukelte endlich mein Koffer heran. Die Zollbeamten hatten bereits Feierabend gemacht, unsere so mühsam im Tauchrucksack versteckten Zigaretten hätten wir also gar nicht zu schmuggeln brauchen, die automatischen Türen öffneten sich – und dann packte mich das helle Entsetzen.

Jeder Passagier, der mit der türkischen Maschine gekommen war, wurde von sechs bis zehn Angehörigen abgeholt. Eine unübersehbare Menschenmenge ballte sich vor dem Ausgang. Winkende Hände, Küsse, Umarmungen, brüllende Kinder, Wiedersehensfreude, mittendrin überquellende Gepäckwagen, vergebens nach einem Weg durch dieses Getümmel suchend, Koffer, Taschen, Kinderwagen und ein unaufhörliches Rufen und Schreien.

Entgeistert starrte Steffi in dieses Chaos. »Wer immer uns auch abholt, den finden wir nie!«

Dafür fand er uns. Rigoros drängte sich Horst Hermann durch die Menge, in jeder Hand einen Blumenstrauß schwenkend.

Steffi sah ihn zuerst. »Guck mal, Määm, wer da kommt!« Heftig winkend beugte sie sich zu mir herüber. »Wenn ich ihn jetzt so sehe mit diesem Ich-kann-kein-Wässerchen-trüben-Gesicht und dem Lausbubenlachen, werde ich schon wieder weich.« Jetzt winkte sie mit beiden Armen. »Ich glaube, Määm, die Sache mit der eigenen Wohnung überlege ich mir noch mal.«

Schlußbemerkung

Die in diesem Buch geschilderte Israel-Reise liegt schon etliche Jahre zurück. Die später so blutigen Auseinandersetzungen zwischen Juden und Palästinensern hatten sich damals noch auf gelegentliche Scharmützel beschränkt, und die Möglichkeit, daß sich ein israelischer Ministerpräsident mit einem Palästinenserführer an einen Tisch setzen würde, wäre beiden Seiten utopisch erschienen.

Inzwischen hat sich ja vieles zum Positiven verändert, doch ob Jassir Arafat bei Erscheinen dieses Buches schon seine Villa in Jericho bezogen hat, weiß Allah allein.